Roxane LAUNAY

Aime-moi s'il te plaît

Vérone éditions

Envois de manuscrits :
Vérone éditions – 75 boulevard Haussmann – 75008 Paris

Avant-propos

Voilà des années que tout mon être se passionne d'écriture et d'histoires à inventer comme un chemin à tracer. Mes premiers pas dans ce livre sont apparus deux ans et demi avant le point final de cet ouvrage. « Aime-moi s'il te plaît » vient du cœur. Il représente une partie de moi, une facette de ma personnalité que certains connaissent parfaitement et d'autres moins. Bien que le personnage de Rose me corresponde sur certains points, ce roman n'est pas une autobiographie. Ce personnage prend quelques distances avec la réalité, et donc avec moi.

Je suis une éternelle amoureuse de l'amour et friande de vie, je voulais alors retranscrire dans un premier ouvrage ma belle vision des choses, de la vie mais avant tout de l'amour. Ça n'a rien de facile sur le papier même si parfois la vie nous laisse croire qu'il faut se laisser aller. C'est un cap, une étape, un risque. Selon moi, tout est risque dès lors que l'on bouge le petit doigt, alors pour l'amour c'est bien plus que ça. Accepter d'être heureux avec quelqu'un c'est aussi accepter de renoncer à une stabilité sentimentale. Mais c'est aussi un engagement envers l'avenir, une manière de lui dire qu'on lui laisse notre cœur quoi qu'il en coûte. Pour vivre, il faut risquer, autrement vous ne vivez pas, vous survivez. Aimer, c'est un risque de souffrir. Mais ne vaut-il pas mieux retenir qu'aimer, c'est risquer d'être heureux ?

Je suis passionnée par l'écriture qui selon moi, permet de créer des vies à des personnages que l'on idéalise ou qu'au contraire on déteste dans la réalité. Mais c'est avant tout un moyen de me libérer, d'avancer, de me rendre fière et épanouie. Revenons à nos moutons. L'écriture a ce pouvoir que peu de choses ont puisqu'elle permet de toutes pièces, inventer, imaginer, créer, fomenter. Et quoi de mieux quand on a un cerveau en fusion et en ébullition toute la journée comme le mien ? C'est d'un esprit libre, vague, intense, multidimensionnel et sans limites dont l'écriture a besoin. Je crois bien qu'il y a quelque part en moi aussi ce fameux syndrome de l'écrivain, celui qui nous traverse lorsqu'on écrit avec nos émotions et pas seulement notre plume. Souvent, je m'imagine Baudelaire, écrivain que j'adore, à sa fenêtre, une plume à la main et un simple esprit pour avancer. Il regarde la misère autour de lui pour s'inspirer et mieux écrire. Je m'y retrouve beaucoup parce que lui avait le mal de l'époque, et moi quand j'écris j'ai le mal de l'amour.

Aimer, c'est pour moi vaste et intense. Ce n'est pas que dire je t'aime ou faire confiance. C'est aussi partager, rire, s'évader, vivre à travers quelqu'un d'autre que soi. Aimer c'est grandir, créer, se souvenir, bâtir, avancer, regarder devant, oublier. Aimer c'est désirer, se rendre fort, déplacer des montagnes, se redécouvrir en l'autre, communiquer. Aimer c'est aussi être aimé. C'est prendre confiance, prendre conscience de la vie sous un autre angle. Aimer, c'est trouver une certaine stabilité, se disputer, recouvrir nos blessures, les soigner, puis les rouvrir. Aimer c'est se déchirer, se rabibocher, se fendre en deux et se recoller. C'est une passion entre deux êtres, une fusion entre deux âmes, une liaison entre deux corps. Aimer c'est vivre. Je pense sincèrement qu'aimer c'est vivre tout. L'amour permet de réunir tout ce dont un être a besoin pour le restant de ses jours. Découvrir l'homme de sa vie c'est aussi découvrir son meilleur ami, son amant, sa famille, son doux nuage dans lequel dormir, ses épaules pour traverser les tempêtes, son armure pour se protéger. Ce n'est pas vulgairement trouver chaussure à son pied, parce que rien ne se colle littéralement en amour qu'à des qualités. C'est une fusion infinie, quelque chose qui nous dépasse, qui va au-delà de tout ce que l'on peut contrôler.

Personne ne peut prétendre ne plus pouvoir aimer parce qu'en même temps d'être la seule chose qui nous fait tout vivre, c'est aussi la seule chose sur laquelle nous avons aucun contrôle. On peut ne plus arriver à se lâcher à corps perdu, on peut renoncer à vivre notre amour mais on ne peut finalement jamais renoncer d'aimer. Ce n'est pas un sentiment que l'on peut extraire de soi. Il prend la porte quand bon lui semble, ou bien il ne le fait jamais.

Je te dédie ce livre mon amour, toi qui as su me faire vivre tout ce que je croyais mort avant toi.

Un jour tu rencontres la personne que tu ne t'attendais pas à croiser à cet instant. Un soir, dans la nuit, ta voiture, ton coffre, ma maison, une bise, des excuses et une belle histoire qui a commencé sans qu'on ne sache jusqu'où elle nous amènerait. Nous sommes cette histoire qui, quoiqu'il arrive deviendra quelque chose. De loin comme de près tu resteras l'homme le plus merveilleux au monde à mes yeux. Ce n'est pas une parole en l'air ou un petit mot d'amour. Quoi que ma vie devienne, avec ou sans toi, quand je penserai à toi, je penserai à un homme bon et extraordinaire qui m'a remplie de bonheur et m'a fait rencontrer l'amour pour la première fois. Tu es cet homme qui aura laissé sur mon chemin ses traces, gravé dans mon cœur le sien, marqué de sa vie la mienne et aimer mon cœur comme le sien. Je souhaite passer le reste de ma vie avec toi et rappeler à nos enfants que le coffre de ta voiture a été la plus belle chose du monde. C'est peut-être même de là qu'on leur apprendra que dans la vie les choses les plus banales deviennent les plus beaux souvenirs, ceux qui remplissent nos cœurs de leur vie.

XIII
Paris de nuit

Rose

L'amour est la première page d'un livre, on sait comment l'histoire commence mais nous ignorons à l'infini comment celle-ci se termine.

Je suis seule dans Paris repensant à toute ma vie, il pleut et la tristesse s'abat sur la ville où je figure comme un vieux manteau fragile trempé de larmes. Je longe la Seine et j'ai terriblement envie de m'arrêter, mais je ne m'arrête pas. Je marche et des flashs de ma vie refont surface. L'intempérie est si violente que je finis par ignorer si je pleure vraiment ou pas. Je ne sais pas si cela paraît triste ou amusant. Tout de suite qu'est-ce que je dirai ? Sûrement triste. Je suis abattue, seule. Pleine de pitié pour moi-même. Je me plains et en ressens le besoin plus que n'importe qui d'autre ce soir. Rose est perdue, oubliée, troublée, elle est accomplie et n'a plus rien à donner. Je me demande si un cas si désespérant a la possibilité de s'en sortir. Je marche sur ces allées de pavés qui demeurent être les plus instables que j'ai vu de ma vie. Mes talons se prennent le pied dedans quelques fois, juste pour me rappeler l'histoire de ma vie. Il faut que j'arrête de me faire de l'humour, je n'ai jamais pris au sérieux cette vie qui est consignée à moi. Je n'arrête pas de tout garder en moi mais jusqu'à quand ? Ça y est, je pensais avoir réussi à oublier mes larmes mais elles reviennent plus déterminées que jamais. Je m'assois, je suis fatiguée de ces foutus six kilomètres à pied le long de la Seine.

L'endroit dans lequel je me suis arrêtée pourrait me redonner le sourire à lui seul. Le banc est au centre d'un endroit reculé de la fourmilière de Paris pourtant en plein cœur de la ville. La place est très fleurie et la pluie la rend magnifiquement romantique. Les lumières au loin de la métropole réfléchissent sur tous les environs comme des spectres de beauté et de joie. C'est très chaleureux. Mais je suis seule. Seule avec mon lourd passé qui me prive de l'épanouissement que tout le monde rêve d'avoir. Je ne sais même plus si j'en rêve réellement. Je devine que tout bonheur qui heurte ma vie se voit mourir. C'est bien comme ça que ça se passe depuis un grand nombre d'années en somme. La première douleur que j'ai ressentie dans ma vie ne s'est fait sentir qu'à dix-sept ans. Je me souviens que je voulais que cette période soit la dernière de mes souffrances. Finalement, la vie en a décidé autrement, j'ai eu une facilité à tomber dans ses plus braves filets qui m'ont anéantie. Les épreuves se sont enchaînées jusqu'à ce que l'ultime poignard me transperce les poumons d'une puissance indescriptible. Mais aujourd'hui me voilà seule au beau milieu de cette jolie place ombrée. Je ne cesse de me plonger dans mon regard qui reflète sur l'eau de la Seine. Je me revois au sol, les coups de pied en plein visage, le sang qui coule le long du bitume de la cour de récréation, les filles qui passaient en rigolant, celles qui me crachaient dessus en passant. Mieux vaut dire qu'en même temps, l'endroit dans lequel je suis me met à l'aise pour penser à ces périodes sombres de ma vie. Un Paris orageux et colérique par le temps mais romantique par son charme. Alors je me sens bien de continuer bizarrement. J'ai vécu certaines épreuves comme une route qui se finit d'un cul-de-sac. Particulier comme rapprochement mais très concret. Je me suis enfermée dans une mauvaise bulle qui ne voulait pas se percer, ou plutôt on m'a enfermé dans cette bulle et ces personnes ont récupéré la clé. J'ai vécu ces affronts comme une descente aux enfers. Je me sentais coincée entre le nouveau monde dans lequel j'étais seule, et le vrai monde duquel j'étais exclue. J'y pense, encore et encore. Ces souffrances s'imprègnent en moi comme une éponge. Un jour je n'y pense pas et la nuit tombée, je m'apprête à vivre le pire moment de ma vie en boucle, jusqu'à la sonnerie brutale de mon réveil. Je vois l'eau qui coule et tente de me convaincre que la vie défile aussi, et que nous évoluons au même titre que l'eau parcourt de nouvelles rives. Puis dans un instant de liberté me revient un souvenir de malheur. Un visage, un coup, une parole, un cauchemar, une pensée, un évènement. Tout vise à me faire croire que je ne suis pas comme l'eau qui se trouve devant mes yeux, je fais partie de celles qui stagnent. Ce genre d'eau dans laquelle aucun être humain ne se jetterait.

*

Esteban

Pour que l'on ne s'oublie jamais.

Je me baladais dans Paris comme j'aime faire le soir pour m'aérer l'esprit, mais j'étais loin d'imaginer le tournant que prendrait ma vie. Je me balade le long de la Seine à quelques pas de mon appartement. Ce soir je marche, mais pas que. S'il y a une chose que je n'aurai pas devinée c'est bel et bien de laisser ma vie voler dans un élan de passions déchirantes ce soir. Je ne m'attendais pas à croiser le chemin de cette jeune femme. De dos elle me paraît déjà parfaite et pourtant si profondément touchée par la vie. Je le vois à sa façon de regarder la Seine, de se tenir debout face à l'eau. J'ai un fort potentiel pour voir en les gens. J'aime les écouter et avec le temps j'ai appris à les comprendre. Je m'arrête de marcher en me disant que c'est juste pour quelques minutes. Et je l'observe. Elle est si belle et à la fois si fragile. Elle porte un manteau qui arrive à la moitié de ses cuisses, beige avec une écharpe assortie. Elle a les cheveux bouclés, de très beaux cheveux en fait. Un simple jean noir l'habille du bas de son corps, et de beaux escarpins je crois, aux pieds. Je la vois maintenant mieux, elle a l'air d'avoir des yeux si brillants que j'en perdrais mon latin. Cette femme me perturbe et me laisse sans voix. Elle est magnifique. Je veux dire elle est sublime dans tous les sens qui soient, elle dégage quelque chose que l'on peut rarement percevoir aux premiers abords. Cette femme me rend désert. Quand je la vois qui s'approche du bord, les cheveux remplis d'eau, comme ses yeux, je veux plus que tout au monde la retenir, l'en empêcher. Mais elle oublie son geste et s'apprête à sortir quelque chose de sa bouche. Elle la referme et ne dit rien. Cette femme regarde soudainement le fleuve et se met à pleurer plus fort encore. J'ai rarement eu l'occasion dans ma vie de voir un être humain si déploré et pourtant. Je ne veux pas la déranger, ni l'obliger à croiser quelqu'un ce soir. Mais elle m'inquiète, je crois que je m'inquiète pour elle. Elle sourit en ayant l'air pensive, mais pleure paradoxalement. Cette fille est extraordinaire. À ce moment, je ne peux m'empêcher que de me convaincre qu'elle doit être arrivée au bout. Mais au bout de quoi ? Elle dégage une sorte d'aura insaisissable et à la fois perturbante, elle n'est pas sûre. L'exhalaison que son corps me laisse entrevoir me laisse de marbre, portée par une inquiétude qui me soulève et retourne mon estomac. J'aimerais tant connaître son prénom, parce qu'une femme comme elle a forcément un prénom magique. Je passe des coups d'œil furtifs sur cette femme pour tenter de la faire se rendre compte de ma présence, c'est souvent ce qu'il se passe. Je la vois qui se remet à ouvrir la bouche avant de me laisser l'occasion d'entendre ce que je n'ai jamais entendu de ma vie.

Je reste sans voix. Au son de sa voix et au hurlement qu'elle vient de laisser courir dans Paris, je sais pertinemment qu'elle cache énormément de blessures au fond d'elle. Cette femme me rend dingue. Mes sentiments deviennent confus, j'ai une étrange impression de devenir amoureux de l'anonyme personne qui se trouve presque face à moi. Je ne comprends plus mes sentiments en ce soir où je désirais simplement m'aérer l'esprit. Il est impossible pour moi de croire en ce que je ressens. Je ne suis pas du genre à croire aux sentiments aussi profonds entre une femme et un homme depuis ma dernière relation. Tout du moins, pas aussi rapidement. Un coup de foudre vous pensez ? J'en suis sûr et en même temps j'ignore délibérément ce qu'il m'arrive. Ce sentiment que plus rien autour n'existe et que seul ce regard me trouble et m'empêche de sortir un son simple de cette bouche est merveilleux. Ce qu'elle vient de crier m'a anéanti exactement comme si elle venait de me jeter un sort, et que son vœu allait s'exhausser à travers moi. Je me rends compte que ça n'est pas une légende de l'amour et que cela peut réellement nous arriver alors. Mon ventre est tourmenté, presque aussi perdu que cette femme, mais désormais mon cœur ne l'est plus. « Aime-moi s'il te plaît ». Ce que ce petit bout de femme a sorti de ses tripes est tellement mystérieux et tendre à la fois. Les frissons m'ont envahi le corps à ce moment et une rue vide se fut sentir. Presque vide. Presque aussi fleur bleue que cela puisse paraître, je me voyais dans un décor romantique, avec un temps charmeur sous ses tristes habits, une femme d'une tendresse inexplicable face à moi et l'amour qui se frayait peu à peu un chemin entre nos deux âmes ignorantes.

Elle se retourne d'un seul coup. Contrairement à mon habitude, je sens le stress m'envahir de plein fouet et s'enrouler autour de moi, j'en oublie mon nom. Son regard si livide et plein d'histoires m'empêche de l'admirer ailleurs que dans le vert grisonnant de ses yeux. Je la vois rester immobile et plonger ses beaux yeux dans mon regard pour tenter d'apercevoir une réaction de ma part, en vain. Je n'en suis pas capable, elle non plus il me semble. L'un comme l'autre, nous restons stupidement debout l'un face à l'autre, les regards liés pour la première fois avant de comprendre que ce sera sûrement la dernière.

*

Rose

La tranquillité fait de nos âmes singulières une douceur éternelle.

La honte me transperce. Je ne sais plus si je dois le regarder ou fuir. Me retourner ou lui nuire. Dois-je dire quelque chose ou inlassablement me taire ? Je dois peut-être m'excuser, ou bien continuer de le regarder ? Je m'arrête de me poser des questions. À l'instant même où je me perds finalement dans son regard, je me rends compte qu'il ne me regarde pas comme tous les autres. Je n'ai pas assez de mots pour expliquer ce que je vois en lui, jamais un homme ne m'a admiré comme il peut si bien le faire à ce moment. Je ressens beaucoup de choses mais il m'est impossible de mettre le doigt dessus. Ou peut-être que si. Je crois que je viens en quelques secondes de vivre ce dont j'ai toujours rêvé. Je suis à la fois déconcertée par l'ampleur que prend la situation et par le démon qui m'empêche de maintenir son regard dans le mien. Des flashs de mon enfance ressurgissent. Regards bafoués, langues amères et livides, écorces de malheur, regards assassins, fleuve ensanglanté. Mon cerveau se divise. Une fois je repense à ces regards de honte portés sur moi, une fois je ne peux m'empêcher que d'aimer le sien sur moi. Je crois que le coup de foudre s'est abattu sur moi presque autant que l'orage sur la ville de Paris. Sa présence me rend dingue. J'ai envie de tellement de choses à la fois et en même temps de rien. J'ai tellement de désir de lui dire merci pour ce qu'il est en train de me faire ressentir que je ne parviens même pas à dire un seul mot. Les sentiments qui me traversent avaient disparu depuis si longtemps que je me sens revivre. J'oublie tout ce à quoi je pensais avant lui, et me plonge dans ses yeux pourtant à quelques mètres de moi. Mais un autre démon s'incruste dans ma tête malencontreusement. Une peur subite me vient, comme à mon habitude. Je ne peux pas. Je veux, je veux terriblement, mais je n'y arrive pas. Je n'y arrive déjà pas puisque cette réflexion est venue perturber mon moment de bonheur. Je sais que mes pensées ne vont nulle part ailleurs que vers lui, je suis comme on dirait au bout de quelque temps, dingue de lui, je le vois dès que je le regarde, les papillons m'envahissent le ventre et me donnent une sensation de me perdre en lui. Je ressens de l'affolement, on dirait que tout va trop vite et que je connais cet homme dont j'ignore même le nom, depuis des années. Je ne sais d'ailleurs toujours pas quoi faire lorsque cela fait déjà quelques minutes qu'on se regarde sans ne rien faire.

— Vous, vous me paraissez si fragile, me dit-il en bégayant.

Il tremble légèrement des mains. Il est décontenancé je le vois, je le sens.

— Je vous remercie mais ça va.

— Euh… si, enfin je veux dire qu'il ne faut pas le prendre mal, je vous vois triste.

— Peut-être, c'est étrange comme première approche n'est-ce pas ?

— Étrange ? Ce que je vous ai dit ?

Lorsqu'il pose cette dernière question, il fronce les sourcils comme s'il se sentait coupable de quelque chose. Je m'éprends d'un certain humour quand je perds mes moyens face à la situation et que je le vois hébété devant ses manières d'homme maladroit. Je sens en lui quelque chose de paralysant, de rassurant et en même temps je fuis l'amour, comme depuis toujours. J'en viendrais même à dire que je fuis simplement les relations, sans même parler d'amour. Je les fuis toutes, sauf celles que j'ai construites.

— Évidemment, vous êtes assez direct.

— Non, je ne voulais pas vous embêter.

— M'embêter ? Rien que ça.

Il se sent de plus en plus gêné et se renferme dans un trou de souris pour ne plus que je le vois. Ça m'amuse, il est tellement mignon. Pourtant il a la carrure d'un homme en confiance mais pas trop et il dégage de l'assurance. C'est certainement la situation qui le rend comme ça.

— Je m'appelle Esteban.

— Bonsoir Esteban.

— Vous n'avez pas de prénom vous ? Excusez-moi, je la refais. Quel est votre prénom mademoiselle ?

— On change du tout au tout en une seule phrase cette fois.

Chacun de nous se met à rigoler rendant l'atmosphère plus tendre et amusante. Nos regards brillent à travers les lumières de la ville.

— Je m'appelle Rose.

*

Esteban

Ignorant l'avenir, profitons du présent.

Je me doutais qu'elle avait un joli prénom mais cette fois j'en suis sûr. Elle a le vrai prénom de l'amour, c'est romantique et doux. Tout autant que sa voix d'ailleurs, elle est très douce et apaisée. Je me sens perturbé je crois, en fait je suis presque maladroit. Tout ce que je lui rétorque n'est pas censé être mal pris, mais je vois qu'elle s'amuse bien avec ce que je lui dis, elle se doute de ce que je veux vraiment. Ça montre juste qu'elle est merveilleuse. Je la regarde. Elle est juste devant mes yeux et les siens brillent énormément. J'ai profondément envie d'apprendre à écouter l'histoire de sa vie. Je meurs d'envie de l'entendre me parler toute la nuit. Je tente quelque chose.

— Tu aimerais qu'on aille marcher un petit peu, se balader, parler ?

— Marcher je veux bien oui.

Je vois que Rose reste très pudique à l'idée de parler, je m'en doutais un peu. Quelqu'un qui crie les mots qu'elle a laissés s'échapper de sa bouche quelques longues minutes auparavant ne renferme pas que du bonheur au fond d'elle. On voit en elle une douleur qui l'a détruite, on voit toujours qu'elle est pudique, tout se lit sur son visage. Elle n'a pas confiance en elle ou du moins elle n'est pas à l'aise. La vulnérabilité se fait sentir sur sa bouille d'ange. Je sens un sentiment qui nous lie extrêmement fort déjà pourtant une barrière se dresse devant ce petit bout de femme, que je ne connais pas encore. Rien qu'à sa manière de me parler, je la sens sur la retenue.

— Va pour une balade alors, j'apprécie.

Je lui réponds d'un ton humoristique. Je vois que depuis notre premier échange, le sourire sur son visage s'anime à chaque instant. Le bonheur que je ressens au fond de moi est celui de rendre une femme heureuse. C'est réellement étrange, je ne comprends plus ce que je ressens au fond de moi-même, ça n'est pas ma femme ni même une simple copine. Je me rends compte que le coup de foudre commun que nous avons eu est l'une des plus belles choses de ce monde, qui n'arrive qu'une fois dans une vie. J'ai ce profond sentiment de m'emballer, comme si ce soir n'était qu'un rêve, quelque chose dans lequel on est brutalement plongé. De manière évidente, il est difficile de croire en ce genre de sentiments qui apparaissent sans prendre la peine de toquer à la porte.

Il pleut moins sur la ville, le calme reprend quelque peu sa place. Nous sommes presque que tous les deux le long de ce fleuve, marchant comme des amoureux qui ne le sont pas. Je suis sous le charme de ses yeux doux.

— Rose, pour un si joli prénom est associé un âge n'est-ce pas ?

— En effet, je suis dans ma vingt-sixième année, et pour vous ?

— J'ai eu trente ans exactement cette année. Je suis ébéniste, dans un atelier à deux pas d'ici, vous faites quoi dans la vie ?

— C'est un beau métier ma foi, j'ai arrêté mes études après avoir passé mon baccalauréat à mes dix-sept ans. Puis j'ai repris l'atelier de stylisme de ma mère la même année, où y travaille également mon père en tant que comptable d'ailleurs. Mais aujourd'hui nous avons modernisé cette entreprise, il y a toujours cette idée de stylisme mais nous sommes beaucoup plus performants dans les prestations évènementielles. On fabrique des décorations, organisons des évènements sur le plan logistique et décoratif.

— C'est un joli tableau d'ambition je dois dire. C'est original d'avoir voulu mélanger ces deux prestations.

— Je dirais que si on parle de travail oui, et encore. Mais effectivement, on ne voulait plus marcher sur les traces du passé dans l'entreprise. On a voulu lui donner un nouveau souffle.

— Pourquoi ces mots ? Ton tableau d'ambition ne se résume qu'à ton travail ?

— Ça n'a pas d'importance. Mais disons que oui, mon métier occupe une grande partie de ma vie, ce n'est pas juste mon job. Je me passionne par la mode, la décoration et le stylisme.

— Alors je ne peux que vous comprendre. Mon métier est aussi une passion et je dois dire qu'elle me prend un temps fou. Vous avez froid n'est-ce pas ?

— Un peu en effet, en même temps avec cette pluie torrentielle qui m'est tombée dessus pendant une heure je crois qu'il y a de quoi.

— Attendez, ne bougez pas.

— Que faites-vous ?

— Je fais quelque chose si on commence par se tutoyer.

Je la vois frigorifiée, les cheveux très humides, je n'imagine pas la fraîcheur de ses mains et de ses pieds. Je lui pose délicatement ma veste sur les épaules. Elle est surprise. Mais contre toute attente, elle sourit une fois de plus. Nous reprenons la marche, mais je sens qu'elle a énormément de mal à se livrer sur des futilités, à parler de sa vie de manière assez générale, rien qu'un court instant avec un parfait inconnu. Je sais qui je suis, je sais qu'elle pourrait se confier sans aucun souci. Étant donné qu'elle ne me connaît pas, je peux comprendre qu'elle se voit contrainte de ne pas parler de sa vie. Est-ce qu'elle aussi ressent cette vague de sentiments pour moi ? Parce qu'il est difficile de le deviner sur son visage en réalité. Je pense qu'elle est fermée et dans l'incapacité de faire bouger ses lèvres même pour se libérer. J'ai une vague impression qu'elle représente le paroxysme de la femme pleine de douleur, l'allégorie de la souffrance dans un corps si doux et un visage si tendre. Je veux en savoir tellement sur cette personne, sur cette Femme. Quelque chose en revanche m'en empêche et j'imagine que cette chose n'est autre que cette personne, c'est elle, c'est Rose.

*

Rose

Pour que chaque jour compte plus qu'hier.

J'habite un coin plutôt à l'écart des wagons Parisiens et de la tempête effarée de la ville, de tout ce monde qui se bouscule et qui ne fait plus attention aux autres. J'habite une maison dans laquelle j'ai moi-même investi, elle a beaucoup de charme. Elle compte une mezzanine, une chambre, une salle libre que j'utilise pour m'en faire une salle de sport et une salle de bains, ces pièces sont à l'étage. En bas se trouvent simplement une cuisine, une salle à manger puis un salon de petite envergure, le basique en fait. Nous arrivons d'ailleurs presque à ce lieu. Cela fait déjà une heure et quelques minutes que nous marchons et de manière imprévue, je me suis mise à parler de moi, non pas de ce que ma vie m'a donné mais de mes passions, de mes activités, de mon métier qui représente une grande partie de ma vie. J'ai laissé la possibilité à cet homme qui me fascine d'entendre parler de moi, de ma vie. Ce que je n'avais pas fait depuis des années me fait peur. Lorsque j'ai cet homme face à moi, nos regards plongés l'un dans l'autre, je vois à travers ses yeux une tension irrésistible, je ne saurais comment vous l'expliquer mieux que ça. En effet, il y a de l'amour et aussi bizarre que cela puisse paraître, je le ressens aussi. Convaincue que le coup de foudre n'existait pas, il est difficile pour moi d'assimiler mes émotions et mes sentiments. Mais il n'y a pas que de l'amour parce qu'en effet, on ne peut pas nier le fait qu'une attirance physique nous lie intimement. La situation que nous partageons est assez spéciale, en une heure nous avons appris à nous connaître juste un petit peu et en même temps j'ai l'impression de tout savoir de lui. Il m'attire plus que n'importe quel homme dans ma vie et me donne envie de me laisser tomber dans ses bras. Nous n'avons pas arrêté de parler mais ça ne fait tout de même qu'une heure que nos visages nous semblent communs et pourtant nous sommes complètement dingues l'un de l'autre. Bon, nous sommes à quelques pas de ma maison, je dois rentrer, seulement je n'en ai aucune envie.

— Nous y sommes à ma superbe maison ! Dis-je en rigolant, puisque nous en avons parlé et sans même la connaître, il l'a adorée.

— Bien, déjà de l'extérieur elle est charmante.

— Tu m'étonnes… il y a une demande derrière non ?

— Ah bon ?

Il met ses mains dans ses poches de pantalon, qui d'ailleurs lui va plutôt à ravir. Son regard est sensuel et en même temps très proche. Une fusion met en correspondance nos deux corps sans même qu'ils ne puissent se toucher.

— Non en réalité je trouve qu'elle est vraiment intrigante d'extérieur c'est tout.

— Donc tu ne penses pas aimer l'intérieur c'est ça ?

Il s'arrête de parler et en l'espace d'un court instant on se regarde, sans ne rien prononcer ni l'un ni l'autre. Quelques secondes passent et je le vois mettre de nouveau ses mains dans ses poches en baissant le regard pour mieux venir le déposer à nouveau sur mon visage désorienté. À ce moment précis, j'ai senti la chose à laquelle je n'avais pas encore pensé, le retour à la réalité, la peur de m'engager pour souffrir. Je fais mine de rien, j'arrête un peu de rigoler, je ne veux pas lui donner d'espoir. J'ai la forte impression que je souffre déjà à l'idée de ne plus jamais le revoir.

— Il est temps pour moi de rentrer Esteban.

— Bien sûr, j'aimerais terriblement te revoir.

— Ça risque d'être assez compliqué disons... J'ai beaucoup de travail en ce moment, et je n'ai pas envie de me trouver d'excuses hein, mais je ne suis pas sûre d'être prête. Au revoir, grand gentleman.

Lorsque je lui dis au revoir j'esquisse un large sourire d'amusement quand je le compare à un gentleman, il sourit de même et je ne le revois pas. Je suis entrée, puis, la porte de ma petite maison s'est fermée. Je n'arrête pas de penser au dernier regard que l'on s'est échangé, à l'ultime sourire qui nous a liés. Lui, Esteban, encore lui, et pourquoi pas lui. Voilà de quoi ma nuit est faite, très chargée en douceur, mais en souvenirs d'une soirée qui marquera sans doute ma vie tout entière étrangement. Je ne peux faire autre chose que de penser à ma mère, qu'est-ce qu'elle m'aurait dit pour m'aider? Que dois-je réellement faire? Mais surtout comment le faire? Je n'y arriverai certainement pas encore une fois, malgré tout ce qui nous retient l'un à l'autre en si peu de temps passé ensemble. Insistante, je me demande comment je vais me lever le lendemain, je n'arrive pas à dormir. En fait je n'ai pas envie de le faire il me semble. Ma nuit se transforme en rêve dans lequel cet homme est bel et bien le personnage principal. Sans s'en rendre compte, il vient de me faire plus de bien en une soirée que des milliers de personnes en vingt-cinq ans. Tous ceux qui animaient mes nuits de cauchemars s'éteignent pour laisser place aux rêves qu'Esteban me laisse l'occasion de vivre.

XII
Un nouveau jour se lève

Rose

Je ne serai plus jamais seule puisque désormais tu es à mes côtés.

Je me réveille en mettant un terme à un rêve plus absurde que réel. C'était époustouflant, étourdissant, extravagant sur les bords, et si enchanteur. Et encore, les mots choisis ne sont qu'une partie de cette évasion. Je sors de mon lit si enjouée que ma routine matinale a complètement changé. Je me vois aller dans ma cuisine me faire un petit-déjeuner salé comme j'aime, bien que je le fasse rarement. Je me cuis quelques œufs et me presse un citron frais dans un verre d'eau tiède. Je passe ensuite devant ma salle de bains en allant vers mon dressing pour choisir mes vêtements du jour. Je pense à une jolie jupe en jean avec un haut blanc sophistiqué pourtant très naturel. Je passe cette fois par la salle de bains directement, je saute dans ma douche, me lave les cheveux, le corps, les mains, je me brosse les dents. Je pars enfiler mes vêtements et je bondis dans mes talons pour enfin mettre mon nouveau manteau, une magnifique trouvaille qui demeure être une belle fourrure beige, un peu similaire à ma veste de la soirée passée. Je sors pour me rendre à mon travail qui n'est pas très loin, j'y vais à pied le matin en général, quand mon père ne passe pas me chercher avec sa toute nouvelle voiture dont il est si fier. Ah vous connaissez les hommes… Une belle voiture, un beau costard, une femme à leur bras et tout roule. Je me sens si radieuse ce matin.

J'ouvre la porte, je me retourne et la ferme à clé. Et lorsque je fais un deuxième demi-tour, je suis agréablement déconcertée par ce que je vois.

— Ah enfin !

— Tu m'étonnes, qu'est-ce que tu fais ici sur un banc ? Et depuis quelle heure ?

— Depuis que je t'ai quitté la veille en vérité.

— Pardon ? Je me demandais pourquoi tu étais vêtu de la même manière, mais je comprends.

— Tu n'as peut-être pas entendu ? Je suis ici sur ce banc comme tu dis, depuis la veille au soir, ou tôt dans la nuit, chacun voit midi à sa porte.

Je me mets à rire et pourtant à m'inquiéter pour lui gentiment. Il a passé toute une nuit devant ma porte, dehors, alors que j'étais réveillée du haut de ma mezzanine. Pour quoi faire ? Il n'est pas débarbouillé et porte le même accoutrement que la veille. Mais il est quand même tellement craquant. Et puis il me fait beaucoup rire tout de même. Je l'aime. Je l'aime ? Je dois me ressaisir parce que je n'ai jamais aimé un homme jusqu'à aujourd'hui alors je ne dois pas m'emballer. Mais je l'aime, je le sais, je l'aime.

*

Esteban

Une révélation perd tout son sens lorsque la vie l'emporte.

Encore plus magique que la veille, plus belle encore au point que j'en deviens hébété. Suis-je idiot à la regarder de cet air-là ? Certainement oui, il faut que j'arrête.

— Tu as bien dormi ?

— D'un sommeil de plomb, je devais être très fatiguée.

— Je n'en dirais pas autant pour moi en revanche. Les bancs d'en face ne sont pas aussi confortables qu'on pourrait le croire.

Elle rit follement. Son sourire est le plus beau du monde. C'est communicatif, parce qu'il en est de même pour moi, je me mets à rire.

— Par tout hasard, je n'ai pas arrêté de penser à toi.

— Je te demande pardon ?

— Tu es certainement la première femme que je vois qui s'en fiche presque de recevoir des compliments et mots doux.

— Peut-être. Parfois on finirait par croire que les mots doux se transforment en symphonie étourdissante.

Je sens que j'arriverai à la faire parler, j'en ai tellement envie. Elle y arrivera aussi, je crois en elle. Ça doit être si dur, j'aimerais la comprendre. Je me lève du banc pour la questionner au sujet de ma veste.

— Tu n'aurais pas emporté ma veste dans ton bel appartement ?

— Dans ma magnifique maison tu veux dire ? Si, c'est la première chose que j'ai vue ce matin en me levant. Ça te dirait de venir la chercher avec moi ? C'est uniquement pour avoir une visite privée de ma belle demeure dont tu rêves tant.

Je l'accompagne dans sa chambre à l'étage. La maison est vraiment chaleureuse et à son goût, j'aime beaucoup. Mais dans un instant de calme et de silence, se mêle une atmosphère de confidence. Rose me regarde profondément et me lance quelques phrases.

— J'ai besoin de comprendre une chose. Pourquoi est-ce que toute la nuit, tu m'as attendu en bas de chez moi quitte à dormir sur un banc Esteban ?

— Je ne comprends pas plus que toi ce qui m'arrive en réalité, mais je sais surtout que j'ai besoin que tu me dises qu'on se reverra. Ce que tu m'as dit hier m'a fait peur, j'ai envie de te voir mais j'ai surtout besoin de te voir.

— On ne se connaît pas. Esteban, ça va très vite.

— Ça n'est pas question d'aller vite Rose tu le sais, je vois très bien que tu as juste peur de quelque chose. Ce qui nous est arrivé hier n'est pas anodin, c'est la première fois que je vis ça. Ne me dis pas que ça va trop vite, rien n'est normal dans ce que l'on ressent l'un pour l'autre.

— Ah oui ? Tu as l'air d'un bon devin, la science te mène par le bout du nez. Alors de quoi est-ce que j'ai peur ?

Je vois que Rose esquive la seule chose à laquelle je voulais qu'elle réponde, nos sentiments. La situation prend une autre tournure, je meurs d'envie de lui dire que je l'aime mais je ne peux pas, je crois déjà connaître sa réponse en plus. Elle me met le doute, est-ce que ça va réellement trop vite alors ? Non, parce que je l'aime. Oui, parce qu'elle a besoin de temps ? Non parce qu'elle aussi doit ressentir quelque chose d'inattendu ? Oui parce qu'à qui ça arrive de tomber amoureux si vite ? On part d'un moment de confidence à une déclaration d'amour le deuxième jour en ayant uniquement parlé de nos passions, de nos moindres souvenirs d'enfance et des sports que l'on pratique l'un et l'autre. Je reviens vite à la raison, je l'aime, je le sais, elle aussi et je le sais. En revanche ce que je n'ignore pas non plus c'est qu'elle est bouffée par la souffrance et je ne sais toujours pas pourquoi. Eh bien cette fois je tente autre chose.

— J'ai beaucoup aimé notre balade d'hier soir, mais un rendez-vous au pied de la Tour Eiffel te ferait plus plaisir ?

— Plus je ne sais pas, mais c'est tentant oui. On se redit ça, je suis très en retard à cause de tout ça, je file au taf, je suis désolée, tu viens ? Je vais fermer ma maison.

Je trouve cet instant trop court, et puis on se redira n'est-ce pas ? Mais comment, elle ne m'a pas donné de numéro ou d'heure précise pour ce soir. Et puis mince, je suis aussi en retard au travail, même si je suis mon propre patron, j'ai énormément de boulot ces temps-ci.

*

Rose

L'inattendu est l'incroyable rayon de soleil d'un amour.

Cet homme est d'un charme perturbateur, d'une galanterie sans égale et d'un bon sens m'amenant au plus haut point d'admiration pour lui. J'ai l'impression que face à moi, j'ai non seulement l'homme parfait mais aussi le prince charmant. En même temps tout homme est un prince charmant au début, c'est ce que je me dis pour me détacher de mes pensées qui me ramènent en permanence à lui. Est-ce que je devrais savoir quoi faire ? Je devrais peut-être ne pas me poser de questions. Je ne sais pas. Je verrai, en attendant l'heure tourne et je loupe de plus en plus de mon temps de travail. Je pars à pied, je vais de plus en plus vite pour perdre le moins de temps, mon sac à main dans une main, mes dessins pour aujourd'hui dans l'autre. Arrivée à un carrefour piéton, je vais pour tourner à droite, seulement de cette direction quelqu'un arrive sans même que j'aie le temps de le voir, tout tombe par terre, mes dessins sont fichus, je me prends de colère.

— Mais ce n'est pas possible ! Faire attention c'est dans vos cordes ?

— Rose.

— Esteban.

— Je m'excuse, je devais me dépêcher je suis très en retard aussi, je n'ai pas fait attention en effet.

Je le vois qui m'aide à ramasser mes dessins et mes pochettes. J'ignore ce qu'il vient de glisser dans une de ces dernières mais lorsqu'il s'en va en s'excusant à nouveau, je le pardonne, puis je me presse de regarder son petit bout de papier glissé délicatement dans mes affaires.

Il ne s'arrêtera jamais d'être romantique et surprenant. Son attention est si délicate et complaisante. « RDV ce soir à 20 h 30 devant Arnaud Nicolas face à la Tour Eiffel, Esteban ». C'est un superbe restaurant au cœur du centre de la ville. Il est plein d'attention pour une femme qu'il connaît depuis si peu. Je ne pense pas accepter son rendez-vous, je me trouve encore bien trop fermée et je m'en sens gênée plus qu'hébétée. Vu que comme d'habitude le travail ne vient pas à moi, j'y arrive enfin, et ce à quoi je m'attendais arriva. Mon père me tombe bel et bien dessus, mais quoi lui dire ? Désolé papa je faisais tranquillement la connaissance de quelqu'un en lui faisant visiter ma maison. Ou alors je lui dis que j'ai été prise au dépourvu en voyant l'homme duquel je suis folle amoureuse qui a dormi toute la nuit devant ma porte.

— Je suis désolée papa, mon réveil ne m'a pas réveillé, j'ai fait une insomnie et lorsque je me suis endormie au petit matin, quelques heures après, impossible de me lever.

— Bien sûr, et je dois te croire ? Tu es quand même ma fille, je te connais, tu n'as jamais été en retard pour venir au travail, sacrilège !

— Écoute papa ça peut arriver à tout le monde non ?

Il reste perplexe et parfois me supplie d'apprendre à garder mes secrets face à mon cœur qui lit à travers moi aussi facilement que si mes sentiments s'imprimaient sur ma peau hantée. Dès que j'arrive, j'essaie de récupérer mes dessins ou de les refaire plutôt rapidement. Je me plonge dans le travail jusqu'à treize heures sans m'en apercevoir. Le midi, de douze heures à quatorze heures je suis seule dans l'atelier, les employés et mon père, comptable et patron mangent en ville. Pour ma part je reste travailler, et je grignote une gamelle faite la veille. À l'atelier vers treize heures quinze, la sonnette retentit, je ne comprends pas pourquoi. C'est ouvert et les employés ne sonnent jamais. Je me présente à la porte en m'arrêtant difficilement de travailler, et quand j'ouvre, c'est une surprise.

— Bonjour Mademoiselle, j'ai un colis pour vous, pouvez-vous signer ?

— Euh… Évidemment oui. Vous savez d'où ça vient ?

— Non Mademoiselle, mais j'imagine que vous allez le savoir vous.

Cet homme me donne le colis en souriant, comme s'il croyait que j'avais un petit ami, ou que quelqu'un me draguait. Je comprends vite, sans même lire le petit mot de celui qui l'a envoyé.

J'ouvre un carton très bien décoré, étrange pour un colis livré. Ce n'est pas tous les jours que l'on voit ça. Extrêmement curieuse de sa nouvelle surprise, je l'ouvre. Un magnifique bouquet de roses blanches s'offre à moi, comment a-t-il deviné que ces fleurs étaient mes préférées ? Je l'emporte directement dans la cuisine de l'atelier afin de le plonger dans de l'eau froide. En voulant jeter l'emballage, je remarque ce fameux papier où y est inscrit « Pour la femme que je désire voir tous les jours, Esteban ». Il est adorable et en même temps ces attentions dressent un tableau de vie commune, comme si cet homme et moi étions ensemble depuis des années. J'ai l'impression de me voiler la face, de réfuter l'idée qu'il puisse se créer une histoire d'amour autour de nos sentiments. Pourtant tout est là pour dévoiler notre amour au grand jour, profiter de nos moments amoureusement, transformer une connaissance en l'homme de sa vie. Le blocage que je ressens n'est pas juste un arrêt momentané et ne se dirige pas directement vers Esteban, au contraire. C'est le seul qui arriverait peut-être à me faire changer d'avis. C'est en fait un mur qui m'empêche d'avancer dans mes relations avec les gens, il m'est impossible de m'ouvrir sur ma vie, et de me donner une fois de plus à quelqu'un pour qu'il me détruise de quelconque manière.

Je me remets au travail à la suite de cette petite interruption aussi mignonne que surprenante.

*

Esteban

Parce qu'il n'y a plus que toi à présent.

La journée me paraît longue, si longue que je prends une heure, mon associé qui est aussi mon meilleur ami prend mon heure.

— Je te remercie du fond du cœur John, t'es au top !

— Sans soucis, ce n'est pas tous les jours que tu me dis que tu viens de tomber amoureux d'une femme.

— Je te revaudrais ça. Au fait ? On se voit toujours demain soir pour le match ?

— Toujours, à demain mec.

Il est bientôt dix-huit heures, et le soleil surplombe Paris en même temps que la nuit tombe peu à peu. Le paysage est magnifique. Je prends mes affaires respectives et je m'en vais. Mon GPS me sert énormément puisque je décide de me rendre au travail de Rose, pour la raccompagner chez elle avant le rendez-vous. Je n'ai pas cessé de penser à Rose toute l'après-midi. J'ai besoin de la voir. J'ai l'impression de vivre un amour passionnel mais qui pourtant ne se concrétise pas. Je cours la chercher. Minutieusement, mon GPS me guide dans chaque rue de la ville qui me mène à elle.

Je fais retentir la sonnette de son atelier, puis j'attends. C'est un nombre de minutes interminable qui s'écoule à partir de ce moment. Le son qui s'y trouve à l'intérieur s'entend quelque peu, je perçois des talons qui se rapprochent de plus en plus de cette entrée. Je suis confiant. Elle porte toujours des talons comme elle me l'a confié la veille, ça me fait dire que c'est elle. D'autant plus qu'elle en avait ce matin en partant. La porte s'ouvre.

— Rose, je débarque à l'improviste je sais. Mais je voulais te revoir.

— Je viens tout juste de finir, il faut que je range mes affaires, entre. Tu ne peux plus te passer de moi donc.

Rose me crie ces quelques mots depuis la pièce où elle range toutes ses créations qui s'ouvrent sur le hall. Sur le moment, c'est en souriant qu'elle me parle mais dans le fond j'ai envie de lui répondre qu'elle a touché le mille. C'est exactement ça. Une sensation de démesure me surprend. Je ne contrôle plus rien et j'ai envie de la voir chaque instant même si je viens de la quitter.

Son atelier est très charmant, peint de mille couleurs, meublé de manière très perfectionniste. Le travail se ressent, les dessins envahissent les pièces, les couleurs rendent l'atelier plein de vie, les crayons ne sont pas rangés, les couturières travaillent encore, les tissus sont tout prêts à être modelés, la poussière vole. J'adore son environnement de travail. En revanche, elle ne réagit pas aux pas que je fais vers elle, je me sens seul dans cet élan d'amour.

On discute à propos de nos journées, Rose en parle passionnément, on voit combien elle est folle de son métier, à peu près au même titre que je suis littéralement fou d'elle. C'est beau à voir, ce n'est pas souvent que l'on croise des gens aussi passionnés par leur métier et c'est fort dommage.

— Et la tienne ?

— Ma journée a été longue, mais j'adore mon métier, je bosse sur un gros projet en ce moment.

— On y va ? Et quel genre de gros projet ?

— Je te raccompagne et je file me changer. Un projet sur lequel mon meilleur ami et moi travaillons depuis des mois, un client qui refait sa maison, il désire que tous ses meubles soient faits main en ébénisterie, et il a de grandes ambitions disons. Il faut dire aussi que l'ébénisterie fonctionne de moins en moins, peu de gens ont pour ambition de refaire toute leur maison en bois. On ne peut pas se louper.

On est sur la route du retour, comme à notre habitude depuis le soir qui précède cette magnifique journée ensoleillée, nous parlons de beaucoup de choses, parfois d'avis opposés, parfois joints. En l'invitant au restaurant j'aimerais qu'elle s'ouvre à moi, qu'elle s'ouvre une fois pour qu'elle se rende compte que faire confiance c'est humain, que les relations humaines servent aussi à ça, à s'écouter et se comprendre en partie.

*

Rose

C'est toi et toi seul qui peut réussir à me faire changer d'avis.

Je ne m'attendais pas à le voir débarquer à l'atelier. Il représente presque tout ce que j'aime chez un homme finalement, j'adore l'imprévu et il l'incarne parfaitement. Cet homme est décidément tout ce qu'il y a de plus spontané, déterminé et romantique mais j'aime ça. C'est précisément de cette manière qu'un homme peut me séduire. Mon caractère est fait à présent tel que la confiance que je suis susceptible de donner à quelqu'un est complètement bloquée en moi. Je ne pourrais même pas vous dire que je n'essaie pas parce que je l'ai déjà fait des tonnes de fois, mais la véritable nature de ce renfermement sur moi-même ce n'est pas tant ma volonté que le fait d'y parvenir. Mais cette fois j'ai l'impression que mon cœur est si touché par cet homme qu'il pourrait me faire changer d'avis d'une seconde à l'autre, faire partir ce blocage qui est ancré en moi et me hante depuis des années. Je sens que cet homme peut tout changé.

— Arrivés à destination !

— À bientôt Esteban.

— À ce soir Rose.

Je sens son regard insistant comme pour me rappeler que l'on doit se voir ce soir. Je me sens désemparée. Je devrais lui dire n'est-ce pas ? Lui dire que je ne veux pas venir ou que quelque chose me retient ce soir, m'empêche de le rejoindre. Je ne le fais pas, de peur de le décevoir. Que ma décision, si je peux l'appeler comme ça, soit que je vive avec lui tout l'amour que l'on a à se donner ou que je n'y arrive toujours pas, il restera au plus profond de mon cœur, l'homme que j'ai toujours rêvé avoir à mes côtés, l'homme qui me fallait pour me rendre éperdument heureuse.

Sinon trêve de plaisanterie, j'appellerais bien Lana, ma meilleure amie.

— Allo bichette ?

— Hey, j'ai pensé à toi je suis passée devant chez Alex, il n'allait pas très bien.

— Ah bon ? Les mêmes problèmes j'imagine ?

— Oui, j'ai hésité à t'appeler et puis finalement je l'ai raccompagné jusqu'à sa chambre où il doit dormir profondément si tu vois ce que je veux dire.

— Parfaitement… il faudrait qu'on s'organise un truc, quelque chose de sympa pour tous nous changer les idées.

— Oui pourquoi pas. Ce soir je m'ennuie à mourir. Tu t'imagines ? Nono dans son plaid polaire devant une série qui me fait bailler depuis une heure, un thé à la main, un livre dans l'autre.

— Écoute, le livre et le thé ne sont pas désespérants, mais le plaid et ton émission pourrie sûrement un peu plus.

— Ça va hein, je te demande ce que tu fais toi ?

— Je suis dans mon bain en buvant un petit verre de vin blanc, l'esprit ailleurs mais la mousse plein le corps.

— Ah, bon programme dis donc. Sinon tu ne bouges pas ?

— Pas du tout non.

— On se voit bichette ?

— Je ne te dirai jamais non pour ces choses-là…

— OK, alors sors de ton bain et file me rejoindre vu que je te manque.

— Tu es gonflée !

Je raccroche avec Lana et file me préparer pour le peu de trajet que j'ai à faire mais n'oublie pas d'emporter avec moi le fameux pyjama de nos soirées filles pour un bon commérage. Je lui avais promis de lui prêter ma dernière trouvaille de chez *Zara* qui est un jean loose que j'adore porter naturellement. Je prends le soin de le sortir de mon placard en rassemblant tout ce dont j'ai besoin. Je reste finalement de marbre en me regardant dans le miroir. Mais qui suis-je ? Est-ce que je suis sincèrement en train de planter un homme si généreux et attentionné pour aller avec Lana ? Je ne sais pas pourquoi je me sens rassurée d'un autre côté de ne pas y aller, sans doute parce que le soulagement se diffuse dans mon corps à la vitesse d'un poison et que par la même occasion, je ne me sentirai forcée de rien.

Je m'acharne sur la sonnette de Lana qui prend toujours une éternité à venir ouvrir, mais j'ai froid.

— Il n'est pas trop tôt.

— Bah tu n'as qu'à t'habiller plus chaudement.

— Fais attention à ce que tu dis sinon mon jean mom reste au placard.

— OK chef.

La soirée se déroule comme à son habitude. Lana et moi parlons beaucoup quand nous sommes toutes les deux. Elle est une sœur pour moi, cette fameuse personne dont j'ai besoin pour parler. On passe notre soirée à rigoler, sursauter devant notre film d'horreur préféré, siroter nos cocktails liberty réalisés de notre propre chef. Les meilleurs cocktails de la Terre. Sans compter qu'on passe notre soirée à manger après avoir commandé mexicain à deux rues de chez elle. Lana et moi sommes deux êtres très fusionnels, alors pour ne pas changer de routine je finis par m'endormir dans ses bras dans son lit avec notre doudou. Sur le coup je me souviens que nous faisions déjà ça à nos sept ans. Ces moments ont un goût d'enfance, d'insouciance, un goût de bonheur.

Six heures moins le quart. La sonnerie de mon portable retentit. Je me souviens malgré ce moment de douceur qu'il est temps de me préparer.

— Merde.

Lana ouvre les yeux difficilement pour me demander ce qu'il m'arrive.

— Bichette, tes yeux sont encore collés.

Je souris d'un air aimant, elle est trop mignonne. Je lui fais part de mon oubli de pull la veille en faisant mon sac. Elle me suggère finalement de lui piquer un des siens. Ce qui n'est pas pour me déplaire quand je vois de nouveau son dressing. Elle et moi nous échangeons souvent des fringues. J'ai parfois l'impression que c'est ma coloc' à distance.

— Bonne matinée avant le boulot de cette après-midi nono. Je t'aime.

Je la quitte le cœur sensible, on déteste se quitter. Je dois me rendre au travail le plus vite possible parce que l'heure tourne à n'en plus finir et il est hors de question que j'arrive en retard une seconde fois cette semaine, même si ce n'est pas pour les mêmes raisons. Esteban.

*

Esteban

Quand j'arrive au boulot, je me demande un instant s'il ne faudrait pas que je passe voir Rose. Finalement, cette idée se dissimule quand je repense à hier soir. Je ne vois pas pourquoi continuer à lui prêter attention alors que mes efforts sont réduits au silence. Je suis écœuré mais finalement je me souviens que j'aurais dû me douter de la suite des évènements après l'avoir quitté chez elle la veille. Sinon, plutôt que d'occuper ma matinée à me soucier de celle qui ne le fait pas à l'inverse, je préfère me pencher sur des devis de clients importants.

— On a du taf aujourd'hui, on ne va pas chaumer.

— Je sais chef, je suis préparé.

— Oui moi aussi, t'inquiète ma poule.

— Parfait, on forme une bonne équipe.

John vient finalement se glisser derrière la verrière qui sépare mon bureau de l'atelier pour me glisser quelques mots sur mon rendez-vous.

— On en parlera plus tard tu veux ?

— Ola, habituellement tu serais plus joviale.

Je ne prends pas la peine de lui répondre mais vois son regard plongé dans l'incompréhension quand je frappe dans mes mains comme pour leur dire que nous ne devons pas nous arrêter.

— C'est parti.

La matinée est fructueuse et le reste de la journée aussi par la même occasion. John me propose de passer boire un verre à L'albatros pour fêter nos contrats qui s'apprêtent à nous rapporter gros. Une fois au bar, je commande une tournée pour mes trois employés et moi-même. Alors que je m'approche du bar pour payer, en laissant les gars seuls à la table, j'aperçois une silhouette qui ne m'est pas étrangère.

— Rose ?

Je la vois surprise d'entendre ma voix mais elle ne comprend pas d'où cela provient. Quand je comprends qu'elle se dirige vers les toilettes, je stoppe le barman et cours vers elle.

— Excusez-moi, je reviens vite.

Alors que nous sommes isolés du reste du bar par les murs des toilettes, ma main agrippe la sienne d'un ton sévère.

— Tu me fais quoi là ?

— Esteban ?! Tu m'as fait peur je ne t'avais pas vu.

— Je sais, mais entendu si.

— Je ne me doutais pas que c'était toi.

— C'est tout ce que tu as à me dire ?

— Euh… oui sûrement.

— Tu n'es pas comme ça Rose, dis-moi que je ne me suis pas trompé.

Le regard qu'elle me porte même énervée par mon geste reste celui qui me dresse la chair de poule sur tout le corps. Se mélange à l'envie de m'énerver cette envie de l'embrasser. Mais je garde mon sang-froid, son comportement est incompréhensible.

— Je ne suis pas comment ?

— Est-ce que je dois comprendre que c'est normal de m'être retrouvé seul au pied de cette foutue Tour Eiffel à vingt heures trente plutôt que d'être face à toi ?

— Je… je suis désolée.

— Tu peux l'être oui. Je ne te retiens pas, assez d'être pris pour un con.

Je reviens à la table après avoir réglé le montant indiqué mais rien n'est plus pareil. Je me sens froid et distant de mes employés de qui je suis pourtant proche et encore plus de mon meilleur ami John. Je me sens idiot de lui avoir parlé d'elle hier aussi emballé même si pour moi rien ne change.

*

Rose

— Je t'ai commandé un verre nono.

— Ah super, merci.

Ma surprise se lit sur mon visage ce qui de plus n'est pas évident à cacher alors que je ne m'en remets toujours pas. Il manquait plus que ce bar soit aussi son lieu de rendez-vous préféré. Je me sens d'abord nulle, puis soulagée que l'affront soit passé alors que je me posais mille questions. Bien sûr que j'évoque ma culpabilité quand je l'imagine seul avec l'espoir que je débarque hier soir.

— Tu vas bien ?

— Oui plutôt, ça va.
— Sûre ?
— Oui je te dis, en plus aujourd'hui on a le cours de danse et on répète la chorégraphie qu'on fait toutes les deux !
— Oui mon Dieu j'ai hâte.
Nono et moi nous retrouvons à passer la soirée à la salle de répétition avec notre prof de danse. On est deux éléments moteurs du groupe et elle nous réserve deux chorégraphies à réaliser seules sur scène. Les répétitions sont plus longues et plus délicates, elle en attend beaucoup de nous, suffisamment pour que nous aussi en attendions trop de nous.
— Rose, ne te fais pas mal, ne t'acharnes pas pour ce soir. Tu n'es pas dans ton assiette, je me trompe ?
— Si parfaitement, c'est juste que j'ai mal dormi cette nuit et la fatigue me gagne.
— Ah bon tu as mal dormi toi ? Pourtant les seules fois où je me suis réveillée tu dormais comme un loir.
— Un loir ? Non une chauve-souris.
Je fuis les deux conversations et pars me changer. Quand je redescends du côté de la salle, je surprends une discussion entre les deux filles.
— Il serait temps qu'elle change d'air tu ne crois pas ?
— Je lui dis depuis longtemps, mais je la trouve bizarre ces derniers temps.
— Je suis d'accord, elle réagit bizarrement.
— Tu penses que ça vient toujours du même problème ?
— Malheureusement celui-ci, je ne sais pas comment le régler ou réussir à la faire avancer.
— Oui et puis…
Bonsoir je m'appelle Rose et je suis là. Non mais elles se foutent de moi. Ma vie doit grandement les intéresser pour qu'elles parlent si fort de ma vie à quelques mètres de moi.
— Lana ! On y va.

— Je ne me suis pas changée.
— Tu le feras chez toi.
— À plus Carole.
— Bisous mes loulous.

Je me défile, tente de déposer Lana en vitesse devant chez elle avant d'emboîter le pas et de me rendre le plus rapidement possible chez moi. Une fois rentrée, une longue nuit de sommeil intense m'attend quand je vois mes oreillers m'appeler et que je me souviens que demain mon père m'a laissé ma matinée. Il me trouvait fatiguée disait-il. Mais pourquoi est-ce que tout le monde s'inquiète pour moi ? Je ne suis pas qu'une petite chose fragile.

*

Esteban

Les journées sont chargées en ce moment alors peu de temps reste à ma vie pour que je pense à Rose. Mais j'y pense, un vague instant.

— Aïe !

Mes matinées se rythment au déroulement de ma vie en ce moment, rien ne va. Je suis perdu et si frustré de devoir me priver d'une histoire qui me semble pour le moins ravissante. Alors que je pense au match de quinze heures que j'ai avec John au tennis contre un duo des Yvelines, je me presse d'écrire mon numéro sur un bout de papier.

Je suis aux anges quand j'aperçois un petit-dej digne d'un roi sur la table d'entrée du bâtiment où je travaille. La femme de John nous fait ça les jours de match et ça ne nous déplaît pas. Je me remplis l'estomac avant de démarrer une journée riche en rebondissement. Je cours dans plusieurs quartiers de la ville, certains clients viennent récupérer des meubles, John part réaliser un lit sur mesure dans le soixante-dix-huit et quand quinze heures retentissent sur l'horloge du boulot, nous sommes en retard.

— John dépêche-toi, sors tes affaires, il faut qu'on file.

— Merde, l'heure tourne plus vite au taf non ?

— Ne plaisante pas ils vont nous attendre. En espérant qu'à cette heure les bouchons soient ridicules.

Finalement la fin de la journée se dresse face à une belle victoire de John et moi. Habituellement nous allons fêter ça au restaurant avec des amis et sa femme. Mais aujourd'hui j'ai autre chose à faire avant. Je me rends devant chez Rose et y dépose mon petit bout de papier insignifiant dans la boîte aux lettres, de toute évidence. N'ayant pas le temps de sonner ou peut-être pas l'envie, je fais en sorte d'être au restaurant à l'heure.

*

Rose

« 06 18 65 29… essaie de l'utiliser sans faire de mal… ton prince charmant ». Quand j'ai l'habitude de dire qu'il est exceptionnel ce n'est pas une blague. Sa rancœur se mêle si bien à l'amour qu'il me porte que son mot me donne mal au cœur. Comment j'ai pu lui faire ça ? Peut-être que pour ne pas lui faire de mal je ne devrais rien lui faire du tout.

Autrement, je feuillette mon bouquin dans le bain avec un fond de Chopin que j'admire. Les notes qu'il joue son tellement bien pensées et harmonieuses que cela suffit à me faire lire des pages pendant près d'une heure sans m'en rendre compte. J'avais oublié ce que faisait une matinée de repos douce et appréciable. Le bon sens de mon père me fait bon vivre et rien de plus relaxant ne pouvait arriver que de voir débarquer mon Latte Macchiato aux mains d'Alex et Thaïs qui me font sortir du bain.

— Bah on ne s'était pas fixé de rendez-vous les loulous ?

— Tu as encore une serviette sur la tête toi.

— Qu'est-ce que tu veux, pour une fois que je ne travaille pas le matin. Entrez.

Ça me fait vraiment du bien de les voir le sourire jusqu'aux oreilles et avec l'humeur divine qu'ils rapportent avec eux. On passe le reste de la matinée plongés dans de lourdes discussions, qu'elles portent sur la relation destructrice d'Alexandre, son passé familial, le mien ou les problèmes de santé de Thaïs. On est comme trois affaiblis par l'expérience de la vie mais on a appris très jeune à se soutenir tous les trois et rien ne nous fait plus de bien que de nous écouter. Sinon, après avoir vidé au moins deux boîtes et demie de mouchoirs, nos paroles ébauchent sur des discussions plus joyeuses. Je me rends compte à cet instant que nous nous sommes toujours tenus au courant de la moindre relation qui se voyait éclore. Cependant, aujourd'hui je ne me vois pas parler d'Esteban parce que je nous trouve tout aussi pathétiques que délicieux. Depuis que je le connais, j'essaie sans cesse de comprendre l'amour pour finalement me rendre compte que l'amour ne doit pas forcément se comprendre. Je ressens des choses insaisissables et incompréhensives pour cet homme et à la fois nos deux âmes ne se sont croisées que quelques fois en plusieurs jours déjà. Je suppose que ça suffit. Tomber amoureuse ne m'est jamais arrivé, je ne sais pas ce que c'est, enfin je ne savais pas du moins. J'ai aimé des hommes mais jamais à ce point, jamais au point de cet amour-là.

— Je ne vous vire pas mes loulous mais je dois aller me préparer pour filer au travail. D'ailleurs vous non ?

— Je suis de repos perso, le magasin est ouvert mais d'autres collègues bossent aujourd'hui.

— Et toi Alex ?

— Vacances pour moi, j'ai une petite semaine, la boîte de gaming a fermé.

— Bon bah parfait maintenant je dois d'autant plus me motiver en me disant que je suis seule à travailler.

— Ça va tu adores ce que tu fais.

— Alors ça oui et je ne dirai jamais le contraire. Mais le travail même quand il s'agit d'une passion reste le travail et puis on évolue avec les clients alors il y a toujours un besoin de bien faire, une pression supplémentaire et un stress de le faire à temps.

— Je comprends bichette, mais pas le choix, le devoir t'appelle.

Alors que tout le reste de la journée se passe comme je le pensais, c'est-à-dire confortablement, je file me préparer pour rentrer chez moi et sans aucun doute, entrer à nouveau dans un bon bain chaud.

— Au revoir pap…

Je m'apprête à saluer mon père avant de quitter mon bureau mais j'entends un bruit de sonnette prolongé.

— Tu attends quelqu'un ?

— Du tout on n'a plus de client.

En général, personne ne vient dans nos locaux excepté les clients pour les rendez-vous professionnels ou les fournisseurs pour nous livrer les tissus et le matériel dont on a besoin pour travailler. J'ouvre la porte, voilà ma surprise.

— Bonjour ?

— J'ai un colis à votre nom.

— Ah et bien… je signe où ?

Après avoir déposé mon empreinte digitale sur sa tablette tactile, je m'empresse d'ouvrir ce fameux colis qui de plus est assez petit et m'intrigue.

— Un admirateur secret ma fille ?

— Pourtant… Non.

Une fois ce merveilleux cadeau offert, j'ai un sourire qui élargit mon visage d'autant plus quand je vois le petit mot de mon père.

— Je savais que tu le voulais plus que tout.

— Oh non papa… mais pour quelle occasion ?

— Je n'ai pas besoin d'un jour particulier pour te gâter ma fille.

C'est un parfum sur lequel j'ai flashé en allant me promener avec mon père il y a quelques semaines, c'était dans une parfumerie du centre-ville. Je file embrasser mon père sur la joue en guise de remerciements.

— Je suis désolée papa, je dois y aller, j'ai cours avec nono pour répéter nos danses.

— Ah tu as cours ce soir ?

— Bah pas avec notre prof particulier mais juste toutes les deux. On va chez nono vu qu'elle a une salle de danse.

— Super ma fille, bonnes répétitions mais repose-toi quand même.

J'admire toujours la bienveillance aiguë de mon père envers ses enfants. Avant que je ne puisse ouvrir la porte, je suis surprise par la lourdeur déposée sur la poignée de l'autre côté du mur.

— Rose.

— Esteban ? Mais attend qu'est-ce que tu fais là ?

— Encore un livreur ?

Mon père interrompt l'échange entre Esteban et moi. Je me trouve soudain très gênée, mon père ne doit rien savoir et encore moins le rencontrer alors que nous ne sommes pas ensemble et que je ne lui en ai jamais parlé.

— Bah qui est cet homme Rose ?

Je prends Esteban par le bras et fais en sorte de l'emmener à l'extérieur avec moi.

— Rien. Enfin je veux dire c'est un copain que l'on s'est fait avec Jonathan au tennis il y a quelques semaines. J'avais oublié qu'il devait passer me chercher pour m'emmener à mon cours avec nono.

— Bonjour Monsieur.

Je vois Esteban qui joue de son regard incompréhensif comme pour me faire peur : il veut dire toute la vérité et ça ne passe pas inaperçu aux yeux de mon père. Il m'a toujours été difficile de duper ce grand homme, d'autant plus qu'Esteban ne me rend pas la tâche facile.

— Bisous papa, je t'aime.

— Je… Au revoir Monsieur.

On quitte alors précipitamment l'atelier et j'entraîne Esteban avec moi. Je nous fais marcher quelques mètres pour ne pas être dans la ligne de mire de mon père, ou pire encore, devant une des fenêtres de l'atelier.

— Mais qu'est-ce que tu m'as fait là ?

— Parce qu'il te semble que j'ai fait quelque chose de mal à l'instant ? Je suis juste venu te voir Rose.

Mon visage se décompose à l'instant où son jugement me met en colère.

— Mais attend, je ne t'ai rien demandé du tout Esteban !

Le ton monte et je sens que lui aussi s'énerve. Son regard si tendre habituellement à ma vue devient alors glaçant.

— Rose mais quel est ton problème finalement ? Que tu veuilles du temps pour nous imaginer ensemble je peux comprendre, et encore tout est très soudain et incompréhensible, tout paraît si normal et naturel ! Mais là où je ne te comprends pas c'est que tu fuis même les courts rendez-vous qui n'impliquent rien d'autre qu'un bon moment de laisser-aller.

Quand Esteban me dit ça, je me retrouve face à lui, l'air de rien et le regard vide. Il ne me comprend pas certes, mais je crois ne plus me comprendre non plus. Mais qui fait ça réellement ? Refuser de passer du bon temps avec un homme qui me respecte, refuser de simplement boire un verre ou rigoler avec lui. Je suis folle, folle de lui.

Je me retourne pour me diriger vers ma voiture garée à quelques pas d'ici. D'un geste brusque et soudain, Esteban m'attrape finalement le haut du bras pour finir par me retourner et me trouver face à lui, comme pour affronter mes peurs et assumer la vérité.

— Rose mais explique-moi, dis-moi quelque chose, bordel !

Il pleut de plus en plus fort, comme si le moment n'était pas assez lassant pour que nous nous retrouvions les cheveux trempés et les lèvres humidifiées par le temps.

— Mais t'expliquer quoi Esteban ? T'expliquer quoi exactement, que je ne t'aime pas ?

Ma colère me fait dire des choses que je ne pense pas, des choses invraisemblables. Elles vont non seulement à l'encontre de mes valeurs qui ne veulent atteindre personne, mais de plus à l'encontre de ce que mon cœur me dit de faire. J'ai cette étrange impression de me trahir moi-même. Le silence prend place et son regard se transforme presque autant que la tendresse de ces gestes envers moi. Il me lâche le bras au moment où je désire plus que tout qui me serre dans ses bras. Qu'est-ce qu'il ne tourne pas rond chez moi ? Je lui avoue une fausse vérité, lui disant que je ne l'aime pas et finis par vouloir son corps tout près du mien.

Son corps se tourne, je n'aperçois plus que sa nuque recouverte de pluie, un orage étincelant commence sa symphonie et je suis là, seule comme le premier soir de notre rencontre.

*

Esteban

Je ressens un dur pincement au fond de mon cœur qui me cri de baisser les bras et d'arrêter de la comprendre en vain, simplement si je puise dans mes réserves j'ai encore de la marge, et je ne veux pas l'abandonner. Pour le moment je demeure quelqu'un d'anéanti par un tel refoulement de sentiment, comment est-ce qu'une personne aimée et respectée peut autant fuir le bonheur ? Ça dépasse tout ce que l'on peut imaginer, tout ce que je suis capable de comprendre.

— Esteban ?

Je l'entends crier par-dessus mes épaules alors que je suis déjà loin dans la rue, son corps s'efface dans un épais brouillard et au-delà d'une pluie torrentielle infâme.

— Je t'en supplie écoute-moi.

— Pour me dire quoi Rose ?

Nos seuls mots animent la rue et attisent le regard de certaines personnes qui s'intéressent à nous comme si nous étions les personnages principaux d'un film romantique. Je sens ma voix monter pour qu'elle parvienne à m'entendre un peu plus.

— Viens s'il te plaît, rentre avec moi, chez moi.

Un air démuni et troublé s'assigne à moi à travers le drap de gouttes d'eau qui pleure et ne cesse de nous le montrer.

— Je ne sais même plus quoi te dire, je ne sais plus quoi penser de toi, de nous, de moi…

— Viens simplement, tu ne disais pas qu'il faut profiter de chaque instant de vie un peu cool ?

Je me rapproche d'elle tandis qu'elle ne bouge pas et m'attend d'un pas hâtif.

— Si sûrement, mais tu es tellement lunatique avec tes propres sentiments, Rose… C'est difficile de garder sa place sur la chaussée pour te suivre sans heurter le bas-côté.

Même son regard n'arrive pas à se poser sur moi avec insistance quand je pose mes yeux sur elle. Elle doit avoir honte d'elle, d'être ce qu'elle est, honte de son passé qu'elle croit sûrement collé sur son front alors que c'est loin d'en être le cas. Qu'est-ce qu'elle a de si profond qui l'empêche de vivre ?

— Rose ce n'est pas normal d'être vivante et morte à la fois.

Quand je laisse s'échapper ces quelques mots de ma bouche, je vois quelques larmes recouvrir une partie de ses joues rouges et boursoufflées. Je me sens coupable et à la fois impuissant de me dire que même la vérité ne la fait pas reculer devant son blocage pour prendre de l'élan et passer au-dessus.

— Tu veux bien venir passer un bout de la soirée avec moi ?
— C'est une requête sincère ? Tu as bien réfléchi ? Je ne veux pas arriver devant chez toi pour que tu me jettes à nouveau ou pire encore.
— Je te le promets, j'ai envie d'une pizza avec toi.
— Tu as plus envie de la pizza ou de moi ?
Un ton plus doux prend les rênes de la situation et un apaisement se lit sur le visage de Rose quand le mien la gratifie d'un large sourire. Je vois Rose complètement trempée, sûrement presque autant que moi, l'air désespéré mais avant tout frigorifiée.
— Dépêchons-nous pour rentrer vite. Où est ta voiture ?
— Je ne suis pas loin, suis-moi. Tu n'étais pas venu en voiture ?
— Non à pied donc je n'ai rien à part mes jambes.
— Merci.
Je la regarde fixement tandis qu'elle ne changerait pour rien au monde son regard d'attention qu'elle porte sur la route. Peut-être pour se défiler ou simplement par prudence.
— Tu me remercies de quoi ?
— Je ne sais pas, peut-être de venir chez moi ce soir sans réfléchir alors que je t'ai planté il n'y a pas quelques soirs.
Je me rends compte que ce qu'elle dit est désespérément vrai mais au-delà de ça, je ne peux pas nier que je veux passer du temps avec elle. Profiter de la vie et des bonnes choses fait partie intégrante de ma nature et de ma personnalité donc c'est vrai que je n'ai aucun besoin de réfléchir pour ce genre de chose, je veux dire pour vivre.

*

Rose

Tant que rien n'est sûr, tout reste possible pour nous.

Je suis légère durant une bonne partie de la soirée, finalement jusqu'à ce qu'Esteban décide de s'en aller pour se reposer avant sa journée chargée de demain. D'ailleurs, je devrais en faire autant parce que demain nous sommes samedi et c'est une journée intensive de répétitions qui nous attend avec nono et notre professeur particulier de danse.

Je finis par enfiler un bas de survêtement avec un débardeur blanc basique avant de retourner dans la cuisine faire le peu de vaisselle que j'ai à faire. Je repasse en boucle les images de la soirée, je ne peux pas me voiler la face sur la complicité qui nous unit. Nos regards complices et malsains qui envahissaient la pièce, nos sourires éclatants qui naissaient à chaque fois que l'on faisait une partie de cartes, nos mouvements toujours plus absurdes quand l'un de nous embêtait l'autre. Il y avait lui, assis sur le canapé, le bras ouvert comme pour m'y laisser une place. Il y avait moi, un verre de vin blanc dans la main droite, mon coude gauche sur le canapé ouvert dans la direction d'Esteban, mes jambes recroquevillées sur le canapé et ma main soutenant mon visage, il y avait tout simplement nous. « Quelque chose nous lie, je ne sais pas quoi non plus Rose, mais je le sais ». Ses paroles me hantent l'esprit toute la nuit, c'est d'ailleurs la raison pour laquelle je n'arrive pas à m'endormir. Je regarde le plafond, la fenêtre, tout ce qui me fait penser à du vide, à du rien. Dès que je sens une absence, son visage m'apparaît avec un large sourire et des yeux pétillants qui veulent me dire qu'il m'aime.

— Rose ? Rose ?

Le seul instant de la nuit où je sens mon sommeil m'emporter, une voix féminine vient me réveiller brusquement et me tire de mes pensées idiotes. En regardant l'heure sur mon réveil, je me rends compte que ce n'est pas le sommeil qui me tient mais une sieste réparatrice qui veut juste m'aider à tenir debout toute la journée. Directement, je me mets à penser aux répétitions… Déjà la fois dernière je n'étais pas en grande forme mais là je ne me sens pas capable de danser.

— J'arrive, j'arrive.

Son appel me réveille directement. Ni une ni deux, j'enfile un legging de danse qui traîne, rassemble mes cheveux et attrape un élastique sur ma table de nuit, enfile une brassière de sport propre de mon chevalet et tire un gilet de sport de mon dressing.

— Je suis là, ça va ? Rien ne vaut de casser ma porte, j'ai eu une panne de courant ce matin donc pas de réveil.

— Tu ne le mets pas sur ton téléphone d'habitude ?

Je vois le regard incompréhensif de Lana mais finis par la faire mettre d'accord avec le fait que ça n'a jamais été mon téléphone qui occupait la fonction de réveil.

— Grouille, Orélia nous attend elle est furax.

— Oui, oui j'arrive.

On saute dans la voiture de Lana et avant même que j'aie le temps de comprendre que je me suis réveillée, je me retrouve déjà face au miroir dans la salle de danse. Mon ventre ne cesse de gargouiller.

— Orélia tu n'as pas tes barres céréales et de l'eau ? Je n'ai ni eu le temps de déjeuner, ni de prendre une bouteille d'eau.

— Si, sers-toi dans l'arrière-salle, mais enfin il est quand même neuf heures et on avait rendez-vous à sept heures et demie. Vous avez intérêt d'être réveillées.

C'est justement tout sauf ce que je suis. D'autant plus que je suis frustrée d'avoir été coupée dans l'un de mes rêves aussi absurde que romantique de cette nuit.

— Panne de courant oblige Orélia.

Elle me lance un faux sourire et finit par me faire un bisou sur le front parce qu'elle et nous sommes très proches. Elle nous a toujours pris sous son aile comme une maman et ses petits.

En rentrant chez moi vers quatorze heures je m'empresse de me préparer un bon petit plat à déguster, j'ai une faim de loup.

— Va pour un risotto au poulet et aux poireaux.
— Ah top, tu as pensé à moi ?
Lana et moi passons le reste de notre samedi ensemble à papoter, à se détendre quand nous vient l'idée de passer faire du shopping. Ça doit sûrement être l'une de nos activités préférées après les soirées filles et les nuits blanches que l'on passe à discuter. Je finis par remplir mon dressing de quelques belles trouvailles. Ou peut-être un peu plus que quelques trouvailles. Lana aussi se charge de remplir le sien. Quand la nuit tombe je me dirige dans ma cuisine pour me faire à manger quand je tombe sur un bout de papier où y est inscrit quelque chose que je n'avais pas vu jusque-là. « Rendez-vous au pied de la Tour Eiffel lundi soir vingt heures, tâche d'y être, ou préviens-moi… ». Je n'ai même pas prêté attention à son mot depuis hier soir et n'ai pas la moindre idée de quand est-ce qu'il a pu le déposer. Son invitation est si formelle qu'elle tend vers l'engagement et ça me fait peur. Pourquoi ne pas continuer à se voir comme hier soir plutôt ? Je m'apprête à lui envoyer le premier message qui formerait un semblant de conversation avec lui, ressortant le deuxième papier sur lequel y est inscrit son numéro de téléphone. Les mots me viennent tout seuls et je commence à lui expliquer que je préfère un restaurant à la maison plutôt que quelque chose de concret dans lequel je ne trouverai aucune issu si je ne me sens pas en confiance. Bien sûr je ne vais pas jusqu'à lui dire ça mais me contente de le prévenir que je ne pourrais pas être disponible lundi soir. Finalement, quand mon cœur bat comme pour m'empêcher de faire cette bêtise, un sourire s'allume sur mon visage et je relis le message. Il faut que j'écoute mon cœur. Un restaurant n'engage à rien à part partager de bons moments, et qui ne veut pas d'invitation au restaurant d'ailleurs ? J'efface donc une à une les lettres du message me contentant de me dire que je prends la bonne décision. Sachant que mon comportement de la dernière fois n'est que peu rassurant, je me décide cette fois-ci de lui confirmer son invitation : « demande entendue, c'est comme si c'était fait. Je serai en ta compagnie lundi soir à vingt heures à coup

sûr ». C'est de cette manière qu'a commencé notre conversation et je finis par me rendre compte que lui aussi a désormais mon numéro de téléphone. Sans doute ne vous en rendriez-vous pas compte, mais ce geste de lui donner un contact sûr avec moi et comme un premier pas vers la victoire.

Les jours passent et étrangement ne se ressemblent pas, Lana, Thaïs, Alex, John et moi sommes allés au cinéma avant de passer dans un restaurant qui nous a vraiment plu. J'ai passé du temps avec mon père à l'atelier en guise d'heures supplémentaires pour peaufiner un projet qui pour nous, est plus du loisir que du travail. De nombreuses heures au téléphone avec mon frère se sont écoulées elles aussi tandis que j'ai également pris du temps pour me ressourcer et prendre soin de moi. En ce dimanche soir presque aussi triste qu'épuisant quand j'écoute les chaînes d'informations qui ne cessent de répandre le malheur qui peut exister sur terre, je finis par éteindre ma télévision et ouvrir un bouquin. Après un week-end aussi heureux en retrouvaille que chargé en émotion je me sens seule ce soir. Me vient l'idée de demander à Esteban de passer me voir ici pour prendre du temps pour nous et puis finalement je me penche sur ma pile de repassage d'une hauteur dégringolante et n'en finis pas. Je n'ai toujours pas pris de douche et mes vêtements classes d'aujourd'hui commencent à devenir inconfortables. Soudain, j'entends des sons de Klaxon provenant de ma rue. Je me dirige vers la fenêtre pour voir ce qu'il se passe mais ne parviens pas à en conclure quelque chose. Lorsqu'ils se font entendre pendant de longues minutes je décide d'ouvrir ma porte en restant de marbre face à ce spectacle.

— Esteban mais qu'est-ce que tu fais ?

— Vite monte, les gens commencent à me détester de bloquer la route !

— Tu m'étonnes mais gare-toi et entre.

— Non s'il te plaît viens, fais-moi confiance.

Je ne comprends pas quelles sont ses intentions ni même ses ambitions. Mais quand je vois la file de voitures désarçonnante derrière lui et prise par la pression que cela me procure, j'attrape mon sac à main avec mes papiers, ferme ma porte et saute dans sa voiture. Je prends le temps de comprendre ce qu'il se passe. Il y a deux minutes je repassais tranquillement et je me retrouve maintenant assise à côté de lui dans la voiture. Je suis prise de court.

— Mon fer !

— De quoi Rose ?

Quand je vois la réaction d'Esteban, je comprends qu'il me prend pour une folle.

— Avant que tu n'arrives sans prévenir, enfin ça avec des bruits de Klaxon désastreux, je repassais ! Mon fer est encore branché il faut que j'aille l'éteindre.

— T'en fais pas je vais repasser rapidement devant chez toi alors.

— Oui s'il te plaît.

La tension retombe et nous arrivons finalement devant l'entrée d'un théâtre.

— Tu m'emmènes où ?

Il me confie que nous allons voir une pièce de théâtre humoristique dans ce grand bâtiment qui me laisse sans voix.

— C'est génial, elle dure longtemps ?

— Deux heures et demie il me semble.

Ma tête parvient immédiatement à comprendre que je vais passer deux heures et demie en sa compagnie et rien ne me ferait plus plaisir que le fait que ça dure encore plus longtemps. Ma surprise finit par laisser place à l'enthousiasme quand je vois la salle dans laquelle la pièce de théâtre aura lieu, c'est grandiose d'autant plus que j'adore le théâtre.

— J'ai hâte de voir cette pièce !

La soirée se déroule parfaitement bien et c'est sûrement signe de bon augure pour la suite, Esteban m'a finalement ramené il y a déjà une heure tandis que je repasse les scènes d'humour de ce soir dans ma tête. Les comédiens jouaient parfaitement bien ce qui donnait sincèrement vie à la pièce. Je me souviens de nous deux, chacun sur nos sièges respectifs, riant aux éclats quand ça n'était pas trop. Même s'il ne l'a sans doute pas remarqué, je voyais son visage se tourner discrètement dans ma direction pour me regarder rire dès qu'il le pouvait. Si cela me gênait, ça ne m'a pas empêché de trouver ça flatteur et de le faire à mon tour.

*

Esteban

Quand lundi soir arrive je me sens stressé. De toute évidence le comportement de Rose n'est pas fait pour m'encourager à me détendre ou bien même penser que nous allons trouver une sorte de compromis en l'amour. Tandis que j'ai du temps devant moi, je m'exécute pour prendre une longue douche et chercher pendant quelque temps quels vêtements je vais mettre ce soir. J'opte finalement pour un polo blanc assez basique que je porte avec un pantalon en toile à carreaux gris et noir, une écharpe grise et un blouson marron clair. L'heure se dessine sur mon téléphone si bien qu'elle défile rapidement. Il me reste tout de même le temps de tailler ma barbe, de coiffer mes cheveux touffus, de me passer un coup sur le visage et peaufiner les derniers détails de mon apparence. Ce qui me semble ridicule sur le coup parce que l'apparence est bien peu à côté de ce que l'on dégage.

*

Rose

J'ai passé mon temps, prise par la passion de travailler, dans les plans de la salle de mariage souhaitée par l'un de nos clients. Ma journée est passée si rapidement que j'ai réalisé mes derniers dessins pour une robe qu'une cliente a commandée. Bon, trêve de plaisanterie, j'ai encore un peu de temps devant moi avant d'arriver au restaurant. J'ai besoin de réfléchir, de penser, d'imaginer si c'était possible, comment je serai, j'ai besoin d'un instant pour moi. Je me réfugie dans ma salle de bains, je prends mes produits de beauté, une bulle pour le bain et je me plonge dans ma baignoire. Ma salle d'eau est de couleur grise avec des décorations blanches et vertes pomme. J'aime beaucoup les bougies, il y en a partout dans ma maison, également autour de ma baignoire. Elle est assez grande et inclut les toilettes mais elles sont séparées d'un petit muret en brique grise. J'éteins les lumières et allume mes bougies, je suis idéalement placée pour me détendre et penser. Je me fais quelques soins, un gommage et un masque pour les cheveux. Je me sens tellement bien quand je prends soin de moi que l'envie ne me vient pas d'arrêter. Mais, il faut que j'aille me préparer, il se fait déjà tard puisque je dois être à vingt heures devant la Tour Eiffel. Je porte une robe près du corps, noire à longues manches entaillées. J'enfile par-dessus un long manteau gris, un de mes préférés que je noue à la taille, saute dans mes escarpins noir mat. Ainsi j'habille mes oreilles de boucles pendantes fines en or qui appartenaient à ma mère. Elle sera avec moi pour ce rendez-vous au moins. Je sors mes cheveux bouclés de mon manteau, me revêtis d'un foulard grisonnant. Je suis prête, je file.

*

Esteban

Un rendez-vous peut tout changer.

Je veux profondément être à la hauteur de cette femme tant intrigante que chaleureuse. Je me mets face au miroir et tâche de mettre ma montre en or avec un cadran noir. Je me chausse et file la retrouver avec impatience, en espérant qu'elle soit bien présente.

Sur la route, un tas de questions me trottent dans la tête. Comment va-t-elle être ce soir ? Heureuse et naturelle, détachée de sa peur et confidente, réservée mais pétillante ? Va-t-elle être présente tout court ?

J'arrive presque au pied de cette Tour Eiffel. Je remarque Rose, elle est magnifique. Comment vous expliquer le moment ? Elle est si mignonne, je la vois en train de me chercher, un peu perdue autour de tout ce monde. Et pour moi, le monde autour d'elle s'arrête, ou plutôt défile sans que je ne leur porte une attention légitime, je l'admire, encore une fois, une dernière fois. J'ai envie que ce moment dure éternellement. Et je me dis combien je l'aime pour la centième fois de la journée.

Esteban dirige-toi vers elle quand même. Oui, c'est ce que je me dis, et je suis la bêtement à sourire en étant stoppé alors que du monde autour de moi se bouscule, les gens doivent me prendre pour un fou. Ça m'est complètement égal. Plus je m'approche, plus j'appréhende, est-ce qu'elle va enfin se décider à voir qu'on s'aime ou tout simplement lâcher prise ? Seul l'avenir m'en fera part même si je l'espère de tout mon cœur. Je la vois qui se tourne, son dos face à moi. Je suis à deux millimètres d'elle, je lui cache sagement les yeux, en lui murmurant à l'oreille que je suis enfin content de la voir. Elle se tourne et me sourit. Je l'adore.

— Tu m'as manqué.

— Depuis hier soir ?

— Sincèrement. Tu me suis ?

— Te suivre ? Non c'est toi qui vas me suivre plutôt.

Elle rigole déjà, je ne dirai pas que c'est forcément notre humour qui est appréciable mais plus notre complicité qui est magique. Enfin, le délicieux mélange de son caractère mêlé à la folie me fait l'admirer. Je ne saurais dire ce qui nous lie profondément mais je sais inébranlablement que notre complicité est la plus belle que je n'ai jamais eue avec quelqu'un.

— Le restaurant est vraiment magnifique, je n'étais encore jamais venue ici.

— Il y a une première fois à tout comme tu vois.

Je meurs d'envie de glisser une petite pique, je vais le faire.

— Comme apprendre à faire confiance de nouveau. Excusez-moi monsieur, j'ai réservé au nom de Jallemas, Esteban Jallemas.

*

Rose

J'ai presque envie de lui demander pardon. De voir quelles explications il a à me donner sur ce qu'il vient de rétorquer. Il n'a pas tort certes, mais comment le sait-il ? Pourquoi me dit-il cela ?

En fait, je ne lui en veux pas, c'est le premier homme qui, en faisant ma connaissance, ne s'intéresse pas qu'à un corps mais à un esprit, un état d'esprit je veux dire, une mentalité, un passé. Mais il est culotté quand même à mon sens.

— Je te demande si tu as ce problème toi ? Merci Monsieur.

Il est compliqué de tenir deux conversations en même temps, entre le serveur qui nous installe et Esteban qui me tient des propos auxquels je désire répondre, le choix est très vite fait. Esteban. Je m'assois, et le regarde un instant assis en face de moi, les coudes sur la table, les bras croisés, il me regarde. Il veut dire quelque chose, je le vois, je le sais.

— Alors ? Inutile de me regarder d'un air ahuri, cela ne me fera pas retirer ce que je viens de dire.

— J'adore.

— Pardon ?

— J'adore.

— Mais enfin qu'est-ce que tu adores ?

— Toi Rose. Ta fragilité, ton bon sens.

— Tu me trouves fragile donc.

— Difficile de passer à côté.

— Et tu ne vois que ça ?

— Non, il y a un tas de choses que je vois, mais tu n'es pas prête à retirer le voile que tu as devant les yeux pour les voir toi aussi.

— Quelle ironie.

— Ou peut-être pas non.

Nous parlons tellement peu pour en dire tant. Je me perds dans ses petits mots qu'il me lance. Notre complicité naît de plus en plus chaque instant passé ensemble, nous adorons ce petit jeu qu'il y a entre nous, non pas seulement un jeu de séduction, mais plus l'ironie qui ressort de nos dialogues.

— Mais, quel genre de philosophie de vie as-tu Esteban alors ? Tu as l'air d'un homme qui a du caractère mais si doux à la fois.

— Ma philosophie ? Commençons par dire que je dis aux gens qui me font du mal que c'est terminer. Ils me font souffrir une fois peut-être, deux fois jamais vraiment. Mais seulement parfois la philosophie part en vrille, faut pas toujours l'écouter. Sinon je ne suis pas du genre jaloux en revanche, la confiance est très importante pour moi, et c'est pour ça qu'il est important aussi de ne pas la briser. Pour ce qui est de la vengeance, je ne suis pas de ce genre, dit-il en souriant. La vie sait bien s'occuper de ça sans nous. Elle manipule grandement les gens, et on ne se rend même plus compte que le changement vient peut-être de nous finalement, on se fait du mal tout seul avec des mauvais choix. Et je pense que tout est un changement autour de nous, non pas pour ne plus être bien entendu, mais pour être ce qui n'est pas encore. Je vois plus le verre à moitié plein que l'inverse disons. Mais ce qui m'importe en réalité c'est plutôt de découvrir la tienne ?

— Ce que tu tiens de beaux discours, en espérant que ce ne soit pas du vent, ou de la flûte. C'est une très belle mentalité je dois avouer. Tu m'impressionnes de plus en plus.

— Je n'ai pas pour habitude de siffler dans un instrument de musique, je préfère l'authenticité qui sort des mots. Ne te défile pas, pourquoi tu as tant de mal à te livrer ? Je ne te demande pas la lune en te demandant la manière dont tu vois la vie.

Et d'un seul coup en posant cette question, il est très doux, nous arrêtons tous les deux notre petit jeu de mots marrant. Autour d'une table, l'un face à l'autre, avec des regards si pétillants qui en disent long, on se comprend. Tout le monde n'a pas la même vie, le même vécu, un passé identique. Voilà ce que j'aimerais lui répondre, mais il ne mérite pas ça. En revanche, aucune idée sur ce que je veux lui dire au fond.

— Je crois avoir des valeurs indéfendables pour l'amitié et des principes incontournables pour l'amour. En revanche, il est vrai qu'à présent, lorsque quelqu'un désire entrer dans ma vie, c'est compliqué. Je pense qu'un sourire en vaux deux, alors je serai toujours agréable avec les gens autour de moi, mais agréable ne veut pas dire confidente, n'est-ce pas ?

— Est-ce que cela veut dire que pour toi je ne suis que quelqu'un autour de toi ?

— Je ne suis pas agréable avec toi.

— Donc non.

Le ton humoristique reprend place, mais je sens qu'il va être de courte durée. J'adore. J'adore parce qu'en fait nous n'avons pas besoin de nous parler pour nous comprendre. On dirait de vrais amants. Ce que l'on vient de se dire est très subtil et pourtant il a tout de suite compris. Je ne peux pas m'empêcher que d'être drôle sur des conversations comme ça. C'est agaçant je sais, mais je me défile.

— Tu sais Rose, une chose doit te rester en tête. Tu ne peux pas plaire à tout le monde, mais la bonne nouvelle, c'est que tu ne dois rien en avoir à faire. La vie n'est pas faite de façon qu'on soit aimé de tout le monde sinon le monde serait uniforme. Et entre nous, ça me déplairait sûrement. Il faut de tout, il faut de toi aussi. Aie confiance en toi...

— C'est vrai, mais pour me confier à toi, là n'est pas le problème. Je te plais.

Je rigole en essayant d'être discrète vu l'esprit grandiose du restaurant dans lequel il m'a emmené. Je dois avouer que je meurs d'envie de rigoler davantage puisque lui le fait aussi beaucoup, bien qu'un ton désespéré le rejoigne.

— Je rigole un peu, mais oui je sais que tu as bien raison. Je le sais c'est d'ailleurs ce qui me rend dingue. Je suis impuissante alors que je suis consciente. Mon cœur veut des choses que ma tête me refuse.

— Alors la raison nous cache des choses qu'on ignorera toujours donc. J'essaie vraiment de te comprendre je peux te le jurer parce que la dernière chose que je veux est de juger, de te juger. Je n'y arrive pas mais j'ai l'impression que toi non plus donc c'est rassurant, ou ça ne l'est pas d'ailleurs.

La discussion que nous avons devient sérieuse et cela m'angoisse de plus en plus. Arrive le moment où il faudra que je me livre réellement si ça n'a pas déjà commencé puisque je parle déjà de choses dont je n'ai pas l'habitude.

— Je sais mais aujourd'hui je suis incapable de mettre les mots sur mes maux, incapable d'agir en conscience parce que mon cœur me bloque. Mon passé, mes expériences, tout ce que j'ai vécu qui a fait de moi ce que je suis finalement ne représentent que des couteaux qui se sont assignés à moi au fil du temps, tu comprends ? Comme si aujourd'hui il y en avait trop en moi pour stopper l'hémorragie.

— Mais de quel passé est-ce que tu parles Rose ?

Je vois son regard compatissant et une envie profonde de me connaître par cœur comme un meilleur ami, comme un amant. Mon cœur s'emballe quand la panique me gagne. Dès que le mot passé secoue mes oreilles, je ne suis plus capable de rien. Comme si les couteaux dont je parle entrent un peu plus en moi pour me détruire de l'intérieur.

— Je suis désolé… Je ne veux te forcer à rien Rose, j'ai juste envie de te regarder dans les yeux sans me dire que tu souffres, que tu meurs à petit feu. Souvent on dit que c'est la communication et les confidences qui permettent ça alors sans te mentir j'essaie. Mais il n'y a pas que ton cœur qui bloque Rose, mais ton corps aussi.

Il a raison. Totalement raison. Mes mots veulent profondément sortir et finalement mon corps se raidit et un fil de fer d'une puissance hors du commun me serre les lèvres pour m'empêcher de me prononcer. Je ne sais finalement plus si c'est moi qui ai peur ou tout mon être, je les dissocie aujourd'hui. Parce que si j'écoute mon moi intérieur, j'ai envie de me jeter à corps perdu dans ses bras et sur ses lèvres. Si j'écoute tout mon être dont mon âme, mon corps, mon cœur, je veux mais je ne peux pas.

— Tu vois ce qui me détruit ? C'est que je veux mais que je n'y arrive pas ! Ce sentiment d'impuissance me retire à la vie un peu plus tous les jours.

Je m'en veux à ce moment parce que les larmes me montent aux yeux en pensant que je n'ai qu'une envie c'est de laisser mon amour pour lui se renforcer et me le laisser vivre mais cette porte verrouillée à triple tours en moi ne me permet rien. Je vois qu'Esteban approche sa main sur la mienne sur la table et son regard me dit je t'aime. Je sens son corps me dire qu'il veut me prendre dans les bras, me rassurer et me comprendre. Nos mains mêlées me font terriblement de bien.

*

Je tricote mes mots de plus en plus pour les rendre efficaces et la mettre à l'aise avec moi. Je veux retirer ses larmes de son visage. Elles sont moindres mais je prends le soin de passer mes doigts sur ses joues qui rougissent alors que ses larmes s'éteignent par le poids de ma peau. Je vois qu'elle commence à lâcher prise quelque peu, disons qu'elle me dit ce qu'elle ressent même si elle ne m'explique pas son passé. Peu m'importe, le principal est qu'elle mette le doigt sur ce qu'elle ressent. Ça me fait plaisir pour elle de voir qu'elle se confie au sujet de ses souffrances, ça fait longtemps que ça n'a pas dû lui arriver. J'ai tellement envie de devenir l'homme qui la fera vivre et battre son cœur. Cette proposition de dîner est la plus belle intuition que j'ai pu avoir pour nous retrouver tous les deux, face à notre avenir et dos à notre passé.

— Je me demande tous les jours comment la vie a pu te rendre comme ça Rose. Je ne te demande rien, pas de me le dire, pas de te forcer à m'énumérer chacune des souffrances qui ont participé à te mettre dans cet état. Regarde-moi s'il te plaît.

Je vois son doux regard meurtri se plonger dans le mien.

— Je pourrais te dire quelque chose, mais je ne le ferai pas ce n'est pas le moment et tu n'es pas prête, seulement j'ai beaucoup d'affection pour toi. Je ne supporte pas de te voir aussi blindée pour un petit bout de femme comme toi, aussi forte soit-elle. Tu ne dois pas oublier qu'un être humain même fort a ses faiblesses et doit s'en libérer.

— La vie est faite de ces choses à cause desquelles nous en oublions la notion du temps. J'ai beau passé à côté de ma vie depuis des années, rien ne m'empêche de continuer. J'insiste. Je ne lâche pas l'affaire et finalement ma vie défile sans que je n'en sois actrice. La vie est faite des raisons pour lesquelles nous sommes réellement ici, ce pour quoi la vie nous donne plus ou moins de bonheur. Pourquoi tant de malheur sur une terre où le bonheur devrait être une priorité, où la joie devrait primer ? La mienne a été pleine d'embûches et je n'ai certainement pas été assez maligne pour comprendre qu'il ne fallait pas s'écrouler. Pourtant c'est ce que j'ai fait la deuxième fois. Et si tu me demandes pourquoi pas la première, tout simplement parce que mon cœur était pris pour ma mère, elle a été là pour moi, c'est grâce à elle si j'ai relevé la tête. Et parce que la deuxième c'était ma mère la première concernée par le fait que je sois complètement tétanisée, écroulée par la même occasion. Et tous les événements suivants m'ont collé à la peau si fort qu'ils ne m'ont plus lâchée. Je dirai qu'à vingt-six ans je n'ai encore rien goûté du bonheur que l'on touche à tout moment de notre existence. Maintenant que la vie décide de me mettre un bel avenir sous les yeux, c'est moi qui ne peux plus l'accepter. J'appelle ça des blocages enfouis en moi m'empêchant de retrouver une vie dans laquelle je suis complètement épanouie parce que c'est une vérité, je ressens quelque chose qui me bloque, m'empêche, m'interdit. Et peu importe ce que les gens peuvent me dire pour me rassurer ou m'aider à changer d'avis, mon cœur est comme verrouillé, et ma raison l'est aussi.

— Je pense que tu ne dois pas te sentir seule. Je suis sûre que beaucoup de gens ont été présents pour toi à chaque étape de ta vie, mais ce n'est pas leur faute si aujourd'hui tu es comme ça. Le véritable travail à faire c'est une attention de soi à soi. Pour évoluer, grandir, s'épanouir, vivre, c'est un travail sur soi, pas le soutien des autres. Les autres sont là pour ne pas aller trop loin, pour partager de nouveaux moments avec nous, nous écouter, nous parler. Mais tout ce qui se passe au fond de ton cœur Rose, seul toi en a le destin entre les mains et la clé pour rouvrir les portes.

Je ne le montre que très peu en lui parlant mais je suis étrangement épanoui de savoir qu'elle vient de me confier ses peines, je le suis véritablement pour elle. Même si j'ignore encore pourquoi, je crois avoir compris ce qui la poussait à être si dure avec elle-même avant de l'être avec les autres, même si cela paraît illusoire et m'est étranger. C'est irréel, mais elle le vit.

*

Rose

Je me sens libérée d'une partie de quelque chose, je ne sais pas quoi mais de quelque chose qui me hante depuis tant de temps. J'ai dit pour la première fois de ma vie que je me sentais mal, c'est comme un aveu à moi-même, comme une première porte de prison qui s'ouvre sur le monde et sur Esteban. Pourtant je n'en ai dit que si peu pour le moment. Est-ce que je viens réellement de dire pour le moment? Inconsciemment je souhaite peut-être continuer de me livrer à cet homme. J'aimerais tellement. Vous savez, j'ai cette impression que je ne suis plus vraiment maître de moi et de mes désirs. Au fond bien évidemment, mais d'apparence mon vrai maître est ma souffrance. Elle, ne veut plus souffrir, alors elle se refuse aux rencontres, à donner sa confiance dans les mains des autres. Je ne cesse de me répéter infiniment que dès lors que l'on donne toute sa confiance, je veux dire dans son entièreté à quelqu'un, c'est cette personne et elle seule qui a le destin de ton cœur entre ses mains. Soit elle le brise au sol, soit elle le place au chaud près du sien. Ce qui me fait peur c'est qu'avec tout l'amour du monde, un homme, comme une femme, peut briser ce bout de chemin ensemble quand même. L'amour n'explique pas tout, à ce sentiment se mêle la colère, le passé, la jalousie, le désir, nos plus influentes passions destructrices qui peuvent piétiner le cœur de l'autre sans raison. Alors pourquoi avec Esteban c'est différent, pourquoi ma souffrance le laisse prendre une place dans ma vie, pourquoi je décide de faire ce dont je n'ai plus l'habitude depuis beaucoup trop de temps en somme.

— C'était une très belle soirée Rose.

— Elle l'est toujours.

— Évidemment. Ta compagnie me fait du bien.

— La tienne aussi, plus que tu n'as l'air de le penser, je n'imaginais pas ça, je crois. Je me sens profondément bien, peut-être qu'il est difficile de se rendre compte que ça représente énormément de choses pour moi, mais je suis rassurée que tu me laisses du temps. Mais ce que je crois vraiment, c'est que ça me libère de me confier à toi, tu le mérites, et tu me fais plus sourire en quelques jours que toutes les autres personnes en quinze ans Esteban.

— Tu ne dois pas te libérer pour moi Rose jamais, c'est pour toi et toi seule que tu le fais. Mon bonheur à moi c'est celui de réussir à te pousser à le faire.

Le regard d'Esteban est étonné presque autant qu'il est amoureux. Moi aussi je le suis, je n'arrête pas de me le dire. Alors pourquoi me retenir de pouvoir le rendre heureux, de l'aimer, mais surtout de l'être en retour.

*

Esteban

Je ressens quelque chose que je ne peux pas décrire à cet instant. Je suis la seule personne à qui Rose parle de tant de choses, et ce depuis des années. Je me sens bien, non seulement parce que c'est à moi et moi seul que toutes ses paroles sont destinées, mais surtout parce qu'elle se sent un instant vivre de nouveau. Et pour ça, je ne veux jamais qu'elle me remercie, uniquement qu'elle vive. Je suis face à elle, désemparé face aux confidences qu'elle vient de me faire. Mes bras sont croisés, je reste perplexe, je ne sais pas où les mettre. Mes yeux sont fixés sur les siens, puis sur ses lèvres. Il les voit si douces et tendres que je meurs d'envie de les embrasser. Je finis par faire taire le silence avant de craquer en esquissant un léger sourire.

— Nous y allons Rose ?

Je vais jusqu'au comptoir régler l'addition et la rejoins dehors près de la sortie. Je ne peux pas m'empêcher que de l'admirer à chaque fois qu'elle se trouve un peu plus loin de moi. Je la vois se diriger vers la sortie pendant que je fais mes affaires. Je vis un ralenti d'une scène de film, elle passe à côté de moi, ses cheveux frisés qui volent dans l'air et un regard perçant qui me tue.

XI
Une nuit à la belle étoile

Rose

Je sais que je n'aurais jamais rien perdu dans la vie puisqu'en un soir j'ai tout gagné avec toi.

La soirée était merveilleuse, mes yeux brillent de bonheur et moi aussi. Mon cœur est rempli de joie, de tendresse et d'amour. C'est la plus belle chose qui puisse exister au monde. J'attends Esteban à la sortie du restaurant, il passe son bras autour de ma taille comme pour me dire d'avancer mais je me retourne. Son regard est si profond que j'arrive à voir la couleur de ses sentiments pour moi. Il a un regard éperdument fou de moi. J'aime bien l'idée qu'il soit quelques centimètres plus grands que moi, il me laisse une sensation de sécurité troublante.

— Est-ce que ce soir je repartirai dans l'espoir de te revoir demain à coup sûr ? Ça m'évitera de te bousculer dans la rue.

Je ris légèrement et comprends tout de ce qui s'est passé depuis quelques jours. Il est très spontané et surprenant ce gentleman. Est-ce que le bonheur peut ressembler à ça pour toujours ?

— Tu pourrais presque avoir un peu plus que de l'espoir.

— Je te demande par…

Je l'empêche de finir sa phrase. Un élan de bonheur me conduit sûrement à me comporter de la sorte. Simplement, mon corps se rapproche du sien sans que ma tête n'ait le temps de réfléchir à si ce que je fais est bien ou mal. Je dois dire que de ne penser à rien fait un bien fou. Ma main droite lui caresse la nuque et mon regard transperce le sien, je laisse un moment de silence pour l'admirer et me dire une dernière fois que je l'aime, sans le lui dire, de toute évidence.

La sensation de ses lèvres sur les miennes finit par me gagner quand d'un coup de tête je finis par nous rapprocher. C'est la meilleure chose qui me soit arrivée depuis quelque temps. Non pas que j'avais oublié cette sensation mais plutôt que je ne l'ai jamais vraiment connue. Nous sommes là, presque aux pieds de ce magnifique monument célèbre et romantique comme on le sait, l'un face à l'autre, Rose face à Esteban.

— Quel est ton plus grand rêve Rose ?

— Mon plus grand rêve ? Vraiment ? Pourquoi cette question ?

— Ne te pose pas de questions, vis et laisse ta tête se mettre sur pause.

— Aujourd'hui je n'ai plus vraiment de rêve si ce n'est de paraître un soupçon plus heureuse, loin de cette fourmilière qu'est Paris. J'ai envie de rire à m'en faire mal au ventre. Je crois que c'est ça mon plus grand rêve aujourd'hui, pas grand-chose généralement mais énormément pour moi.

Je rêve à cet instant même d'un endroit reculé où la nature vit ou bien même d'un endroit calme où l'air est différent de celui de Paris. Je rêve d'un moment où seuls Esteban et moi vivons comme dans un livre sans personnages. J'ai envie de quelque chose qui me vide l'esprit et cette partie de mon cerveau rongée par la peine. L'un avec l'autre, l'un dans l'autre, l'un pour l'autre. Je veux d'une nuit tout entière où mon cœur et mon âme revivent, reviennent à moi sans se poser de questions. Je crois sincèrement avoir envie d'un instant où moi et moi nous ne retrouvons rien qu'une minute. Et je crois d'autre part que seul lui serait capable de me faire vivre ça. Je veux d'un moment où l'amour que je porte à cet homme soit vivant lui aussi. Le parfait mélange entre l'amour, la tendresse, le naturel et la bienveillance qui deviendra l'instant présent le plus magique qui soit. Il sera peut-être fait de joie, de sourires, d'humour, de bonheur, de rêves, d'instants présents, de rires aux éclats, mais plus de pleurs. Et si pleurs il y a de nouveau, je voudrais désormais que ça devienne ces gouttes d'eau qui coulent de joie, non de paresse.

— Suis-moi, Rose.

— Je dois te faire confiance alors ?

— Ça devrait déjà être le cas.

— Ça va pour ce soir.

*

Esteban

Je serai l'ange gardien de ta vie tout entière s'il le fallait.

Je croyais désirer l'impossible et me voilà dans les bras de la plus belle femme du monde. Sur le coup, et peut-être pour longtemps je l'espère. Qui l'aurait cru ? Ou plutôt qui aurait pu croire que j'accomplirai la meilleure chose du monde, rendre une femme heureuse en la voyant rire de nouveau. « Aime-moi s'il te plaît ». Voilà de quoi est partie notre histoire. Mais y a-t-il une histoire entre nous ? Je ne pense pas que pour Rose ce soit le cas mais pour dire vrai, je n'ai pas l'envie de m'en préoccuper pour le moment. Et maintenant je veux m'enfuir avec elle pour lui montrer ce qu'est l'amour. Ce baiser a été le meilleur que je n'ai jamais reçu, sans doute parce que ce que je ressens pour elle est inédit et me tire de tout ce que je connaissais jusqu'à maintenant. Je dois alors égaler son ambition. Vous diriez gentleman ? Et moi amoureux.

— Rose monte dans cette voiture.

— Vous m'embarquez Monsieur Jallemas ?

Je crois que je pourrais lui répondre oui, mais je ne le souhaite pas. Ma bouche dessinerait plutôt quelques mots du genre : en route pour le plus beau de tes rêves.

*

Rose

Nous esquissons tous les deux un large sourire et un petit cri de rire. On se croirait dans un film, j'ai l'impression de rêver. Il manquerait juste une jolie musique romantique et on atteindrait des sommets j'imagine. Mais la réalité n'est pas un film, malgré qu'actuellement je n'en sois plus très loin pour tout vous avouer. Juste entendre la voix d'Esteban me suffirait de toute manière.

— On part loin de toutes les tensions du quotidien. Tu me fais confiance ?

Si je lui fais confiance ? Paradoxalement au fond de moi oui, plus que tout au monde et en même temps en surface j'en suis incapable. C'est vraiment une question délicate. Je suis littéralement aveugle de tout ce qui le touche mais je n'ai pas le droit de lui montrer. Comment vous dire que je n'ai aucune envie d'y penser en ce moment, c'est simplement plus fort que moi. Ce qui m'importe par-dessus tout c'est le moment actuel, celui que nous vivons sans forcément réfléchir, celui où tu vis l'instant présent que tu ne vivras qu'une fois dans ta vie, aucun autre ne sera le même.

Celui-ci, je veux le vivre comme si c'était le dernier moment de ma vie. Alors c'est parti et je ne pense plus qu'à nous. Sa voiture est très classe et je vais vous dire pourquoi, ce n'est pas la dernière voiture qu'a pu sortir Audi mais concrètement c'est une voiture dans laquelle je me sens bien en présence d'Esteban, une voiture qui me prouve combien je serai peut-être prête à faire un long bout de chemin avec lui. Je ne veux pas m'en tenir au fait qu'Esteban roule vite, mais je pense que nous allons arriver à destination très vite. De nouveau, deux sourires bêtes apparaissent sur nos visages amoureux. Rien que dans un regard nous arrivons à savoir que l'on s'aime, seulement rien que dans un sourire nous savons combien nous pourrions tout faire de ce qu'il y a de plus ridicule. Et pourtant nous en rigolons quand même.

— Est-ce que c'est loin ?

— Pas tellement si l'on se dit que dix heures de route, c'est très long.

— Est-ce que c'est beau ?

— Non, il fait partie des plus moches endroits que je connaisse.

— Sans rire.

Un fou rire nous prend.

— Et est-ce que là-bas il fait beau ?

— Il fait nuit Rose.

— Oh…

Je me sens bête, mais ce n'est pas si grave en fait. Esteban pose sa main droite sur moi, il m'apaise énormément. Il me caresse du bout de ses doigts les jambes, je me retourne et l'admire se concentrer sur la route, il fait nuit et les feux des voitures de l'autoroute d'en face sont visibles. Je vois son reflet à travers la vitre, je le regarde lui et me plonge dans ses yeux plein de belles choses et de rêves. Je dois avouer que je me questionne pas mal sur l'endroit où il est en train de nous emmener. Les champs envahissent l'horizon tout entier, sur le moment je me dis qu'il risque de m'apporter à des vaches dans une ferme. La raison me revient très vite, et en riant intérieurement je me dis que ça n'est simplement pas possible, enfin je l'espère.

— Tu ne comptes pas me le dire hein ?

— De quoi est-ce que tu parles Rose ?

— Notre destination ? Je ne vais pas la connaître avant que nous arrivions ?

— Ça ne serait plus une surprise.

Il m'énerve tellement lorsqu'il répond de cette manière, mais c'est si amusant et complice. Bon, j'aimerais laisser place à mon imagination cette fois. Je me laisse porter par le moteur de la voiture qui me berce et par Esteban qui chante la musique qui défile sur l'autoradio. Je pense à un paysage idyllique ou extraordinaire, un peu comme dans mes rêves, une longue plage où seules deux personnes existent dessus, à l'autre bout du monde. Des palmiers et de grands arbres exotiques en guise de décoration. J'entends l'eau qui monte haut sur la plage, un joli bruit qui amène à un sentiment d'apaisement. Je me vois marcher pieds nus avec Esteban, main dans la main, en se confiant l'un à l'autre sous un coucher de soleil extraordinaire. Je rêve d'une nuit sans fin, de quelque chose d'éternel, d'une simple nuit qui deviendra la plus magique de toutes celles que j'ai passées.

— Nous arrivons dans une petite demi-heure.

Sans m'en rendre compte, mon imagination m'a mené à un rêve, je me suis assoupie. Je dors sur la route du bonheur, en route vers une nuit éternelle pour nos cœurs et éphémère pour nos vies.

*

Esteban

C'est la première fois que je la vois dormir et je dois dire que je commence à aimer, même si la situation ne me le permet pas vraiment. Je veux immortaliser ce moment, je la prends en photo pour lui montrer la tête qu'elle a pendant qu'elle dort. À ce moment, je me rends compte que c'est la première photo d'elle qui s'apprête à remplir la galerie de mon téléphone. Je la trouve douce à voir et je ne peux m'empêcher de penser qu'elle est belle même quand elle dort.

Surtout quand elle dort. Je ne veux pas voir que ses douleurs sur elle, sur son visage si doucement devenu dur. C'est une femme avant tout, elle n'incarne pas que son passé mais j'ai cette fidèle impression que ça ne lui revient pas. Elle ne demande qu'à aimer la vie. Cela se voit presque autant dans son regard que le fait qu'elle ne vit plus.

La route est passée relativement vite pour ma part vu que je conduisais, pour Rose aussi peut-être puisqu'elle a dormi presque la moitié du trajet.

— Nous sommes arrivés Rose.

Je la vois qui entre ouvre les yeux. Ses mains frottent son visage endormi. Je me suis garé face à la mer, c'est légèrement éclairé, il fait doux, la mer s'engouffre dans les vagues et recule. Ce paysage si banal soit-il pour certain me laisse le regard fixe sur l'horizon.

— C'est super beau ! Où est-ce que nous sommes ?

— Devine.

— Alors ça fait presque deux heures que nous roulons. Aux premiers abords je dirais la Normandie ? Parce que c'est près de chez nous et que c'est magnifique.

— En plein dans le mille.

— Je suis trop forte, et tu viens jusqu'ici en une soirée, juste pour me faire plaisir ?

Je descends de la voiture et enfile mon manteau, me dirige vers la porte qui enferme Rose dans la voiture. Tel un véritable gentleman encore, je lui ouvre la porte, lui donne son manteau puis lui tends la main pour l'aider à en sortir. Je la vois presque sans voix face à ce qu'elle admire.

— Je n'arrive pas à croire que tu aies fait ça. Tous les hommes pour satisfaire une femme ne l'emmènent pas à deux heures de chez lui, alors qu'il travaille le lendemain, pour la rendre heureuse.

— Je ne suis pas tous les hommes.

— Non. Tu es l'homme avec qui je meurs d'envie de continuer cette soirée à la belle étoile.

Je sens Rose souriante et légère même si elle ne peut s'empêcher que de ne rester qu'aimable sans se laisser tomber dans mes bras délibérément.

Je suis légèrement assis sur le capot de ma voiture et Rose, debout, dans mes bras se montre très pudique. Je m'arrête, la regarde profondément. Ma main passe le long de sa joue, l'autre lui caresse le dos. Je repousse les cheveux qui viennent détourner son regard de moi. Je ne peux pas faire autrement que de me faire un tas de scénarios aussi beaux soient-ils sur ce que je pourrais faire là maintenant.

— Je… Je ne suis pas très à l'aise.

— Tu te souviens, juste avant de partir près de la Tour Eiffel ?

— De quoi devrais-je me souvenir ?

— Rose… de toi, de moi. De nos lèvres ensemble.

— Ah… si bien sûr. Je ne peux que m'en souvenir.

— Tu n'étais pas gênée à ce moment-là.

— Parce que j'étais déconnectée, comme portée par autre chose que… par autre chose.

Je lui prends le visage qui se voit constamment regarder le sol et plonge mon attention dans ses yeux si profonds.

— Par autre chose comme quoi Rose ?

— Rien. Rien d'important. Mais tout est différent maintenant.

— Tout est différent maintenant que tu es là où tu rêvais d'être ? Tout est différent maintenant que je te vois sourire comme une femme heureuse pour la première fois ?

— Tu ne me comprends pas, c'est ça…

Son visage s'étouffe une nouvelle fois dans son foulard si utile pour ne pas qu'on la voie.

— Je ne peux pas te mentir, je comprends que tu souffres Rose. Mais justement, pourquoi tu refuses chaque petit moment de bonheur ?

— Je ne sais plus être heureuse.

— Je pense que ça n'a rien d'un apprentissage. Le bonheur vient naturellement, si on ne le vit pas c'est parce qu'on l'empêche de passer.

— C’est dingue ce que tu regorges de bonnes volontés Esteban. Je suis désolée… Tu viens ? On se promène au bord de l’eau ?

— Et ainsi va ta vie.

*

Rose

L’éternel est dans l’immuable.

Je me trouve légère, comme portée par le vent. Je sais que quand ses mains me touchent, je suis apaisée, je me trouve moins seule et en sécurité. Mais malheureusement la sécurité qu’Esteban pourrait me garantir n’est pas quelque chose que je suis prête à accueillir dans ma vie. Si je vous dis que son regard me fait me perdre moi pour mieux le retrouver lui, c’est pour vous dire que nous ne faisons qu’un à nous deux, et pourtant… J’ignore pourquoi lui se met à tout bouleverser, pourquoi lui y arrive et pas un autre. Ce que je me demande véritablement c’est pourquoi lui s’intéresse-t-il à moi de cette façon ? Je n’ai rien d’attrayant, je ne suis même pas ouverte aux rencontres.

— Rose, tu sais la vie ne m’a pas non plus apporté que du bon, mais en majorité si, seulement ça n’a jamais été aussi tendre et passionnel qu’avec toi. Je suis, je pense, aussi perdu que toi, je le vois dans tes yeux. Je suis perdu mais je n’ai pas peur.

Dans un instant authentique, je préférerais dire qu’il n’est pas question de romance uniquement mais de partage inconditionnel et de passion indescriptible.

— J’aimerais qu’on parle de toi aussi Esteban, j’en ai besoin. J’ai besoin que tu me montres que tu me fais confiance.

Esteban et moi mêlons notre bonheur en un moment de plaisanterie. Nos voix rieuses et nos sourires communicatifs repartent de plus belle. C'est sûrement la seule chose qui me fait vivre sans stress et sans avoir peur de quelque chose. Rire. Simplement rire. Nous avons une mystérieuse attirance pour la plaisanterie pure et dure. Ça me rend très heureuse cette manière que nous avons de nous dire les choses, soit en étant très sérieux et amoureux, soit en étant très joueurs et rieurs sur les bords.

— Eh bien, Esteban Jallemas enchanté, ébéniste de carrière, et je n'aime pas me jeter pas de fleurs. J'ai un meilleur ami qui m'est très fidèle, c'est un ami d'enfance avec qui j'ai sûrement fait les quatre cents coups. Nos deux familles s'entendaient très bien depuis que l'on était au collège lui et moi. On a beaucoup fait de repas tous ensemble. Mais les choses ont évolué et aujourd'hui nos repas se composent de seulement trois personnes, John, sa femme et moi. Mais on pourrait peut-être être quatre la fois prochaine ?

— Est-ce que je dois comprendre que cette personne c'est moi ?

— Sans doute. D'ailleurs demain soir je vais au sport avec John, on va à notre entraînement de tennis à dix-huit heures.

— Tu fais du tennis donc ? Je serai aux répétitions de danse avec ma meilleure amie et ma prof de danse particulière.

— Parce qu'en plus tu danses ?

— En plus ?

— J'adore cet art. Je n'en fais pas mais j'aime beaucoup voir de vrais danseurs transmettent un tas de choses. Et la danse ne t'a jamais aidée à te libérer d'une quelconque manière ?

— Pas vraiment, comme s'il m'en fallait plus.

— Tu n'es pas du tout exigeante, c'est ça qui est rassurant.

En me parlant Esteban sourit, il détend l'atmosphère et joue de la situation. Pendant près de deux heures et demie on partage de super moments jusqu'à celui où lui vient l'idée de me mettre à l'eau. Il fait froid dehors mais rien que son sourire me redonne toute la chaleur dont j'ai besoin pour oublier que je suis mouillée de la tête aux pieds.

— Tu es complètement dingue !
— J'aime plutôt bien l'être…
— J'aime bien aussi que tu le sois.
Je lui partage aussi quelques simples moments de ma vie, lui parle de ma meilleure amie avec qui je suis partie dans les quatre coins du monde. C'est vrai que nous avons eu l'occasion de faire beaucoup de voyages. C'est une vraie chance pour nous, nous avons fait quatre pays scandinaves, la Finlande, la Norvège, la Laponie puis la Suède. Nous avons également fait un *road trip* aux USA, les îles Maldives, ainsi que la République dominicaine. Nous avions économisé pendant notre adolescence et durant nos études. Maintenant elle est chirurgienne depuis peu, elle vient de finir ses études il y a deux ans, Lana a vingt-sept ans. Nous nous connaissons depuis si longtemps que personne ne pourra nous séparer. Autrement, dans ma vie mon père est devenu ce que j'ai de plus cher suite à… Enfin bon, peu importe, rien ne pourra me le retirer. Je ne suis pas fille unique.
— J'ai un frère plus grand que moi, une espèce d'homme qui tend à mettre mes nerfs à rude épreuve presque autant qu'il m'aime.
— Il a l'air top ce frère.
— Si tu savais, je suis fière de lui et d'être sa sœur.
Nous avons toujours été très proches, mais à une période difficile dans notre famille, il ne pouvait plus rester par ici, Paris était une ville qu'il ne désirait plus habiter. Il s'en est allé aux îles Maldives, c'est pour ça que nous y avons été aussi, pour lui rendre visite. Il me manque beaucoup à présent. Il est vrai qu'avec le travail je ne peux pas toujours y aller. Lui non plus ne peut pas remonter dans sa ville natale chaque fois qu'il est en vacances ou en week-end. Enfin bon, une vie bien chargée pour moi n'est-ce pas ? J'ai sans doute oublié d'aborder les terribles amitiés que j'ai depuis quelques années déjà. Thaïs, une amie que j'ai rencontrée au sport, lorsque je faisais de la danse classique. Depuis un certain nombre d'années maintenant, je pratique la danse contemporaine. Nous avons en commun plusieurs amis dont Alexandre et Jonathan, rencontrés lors d'un festival quand

j'avais vingt et un ans. Ce sont deux fous, ils nous apportent que de la joie à chaque fois que nous nous rejoignons tous ensemble. À nous cinq, Lana, Thaïs, Alexandre, Jonathan et moi, faisons une véritable bonne bande d'amis, la confiance règne, le partage, les rires et sourires, les pleurs, on se soutient.

— Et tes parents ?

— Euh… eh bien ils travaillent au même endroit que moi et puis voilà.

— C'est tout ce que tu as à dire quant à eux ?

— En fait oui.

Esteban garde le silence et me regarde avec insistance. Je remarque que ses yeux brillent de presque autant d'étoiles que le ciel qui surplombe nos âmes tendrement.

— Laisse tous tes problèmes ici Rose.

— Si seulement ce simple geste était possible.

— Regarde l'horizon et laisse tout ce qui te hante ici, tu n'en as plus besoin, ils t'étouffent trop pour te faire du bien.

Esteban et moi regardons l'horizon avec profondeur et intensité. Voilà pourquoi depuis quelques heures je parle. Je raconte les belles choses de ma vie. Mais je ne peux pas tout partager, quelque chose m'en empêche. Je ne lui ai jamais parlé de ma mère, pourtant le nombre de fois où j'aurais pu lorsque je lui ai parlé n'a pas manqué. Ma mère est l'unique personne la plus précieuse au monde que j'ai eu dans ma vie, je ne peux pas en parler en quelques jours, même s'ils sont intenses.

— Il est tard, nous marchons depuis quelques heures, tu ne voudrais pas qu'on se pose ?

— Ici ?

C'est une espèce de plage reculée, elle est éclairée mais très peu. C'est magnifique là-bas. J'admire le paysage où s'y trouve le corps d'un homme debout presque devant moi, surplombant sans doute la mer qui fait œuvre de paysage resplendissant derrière ses épaules larges et rassurantes. Le sable est d'une douceur qui me brûle le cœur quand je pense à ce manque de tendresse au sein de ma vie. Lorsqu'on s'installe, un calme apaisant refait surface. Je m'allonge, un genou plié et l'autre tendu. Je pose mes mains sur mon ventre et regarde les étoiles.

— Une étoile représente toujours quelqu'un que l'on a toujours aimé.

— La mienne est parmi toutes celles-ci.

— La tienne Rose ?

— Euh oui… J'ai perdu jeune ma grand-mère de qui j'étais très proche. J'ai toujours cru qu'elle serait celle qui me protégerait encore après la mort. Je la vois dans mes rêves, j'aimerais tellement l'entendre rire une dernière fois, ce qui m'énervait le plus comme le fait de toujours me préparer à manger très gras, ou encore me faire des leçons de morales qu'elle avait tant raison de faire, deviendrait aujourd'hui quelque chose de plaisant à vive.

— Une personne que l'on a tant aimée ne part jamais de nos cœurs et reste pour toujours hanter nos mémoires. Elle est sans doute quelque part ici pour toi.

Je ne me lasserai décidément jamais de l'entendre parler comme un dieu. Je l'idolâtre un peu je l'avoue mais ce mec me fascine. Où a-t-il appris tout ça ? Comment fait-il pour être si positif et à l'écoute ? Ses mots sonnent comme des pansements à mes oreilles. Au fond de moi, je ne me permettrai pas de dire que ça se trouve au fond de mon cœur, mais plus près de mon âme, cet homme me donne l'envie soudaine de lâcher prise, véritablement. Je ne saurais vous dire si ce qui me fait le plus de bien est sa voix de messie ou bien les morales qu'il y a derrière chacune de ses paroles plus belles les unes que les autres. Esteban se tourne vers moi, passe une jambe entre les deux miennes, prend mon visage entre ses deux mains douces. Je sais de quoi lui a envie, je le sais presque autant que je suis capable de le sentir. Ses lèvres ne font qu'appeler les miennes, en vain.

*

J'aimerais ne jamais perdre cette femme qui ne m'appartient pas.

Mon téléphone se met à sonner et me coupe de toutes mes pensées.

— Excuse-moi Rose, je dois décrocher.

— Pas de soucis, je t'en prie.

Au téléphone c'est mon meilleur ami qui m'appelle pour notre rendez-vous tôt demain matin. J'avais complètement oublié. Il est déjà trois heures du matin, une journée de boulot nous attend à Rose et moi, et nous n'allons presque pas dormir. Je m'excuse auprès de John pour avoir oublié, et finis par lui dire que je serai à l'heure. On se rejoint demain matin à sept heures trente chez moi.

— Il serait peut-être temps de rentrer non ? On se lève tous les deux demain.

— Oui, c'est une bonne idée. Ça ira pour conduire ?

— Je suis un as du volant, ne t'en fais pas.

Une fois de plus, on rigole, encore une fois, puis de nouveau et ça ne s'arrête plus. Plus il me parle, me regarde, me taquine et plus je tombe dans les mailles du filet. Les blagues s'enchaînent, un courant électrique passe abondamment entre nous et ne cesse de nous prouver que le temps passé ensemble n'est autre que quelque chose d'inoubliable. Nous remontons jusqu'à la voiture, j'ouvre la porte à Rose puis monte à mon tour. Elle s'endort au bout de quelques minutes seulement, l'air de la mer a dû l'épuiser. Il en est de même pour moi d'ailleurs. Je ne me lasse pas de son air innocent quand elle dort. Pendant que je conduis, je laisse vagabonder mon esprit, je nous imagine plus tard, comme si pour le moment mes rêves sont tout ce qu'elle est capable de me laisser. Enfin bon, je baisse soudainement le son de la musique lorsque j'entends Rose murmurer quelque chose pendant qu'elle dort. J'aime beaucoup la voir à ce moment-là. Seulement je m'aperçois vite que ce qu'elle murmure est étrange, je suis incapable de reconnaître ce qu'elle chuchote bizarrement mais en décrypte quelques petits murmures par-ci par-là. « Je t'en supplie ne pars pas, jamais ». Voilà ce qu'elle prononce au moins deux fois par minute et sûrement la seule chose de sensée que je peux parvenir à comprendre De qui parle-t-elle ?

— Rose ? Rose, tout va bien. Qu'est-ce qu'il se passe ?

Je la vois qui peine à ouvrir les yeux comme si son cauchemar la retenait amèrement au milieu de sa nuit. Quelques larmes coulent sur son visage discrètement, je ne veux pas la questionner égoïstement mais elle me paraît si livide.

— Rien Esteban, ce n'est qu'un cauchemar. Tu sais, si ça ne t'arrive pas à toi, saches que ça arrive à beaucoup de monde.

— Comment je devrais le prendre ?

— Bien certainement. J'ai du mal à rouvrir les yeux pour de bon c'est tout.

J'ai l'impression qu'elle a du mal à oublier son cauchemar. Comme elle me le dit si bien, ça arrive à tout le monde, mais ça ne perturbe pourtant pas pendant de longues minutes chaque personne à qui ça arrive. C'est troublant de voir combien Rose est froide tout d'un coup. Elle reste douce et souriante envers moi mais je vois qu'elle a la tête ailleurs, comme si elle se trouvait préoccupée par quelque chose que j'ignore encore. L'atmosphère ne ressemble pas un instant à ce qu'elle était il y a quelques heures. La raison de Rose reprend vite sa place et à ce moment elle est quelqu'un d'autre.

— Arrête-toi s'il te plaît Esteban, vite.

— Tout de suite, qu'est-ce qu'il t'arrive ?

— Une envie de vomir.

Pour l'instant il n'y a aucun arrêt sur la route, pas de chemin ni de parking. C'en est une blindée de virages, je ne sais pas quoi faire. Et puis finalement au bout de quelques minutes, je décide de m'arrêter prudemment sur le bord de la chaussée, elle en a marre. Je m'arrête. À peine le contact de la voiture est éteint que je la vois sortir. Laissant sa porte ouverte, je l'entends, elle pleure à moitié. Je descends pour la rejoindre, lui apporter des mouchoirs et de l'eau qu'il nous reste. Rose se nettoie la bouche. Elle me dit que ça va beaucoup mieux.

— Je suis vraiment désolée Esteban, j'ai dû me réveiller trop vite.

— Certainement.

Je lui réponds d'un air soucieux. J'ai une vague impression qu'elle me ment, ou plutôt qu'elle me cache la vérité.

— Rose dis-moi la vérité s'il te plaît.

— Puisque je te dis qu'il n'y a rien de plus qu'un mauvais réveil en voiture, et puis la route est tout sauf ce que j'appellerais droite. Ta conduite non plus d'ailleurs.

Le ton de notre conversation se voit changer et prendre une tournure qui me tord le ventre. Le fait de cacher plein de secrets ou même de fuir la vérité commence à rendre l'atmosphère pesante pour nous deux. Je finis par me dire que je lui en demande peut-être trop avec ces questions. Je ne sais pas où l'on va et ce qui me tend l'esprit est que pour le moment, on ne va nulle part. Je suis plutôt du genre à laisser le temps au temps, mais sans doute parce que jusqu'alors les seules femmes que j'ai connues ne retenaient pas tant mon attention. Je ne sais pas comment m'y prendre avec Rose, les minutes me paraissent des années presque autant que ces derniers jours auprès d'elle me paraissent une éternité. Habituellement les choses se font d'un naturel qui ne me laisse pas le temps de me poser des questions. Seulement là, j'en viens à me dire que je m'en pose beaucoup trop, que ce n'est pas normal.

— On reprend la route ?

— Oui, je vais mieux.

*

Ce cauchemar, je le fais depuis des années, la voir partir sans ne rien pouvoir faire, ne pas pouvoir la retenir m'a été terrible. Le fait que ça me prenne une fois encore pendant un moment de bonheur me brise le cœur. Est-ce que finalement ma mère serait toujours là dans ma vie ? Dans tous les cas, je ne trouve pas Esteban trop intrusif, je ne suis seulement pas prête à en parler. Ça doit tellement l'agacer, je m'en veux en un sens et puis finalement en pensant au fait que j'ai du mal à accepter de me confier, je ne m'en veux plus. C'est égoïste ? Peut-être. Tout ce que je suis capable de dire maintenant c'est que dans un couple c'est normal de se parler, de se livrer, de pleurer dans les bras l'un de l'autre. Je me demande souvent pourquoi ce genre de retenue peut exister. La vie paraît bien courte pour cacher un tas de secrets nauséabonds. Je m'en veux à moi-même de rentrer dans sa vie et de ne rien pouvoir lui promettre. Cet homme ne mérite pas ça. Il espère tant de réponses de ma part quant à ma vie que je sais que si je n'y réponds pas par simple impossibilité de le faire, je lui ferai du mal.

Pendant tout ce temps où nous roulions, je regardais par la fenêtre de sa voiture, je voyais passer les voitures d'en face et défiler les différents paysages.

Nous sommes finalement arrivés quelques longues minutes après l'incident.

— Merci Esteban. Cette soirée était merveilleuse comme tous les moments que l'on passe ces derniers temps. Merci de me rendre heureuse.

— Donc j'arrive quand même à te rendre heureuse ?

— J'imagine oui.

— C'est sûrement normal dans la vie de tous les jours de rendre heureux les gens que l'on affectionne mais dans notre relation rien ne paraît normal.

— Je l’ignore.
— C’est absurde.
— Absurde ?
— Évidemment Rose, bien sûr qu’il est normal de te rendre heureuse, je t’aime beaucoup.

Le fait de me dire simplement qu’il m’aime beaucoup me fait du bien. S’il m’avait dit je t’aime pour la première fois, je n’aurais pas été capable de répondre que moi aussi. C’est terrible parce que pourtant, je meurs d’envie de lui dire mais tout me parait soudain voire brutal. Cette idée de se dévoiler ne me traverse pas l’esprit, je veux l’ignorer comme si la pudeur prenait place dans cette relation. Je pourrais même dire que j’ai honte. Peut-être même que je trouve ça repoussant. Certainement juste parce que je m’appelle Rose, et que je suis ainsi. Ce garçon me comprend terriblement bien sans même savoir la véritable nature de mon passé. Il sait déjà comment il faut le prendre. Dire au revoir à Esteban le soir quand on rentre chacun chez nous devient de plus en plus dur. L’amour qui est entre nous a une valeur inestimable, il n’a aucune limite valable et pourtant, tout me pousse à ne rien laisser paraître, comme si mon cerveau voulait que je reste de marbre.

— J’espère te revoir vite… ?
— J’espère aussi.
— Ce n’est pas vraiment ce à quoi je m’attendais pour dire vrai. J’ai cette vague impression que ton « j’espère » veut dire que, si on ne planifie pas un rendez-vous aujourd’hui, je ne te reverrai pas Rose.

Mon regard est sans aucun doute celui qui veut dire je ne sais pas. Un regard qui toujours et ce, de manière redondante, dit qu’il est perdu et qu’il veut sans pouvoir, qu’il peut sans vouloir. Il me serre finalement dans ses bras comme pour me dire combien il m’aime. Je sens à travers lui, son odeur et sa chaleur, un sentiment d’infini, exactement comme si plus rien n’était immuable. Je me sens pourtant distante à l’intérieur. Cette fois, comme si mon corps intrépide et candide se lâchait délibérément en oubliant un détail, celui que mon cerveau lui, a décidé de mettre des barrières de pudeur entre nous. Vous arrivez réellement à voir cet absurde paradoxe qui m'envahit depuis que je le connais ?

— Rose, regarde-moi.

Dans un long silence, il laisse s'esquisser un profond sentiment de bienveillance.

— Je veux que tu saches une chose. Quoi qu'il advienne de nous, quoi que toi plus moi représentons aujourd'hui ou demain, ce qui m'importe le plus quand je te vois c'est que ton regard change pour laisser passer le bonheur.

Cette dernière phrase me touche profondément. Il me montre qu'il m'aime de toutes les manières qu'il puisse sans me le dire. C'est tout ce que je désire le plus pour le moment, je dirai même que c'est tout ce que je suis capable de recevoir. Il m'arrive depuis ces débuts chaotiques de réaliser que même ça, je ne peux pas lui donner, même exprimer mes sentiments à travers ce corps chaud est délicat. On se quitte sur ces jolis mots. En attendant je rentre chez moi, je me déchausse et retire mon manteau. Je file dans la salle de bains pour me changer, me démaquiller et prendre une petite douche. En sortant d'ailleurs, je me souviens que j'ai oublié de fermer ma porte à clé, je porte une serviette autour de moi et sur les cheveux et file le faire.

Chose faite. Je m'emmitoufle dans un pyjama bien chaud et me plonge dans une série peu connue que je regarde toujours avant de dormir. C'est la seule qui arrive à ne pas me faire ronfler devant. Et c'est un exploit ! Seulement il se fait tard, alors un épisode de trois quarts d'heure suffit pour que j'éteigne les lumières et dorme profondément.

*

ESTEBAN

À peine arrivé chez moi, je file sous ma douche. Je me sens tellement bien sous cette pluie d'eau chaude. Je repense beaucoup à ce qu'il s'est passé. Je ne veux pour rien au monde voir Rose souffrir. En attendant, je me rappelle mon rendez-vous du lendemain, ça me suffit pour sauter dans mon lit et dormir. Seulement, lorsque je vais pour me coucher il me manque quelque chose, ou plutôt quelqu'un. Je pense à Rose et je me dis que j'aurais tellement voulu qu'elle dorme dans mes bras après une si bonne soirée. Mais ne précipitons tout de même pas les choses, sa fragilité est flagrante et nous devons tous nous protéger un minimum même si je n'en ai aucune envie avec elle. Je ne veux, paradoxalement à mes sentiments profonds, ne pas brusquer les choses et brûler les étapes. Une fois endormi, un tas de choses me traversent l'esprit. Le corps de Rose sur cette plage si douce, je m'imagine la voir danser comme elle m'en a longuement parlé. Ma nuit est faite de toutes ces choses positives et joyeuses qui s'entremêlent et ne cessent de se rencontrer.

Sept heures. Mon réveil sonne, c'est horrible. J'ai l'impression que j'ai fait une sieste et non une nuit. Enfin bon, je ne perds pas de temps et file prendre mon petit-déjeuner en vitesse. Une tartine de confiture que je ne finis même pas, qui va traîner toute la journée sur le plan de travail de la cuisine, fait mon repas. Un bon verre d'eau mélangé à du citron pressé arrive dans mon estomac. Je prends rapidement une pomme dans ma main droite et mon sac dans la deuxième quand je me rends compte en passant le pas de la porte que je ne suis ni douché, ni habillé.

— Mais quel imbécile, ce n'est pas possible.

Je repose tout ça et me dirige à toute vitesse vers ma douche. J'allume l'eau et me savonne. En sortant de la douche, ma serviette autour de la taille, je me dépêche de me vêtir d'un col roulé noir, un jean blanc, j'enfile mon manteau en laine et me chausse. Mon peigne m'est très utile d'ailleurs, tous les matins je passe un coup sur ma barbe. Je me suis brossé les dents sous la douche, il ne me reste plus qu'à me coiffer, brièvement puisque je ne mets jamais de gel. Mes cheveux ne sont pas courts, longs non plus. Bon aller, je reprends ma foutue pomme et mon sac, et je file ouvrir à John.

— Hey John ! Tu vas bien ce matin ?

— Bah écoute ça va super, pas assez dormi mais bon, comme d'habitude.

— Ah bah je peux en dire autant figure toi.

— Tu avais un truc de prévu ?

— Rien de spécial, grosse insomnie.

— Tu es insomniaque toi maintenant ?

— Hum ce n'est pas sûr en fait.

— Une belle femme je vois…

— Non John, pas une belle femme, pas une belle femme comme les autres.

— Est-ce que je peux te demander de me le répéter ?

Je me reprends vite quand je me souviens ce pour quoi nous avions rendez-vous. C'est dingue ce que Rose peut me faire divaguer, qu'elle soit là ou pas d'ailleurs. Mon meilleur ami et moi parlons boulot pendant près d'une demi-heure. L'heure tourne alors on marche jusqu'au travail.

— Eh tu n'oublies pas le tennis ce soir ma poule !

— Ça ne risque pas, j'ai besoin de me défouler toutes les semaines, le travail me rend complètement fou parfois.

— Je suis d'accord. Mais ça arrive qu'il n'y ait pas que le boulot qui rende complètement fou.

— Qu'est-ce que tu veux dire ?

— L'amour rend fou mon poulet.

Bon d'accord. Je vois tout de suite mieux où John veut en venir. En même temps en plus de vingt ans nous ne nous sommes jamais rien cacher, pourquoi maintenant ça changerait ? Mais qu'est-ce que je vais réellement lui dire ? C'est incroyable ce qui nous arrive. Et puis après tout avec John on n'a pas le genre d'amitié où aimer est une honte. Pour tout vous dire on s'est même souvent dit qu'on en rêvait. Qui pourrait prétendre ne pas rêver du grand amour en même temps ?

— Elle s'appelle Rose.

— Mais alors parle-moi d'elle, de vous ? Vous vous êtes rencontrés où ?

— Eh bien, c'est la rencontre la plus étrange de ma vie, enfin je veux dire que je n'ai jamais rencontré une fille dans ces conditions. En tout cas c'est la plus belle.

Un instant je me dis que Rose n'aimerait peut-être pas que je raconte notre rencontre puisqu'elle a été assez étrange pour nous, très belle bien sûr. Seulement je me demande si elle aimerait que je partage avec mon meilleur ami le fait qu'elle était éteinte et qu'elle a crié cette phrase si profonde.

— Elle est magnifique. Mais vraiment John, ses valeurs sont respectables. tu t'entendras bien avec elle tu verras.

— J'en doutais pas, te connaissant tu ne me présentes jamais de garces ou de mauvaises filles.

— Le flair John, tu l'as eu aussi.

Je lui tape l'épaule en esquissant un large sourire qu'il me rend. C'est dingue ce qu'on peut bien s'entendre. Tout ce que j'ai retenu grâce à lui c'est que l'amitié a de magnifiques valeurs qu'il est impossible de trahir. C'est tellement rare ce genre d'ami. Je pousse la porte et entre avec lui dans notre atelier.

— Salut les gars ! On est désolé pour le retard, on avait notre rendez-vous pour parler du projet de Mme Legendre. C'est accepté.

— Waouh donc encore plus de taf ?

Quand un collègue de l'atelier, Jack, me dit ça, je viens tout juste de me rendre compte qu'en effet il ne faut pas chômer cette semaine. Alors je me change à l'atelier et me mets rapidement au boulot.

— Dis-moi Jack, tu m'as dit quelles dates pour ton retour en Angleterre ?

— Le 20 décembre, c'est pour partir fêter Noël en famille.

— Oui c'est normal, je vais juste en profiter pour le noter dans l'agenda. On est bien le 2 aujourd'hui ?

— C'est ça.

Aller hop, une longue journée qui m'attend.

*

Rose

Un nouveau jour se lève. Un de plus où je cours au travail. On est mercredi 2 décembre et je reçois aujourd'hui même l'une de mes plus grosses commandes de tissus avec mon père. C'est une marque très connue qui nous la fournit. Voilà pourquoi on est si excité. Il est tôt dans la matinée. Quand je prends une pause pour aller aux toilettes, je prends mon téléphone et attends un message d'Esteban. Il est certainement très occupé, j'imagine mais prend tout de même la peine de me texter. « Un déjeuner ensemble, ça te branche ? ». Heureuse de le voir assez vite, je réponds un smiley qui acquiesce. Bon, je fais ce que j'ai à faire, pose mon téléphone parce que sinon je travaille moins bien, et me remets d'attaque pour travailler. En donnant forme à mes dessins pour les modèles, je pense à ma vie avec Esteban, à notre histoire d'amour. Sans mentir, ça m'aide beaucoup à dessiner puisque cette histoire n'est faite pour l'instant que de belles choses.

— Rose, tu fais quoi ce midi ?

— Je reste à l'atelier comme d'habitude.

— D'accord, et bah ton vieux papa avec qui tu n'as pas mangé depuis des lustres te propose un restaurant ?

Je me souviens à cet instant même du rendez-vous avec Esteban, il vient manger ce midi.

— Je suis désolée papa, je vais rester travailler ici.

— Tu ne pourrais pas trouver une meilleure excuse ?

— Non, ne le prend pas mal, c'est juste que ces derniers temps on a vraiment beaucoup de boulot, je suis fatiguée alors je préfère travailler plus le midi et finir avant dix-huit heures trente.

Je vois mon père déçu. Ça me fait peur de devoir dire au plus bel homme du monde à mes yeux que j'ai un petit ami. Depuis les nombreux événements marquants qui ont frappé notre famille, il a du mal à me laisser partir dans les bras d'un autre homme qu'eux deux, lui et mon frère. Je lui promets de se refaire ça un autre midi. C'est assez terrible parce que je m'en veux au fond de moi mais à côté de ça, je n'arrive pas à le faire profondément puisque je vois Esteban. Lorsqu'il se fait midi dix sur l'horloge, je crains que mon père ne soit pas parti quand Esteban arrivera. Je prends ma pause, et je cuisine les légumes que j'ai apportés aujourd'hui. Je vais faire deux gratins de légumes et j'ai apporté des pièces de bœuf à cuire. Je vais chercher mon téléphone pour savoir où en est Esteban dans son travail. Quand je l'allume, je vois un message qu'il a pris le soin de m'envoyer, pour le coup je ne m'y attendais pas. « Je vais bientôt partir, je reprends à 14 heures, je me dépêche, à tout de suite ma belle ». Il y en a très peu dans son message, mais je le trouve très attentionné et prévenant. S'il est parti ça veut dire que dans une dizaine de minutes il arrive. Son atelier est à quelques pas d'ici.

— À quelle heure est-ce que tu pars papa ? Tes employés sont déjà partis.

— Bien vu que je mange seul je ne suis pas pressé.

— Oh papa épargne-moi, ça s'il te plaît, ne m'en veux pas.

— Pas du tout, seulement c'est mon atelier et je pars quand je veux.

Je pars dans la cuisine pour commencer à faire à manger et j'envoie un message rapide à Esteban pour lui dire d'attendre avant de rentrer parce que mon père est encore là. Le pauvre, je suis en train de lui dire de rester devant la porte parce que je ne tiens pas à mettre mon père au courant. Parfois moi-même je ne me suis pas dans ce que je fais. Je m'inquiète, il ne répond pas et mon père ne part toujours pas.

— Bon, je file ma fille, je serai de retour vers quinze heures, tu te souviens ? Je passe chez un ami pour se faire un coucou tant qu'il est là ?

— Oui bien sûr.

— Du coup les employés vont sûrement arriver plus tard que l'heure prévue.

Je me réjouis tout en priant pour qu'ils ne tombent pas l'un sur l'autre.

*

Esteban

Je marche dans la rue, et au loin vois un homme qui sort de l'atelier où travaille Rose, il est plus âgé qu'elle, j'imagine que c'est son père.

— Bonjour Monsieur.

— Bonjour.

C'est uniquement une formule de politesse, aucune conversation n'est engagée. Je le trouve de vue comme ça très agréable, il a l'air gentil. Il le sera peut-être moins si je lui annonce que je suis avec sa fille, je comprends Rose. J'attends qu'il quitte la rue pour ouvrir la porte de son petit atelier pour le moins chaleureux d'ailleurs. Au travers de cette porte je sens une odeur de nourriture, ça sent super bon. Je me demande ce qu'elle a préparé. Ça y est je rentre.

— Il y a quelqu'un ?

Rose arrive avec son grand sourire devant la porte, elle est encore plus belle chaque fois que je la vois.

— Me voilà.

Je ne peux, malheureusement pour elle, pas faire autrement que de la regarder avec admiration.

— Et bah, tu es sur ton trente et un juste pour le travail, je suis déçu que ça ne soit pas pour moi.

— Oh je t'en prie Esteban.

Elle éclate de rire et je la suis. En me dirigeant vers la cuisine je vois le bon petit plat que Rose a mijoté.

— Mais tu as ramené des légumes frais en plus ?

— Oui comme je déjeune toujours ici le midi, je fais en sorte de pouvoir me faire à manger.

— Tu es vraiment parfaite toi.

— J'osais pas te le dire dis donc.

Lorsqu'on est tous les deux, le temps passe vite tant nous nous amusons. Une magnifique complicité est là depuis notre premier soir mais elle devient plus belle chaque fois que l'on se trouve tous les deux. J'en profite pour mettre mon doigt dans le gratin de légumes très vite fait et lui en étaler par surprise sur le visage.

— C'est pas possible, attends pour voir ! Et alors Esteban, comment s'est passée ta matinée ?

— Pleine de taf ça c'est sûr. Elle était faite de toi aussi, encore toi je crois. Et puis toi.

Je le dis en rigolant pour amener Rose à sourire aussi. Je cours mettre la table pour montrer qu'un homme bien fait bel et bien les tâches ménagères et du quotidien, n'est-ce pas ? Bon, je ne cherche pas à faire l'homme parfait de toute évidence, seulement à montrer que je n'aime pas le machisme, ou ça dépend des fois.

— Et en dehors de moi, tu as fait du bon travail ?

— Ce matin j'étais peu concentré, la fatigue certainement… Et toi ?

— Et ben écoute, ce matin rien de spécial. En revanche cette après-midi on reçoit le colis d'une grande marque reconnue à l'internationale, alors l'excitation est à son paroxysme.

— J'ai devant moi une grande styliste et décoratrice alors.

— Et tu ignores bien des talents encore.

— Je te dirais bien que j'ai hâte de les découvrir…

Fidèles à nous-même, nous arrivons à nous séduire par le rire.

— Bon, tu es prêt pour le tennis ce soir ?

— Presque. Bon pour tout te dire, depuis quelque temps je n'y allais pas tellement, j'étais beaucoup pris par mon travail et les quelques soucis que j'ai avec ma mère.

— Quelques soucis ?

— Sans importance, je n'ai pas envie d'en parler de suite tu veux ? Ce sont des choses qui nous ont tous les deux blesser et c'est compliqué maintenant d'arranger les choses.

Pendant le repas, je passe mon temps à la regarder dans les yeux. Non seulement son repas est délicieux mais pas seulement. Tout le dîner est fait de manière que l'on échange pendant près d'une heure. Il est treize heures trente je dois filer pour être à l'heure.

— Tu vas à la danse aussi ce soir ?

— Oui pour vingt heures.

— Merci pour ce chaleureux déjeuner Rose, je t'aide à ranger tout ça et je file au taf pour être un peu en avance avec John.

— Bien sûr, il faut que je m'y remette aussi. Merci d'être venu Esteban.

Je repars aussitôt pour ne pas arriver trop en retard à notre rendez-vous à John et moi. Pendant la route, je croise de nouveau le père de Rose. C'est sans importance puisqu'il ne prête pas attention à moi. En revanche je vais envoyer un petit message à sa fille pour lui dire combien ce petit repas rapide était délicieux. Même si le meilleur n'était pas le repas.

La journée continue telle qu'au début. Lorsque dix-sept heures retentissent à l'atelier, je rentre chez moi prendre une douche et me préparer. John me rejoint pour prendre la voiture et se retrouver au gymnase pour notre match de tennis. Après cette petite partie de tennis, je m'imagine bien une fois encore aller surprendre Rose chez elle mais je ne sais pas à quelle heure elle va finir le travail et la danse la contraint de sortir ce soir. Je suis un peu bête en même temps, je fais peut-être toujours ça puisque surprendre les gens fait partie de moi, mais Rose n'est pas comme ça et je n'ai pas le droit de lui demander ça d'ailleurs. Bien sûr, rien que son amour me rendrait heureux toute une vie, seulement il faut faire vivre notre amour et notre vie sinon nous en sommes juste de pauvres spectateurs. C'est ce à quoi je pense sur le moment. Peut-être que je souhaite trop nous investir pour l'instant alors que cela ne fait que quelque temps. Mais je l'aime et je ne pense pas que lorsque l'on aime on doit se poser un milliard de questions. Dans une relation banale où les sentiments ne sont que facultatifs, il est évident que tout ça ne rentrerait pas en compte. Mais notre relation n'est pas comme ça. Même si la tranquillité fait de l'âme une éternité profonde, nous avons tous besoin d'adrénaline dans notre vie, de cette personne qui vous fait vaciller l'estomac en moins de dix secondes, qui vous traverse complètement dès que vous la voyez. Enfin ce sont des mots forts, mais c'est réel. Je suis un homme qui a besoin de tout ça dans sa vie, grâce à Rose c'est ce que je vis. Je suis peut-être trop exigeant mais je crois que je n'ai pas simplement besoin d'une fille qui, quand je la vois, je me perds dans ses yeux. C'est à la portée de tout le monde, puisqu'elle n'est pour rien dans le fait que je sois tombé follement amoureux d'elle en une fraction de seconde. Par contre rendre heureux quelqu'un c'est un travail de tous les jours, il ne faut pas se reposer sur l'amour comme on pourrait se reposer sur l'amitié. Les sentiments dans un couple peuvent être souvent mis à rude épreuve, c'est pourquoi il est important de conserver cet amour en le rendant plus beau chaque jour. Si je devais être très honnête, pour le moment j'ai l'impression d'être le seul à vouloir embellir notre amour. D'un autre sens, je sais combien elle a du mal avec tout ce qui touche à nous. J'arriverai à la faire s'ouvrir quoi qu'il en coûte.

*

Rose

Quand le corps parle pour le cœur, la raison ne répond plus de rien.

Je me dirige vers la salle de danse avec Lana légèrement fatiguée par la journée que j'ai eu mais à la fois très excitée de la soirée de la veille et du rendez-vous de l'après-midi.

— Alors ? Prêtes pour cette session danse intense ?

— Perso tout va pour le mieux !

— Bah qu'est-ce qu'il t'est arrivé nono ? Un éclair de bonheur a traversé ton salon ?

— T'es super drôle ces temps-ci, on devrait songer à plus se voir.

— Bah écoute je suis prête aussi.

La séance commence par des échauffements de danse en duo sur des musiques douces et romantiques. Lana et moi avons chacun un partenaire, notre professeur de danse veut nous emmener aux championnats individuels mais nous fait travailler en couple aussi. Rien de mieux que des amis pour remplir ce rôle, c'est Alexandre et John qui dansent.

— Bon Alex on commence ?

— Yes, par quoi ?

— On se laisse aller pour l'échauffement comme d'hab ? L'avantage dans notre couple de danse c'est qu'on est très créatifs et imaginatifs.

Je vois Lana danser avec John à la perfection. J'aime presque autant regarder la danse faite par des professionnels que de l'écrire moi-même. La rencontre entre le corps et l'esprit dans la danse est plus qu'une simple rencontre. C'est l'inhibition magique de la raison au profit de l'expression de soi par le corps. J'adore laisser mon corps parler aux autres et me laisser des messages à moi-même là où les mots ne sont qu'enfouis en moi trop profondément pour que mes propres mains ne les atteignent. Je me sens tellement bien aujourd'hui dans mes pas et dans le rythme des sons. Tout est différent comme si l'air de la mer de la veille m'avait transformé et me laissait évacuer toutes mes pudeurs. Sans m'en rendre compte, la musique en fond, Lana et John s'arrêtent de danser pour nous regarder Alex et moi. Nos pas sont coordonnés, nos corps discutent entre eux et le mien s'exprime, plus que jamais. Tout ce que j'ai au fond de moi ressort de ma poitrine et mes mouvements sont si beaux que je les ressens comme s'ils étaient mille. L'endroit dans lequel je suis est une plage désertique au milieu de l'océan, comblée de quelques plantes mais surtout de l'air, d'un air si pur que rien ne peut m'arrêter. Là encore, sans que mes yeux ne comprennent ni même que ma raison frappe à ma porte, Alexandre s'écarte et je finis un solo des plus magiques que j'ai pu faire alors que tous me regardent malgré moi.

Quand la position finale surplombe la pièce, les bouches cousues de mes amis et les regards émerveillés tombent. Je me sens seule comme sous le feu des projecteurs que je fuirai habituellement et sous lesquels aujourd'hui je me sens bien. Un sentiment de vide puissant et de légèreté transperce mon corps rempli d'air et d'amour. J'entends leurs applaudissements résonner en moi tandis que Lana court me faire un câlin.

— Je suis tellement fière de toi nono…

Lana porte ma tête entre ses deux mains alors que mes cheveux passent devant mes yeux. Quand je la vois sourire et me toucher ces deux trois mots, mon sourire naît tout seul de mes lèvres. Finalement, des pleurs coulent le long de mes joues chaudes et rouges. Danser est une passion, une addiction, une drogue. Mais ces dernières années rien n'était plus pareil quand je dansais. Ça doit être la première fois depuis quatre ou cinq ans que mon corps se libère de toute honte et pudeur pour laisser place à qui j'étais avant et finalement, à qui je suis maintenant.

— Je crois qu'on peut commencer les répétitions.

Je vois notre professeur se rapprocher de moi, essuyer mes quelques larmes tombantes et me souffler des mots aussi étouffants qu'épanouissants à l'oreille.

— Tu as de quoi être fière de toi, je n'attendais que ce moment depuis des années.

Elle me prend par les épaules.

— Ce moment où je te retrouverais.

X
Et si ça continuait ?

Rose

23 décembre 2018. Quelle belle date pourtant si dure. Ma mère est née ce jour-là, c'est alors que la plus belle des femmes est venue au monde. Il est dix heures, je me suis un peu reposée ce matin vu que je suis en vacances. Chaque année pour l'anniversaire de ma mère, mon frère revient jusqu'à la fin des fêtes de Noël. Nous organisons ce jour une petite réunion de famille avec mon père, mon frère, quelques cousins, la sœur de ma mère et celle de mon père. On arrive toujours à faire de cette journée un moment de joie et de retrouvailles tout en pensant à maman. Cette année c'est mon père qui organise, je lui ai proposé mon aide pour me rattraper du repas que je ne lui avais pas donné en début de mois. Je me lève et prends mon petit-déjeuner en appelant ma meilleure amie Lana, comme chaque année ce jour-là. J'allume ma télé dans le salon, baisse le son et prends mon téléphone pour appuyer sur « Face Time ».

— Salut mon petit ange.

— Coucou ma beauté, qu'est-ce que tu fais de beau aujourd'hui ?

— Eh bien je vais aller monter mes chevaux, il neige mais il y a un grand soleil. Vous faites votre repas de famille vous ?

— Oui comme chaque année, je ne peux pas m'empêcher de penser à maman toute la journée.

— Moi aussi Rose, j'adorais ta mère, c'était une femme en or. Et la plus belle fierté que tu dois porter c'est que tu as toujours été comme elle.

Lana est vraiment une femme extraordinaire, c'est la seule qui depuis toute petite arrive à trouver les mots juste pour me réconforter, à me faire sourire alors que j'ai envie de pleurer. À cette même date, je l'invite le soir pour faire une soirée entre filles étant donné que ça tombe toujours pendant nos vacances à toutes les deux.

— Ce soir tu viens toujours te réfugier chez moi hein ?

— Bien sûr, et comme chaque année Rose, c'est la soirée où l'on prend le plus de poids.

Au fil de la discussion nos sourires naissent et on rigole comme deux folles en se rappelant les superbes moments que l'on passe à chaque fois.

— Il faut que je te parle de quelque chose ce soir en plus.

— Ah ah, un mystère de plus pour Rose ?

— Un joli mystère qui me rend heureuse Lana.

— Waouh ! Comment tu me le dis ça risque d'être un homme.

— C'est sûrement ça oui, et comme tu dis c'est un risque.

— Oui enfin, je ne voulais pas dire ça moi.

Je parle bel et bien d'Esteban, il m'a envoyé un message ce matin, un très joli message auquel je n'ai pas su répondre. C'est une journée que j'ai toujours consacré à ma mère. Je l'appellerai demain. Il est vrai que parfois ça me fait mal au cœur de voir combien, malgré moi, je suis dure avec lui. Il ne mérite rien de tout ça, et même tout le contraire. Il m'a, en quelque sorte, sauvé la vie si je peux dire. J'étais complètement vide de sens et d'esprit. Ma meilleure amie m'avait fait cette réflexion il y a quelque temps déjà. D'ailleurs j'espère qu'elle ne m'en voudra pas de lui dire seulement maintenant combien je suis attachée à cet homme merveilleux. Oh et puis mince, rien ne vaut de prendre des pincettes avec moi-même, je l'aime. Tout ce dont je suis sûre en revanche, c'est qu'elle sera heureuse pour moi. Mais peut-être un peu dans l'incompréhension et je le comprendrai. On s'est toujours tout dit de nos histoires d'amour elle et moi, et pas que. Mais cette histoire-là, celle qui m'appartient n'égale aucune autre histoire qui puisse être, je n'ai jamais ressenti ça en vingt-six ans. Enfin bon, il faut que je parte me préparer.

— Bisous bichette, on se recontacte dans la journée pour que je te dise l'heure.

— Pas de soucis, allez profite de cette journée Rose, je t'aime très fort.

— Moi plus. Gros bisous.

On est très fusionnelles elle et moi, alors on dirait presque un couple. Mais nous en sommes quand même loin, ou pas. Bon, je vais prendre une douche rapide, histoire de me débarbouiller et de sentir bon. Même routine que d'habitude, je reste devant mon dressing à me demander ce que je vais mettre aujourd'hui. J'imaginais un joli chemisier à fleurs avec mon jean mom bleu clair, taille basse, des petites bottines à chausser et un beau blazer beige taillé. Yes ! Je porterai ça aujourd'hui. Aller hop, je saute dans mes affaires après m'être brossée les dents et maquillée. Je vérifie que je n'ai rien oublié pour chez mon père. J'ai pris, il y a une semaine, un petit cadeau pour l'offrir à mon frère. Il aime beaucoup lire les histoires issues de la vie des gens, quelque chose qu'ils ont vraiment vécu. Il dit que les sentiments sont plus sincères. Question à débattre. En attendant je sais que je lui ferai plaisir, c'est tout ce que je souhaite. Je prends mes clés de voiture et pars. C'est tellement chiant de prendre la route dans Paris mais bon, si j'y vais à pied, j'y serai une fois le repas fini je crois bien. Pour tout vous dire, le métro n'est pas mon péché mignon non plus. Les gens ne se calculent même plus, les bouches de métro dans Paris sont devenues de simples lieux d'inattention. Et je n'aime pas ça. Donc j'opte pour la voiture qui pollue extrêmement beaucoup, fait un boucan fou et agace les gens dans Paris. Je sais. Lorsque je pars, je songe à vérifier de bien avoir pris chaque chose qui est importante pour le dîner de ce midi. Je dois me diriger de l'autre côté de Paris pour y aller, ce n'est pas si loin à vol d'oiseau mais la circulation est tellement nerveuse que je mets une heure à arriver, il est onze heures et demie quand je me gare sur le parking devant la maison de mon père.

— Coucou papa, comment est-ce que tu te sens ?

— Bonjour ma fille chérie, eh bien comme chaque 23 décembre, je me sens seul, ta mère me manque terriblement.

— À Lucas et moi aussi papa, mais nous sommes encore une famille.

— Bien sûr mon ange, une famille qui a tant à donner encore.

Ce que mon père m'avoue me rassure et me fait énormément de bien. Ce pourquoi notre famille a survécu à tout ça est dû au fait que nous sommes très soudés et nous savons nous aimer.

— Ton frère et toi vous êtes la prunelle de mes yeux, tu te souviens du trèfle à trois feuilles que vous m'aviez offert ?

— Oui, on était venu avec Lucas te dire que maintenant nous ne sommes plus que trois et que ce n'était pas un trèfle à quatre feuilles qu'il nous fallait pour nous porter chance désormais.

— Il est toujours dans le coffre à bijou de ta mère dans sa chambre. Bon, je vais continuer à préparer le repas, tu viens ?

— Est-ce que tu peux me laisser aller le voir un instant ?

Il me répond positivement évidemment. Je me dirige vers la chambre de mes parents. J'habitais déjà dans cette maison quand nous étions encore tous les quatre. L'atmosphère de cette chambre n'a jamais changé, c'est très doux et chaleureux, comme ma maman. Seulement j'ai plus de mal à y entrer, je me souviens de quand on était petit Lucas et moi. Nous allions souvent réveiller mes parents en mettant beaucoup de musique et en sautant sur le lit. Je me souviens de nos câlins tous les quatre ensembles. C'était tellement magique. Un sourire en valant un autre dans cette maison, je ne saurais vous décrire à quel point la joie primait. Cette période me hante, c'est celle que je désire le plus revivre. Où est passée mon enfance ? Pourquoi a-t-elle décidé de prendre la sortie si vite sans même regarder dans le rétroviseur ? Je me dirige vers la boîte à bijou de ma mère et l'ouvre.

Sans grande surprise je trouve ce fameux trèfle que nous avions laqué pour qu'il ne vieillisse jamais vraiment. Bon, je dois avouer qu'il n'est quand même pas comme au premier jour, ce qui reste légitime. Enfin bon, il faut que je parte, que j'aille aider mon père. Alors je mets mon tablier et cuisine comme une vraie petite chef avec mon père adoré.

— Est-ce que comme ça c'est bon ?

— C'est parfait ma chérie. Bon le déjeuner est prêt, une bonne ratatouille maison, des pommes de terre au four, un rôti à l'ail et un merveilleux dessert à l'ananas. On va mettre la table ?

— Oui, dis-moi où est le service de table ?

— Regarde donc en bas du buffet en marbre blanc.

— Trouvé !

Mon père et moi ne trimons pas, les invités arrivent dans moins d'une demi-heure. Nous avons fini de mettre la table, fini de faire à manger, il me reste à me passer de nouveau un coup de brosse dans mes cheveux frisés, un petit brossage de dents et enfin me remettre deux trois pschitts de parfum.

— Je suis prête papa !

— Va donc voir à la porte, je crois qu'il y a ton frère.

— J'y cours alors.

Waouh. Vous ne pouvez pas savoir ce que me procure le fait de revoir mon frère. Lucas m'avait tellement manqué. Il est tout bronzé, en même temps il peut, il vit au soleil toute l'année.

— Ça me fait tellement plaisir de te voir mon frère.

— Rose ! Ce que tu as pu me manquer ! Là-bas les filles sont bronzées mais pas aussi mates que toi.

On rigole déjà, c'est incroyable. Je sens qu'on va avoir tellement de choses à se dire. Je suis sur un petit nuage depuis le début de la matinée. En fait, ma famille et moi, en organisant ce dîner de famille chaque année à cette date, voulons faire de cette journée de base si dure, une journée de retrouvailles apaisante et pleine de joie. L'absence de ma mère, nous avons décidé de la vivre de manière que nous ayons de bons souvenirs avec elle en se rappelant des moments passés ensemble.

— Voilà que tu m'avais bien manqué mon fils. Comment se passe ta vie alors ?

— Papa… laisse-le arriver.

— Non, t'inquiète pas Rose, eh bien, disons que je ne trouve pas chaussure à mon pied en matière de femme.

— Non mais je n'en reviens pas, est-ce qu'on parle bien de femme là ? Mettre chaussure à ton pied ? Rose fleur bleue d'accord, mais Lucas macho, je ne pensais plus. Tu es mon frère et je t'ignore pourtant.

— Le retour de la philosophe qui se révèle être ma sœur ?

— Ou plutôt celle qui l'a toujours été. C'est juste que tu étais à quelques centaines de kilomètres. Et je crois ne pas être philosophe Lucas, réaliste seulement.

Nous rigolons tous les deux en ayant l'air ahuri. Ce que ça peut être bon de retrouver celui duquel nous sommes si proches. Mon frère et moi étions non pas les trois mousquetaires mais disons les deux acolytes. Nous le sommes toujours mais à de très longs kilomètres. Ça sonne de nouveau, je file ouvrir avec Lucas. Ce sont nos cousines de Normandie, Louise et Luna. Elles ont 23 ans toutes les deux ; ce sont des sœurs jumelles. Louise et Luna sont les filles de la sœur de ma mère, Manon qui est là elle aussi. Elle est divorcée du père de ses enfants, d'ailleurs nous ne le voyons plus non plus.

— Salut les filles, comment allez-vous ?

— Quel plaisir de vous revoir tous les trois. Très bien, que de bonnes nouvelles ces temps-ci.

— Parfait alors, donnez-moi vos affaires, mettez-vous à l'aise.

Ça me fait tellement de bien de tous les revoir comme ça. Ils ont l'air heureux et content d'être là. Ma famille, rien de tel que celle-ci pour me redonner le sourire et me faire me sentir bien. Manon a quant à elle 47 ans, elle travaille comme vétérinaire en Normandie. Ses deux filles font des études, Luna en fac de droit, elle souhaite devenir juge pour enfants il me semble. Louise est en formation pour devenir policière, elle avait pris un an sabbatique à l'étranger pour perfectionner son anglais. Louise habitait à Seattle, je dois vous dire qu'elle est complètement bilingue maintenant. Elles ont je trouve, un magnifique passé professionnel, c'est aussi pour ça que je pense que leur avenir leur réserve l'une des plus belles surprises également : être heureux.

— Eh bien papa, il ne reste que Louis avec sa femme et son fils ?

— Oui et tu sais combien mon frère n'est jamais ponctuel.

— Évidemment.

Louis est le frère de papa, il a 39 ans, Neil est sa femme et a 38 ans. Ils ont un fils de 11 ans tous les deux, Mathieu. C'est une famille très plaisante, ils tiennent un bar et restaurant dans le Sud tous les deux, à Saint Cyprien. Ils ont fermé le bar deux semaines pendant les fêtes pour retourner à Paris pour Noël.

— Il y a du monde ici ?

— Oh Louis, alors le sud vous réussit j'ai l'impression, vous nous ramenez le soleil.

— Ce n'est pas qu'une impression en effet Lucas.

Mon frère et Louis s'entendent très bien, ça a toujours été comme ça d'ailleurs. Maintenant que tout le monde est arrivé, on s'installe autour de la table, et énormément de discussions prennent place, de très belles conversations d'ailleurs. J'apprécie ces retrouvailles de plus en plus chaque année comme si le fait de s'éloigner de cette date me renforçait davantage. Nous désignons à chaque fois une personne pour faire un discours, et bingo mais cette année-ci c'est moi. Avant de me lever pour prononcer mes quelques mots, je vois mon frère renfermé, je sais qu'il déteste parler de notre mère devant tout le monde. Pour être tout à fait honnête même, la seule personne à qui il en parle et sans aucune prétention, c'est moi. Nous en parlons très ouvertement tous les deux mais avec les autres il n'y arrive pas. C'est comme moi. Quand il me regarde intensément, je lui traduis par le regard qu'il n'a pas à s'inquiéter, que ça va aller.

— Bon et bien, j'avoue que tous mes débuts de discours sont plus affreux les uns que les autres, mais je tiens à dire que chaque année ce repas est le meilleur. Se retrouver tous ensemble n'est pas toujours facile alors profitons-en. Tous ceux qui font partie de cette table ont été sincères avec la plus belle femme du monde, ma mère. C'est pourquoi je vous aime tous énormément, mais l'important c'est que nous avons toujours su être soudés. Je porte un toast à maman parce qu'on oublie jamais ceux qui nous sont chers, parce qu'aujourd'hui c'est notre étoile et qu'elle reste présente parmi nous. Elle a toujours su être une femme parfaite, une mère parfaite, une personne en or, et une amante peut être tout aussi parfaite, mais ça papa vous le dira mieux que moi. Nous sommes toujours une famille, avec une jambe de bois, mais nous en sommes une. Quelqu'un qui perd sa jambe ne perd pas sa vie. Je vois ça comme un profond bouleversement qui nous demande beaucoup de courage, mais je me maintiens en vie ne me disant que rien n'est impossible. C'est pourquoi je souhaite vous faire partager ma volonté de vivre et non de survivre ensemble, tous ensemble.

Quelquefois je me demande si elle va débarquer au dîner et venir contredire mon discours dont je suis quand même fière. Qu'elle nous fasse de nouveau à tous les quatre un énorme câlin en nous disant je t'aime. Enfin bon, l'heure est au dîner. Je vais chercher les plats dans la cuisine et je me rends compte que j'y avais laissé mon téléphone. Je le prends un instant et remarque tous les messages d'Esteban qui s'inquiète. Je suis vraiment injuste, il est mort de trouille parce que je n'ai pas eu le courage de lui dire que c'était un repas de famille pour ma mère. Je me trouve nulle.

— Rose ma chérie, tu viens ?

— Oui oui, j'arrive papa.

Sans prendre le temps de lui répondre, je prends le plat et me faufile dans la salle à manger, l'air de rien, j'esquisse un sourire parce que je ne prête pas attention à son message. J'ai hâte de retourner à table, je me déteste. Pendant le déjeuner, on en vient à parler des fêtes de Noël. Cette année nous les fêtons chez moi. Que d'organisations dans notre famille en 2018 ! Mais j'en suis très heureuse parce que j'adore fêter Noël, je trouve que c'est une fête très chaleureuse et un bel événement. Alors l'organiser me tient à cœur.

— Cette année c'est moi qui régale, alors je vais tout faire pour que ce soit très nul vous le savez.

— De toute évidence Rose, même si j'habite dans le Sud, ton oncle sait que tu t'occupes encore merveilleusement bien des événements.

— OK, je le prends bien.

Tout le monde rigole, le bonheur est au rendez-vous, alors quand je file pour aller chercher une cuillère à soupe, je m'arrête le long du bar en bois qu'a mon père et je les regarde tout sourire comme si le temps s'arrêtait. Je me rends compte à quel point ma famille est merveilleuse et je comprends pourquoi chaque matin en me levant, mes pensées vont vers eux. S'il y a une chose dont je suis fière à ce jour ce sont eux. La vie m'a été reconnaissante uniquement pour ça et je suis loin d'ignorer combien c'est important. Il y a de tellement nombreuses familles qui vivent des choses impensables que personne ne devrait vivre. Une larme de joie coule le long de ma joue alors que mon frère me regarde et se dirige vers moi pour me faire un câlin, avant que tout le monde ne rigole et moi la première. Je profite de chaque instant passé avec eux comme s'il s'agissait du dernier.

*

Esteban

Ça me rend complètement fou. Mais qu'est-ce qu'elle fait ? Un milliard de questions viennent perturber mes pensées. J'ai peur qu'il lui soit arrivé quelque chose ou tout simplement qu'elle ne veuille plus rien recevoir de moi, qu'elle veuille couper toute notre relation qu'on avait pourtant commencé à entreprendre depuis début décembre. Je me sens si mal à l'idée qu'elle se soit rendu compte que non, ce n'était pas à nous de créer une histoire mais à elle. J'ai dû lui envoyer dix messages et passer trois appels en vain. Je ne compte pas aller chez elle, si elle ne me répond pas il y a une raison. Mais c'est dingue ce que ça peut me rendre complètement fou. Sur le coup un mélange d'émotions est présent sous ma poitrine, je ne sais pas si je dois être en colère contre elle, inquiet, doux, calme, perturbé. Ce sont des questions sans réponses. Il est quinze heures trente et mon premier message date d'il y a sept heures. Je ne sais plus quoi faire. Nous avions d'ailleurs prévu de passer nos vacances ensemble puisqu'elles nous sont communes. Ce que je me dis sur le moment c'est, pourquoi est-ce qu'elle change nos plans, pourquoi elle ne me prévient pas, pourquoi si elle n'est vraiment pas prête elle continue de faire semblant ? Ça fait un mois qu'on se voit assez souvent et à aucun moment elle ne reste deux heures sans me laisser un message. Je veux dire que ça n'est pas dans ses habitudes. Honnêtement, je n'ai aucun autre mot que la colère sur le moment, je me persuade qu'il ne lui est rien arrivé mais que c'est simplement elle qui ne veut plus penser à moi. Est-ce qu'au fond je l'aime dix fois plus qu'elle ne m'aime ? Inutile, je me torture avec ces questions nulles. Ça se trouve il lui est réellement arrivé quelque chose. J'essaie alors une fois encore de l'appeler.

Elle et moi avions réussi à vivre légèrement depuis quelques semaines dans ce que l'on peut appeler une pseudo-relation, même si elle n'a jamais donné grand-chose de son cœur pour le moment, elle n'y arrivait pas. Mais je connais Rose un minimum pour savoir qu'elle ne peut pas tout quitter comme ça sans même me prévenir, ses valeurs ne la trahiraient pas. Je ne comprends pas ce qu'elle fait et pourtant je ne demande qu'une chose, c'est qu'elle revienne.

*

Rose

Le dîner touche à sa fin, les invités sont déjà partis, il ne reste plus qu'à débarrasser la table et ranger un peu la maison.

— Aller les loulous les tâches ménagères et je vous lâche.

— Bon Lucas tu t'y colles ?

— Tu as déjà oublié notre discussion de tout à l'heure. Tu as toi-même dit que j'étais macho.

— Ah oui c'est vrai.

On aime bien se chamailler en rigolant lui et moi, d'autant plus quand ça fait quelques mois que nous ne nous sommes pas vus. Je dois avouer par ailleurs que de faire le ménage dans la bonne humeur change notre point de vue sur les tâches ménagères. Enfin, n'épiloguons pas là-dessus puisque là n'est pas le sujet, il faut que j'appelle ma meilleure amie.

— Salut Lana, est-ce que ça tient toujours pour ce soir ?

— Bah évidemment, j'ai envie de voir ma petite beauté des îles.

— Toujours aussi mignonne toi, et bien dans une demi-heure je suis chez moi et tu viens ? Je te recontacte de toute manière.

— Sans soucis, on fait comme ça alors.

Rien qu'un sourire de ma meilleure amie me rend heureuse. C'est une fille si douce, elle a vécu sans ses parents et en a fait une force. Elle est devenue ce qu'elle est aujourd'hui et pour le bonheur de tous, elle aide sans compter les gens qu'elle aime. J'admire cette femme qui a vécu d'atroces choses dans sa vie et qui pourtant, aime se sentir vivante de toutes ses forces et croque la vie à pleine dent. J'ai si hâte d'être ce soir que je crois avoir fait le ménage le plus rapide de ma vie.

— Bon, eh bien je vais filer moi, merci beaucoup papa pour cette magnifique journée, on ne s'en lassera décidément jamais. Lucas, demain après-midi tu viens avec Lana et moi faire du shopping ?

Notre deal avant le soir de Noël est de faire une virée shopping dans l'après-midi avant de préparer le repas. Et c'est sans compter sur notre générosité qui nous fait bien souvent craquer pour des nouveaux cadeaux de Noël de dernière minute.

— Je te redis ça demain matin ça te va ?

— Tu as une fille à aller voir ?

— Rien que ça. C'est vrai merci papa, chaque année c'est encore mieux que la précédente.

— Oh mes chéris, mais où est cette époque où vous étiez deux petits bouts qui courraient dans le jardin, maintenant je n'arrive même plus à vous prendre dans les bras vous êtes plus grands que moi.

— C'est vrai ça, où est l'époque où on te collait des couches Lucas ? Au moins tu n'étais pas encore macho.

— C'est ce que tu crois ça.

On rigole tous les trois, et bon Dieu ce que ça peut nous faire du bien. J'avoue que je compte grandement sur mon frère pour demain après-midi. Non pas que je n'aie pas envie d'être seule avec Lana, mais que ça me fait du bien de passer du temps avec Lucas aussi. On s'entend bien tous les trois, Lana et Lucas s'aiment beaucoup. Bon, je me rhabille pour sortir, et maintenant je suis sur le trajet pour rentrer chez moi, j'envoie un petit message à ma meilleure amie pour lui dire que j'arriverai plus tard que prévu puisqu'il y a de nombreux bouchons. Quelle joie la route de chez mon père franchement ! Après trois quarts d'heure de voiture, j'arrive enfin au parking à quelques mètres de ma maison. Lorsque j'arrive enfin chez moi je cours appeler Lana, elle n'est qu'à quelques pas d'ici.

— Bonjour, bonjour mademoiselle.

— Hey Lana, c'est vraiment une trop belle journée, ma famille et puis toi.

On se prend dans les bras, on s'est beaucoup eu par message ces derniers temps mais on ne s'est pas vu depuis quelque temps, elle avait des examens de contrôle pour le travail. Quel bonheur parfois le domaine de la médecine, même si ces examens ont été légitimes. Du coup elle n'a pas eu de temps pour elle depuis quelques semaines.

— Si tu savais comme je suis fatiguée, ça me fait bien plaisir ces deux jours avec toi.

— On va se rattraper de tout ce que tu n'as pas fait en 3 semaines.

— Tu m'étonnes. Ça va être canon.

— Ah au fait, mon frère nous redit demain s'il vient avec nous, ça serait cool.

— Carrément, waouh, je passe de tout à rien en quelques heures alors.

— Ben c'est ce qu'il se passe quand on croise mon chemin non ?

Cette journée est vraiment la meilleure qui puisse être. Je me demande actuellement depuis combien de temps exactement est-ce que j'ai passé une journée sans me poser de question, me torturer l'esprit ou encore en ayant au moins une seconde de malheur. Mais ça ne dure que quelques secondes.

— Bon, enfile ton maillot, on va prendre un bain ?

— Un bain ?

— Oh oui, tu ne l'avais pas vu encore, il y a quelques semaines j'ai mis une baignoire d'angle, ça me manquait tellement depuis tant de temps. Mais bon je ne joue plus au canard en mousse et à m'éclabousser tu vois.

Je file lui montrer ma salle de bains, j'ai pris une baignoire blanche pour aller avec le vert et le gris de cette salle.

— Ta salle de bains est quand même vraiment canon, tu aurais dû n'être que décoratrice d'intérieur et pas styliste à tes heures perdues.

— Tu as raison, j'ai peut-être loupé ma vocation parce que je suis plus styliste que décoratrice au taf.

— Bon, je cours enfiler mon maillot et je fais couler le bain.

— Je fais de même alors.

Pendant qu'on enfile nos maillots, on en profite pour se montrer nos dernières trouvailles en matière de fringues. C'est pour le coup vraiment quelque chose qui nous passionne toutes les deux. Je passe prendre des bulles pour le bain, et je mets plein de mousse dans l'eau bouillante qui s'y trouve. Lana et moi rentrons.

— Waouh les bains c'est vraiment l'extase.

— Je te le fais pas dire, bon alors qu'est-ce que tu avais de si important à me dire sur « l'homme de ta vie » ?

— Attention, tu as les oreilles bien ouvertes ?

— Rose va-t-elle me dire qu'elle serait enfin prête à ouvrir son cœur aux dépens de son passé ?

— Justement Lana, je l'aime comme je n'ai jamais aimé personne, et j'ai cette sensation que quelque chose me retient si fort que je vais tout gâcher, ou peut être que j'ai déjà tout gâché. Je n'arrive pas à lui parler.

— Rose, tu l'aimes, tu dois lui parler, il doit te connaître comme tu peux le connaître lui. Tu as l'air de dire que c'est différent de ce que tu as pu connaître, tu n'as pas le droit de te mentir à toi-même.

— Lana justement cette fois c'est différent, c'est là où je veux en venir, habituellement je te dirai que je n'ai pas envie de me livrer et qu'en plus je n'y arrive pas. Maintenant c'est différent, j'en meurs d'envie pour me sentir bien, pour le rendre heureux, pour lui montrer que je lui fais confiance, c'est tout ce qui lui importe. Mais je n'y arrive pas.

— Stop, Rose qu'est ce qui te bloque vraiment? Il faut que tu ailles chercher au fond de toi.

— Lana ça fait plus de dix ans que je veux chercher au fond de moi, c'est pas si facile, notre âme est si bien faite qu'on ne s'y retrouve pas une fois blessé.

— Est-ce que je dois te rappeler comment j'étais avant ? Et ce que je suis maintenant ?

— Je sais tout ça, mais chacun va à son rythme, et certain n'y arrive jamais.

— Si lui n'arrive pas à te faire oublier ce blocage Rose, c'est que ça vient de bien plus loin que ça. Tu me parles comme si ton copain était dieu.

— Si tu le voyais… Il est romantique, gentleman, respectueux, amoureux, généreux, surprenant, fou, drôle et amusant, dragueur et sexy… j'ai l'impression qu'il me connaît déjà mieux que je ne le fais alors que je ne me suis pas montrée si ouverte que ça avec lui. Il est impressionnant, ce n'est pas quelqu'un qui va s'intéresser à un corps, il cherche mon cœur Lana, et sans le savoir il l'a trouvé. Il fait tout pour que je me sente au mieux, et pour me libérer de ce qui me hante.

— Et où sont ses défauts dans tout ça ? On pourrait presque croire qu'il n'en a pas.

— Eh bien sans te mentir, je les ignore encore. Mais j'en trouverais ne t'inquiète pas. À côté il doit se dire tout le contraire, il ne doit pas me trouver de qualités !

— Crois-moi s'il continue de persévérer malgré cette coquille scellée c'est qu'il t'en trouve.

À ce moment-là, je réfléchis vraiment, j'ai comme l'impression de me soulager de dire combien je me trouve injuste avec lui. Je sais qu'il me mérite entière, il ne mérite pas qu'une simple partie de moi. Il a un si grand cœur que je sais que lui aura le pouvoir de me rendre heureuse.

— Est-ce que je suis un monstre Lana ?

Je rigole en lui lançant cette question, elle sourit aussi mais prend au sérieux mon cas qui a l'air si désespéré à en croire sa tête. Je vois qu'elle veut m'aider, d'ailleurs parfois c'est grâce aux autres que nous avançons, même bien souvent.

— Tu m'as toujours dit que pour rien au monde tu feras souffrir quelqu'un. Mais à continuer de lui montrer que tu l'aimes et de lui porter de l'attention, sans t'ouvrir et partager ta vie entière comme il est normal de faire dans un couple, c'est ce que tu finiras par faire Rose. Parce qu'en attendant l'heure tourne et lui se met à nu devant toi.

En entendant ce qu'elle me dit, je n'en reviens pas. Elle a raison, je sais qu'elle a raison. Rien que le fait de ne pas lui avoir répondu de la journée est immonde, nous sommes ensemble. Je suis persuadée qu'il est dingue et que ça lui a fait mal. Je m'en veux terriblement. Mais est-ce que c'est humain de ne pas répondre à tous les messages et appels de la personne qu'on aime le plus ? Je suis tout sauf logique. Je souffre moi-même de voir combien je peux être égoïste quand je m'y mets, mais ça ne me ressemble pas. J'ai mal au cœur en pensant à lui, je suis minable sans déconner.

— Lana, j'ai un truc à te dire.

— Je ne sais pas si, à t'entendre dire ça, je devrais te dire de poursuivre ou de t'arrêter là maintenant.

Ce que j'aime beaucoup chez elle c'est qu'elle est très convaincante et a un pouvoir de persuasion incroyable. Elle a les mots justes et n'hésite pas à me remettre dans le droit chemin quand j'ai tort, c'est ça aussi d'être là pour quelqu'un.

— Eh bien sans que tu ne puisses répondre, je continue. Aujourd'hui c'est le jour de ma mère, Esteban n'était pas au courant et je ne lui ai pas dit que j'avais ce repas en l'honneur de ma mère, je ne lui ai pas dit que j'avais ce repas tout court en fait.

— Mais…

— C'est pas terminé.

— Oh mon Dieu.

— Le pire dans tout ça c'est que je n'ai répondu à aucun de ses messages de toute la journée.

— Rose ? Mais est-ce que t'es sérieuse ? À t'entendre on dirait une malade. Je ne comprends pas bichette, un message n'a jamais tué quelqu'un ? Où est ta logique de croire que se faire du bien une deuxième fois rend malheureux ? J'ai l'impression que seule ta mère compte Rose, tu vis pour elle. Je suis désolée, mais il faut que tu voies la réalité, si ta mère était encore là aujourd'hui, tu aurais invité ton copain à son anniversaire. Alors pourquoi est-ce que maintenant tu ne lui as rien dit ? Tu ne peux pas te dévouer pour ta mère toute ta vie Rose, tu es jeune et tu dois vivre. Je suis désolée d'être crue dans mes mots, mais de quelle manière est-ce que tu comprendras enfin ?

Je me sens nulle en voyant son regard désespéré. Seulement elle a raison, elle fait ça pour m'ouvrir les yeux. Mais quand je vous dis que ma mère est tout ce dont j'ai besoin dans ma vie ça n'est pas une simple blague. Elle a toujours été formidable, toutes les valeurs que j'ai, c'est grâce à elle en partie.

— Tu ne vois pas que tu te renfermes dans un cocon entre elle et toi, tu ne laisses y entrer personne, c'est une coquille vide Rose.

— Je le vois, je le sais mais dans le monde dans lequel nous sommes et tous ces gens autour de moi qui vivent alors que je suis encore au point de me demander ce qu'est la vie… Lana, je me sens terriblement seule, si je suis dans ce monde c'est parce que ma mère a été là.

— Mais ton père aussi ! Rose maintenant écoute-moi. Est-ce que tu crois que si ta mère t'a sauvé la vie quand tu as manqué de la perdre c'est pour te foutre en l'air à laisser passer ta vie sans la vivre ? Est-ce que tu penses qu'être spectateur de sa vie est mieux qu'en être le principal objet ? Tu te rends compte du nombre de gens qui aimerait avoir ta chance parce que tu n'es pas en fauteuil roulant, tu n'es pas en train de compter tes jours parce que tu as la chance de vivre normalement toi, est-ce que tu te rends compte, l'espace d'un instant, la chance que tu as de ne pas être dans une chambre d'hôpital à attendre juste ton dernier souffle ? Tu es vivante Rose, et à ce titre tu n'as pas le droit de laisser passer une seule chance de bonheur. Tu ne peux qu'ignorer de quoi demain est fait, alors pourquoi tu t'entêtes à vouloir savoir ce qu'il se passera sans en profiter ? Parce que si demain l'un de ceux que tu aimes disparaissait, tu t'en voudrais toute ta vie, crois-moi. Et le pire c'est si toi tu disparaissais Rose, tu auras vécu quoi ? Pour ma part tout ce qui ne semble pas être une vie.

Waouh ! Elle a du cran. Je la regarde, les yeux livides et plein de larmes, elle a complètement raison. La situation est telle que la colère a commencé pour laisser place à une énorme sincérité. Ce qu'elle m'a dit est parti du cœur, j'ai vu dans ses yeux qu'elle en avait assez de me voir comme ça. Peut-être que c'est vrai, je me mens à moi-même, je ne suis pas honnête avec moi. Une chose que l'on ne peut pas remettre en cause, c'est que je suis, comme elle l'a très bien dit, spectateur de ma vie depuis trop longtemps. Mais une autre chose dont je suis sûre, je n'arriverai pas à dire à Esteban toute ma vie en une soirée. Au moment où je pense ça, je me hais. Elle vient de tout donner pour que j'ouvre cette foutue porte verrouillée à double tour en moi, et rien d'autre ne se passe dans ma tête que le fait que je n'y arrive pas.

— Je ne veux pas te décourager Lana, mais tout ce que tu m'as dit est profond et tu as raison. Mais ça n'est malheureusement pas parce que c'est véridique que ma tête me dit de me lâcher sur ce qui fait de moi ce que je suis. Je n'arriverai pas à parler de ma mère à Esteban.

— Je t'avoue que ça n'est pas la réponse que j'attendais, ne pas parler de la femme la plus importante pour toi à l'homme que l'on aime le plus, est-ce que tu trouves ça logique ?

— Je n'ai jamais dit que je trouvais que c'était la bonne solution ou que c'était logique. Lana, je ne peux pas. Je me fatigue hein, mais je n'y arrive pas !

— OK Rose, on arrête de parler de ça pour ce soir ?

Notre discussion à Lana et moi, je ne la prends pas comme quelque chose de négatif, au contraire. C'est peut-être moindre en matière de réaction de ma part, mais ça m'a fait quelque chose quand même. J'ai réalisé que ce que je pensais est vrai. Il faut que je change. Maintenant quand, comment et avec qui, c'est une autre paire de manches. Lana me prend dans ses bras, c'est la plus merveilleuse amie que j'ai eu la chance de rencontrer.

— Bon aller on passe un bon moment ? Je te propose d'aller faire des crêpes, ensuite on commande des sushis comme on aime, ou pizza ? Lequel fait le moins grossir ?

— Tu es vachement drôle, et bah prenons le plus calorique ?

— Tu as l'air d'avoir un bon humour aussi, dès fois je me demande comment une fille aussi bien foutue que toi veut toujours manger ce qu'il y a de plus gras quand elle est avec sa meilleure amie.

— Je dois peut-être te rappeler que c'est toi qui m'as fait cette proposition ?

— Inutile, je t'imaginais manger *healthy* ou cinq fruits et légumes par jour.

— Quand je m'y mets je peux oui. Mais c'est fou ce que profiter de la bonne gastronomie ou au contraire profiter de mal bouffe me donne des frissons. Bon aller sans déconner, on commande ? Et on file aux poêles pour nos crêpes.

— On peut peut-être commencer par faire la pâte ? Ce n'est qu'une simple proposition.

Elle se fout de moi ouvertement, mais on rigole tellement. Pendant qu'on est dans la cuisine, je sors les plats et les ingrédients alors que Lana met le tablier qu'elle laisse chez moi. On aime bien cuisiner ensemble, même si ça finit plus en bataille de pâte à crêpe ou de sauce tomate, j'avoue qu'on cuisine bien quand même. On s'en rend compte quand on mange le reste de ce qu'il y a dans les plats. Un peu de folie n'a jamais tué personne.

— Bon, farine, beurre, lait, œufs. OK on est bon. Aller hop, au fourneau.

— Et moi je te regarde faire. Non je blague, j'appelle pour les sushis ? Quelle heure il est ?

Lorsque je regarde l'heure sur mon téléphone, il indique vingt heures. Seulement, il indique aussi un tas d'autres messages sur mon téléphone, je veux passer un bon moment avec ma meilleure amie, alors je les efface de la page d'accueil et tape le numéro du bar à sushis qui se situe dans la rue d'en face. Je prends cette commande pour la demie, le temps de finir le dessert et me chausser.

— Vas-y, mélange si tu veux, tu le fais mieux que moi, je n'arrive jamais à retirer les grumeaux.

— C'est vrai que tu n'es pas très douée pour la cuisine Rose.

On se met à rigoler comme à notre habitude, je me prépare pour partir pendant ce temps-là. J'enfile mes petites bottines à talons et mets mon manteau en fausse fourrure. Je me dirige vers la porte et commence à partir.

— Oh j'ai oublié, ne mets pas le feu à la maison Lana.

— Je viens de te dire que c'était toi qui cuisinais mal Rose.

— Ah oui c'est vrai.

Je souris et file, il est déjà vingt heures vingt sur la pendule de l'entrée. Quand je sors, je me rends compte de combien il fait froid en fait, je marche vite et me dépêche d'arriver au bar.

— Bonjour, j'avais commandé pour 20 h 30.

— Ah oui, eh bien vous êtes ponctuelle, c'est pas tous les jours !

— J'imagine, mais pour moi non plus.

Lorsqu'il me rend ma commande, je vais aussi vite sur le chemin du retour que pour l'allée. En arrivant devant chez moi, j'essaie d'ouvrir ma porte, en vain. Je me demande pourquoi puisqu'elle n'a jamais eu de problème jusqu'à ce soir. Il fait nuit et froid et je n'ai pas pris mon téléphone, donc je toque à la porte pour que Lana vienne m'ouvrir. Je l'entends me parler à travers, elle va m'ouvrir.

— Oh merci, bah décidément, c'est quoi ce délire ?

— Bah tu n'avais pas tes clés ?

— Si justement, ça me fatigue, je vais essayer de refermer derrière moi.

J'essaie de refermer et contre toute attente, ça marche très bien. Bon tant mieux, c'est pas si grave alors. Maintenant, l'heure est au rendez-vous pour aller manger nos sushis en se regardant notre série préférée. On la regarde que quand on est ensemble celle-ci, pour suivre en même temps. C'est notre péché mignon à toutes les deux. Soit dit en passant, nous sommes comme un vrai petit couple.

— Et au fait, tu n'avais pas un grand rendez-vous pour le travail ce mois-ci ?

— Ah oui je t'en avais parlé. Et bien si, et ça s'est super bien passé, ils nous livrent de nouveau rapidement, mon père est ravi, tu le connais.

— Il y a de quoi en même temps.

— Carrément, et toi ton concours pour te spécialiser ?

— Ça n'a rien donné, mais ce n'est pas grave, c'était du plus, ça n'était pas une vocation ou ma plus grande ambition.

— C'est sûr ! Et puis de toute façon j'ai déjà devant moi une superbe chirurgienne.

— C'est le moins qu'on puisse dire, sans me jeter de fleurs de toute évidence.

— Ça crève les yeux.

L'ambiance est tellement cool, on mange maintenant nos crêpes au Nutella puisqu'on a dit qu'on voulait prendre un maximum de calories. En réalité on n'en a rien à faire, c'est juste qu'on se taquine toujours avec ça. Elle a le corps de rêve que tout le monde aimerait avoir. Enfin bon, avec ou sans ce corps tout le monde doit manger des crêpes avec plein de chocolat fondu. C'est à ne pas louper tellement c'est bon. Et puis quoi qu'il en soit, qu'est-ce qu'un corps de rêve finalement ? Tout corps est sublime dès lors qu'il est respecté.

— Ça faisait une éternité que j'en avais pas mangé, je dois dire que ça m'avait manqué.

— Tu peux dire merci à la meilleure amie du monde de t'avoir invité.

— Merci la plus belle chieuse, merci beaucoup Rose.

— Non mais je rêve.

Ma meilleure amie a toujours eu cette touche d'humour un peu piquante qu'on adore voir de ses propres yeux. Je dois avouer qu'elle aussi a beaucoup de qualités que j'admire. Cette soirée qui voit le jour chaque année est tellement chaleureuse. Avec Lana nous avons décidé d'aller faire un tour à pied dehors, il neige et le paysage de Paris est magnifique. Je mets mes bottes et enfile mon manteau le plus chaud parce qu'il fait tout de même très froid.

— Tu es prête Lana ? On y va ?

— Super prête ouais, c'est cool de ce temps-là.

— Carrément, tu veux un manteau plus chaud quand même ? Il caille un peu quoi.

— Ah oui, tu me prêtes ton manteau en laine ?

— Pas de soucis.

Lorsqu'on sort, le froid nous envahit mais ça fait du bien. Je crois que si je me regardais dans un miroir je serai en train de me dire que je ne ressemble à rien. Pour tout vous dire, j'ai des gants que je portais quand j'avais presque dix ans, mais je dois dire aussi que mes mains n'ont pas pris tant de tailles que ça en tant d'années. En plus de ce petit détail, mon écharpe prend tellement de place autour de mon cou que seuls mes yeux sont visibles, ma doudoune me grossit de quatre ou cinq tailles, Mon bonnet me montre combien ma chevelure est importante dans le fait que je sois belle et mes bottes sont pleines de neige. Je suis surprise par Lana qui est derrière moi et m'appelle en criant. Je me retourne très vite, et forcément je ne m'attends pas à ce que je vois. Ou plutôt ce que je sens, eh oui ! Ma meilleure amie m'a balancé une énorme boule de neige en pleine figure. À ce moment-là je remercie ma tenue pourrie d'être là. On éclate de rire, et je me venge en lui en lançant encore et encore.

*

Esteban

Cette fille va finir par me rendre complètement dingue. Qu'est-ce que je devrais comprendre en voyant son comportement ? Ce n'est pas seulement qu'elle ne m'a pas envoyé de message, mais simplement qu'elle ne souhaite pas répondre aux miens. J'entends ma porte d'entrée qui vibre, quelqu'un frappe à ma porte. J'espère du fond de mon cœur que cette personne est Rose, je n'attends qu'elle.

— Maman ?

— Et oui mon ange, il faut bien que je passe te voir de temps en temps puisque tenir ta mère au courant de ta vie n'est pas dans tes priorités je vois.

Ce n'est ni pour être méchant, ni pour être décevant, mais voir ma mère alors que j'attendais impatiemment celle que j'aime me déçoit énormément. Surtout qu'elle est très protectrice et mère poule alors je m'attends à bien plus qu'un interrogatoire. Je me sens méchant de voir ce que je peux penser mais je ne peux pas m'en empêcher.

— Alors qu'as-tu fait de la journée ?

— Eh bien, rien du tout figure toi.

— C'est tout ce que tu as à me raconter mon chéri ?

— Écoute maman, ça ne fait que quelques semaines qu'on ne s'est pas vu, ma vie n'est pas si surprenante au point qu'en si peu de temps tout a changé.

— Si je te dérange Esteban, dis-le moi.

Je vois dans son regard comme quelque chose qui ressemble à un sentiment de tristesse. Ça me perturbe et me rend quelque peu triste moi aussi. Je suis déçu de voir ma mère ressentir ça par faute, en ce moment je ne suis pas très présent pour elle. Évidemment tout ça n'est pas dû au fait que j'ai rencontré Rose, mais des différents qui nous ont fait nous éloigner. Je m'en veux mais nous avons tous les deux des torts et je ne suis pas prêt à lui montrer autant de compassion qu'avant. Non pas que je pense que ça ne s'arrangera pas, mais plutôt que j'ai besoin de temps.

— Tu sais très bien pourquoi ma réaction est telle qu'elle. Maintenant est-ce que je peux sortir courir ?

— C'est vraiment pour cette raison que tu souhaites me virer de chez toi ?

— Regarde à l'entrée, mes chaussures sont prêtes et je porte un jogging sur moi.

— Bien, je ne te dérange pas plus longtemps.

De toute évidence, ma mère n'est pas un monstre mais je ne souhaite pas la voir en ce moment. J'enfile mes chaussures et pars courir. Dans le genre de moments où je me sens seul ou plutôt triste, à me poser un tas de questions auxquelles je n'ai aucune réponse, je préfère partir courir, prendre l'air et faire du sport, ça me fait extrêmement de bien. Ma décision n'est pas complètement innocente, je compte passer par chez Rose pour voir si elle est chez elle.

*

Rose

Rien de telle qu'une magnifique balade avec sa meilleure amie en cette belle soirée d'hiver. Lorsqu'on rentre à la maison, Lana ne tarde pas à rentrer chez elle pour être en forme demain. Il est déjà vingt-trois heures et je dois encore ranger le salon, nettoyer la cuisine, et je pense finir de regarder l'épisode de ma série que j'avais commencé il y a quelques soirs. Je me trouve dans ma cuisine parce que j'ai presque fini de la ranger, quand j'entends un bruit de sonnette. Il est tellement peu fort que je l'ignore. Si quelqu'un est vraiment là, il sonnera de nouveau. Je me rends compte du bazar qui se trouve dans le salon quand je le nettoie. Est-ce qu'on était vraiment deux en fait ? Je rigole toute seule. Cette fois quelqu'un frappe à la porte. Je me demande alors si ce n'est pas Lana qui a oublié quelque chose.

— Oui ? Attendez deux minutes je vais chercher mes clés.

Je cherche les clés partout dans le salon, je ne les trouve pas. Qu'est-ce que cette foutue porte me réserve encore ? Je n'arrive pas à croire que j'arrive à m'enfermer chez moi, je suis complètement folle par moments.

— Excusez-moi je ne trouve pas mes clés, qui êtes-vous ?

— Rose.

— Esteban.

— Alors tu t'es fait passer pour disparue à mes yeux toute la journée alors que tu étais tranquillement chez toi.

— Je… écoute je suis désolée Esteban, je ne sais pas pourquoi je n'ai pas réussi à te répondre.

— Je suis déjà déçu et c'est tout ce que tu trouves à me dire ? Tu ignores si tu arrivais à me répondre ou si tu veux de moi Rose ?

— Mais pourquoi cette foutue porte ne s'ouvre pas ! Esteban il faut qu'on parle.

La tendresse de la situation atteint son paroxysme. C'est étrange mais nous sommes chacun d'un côté de la porte en espérant voir l'autre. Contre toute attente ce n'est pas la colère qui prend place, mais les sentiments, la tendresse, la tristesse aussi. Je ressens cette impression d'avoir peur de le perdre alors que je me refuse toute seule de ne pas me donner à lui. Je retourne au salon chercher mes clés, en vain. J'essaie de voir pour les trouver ailleurs et dans la cuisine c'est le cas. Je cours à ma porte d'entrée.

— Je les ai, je t'ouvre.

Lorsque la porte s'ouvre, j'aperçois brièvement le beau visage d'Esteban qui a l'air si triste. Je m'en veux, à ce moment même je me demande pourquoi j'ai fait ça. C'est étrange puisqu'une fois la porte ouverte, aucun de nous n'ose faire quoi que ce soit, personne n'avance. La seule chose que l'on fait c'est de se regarder droit dans les yeux tous les deux, si profondément que la seule chose que j'arrive à faire est de me répéter combien je l'aime. Je vois son regard changer, il se dirige vers moi et prend mon visage entre ses mains. De nouveau, il voit dans mes yeux ce que personne n'a jamais vu.

— Esteban.

— Rose, pourquoi est-ce que tu fais ça ? Pourquoi tu ne me fais pas confiance ?

— Là n'est pas le problème de ce que j'ai fait aujourd'hui.

— Alors quoi ? Je dois comprendre quoi moi ? Tu ne veux pas de moi finalement ? Rose je ne sais pas si je devrais te le dire et ouvrir mon cœur encore une fois, sans ne jamais rien avoir en retour, mais j'ai besoin de toi dans ma vie, il n'y a rien de pire que de se voir perdre un jour la personne que l'on aime le plus au monde.

— En plein dans le mille, le pire c'est de la perdre pour de bon.

Je le vois qui ne comprend pas, il me regarde comme s'il voulait savoir mais qu'il n'osait pas me demander. À cet instant, je prie pour qu'il ne me demande pas.

— Je ne comprends pas Rose, qu'est-ce que tu veux dire ?

Et me voilà encore dans une situation où je vais devoir jouer la méchante puisque je ne compte toujours pas lui révéler quoi que ce soit au sujet de ma mère.

— On tourne en rond, le problème est toujours le même, je te veux dans ma vie et je ne souhaite plus faire marche arrière ou m'inventer un autre destin mais je n'arriverai pas à parler de moi entièrement alors que ça fait déjà de longues semaines, sentiment ou non.

— Tu voudrais qu'on vive sans se poser de question, s'aimer alors que l'un de nous ne connaît pas tout de l'autre, avoir des secrets l'un pour l'autre ?

— C'est à peu près ça, juste le temps que je m'y fasse. Je suis consciente que je n'ai pas le droit de te demander d'attendre sans même savoir quoi, mais je sais une chose à présent. Je ne veux pas te laisser t'en aller de ma vie, tu me fais du bien, tu me fais vivre.

— Je ne te fais pas vivre Rose, tu ne vis pas. Tu ne sais même pas ce que c'est la vie ! Tu es égoïste Rose, j'ai beau essayer de te comprendre encore et encore, je n'arrête pas, mais tu vois un moment, même en s'efforçant de défendre intérieurement la personne que l'on aime, c'est plus dur que ce qu'on pensait.

Je me demande si ce que je lui demande n'est pas trop dur, on n'a plus l'âge de simplement se voir sans se connaître, sans savoir à quoi s'attendre dans un avenir proche. Je suis la première à dire que ma vie actuelle je la vois stable avec de nombreux projets à mon actif. D'autant plus que lui a trente ans et non pas vingt-six, il souhaite peut-être ne plus vraiment vivre à droite à gauche. L'amour qu'il y a entre nous est si fort et si sincère que je ne comprends pas non plus pourquoi je prends le risque de le gâcher en ne le vivant pas pleinement.

— Je dois y aller Rose.

— Non. Il ne faut jamais partir fâcher. Dors ici ce soir, s'il te plaît.

— Tu as une fâcheuse tendance à convaincre les gens rien qu'en disant s'il te plaît.

— Ou alors c'est seulement toi qui en es victime ?

Mon plus grand bonheur revient lorsque je vois un sourire s'afficher pleinement sur son visage. Je le préfère comme ça, il n'y a pas photo.

— Je n'ai pas d'affaires pour demain.

— Et bah tu prendras les miennes.

— Je crains de ne pas rentrer dedans.

— Ah bon ? Montre-moi pour voir.

La tension présente entre nous il y a quelques minutes se voit disparaître sous les éclats de rire qui se font entendre. J'espère ne pas déranger les voisins pour une fois qu'il y a du bruit dans l'appartement. Je vois l'agilité qu'a Esteban pour réussir à passer à autre chose en pensant à nous et pas à lui. Quand je le vois faire l'impasse sur mon comportement d'aujourd'hui, je me demande sincèrement comment il peut bien faire. Mais ça prouve à quel point il veut un « nous », et surtout à quel point il m'aime et ne compte pas me perdre.

— J'ai chaud pas toi ?

— Je t'en prie, fais comme chez toi.

Il est quand même super bien bâti ce jeune homme. Je fonds littéralement quand je vois son corps. OK bon ça va, on a droit à nos petits moments de plaisir. Je me lève éteindre les grandes lumières et allume les veilleuses rouges près de ma télévision. J'avais mis ça après mon emménagement, elles donnent un côté relaxant et semblable à un loft, j'adore. Voilà pourquoi je les allume maintenant.

— Dis-moi Rose, pourquoi j'ai terriblement envie de t'embrasser ?

— Peut-être parce qu'il faut que tu le fasses. Enfin ce n'est qu'une supposition.

— Chut, détends-toi.

Waouh, j'adore quand il m'embrasse, mais encore plus quand il me parle d'un air protecteur qui montre qu'il fait attention à moi. Je crois que je ne pourrais plus me passer de ses lèvres et de son corps à présent. Je savais que mon canapé était assez grand, mais je dois dire que c'est une bonne occasion pour en avoir la certitude.

*

Esteban

Tout à l'heure, Rose me rendait dingue de colère et maintenant c'est tout l'inverse. Elle a la peau douce et me rend complètement vulnérable. Ce ne sont pas des papillons dans le ventre que j'ai là mais bien plus que ça.

— Est-ce que… tu es d'accord ?

— Ne t'arrête pas.

C'est sans doute la meilleure nuit de ma vie que je vais passer là. Je suis avec la femme la plus belle du monde, que j'aime et qui m'aime. La situation s'est un peu arrangée si je peux dire, les réconciliations sur l'oreiller sont, un temps soit-il, merveilleuses. Disons que je sais que ça ne pourra pas durer comme ça éternellement, mais pour le moment j'ai tout sauf envie d'y penser. J'ai fait l'impasse sur la journée, mais si ça n'a pas évolué dans quelques semaines, je ne verrai pas les choses de la même manière. Aujourd'hui je souhaite vraiment me faire un petit cocon familial et pouvoir profiter pleinement de la femme que j'aime. La vie nous réserve beaucoup de surprises alors je veux en profiter un maximum. Par chance elle m'a amené à Rose, pour rien au monde je la laisserai repartir seule. Elle et moi avons des avis très proches et communs, on se sent bien tous les deux. Tout naturellement ce soir les choses se font comme depuis quelques semaines. On est très fusionnel et à travers cette ambiance charnelle et sensuelle, de nombreux bisous s'échangent. Je sens en elle comme une confiance certaine quand elle est avec moi. Cette fois où tous les deux ne faisons qu'un est un moment magique, quelque chose de nouveau. Rose ne s'est pas offerte à moi facilement, cela fait déjà quelques semaines et c'est aujourd'hui notre première fois. Je ne l'ai jamais jugée et je ne me permettrai pas, ça nous a permis de nous aimer plus profondément chaque jour, en se connaissant davantage. À côté de ça je la comprends et ne lui en veux pas, mais je suis terriblement content que ce moment arrive enfin. Partager un moment très romantique qui se livre à nous est quelque chose d'extraordinaire, Rose est encore plus belle que d'habitude, je prends soin d'elle et tout est réciproque.

Je plaque rose le long du mur le temps de lui esquisser quelques longs baisers de tendresse le long du cou jusque dans la nuque. Tandis que je la vois prendre son pied de plus en plus quand mes mouvements deviennent oppressants, je la soulève pour finir par la prendre dans mes bras, ses genoux autour de ma taille et les bras recroquevillés autour de ma tête. Elle me tire légèrement les cheveux pendant que je m'empresse de la déposer sur le lit au même moment où je lui retire ses vêtements. Ces sentiments d'exclusivité et de nouveauté m'excitent au plus au point. La voir complètement nue pour la première fois depuis tout ce temps laisse en moi un sentiment d'assurance. Mes lèvres se nouent aux siennes, nos regards s'enlacent, nos corps s'échauffent, nos bouches s'étirent, nos jambes frissonnent et les mots se mêlent puis se démêlent. Ma langue parcourt une grande partie de son corps jusqu'à sa zone de plaisir, après m'être arrêtée sur l'un de ses seins. Je sens le corps de Rose se tordre alors même que je sens son souffle s'accélérer presque autant que je suffoque. Les minutes sont longues et le désir intense quand pour la première fois je me sens entrer en elle. Son cri est tendre et nos mains se serrent au moins autant qu'elles se déchirent avant que Rose ne s'en serve pour tirer les draps de plaisir. Cette sensation de l'avoir exclusivement me fascine et m'excite au point même que nos deux corps réunis dansent à en sentir des gouttes de sueur.

— Tout est tellement bon Rose…

— T'arrête pas, surtout pas…

Quand le moment touche à sa fin, rien n'est plus bon que le câlin qu'elle me fait en collant son visage le long de ma poitrine.

— Pourquoi est-ce que tu écoutes mon cœur ?

— Parce que je veux être sûre qu'il batte.

Finalement je m'habille doucement pour m'apprêter à m'en aller.

— Je vais chercher de l'eau, tu en veux ?

Ce moment est à la fois très romantique et très passionnel et d'une autre part vraiment complice. Aucune gêne n'est présente et tout se passe bien. Il se fait tard, mais bon j'ai bien vu que de rentrer tard d'une soirée ne la dérangeait pas franchement, et moi non plus. La question ne se pose pas vraiment en fait.

— Attends, je viens avec toi, je ne vais pas tarder de toute manière.

— Est-ce que Monsieur Jallemas serait en train de me dire qu'il m'abandonne pour la nuit ?

— Mais c'est certainement parce qu'on ne m'a pas reproposé de passer cette nuit à tes côtés.

— OK, je recommence alors. J'aimerais vraiment que tu passes encore toute la nuit avec moi, tu acceptes ?

— Mm… je réfléchis.

De légers sourires s'esquissent de nos visages à tous les deux pour faire naître une véritable complicité nouvelle. Évidemment que Rose veut de moi, je la connais. Je vois tout simplement dans son regard qu'elle en meurt d'envie, je ne suis pas confiant mais lucide je dirais. Je vais lui faire une petite surprise. Lorsqu'elle part dans la cuisine manger un bout, je file dans la salle d'eau pour couler un bain. La baignoire est vraiment grande et elle m'a fait languir en me la montrant la dernière fois, maintenant il est temps de la tester. J'allume quelques bougies parce que je sais combien Rose est romantique, et moi aussi toujours. Je sors deux serviettes de douche, fais couler le fameux bain tant espéré. Une fois tout ça mis en place, je rejoins Rose au salon et pose mes mains sur ses yeux pour que ça reste une surprise. Je l'emmène jusqu'à l'endroit en question et lui dis de fermer les yeux pendant que je la déshabille de nouveau en l'embrassant par-ci par-là. L'ambiance redevient vite charnelle et très tendre et douce.

— Une explication serait la bienvenue n'est-ce pas ?

Rose me parle en se mordillant la lèvre. Souriante et curieuse, elle s'empresse de rouvrir les yeux lentement pendant que je passe délicatement sur son corps. Je lui dis de se retourner et quand elle voit le bain, Rose a l'air naturelle mais assez contente de la petite surprise. Je sais qu'elle aime beaucoup les bains, les moments de détente et toutes ces choses de filles, et de garçons aussi bien sûr. Je sors discrètement un petit cadeau pour la faire rêver encore un peu plus.

*

Rose

Quand on a la chance d'être aux côtés de la personne dont nous avons toujours rêvé, ma mère m'a souvent dit de ne jamais gâcher un instant de pur bonheur. Je vois Esteban un peu mystérieux et souriant quand il me lance un regard subtil qui veut presque dire « attention ». Dans le bon sens du terme de toute évidence. Je le regarde fixement et attends un signe. La seule chose que je peux vraiment voir c'est qu'il bouge pour attraper son téléphone et mettre un petit fond de musique, sympathique d'ailleurs. Seulement, au passage je le vois se baisser davantage pour prendre quelque chose que j'ignore. Pendant ce temps je prends soin de mettre des bulles de bain dans l'eau, sinon ce n'est pas un bain. Esteban me tend un cadeau, je ne m'y attendais pas, il compte m'en faire comme ça tous les jours ? Si c'est le cas, demain c'est à moi de prendre un petit quelque chose pour lui en allant faire du shopping. En le prenant dans mes mains je le remercie déjà.

— Tu es génial, il ne fallait vraiment pas, je n'ai rien pour toi moi.

— En t'offrant des petits cadeaux je n'attends pas en retour que tu m'en offres aussi. Je veux juste te faire plaisir.

— Oui enfin bon quand même, qui me dit que c'est un petit cadeau déjà ?

Je dis ça d'un ton un peu humoristique car je sais que quoi qu'il y ait dans ce paquet ça me fera sourire et me rendra heureuse.

— Alors tu ouvres ?

— Est-ce que j'ai le droit aux devinettes un peu avant ?

— À tout ce que tu veux, je t'écoute ?

— Quelque chose de lourd ?

— Non.

— De léger alors. Il a une odeur ?

— Non.

— Il bouge ? !

— Oula non plus non, je ne comptais pas te ramener une animalerie en une soirée, encore moins dans un bain en amoureux.

— En amoureux dit-il. Est-ce que c'est écrit sur papier ?

— Sans doute.

— Ah je sais ! Un spa en amoureux ? Un massage ? Un week-end ? Un restaurant ? Une soirée tous les deux simplement mais très romantique ?

— En amoureux dit-elle. Je pense que la réponse est bel est bien dans tout ce que tu viens de dire.

— Taquin.

— Blagueuse.

— Super, mais je crois ne plus me souvenir de tout ce que j'ai dit en fait.

— Alors ouvre-le.

— À vos ordres, non pas que je souhaite t'obéir bien sûr, simplement par curiosité.

— Menteuse.

— Curieux.

J'apprécie tellement tous ces moments passés avec lui, il n'y a pas une seule fois où je ne me vois pas rire. Maintenant je crois avoir goûté au vrai bonheur et ne plus pouvoir m'en passer à présent. Est-ce qu'on pourrait dire que la vie est faite de tellement de choses qu'en une fraction de seconde nos avis sur celle-ci peuvent changer du tout au tout ? Je suis passée d'un avis si négatif en me disant qu'elle n'apportait pas forcément autant de belles choses que l'on a pu me dire, en arrivant sur une vision des choses totalement différente. Je pense que chacun a un ressenti sur sa vie, mais nous l'aimons tous au fond. Il suffit juste de rencontrer cette personne qui fera ouvrir une nouvelle fois la clé de ton cœur. Pour moi c'est Esteban, il m'a fait reprendre réellement le goût de la vie. Comment vous dire ? Se sentir en vie, se voir vivant c'est faire la fête, terminer les soirées pour profiter jusqu'à ce que ça se termine, partager des secrets à deux, sourire lorsqu'on est en famille, entre amis, faire des choses dont on a toujours rêvé, voyager, apprendre de ses erreurs, recommencer. Vivre c'est aussi connaître l'échec pour savoir ce qui nous rend vraiment heureux, c'est avoir plusieurs expériences pour savoir ce dont nous avons vraiment besoin, c'est tomber tout en bas de l'échelle pour la remonter non pas plus vite, mais plus intelligemment. Si je devais dire en quelques phrases ce qu'est la vie pour de bon, je dirai que c'est un grand combat, une grande chance de l'avoir atteint, pour prendre des coups et en remettre, parce que dans la vie quand on touche le fond c'est pour voir plus haut. On se crée des rêves, des ambitions, des projets. Alors de toute évidence, jamais tous nos rêves ne seront assouvis, en revanche rien que de s'imaginer les réaliser fait le plus grand bien. Ce que j'arrive à penser maintenant, c'est grâce à Esteban qui m'a ouvert les yeux sur ce que je pensais être l'existence et ce pour quoi nous sommes là. C'est d'abord pour notre bien, puis pour faire le bonheur des autres. Ce que j'ai retenu désormais, c'est qu'il y aura toujours une solution associée à notre histoire, à nos épreuves, qu'elle vienne de nous ou de quelqu'un d'autre.

— Est-ce que tu crois que ça te fera plaisir ?

— Tout ce que je peux te dire Esteban, c'est que quoi qu'il y ait dans ce paquet, tu me rendras encore une fois heureuse. D'ailleurs tu devrais me donner ton secret pour réussir à être aussi fort pour faire sourire les gens.

— En réalité Rose je crois que tu n'en as pas besoin, tu me fais déjà beaucoup sourire.

— Bon alors ce cadeau !

Quand j'ouvre la pochette qui était sous le papier cadeau, je vois comme il avait dit, quelque chose semblable à un coupon. En deux fois plus beau en revanche, c'est très mignon. Dessus est écrit « Pour mon plus bel amour, je te ferai toujours plus plaisir ». Rien que son mot m'aurait suffi. Je souris et rougis un petit peu en même temps. Il m'offre un moment de détente avec une amie dans un spa, mais quel gentleman. Il m'offre ce moment de détente pour le passer avec ma meilleure amie comme il sait que l'on ne se voit pas des masses en ce moment.

— Et en l'honneur de quoi je dois être gâtée comme ça en quelques semaines ?

— Est-ce que quelques semaines signifient plus que le fait que depuis trente ans je n'ai jamais vécu ça ? Tu sais Rose des jours ou des semaines ne veulent rien dire quand l'intensité des sentiments ne répond plus de rien. C'est un peu comme l'âge sur le papier et l'âge que tu as vraiment au fond de toi tu vois.

— Certainement pas plus que le fait qu'en vingt-six ans je ne l'ai pas vécu non plus.

— Alors ce sera simplement pour te faire plaisir.

— Je t'admire vraiment Esteban. Je me demande pourquoi le monde ne te ressemble pas.

— Il faudrait déjà commencer par se dire que tu es l'une des plus dures à convaincre de me ressembler.

Si je devais porter un nom sur notre amour ou une simple phrase ce serait qu'il vit de complicité et d'humour pour le rendre plus passionnel et chaleureux.

— Rose ?

— Je dois te dire que tu me fais assez peur quand tu me poses ce genre de question. Tu dois certainement attendre que je te dise oui, donc je t'écoute.

— C'est dingue ce ton sarcastique et cette ironie de faire de l'humour.

— Est-ce que ta phrase veut dire quelque chose ?

— Peut-être pas, en attendant je suis en train d'oublier ce que je devais te dire.

— C'est peut-être bien aussi.

— C'est fou ce que tu peux appréhender les questions ou avoir peur de parler. Rose c'est moi, ce que tu me diras ne restera qu'entre ces murs et dans ma tête. Et si ce que tu veux entendre c'est que je n'aurai pas pitié de toi alors c'est vrai. Je me dis que pour ces raisons c'est peut-être que tu as peur que l'on prenne pitié de toi.

— Certainement. Mais d'autant plus quand c'est des gens que j'aime.

Un instant je m'en veux de lui avoir dit, j'ai soudain peur que cela prenne mainte et mainte ampleur. Mais je sens sur le coup un besoin surprenant de l'entendre me dire je t'aime.

— Esteban ?

— Oula, tu es sûr de vouloir prendre une décision ?

Pour une fois ce ton humoristique qu'il laisse venir ne me plaît pas. Je me sentais en l'espace d'une seconde prête à lui dire ce que je n'ai jamais dit à personne d'autre que ma famille, lui dire que je l'aime. J'aurai aimé qu'il me dise qu'il m'écoute comme à son habitude, me dire que rien de ce que je vais dire ne va être ridicule. Mais cette fois-ci il ne le fait pas. En même temps comment pouvait-il savoir ce que j'allais dire d'abord ? Et puis d'autre part si, il aurait pu le deviner, je n'ai pas l'habitude de l'appeler avec un air confident. Mais à côté de ça je suis si indécise qu'il ne peut même pas savoir quand je pense à quoi et pourquoi. Je reste vexée, une envie de pleurer me vient. Je ne suis pas si susceptible habituellement, alors pourquoi ces larmes me montent aux yeux à ce moment précis ?

— Je sors du bain j'ai froid.

— Waouh, je mérite vraiment ce froid ?

— Toi et encore toi.

— Qu'est-ce que je dois comprendre ?

— Que je préfère que ce soir mon lit soit vide.

— Est-ce que je te demande pardon ?

— Non, et mieux vaut ne pas que tu le fasses au risque de me répéter.

— Contrairement à ce que tu peux penser, j'aimerais fort que tu te répètes.

— Eh bien je vais le faire. Si tu n'es pas capable d'accepter que j'aie besoin d'être rassurée, tu peux prendre la porte.

— D'abord je trouve complètement ridicule le fait que tu prennes la mouche pour… eh bien pourquoi d'ailleurs ? Est-ce que j'ai fait quelque chose de mal ? Ah évidemment, je viens de te faire l'amour, de me livrer à toi, de te faire un cadeau que tu ne partageras pas avec moi pour que tu profites de ta meilleure amie. Ah oui et je viens aussi de faire l'impasse totale sur ce que tu as foutu aujourd'hui !

Je me sens complètement ridicule et je réalise ma bêtise. Impossible de revenir en arrière, je me sens coupable. Je fuis comme d'habitude.

— Pars.

— Ah non, j'ai sans doute oublié de te dire que ça n'était pas fini. Ensuite, me parler comme ça alors que je fais tout pour te redonner le goût de vivre et cette joie d'être là. J'estime te rendre heureuse, mais je tombe de haut visiblement.

— Arrête…

— Malheureusement ça n'est toujours pas fini. Désolé Rose, me reprocher de ne pas te rassurer ? Tu es tombée sur la tête ou quoi ? Je ne fais que ça. Depuis plus d'un mois je fais tout pour que tu me fasses confiance, sans réussite. Tu doutes encore de moi, on s'aime mais tu es incapable de me dire je t'aime. J'accepte beaucoup de choses Rose, mais pas le reproche gratuit. Alors en effet, comme tu as si bien su le dire, je prends la porte. Et ne compte pas que je revienne maintenant.

Une honte terrible m'envahit. Esteban. Je ne le reconnais pas, il laisse un silence sournois et un vide total après avoir claqué si fort cette foutue porte. Je l'ai fait se mettre dans un état dont il n'a pas l'habitude et qu'il n'aime pas. Je m'en veux terriblement et à côté de ça je me rends compte du nombre de choses dont je m'en veux, notamment les choses mauvaises que j'ai pu lui faire subir. Il supporte des sauts d'humeur qu'il ne comprend pas car je suis seule à me parler, je ne lui dis rien, il ne sait même pas pourquoi ma réaction était telle ce soir… Je me mets à verser plus de larmes encore et me trouve ridicule, nue, vide, honteuse, sans vie, comme le soir où je l'ai rencontré. C'est un retour en arrière violent qui m'arrache le cœur et paradoxalement me rappelle combien je l'aime. Je n'avais absolument jamais vu Esteban dans cet état, il ne méritait vraiment pas ces reproches et cette crise de colère. Et ce que je devrais lui envoyer un message ? Sûrement. Ou peut-être pas, il est encore en colère. Mais un message lui ferait certainement du bien tout de même. Je me mets à arrêter de réfléchir, je suis incohérente à la lettre mais je ne peux pas le laisser partir alors qu'on est tous les deux maux. Il ne faut jamais se quitter fâchés. Je ne referais jamais deux fois cette même erreur. Je cours ouvrir ma porte. Elle est bloquée, je ne sais pas à quoi elle joue depuis ce soir mais elle commence à lourdement me faire chier ! Je donne un coup de pied pour la faire essayer de s'ouvrir quand même, impossible. Enfermée chez moi. Vous vous dites sûrement que c'est un leurre, mais je peux vous jurer tout le contraire. Je m'effondre au sol dans mon entrée et pleure, je pleure, ensuite je pleure, puis une dernière fois je pleure. Me plaindre ou me libérer ? Ne plus me supporter ou avoir pitié de moi-même ? Je suis complètement foutue. Étrangement j'ai l'impression de tout perdre puisqu'il me raccroche à la vie d'une manière si incroyable. Non pas comme d'habitude, ce soir je vais directement au lit, je n'ai même pas pris le temps de retirer l'eau du bain, ni de ranger la cuisine. Le salon est presque sens dessus dessous, mais je file droit vers mon lit, avec une serviette de douche autour de la taille puisque je suis nue. J'attends le nouveau jour venir à moi, il faut que je m'excuse demain dès la première heure. Je m'en veux terriblement.

IX
Sunrise

Rose

Pour que la vie ne cesse de faire battre nos cœurs, il nous en faudra bien plus encore.

Je me lève ce matin comme un lendemain de soirée, je sentirais presque la gueule de bois à tel point je suis dans un mal qui m'envahit profondément. Comment vous le décrire ? Peut-être si je dis que je suis honteuse d'abord, déçue de ma personne et que je regrette à un point que vous n'imaginez même pas ce qu'il s'est passé la veille, ça vous irait ? Je m'en veux.

— Quelle conne !

D'autant plus qu'en arrivant dans la pièce à vivre je me rappelle que je n'avais rien rangé. Je pense qu'il va falloir que je me dégourdisse, que je range, que j'ai l'air ravie pour éviter que ma meilleure amie me crie encore dessus. Seulement cette fois elle aurait raison aussi. Bon, le bon plan c'est de commencer par prendre une douche, j'ai horreur de me sentir endormie toute la matinée ou pendant que je fais quelque chose. Je saute dans ma baignoire qui n'est pas encore totalement vide de la veille, change l'eau et prends un mini bain pour me détendre et oublier de réfléchir. J'ai pas non plus pris le temps de faire une ambiance cocooning, seulement j'ai allumé une petite lumière d'ambiance et ça va bien. En sortant je porte une serviette autour de ma taille, dont une sur les cheveux, je pose ma crème de jour sur mon visage et me brosse les dents parfaitement. Dans le même temps, j'entends mon téléphone qui sonne à l'autre bout de l'appartement, dans ma chambre. Je cours le voir, j'aimerais tellement que ce soit lui. En arrivant, ça ne l'est pas, mais je ne suis pour autant pas déçue puisque mon frère me confirme bien qu'il vient avec nous au shopping, c'est génial ! Je me mets directement sur Face Time, et appelle ma meilleure amie.

— Salut mon petit ange, dis-moi, j'ai une bonne nouvelle.

— OK, laisse-moi deviner, ton frère ?

— Viens avec nous toute la journée !

— Oh c'est super, et Esteban ? Tu m'avais dit que tu lui proposais non ?

— Oui mais finalement il ne peut pas.

— Vraiment sûre de ça ?

— Absolument pourquoi ?

— Parce que je te connais par cœur et tu me mens.

— Je ne te mens pas.

— Ça serait bien une première si tu le faisais.

— Mais ça l'est presque pas.

— Ah oui je vois…

— Bon à tout à l'heure, tu viens pour onze heures alors ?

— Oui c'est ça. Super à toute ma belle.

Bon si elle arrive vers onze heures ça veut dire qu'il faut que je me magne un peu plus moi. Bon aller fini les crèmes et les gommages, je me colle au ménage, aspirateur, sac-poubelle, vaisselle, lingette et serpillière, c'est tout pour moi. Mais bon, étant donné que je vis seule depuis des années, le ménage ça me connaît, bricoler aussi puisque j'ai toujours fait ça. En trois quarts d'heure c'est plier, je prends quand même dix minutes pour me poser et boire un verre d'eau. Je pars dans mon dressing pour choisir ma tenue, c'est tout trouvé, il me faut une tenue pas trop chiante à mettre puisqu'on va faire des essayages, mais en même temps un peu chic. Alors j'opte pour un petit chemisier fluide beige qui s'ouvre par l'avant et un joli bas blanc fluide également. Avec ça, des beaux talons rouges et mon manteau en laine rouge pâle assorti. Bon je finis de me préparer en passant par l'étape maquillage soft et je m'habille. Pendant tout ce temps je me demande s'il faut que j'envoie un message à Esteban pour lui demander de venir. Certainement. J'attends l'avis de ma meilleure amie et puis on avisera.

*

Esteban

Une fois qu'une nuit aussi dure est passée qu'est-ce qu'il nous reste à faire ? Parce que je dois avouer que je suis dans une impasse. Je n'ai envie de rien d'autre que de rester au fond de mon lit sous trois couettes. « Au gymnase aujourd'hui ça te dit pas », m'envoie mon meilleur ami. Aller ! Ça va peut-être m'aider à me réveiller doucement. Je décide de l'appeler pour qu'on s'organise.

— Salut John, bon dis-moi pour ton message ?

— Salut ma poule, bah écoute j'avais envie de m'entraîner et de me défouler peut-être aussi.

— Te défouler ?

— Ouais une embrouille avec Estelle je t'expliquerai.

— Ah merde, oui on en parle ce matin.

Estelle a trente ans, c'est la femme de John depuis huit ans. Ils essaient de faire un enfant depuis quelques mois mais sans succès. C'est un peu tendu dans leur couple mais John reste toujours là pour elle, c'est un mec en or. Il n'est pas mon meilleur ami pour rien de toute évidence.

— Bon alors on se dit onze heures trente, midi environ ?

— Oui ça me va, à tout de suite alors. Embrasse ta femme pour moi.

— Pas de problème, à plus.

Bon du coup je file enfiler un jogging et un tee-shirt, une petite veste parce qu'il fait froid dehors quand même. En enfilant mes chaussures je pense à l'invitation de Rose la veille. Ça aurait été une bonne journée en effet, mais avec ce qu'elle a fait et la proposition de John ce matin je reste persuadé que je veux voir mon meilleur ami aujourd'hui. Aller hop, maintenant que je suis habillé et que j'ai fini de préparer mes affaires de tennis, je passe un petit coup de ménage rapide dans ma cuisine, programme une machine et prends mes clés de voiture. En fermant à clé derrière moi, je continue mon chemin et pars rejoindre John chez lui, à pied.

*

Rose

Ça y est. Je me suis décidée et je me dois de lui renvoyer un message. « Je suis sincèrement désolée pour ce qui a pu se passer la veille, la proposition que je t'ai faite tient toujours n'est-ce pas ? ». J'appréhende énormément sa réponse vue dans l'état dans lequel il était la veille. C'est vrai que de le voir s'énerver contre moi comme ça m'a crevé le cœur, d'autant plus qu'il n'est pas de ce genre habituellement, il garde son calme et reste patient surtout avec moi. Ça me met si mal à l'aise, chose que je n'avais jamais ressentie jusqu'à présent pour Esteban. J'entends que ça sonne près de la porte. Je file ouvrir, je suis prête, chaussée de mes talons rouge bordeaux, magnifiques. J'ouvre pensant que c'est ma meilleure amie.

— Salut sœurette, alors prête pour chauffer la carte ?

— Tu veux dire la tienne ?

C'est dingue je suis déjà mieux, de meilleure humeur. Mon frère et moi rigolons déjà.

— Oh tu commences fort dis donc. Et alors est-ce que je peux rentrer ou je dois rester au pied de la porte ?

— Rester au pied de la porte de toute évidence. Bon entre et de toute façon Lana ne va pas tarder. Je croyais que c'était elle d'ailleurs.

— Déçue ?

— Très.

— Vraiment dommage alors.

On discute pendant quelques minutes devant la télé en attendant Lana.

— Tu veux boire quelque chose peut être ?

— Oh juste un verre d'eau ça m'irait. Et alors, parce qu'on a parlé de moi hier mais pas franchement de toi et de tes amours.

— Oh tu me connais non ? Eh bien voilà.

— Alors j'aimerais fort te dire que je ne comprends absolument pas ta réponse. C'est presque vague je dirai.

— Super drôle ça Lucas, bon aller je fréquente quelqu'un.

Je me rends compte de ce que je viens de dire. Est-ce que c'est réellement mal ? Je me dis que s'il m'entendait il serait encore une fois vert de rage. Je ne le fréquente pas, je suis avec, je l'aime comme une dingue.

— Tu fréquentes qui ?

— Un homme magique, en fait non.

— Comment ça ?

— Le plus bel homme du monde.

— Et c'est ça que tu appelles fréquenter un homme ? Tu parles de lui comme s'il était dieu et tes yeux sont si pétillants que tu es prête à exploser du regard quand tu parles de lui. Tu es amoureuse Rose ?

Je vois que Lucas pose ces questions de manière calme et apaisée, comme s'il était content pour moi, enfin. J'ai envie de lui répondre mais tellement fort que oui, oui je suis amoureuse, complètement dingue de cet homme. Ça me fait penser qu'il n'a pas répondu à mon message d'ailleurs, il doit s'en doute le faire exprès. Ou non je ne sais pas. Je me sens idiote en répondant à mon frère.

— Amoureuse ? Oui, je crois. Enfin non j'en suis sûre. Je ne me reconnais pas.

Je dis ça d'une manière tellement hésitante et d'un ton si instable que c'est tout sauf romantique. Je l'aurais dit à Esteban lui-même ça aurait été un vrai flop.

— Tu n'es pas ma sœur pour rien toi !

— Euh si tu veux parler au niveau sentimental, je peux t'assurer du contraire.

— Non Rose, à ce niveau-là pas de doute, tu es plus douée que moi.

— Euh plus douée reste un grand mot mais disons que je pense différemment.

Je lui lâche un grand sourire moqueur.

— Je voulais dire qu'on est pareil, la manière dont tu m'as dit ça est toute timide et réservée, c'est trop mignon.

— Ah… pour ça oui d'accord, mais que quand on est intimidé.

— Pas faux. Enfin bon, il ne vient pas aujourd'hui ? Tu nous le présentes pas ?

— Bah ça fait quelque temps déjà. Plus d'un mois en tout cas. Mais il ne peut pas.

— Ah oui quand même ! Et tu attends tout ce temps pour prévenir ton grand frère adoré ? Papa le sait ?

— Bah disons que la connexion jusqu'aux Maldives était mauvaise. Et pour ce qui est de papa, non en réalité… J'ai peur de sa réaction, tu le connais, il a encore moins confiance en l'homme qui partagera ma vie que moi.

— Bien sûr. Pourquoi je n'y ai pas pensé avant ? C'est vrai que nous sommes aux Maldives depuis deux jours. Le jour où tu arrêteras de prendre les gens pour des imbéciles il fera beau à Paris en hiver !

C'est normal il a peur Rose, il veut que personne te fasse du mal à présent.

J'entends la porte qui s'ouvre. Je sais d'avance qui est là.

— Lana.

— Lana.

C'est la même réaction qui unit mon frère et moi en la voyant entrer dans la pièce. Chez moi Lana est chez elle, et c'est moi qui lui ai toujours dit de toute manière, ça me plaît plutôt bien.

— Waouh, et on va pas à un défilé de mode nono, tu es magnifique !

Nono c'est le petit surnom que j'ai toujours donné à ma meilleure amie depuis l'école primaire, c'est toujours resté et c'est parti de rien.

— Non mais c'est naturel tu sais bien.

— Ah oui pardon j'oubliais que tu étais très modeste.

— Trop je pense.

Lana va dire bonjour à Lucas et pendant ce temps je vais chercher à boire pour prendre un petit apéro tranquillement.

— Salut Lucas, ce que tu as manqué ici pendant si longtemps ! Waouh, ça fait vraiment plaisir de te revoir.

— Ça me fait super plaisir aussi, tu n'as pas changé, toujours aussi jolie et pétillante.

— Toujours toujours.

Ils rigolent et je sens la bonne humeur envahir mon appartement. C'est tout ce que j'aime. Lorsque je ramène de quoi se détendre un peu et boire l'apéro, je les entends se chamailler comme à l'époque, sacré retour dans le passé ! Je dois avouer que ça n'est pas non plus désagréable disons.

— Bon et alors, aux Maldives, une nana comme tu dirais ?

— Non non, je me préserve pour la bonne Lana, je suis macho peut-être mais romantique aussi.

— J'en doute pas, mais comment les deux vont-ils ensemble alors ?

— Ça, c'est l'expérience, je t'apprendrai.

— Bon les deux tourtereaux, la vieille amie et la petite sœur sont là aussi.

— Bien sûr c'est la plus importante.

— Oh ! Évidemment ma belle.

— À la vôtre alors, et à cette journée qui va tous nous faire le plus grand bien.

Je vois Lana qui est ravissante et souriante à un point remarquable. Mon frère, Lucas, la regarde toujours avec des yeux protecteurs et joyeux aussi. Ça me comble de bonheur et me donne un sourire jusqu'aux oreilles.

— Et alors si on finissait notre verre pour partir ?

— Ça me va, d'ailleurs on mange dans quel restaurant ce midi ?

— Ça m'est complètement égal.

— Sinon on va à celui de d'habitude dans les rues piétonnes ?

— Ah super idée, ça te va Lana ? On mange bien là-bas, et les gens sont sympathiques.

— Alors si les gens sont sympathiques, va pour celui-ci.

— Impeccable, tout le monde est satisfait.

— Bon en même temps on n'est pas compliqué sœurette.

— Non pas du tout Lucas, c'est bien connu.

— Oui surtout toi Lulu.

L'ambiance est tellement chaleureuse et conviviale qu'on croirait être tous les trois en famille. Il faut dire que Lana est tout comme une sœur pour nous, elle s'entendait tellement bien avec ma mère. Elle l'adorait aussi, c'était très réciproque. Ma mère a toujours été heureuse de l'avoir auprès de nous. C'est une étoile bienveillante, une amie qu'on rêverait d'avoir si on ne l'avait pas. Bon sur ce petit moment de bonheur, je rejoins Lucas et Lana à la voiture après avoir fermé la porte d'entrée derrière moi, et monte à l'arrière.

— Bon mets-nous une musique qu'on aime tous un peu.

— Ah bon tu n'aimes pas les musiques d'amour Lucas ? Je ne pensais vraiment pas.

— Ah moi non plus, je ne m'en souviens vraiment pas depuis tout ce temps mon Lucas.

— Alors que ma sœur me fasse de l'ironie je dois avouer que je m'y attendais, mais toi Lana, sois plus intelligente s'il te plaît.

— Oh eh je t'en prie, je le suis. Je ne crois pas avoir besoin de te le prouver de quelque manière qui soit.

— Waouh.

On est tous très enjoués et ravis à l'idée que cette journée s'anime des mêmes émotions que jusqu'à maintenant. Si je devais décrire nos moments lorsque l'on est tous les trois ensemble, en un seul mot je dirai « absurde ». Absurde positivement bien sûr. Absurde parce que nous n'avons pas de limites réelles entre nous. Absurde aussi parce que nous sommes complètement fous tous les trois. Mais absurde parce qu'on s'aime à la folie et pas autrement. On est tous les trois très liés. Et contrairement à ce que pourraient penser certains, ça ne m'a jamais dérangée de voir la complicité qu'a Lana avec mon frère. Je sais que mon frère restera pour toujours mon sang et ma chair, Lana restera, elle, toujours celle qui m'épaulera et que j'épaulerai, celle que j'aime et qui saura m'aimer. Et quoi qu'il se passe entre eux deux je serai très heureuse. Nous n'avons aucun secret les uns envers les autres. Je raconte autant ma vie à Lana qu'à mon frère, alors pas de discorde.

— Ah là tu me fais plaisir ma petite sœur !

— Bah je le savais, sinon je ne l'aurais pas fait.

Il me répond fièrement, avec beaucoup d'assurance. C'est à ce moment que je reconnais mon frère pour de bon. Je me dis que ma mère serait tellement heureuse et épanouie de me voir avec Lucas en présence de Lana, faire une activité tous les trois ensembles comme au bon vieux temps. Il ne manquerait plus qu'elle finalement.

— Vive la circulation parisienne, on aurait dû y aller à pied.

— Non mais tu as vu le temps Lulu, hors de question.

Lana a toujours appelé mon frère Lulu, depuis tous petits. Ce surnom n'a jamais bougé, il est toujours resté le même.

— J'ai bien la preuve cette fois-ci que les filles sont un petit peu plus fragiles qu'un homme.

— Waouh hallucinant ! Le retour d'un gros macho.

— Et encore tu n'as pas tout vu de lui Lana.

— Bah écoute, tu me fais peur nono parce que pourtant je le connais déjà beaucoup.

— Tu m'étonnes, prend peur oui.

J'avoue avoir une petite pensée pour Esteban, je me demande pourquoi il ne m'a toujours pas répondu. Est-ce qu'il reste fâché ? Pourquoi voudrait-il se venger puisqu'il m'a prouvé tout le contraire ? Sinon, il ne pense même pas à moi. De penser à ça me fait du mal mais me prouve peut-être finalement que rien n'est impossible et que je ne dois pas croire que je peux rester si impromptue et inattendue dans ma façon d'être. Je me remets énormément en question rien que l'espace d'un instant. En attendant cela ne dure que peu de temps puisque l'occasion n'est pas telle que je dois penser à cette histoire, j'ai envie de profiter et de laisser cet instant intact dans nos mémoires. C'est si rare que mon frère revienne à Paris que je vais en profiter un maximum. Il faut s'imaginer que se retrouver tous les trois ensemble ne se passe que quelques fois dans l'année, peut être trois à quatre fois grand maximum, ça dépend.

— Arrivés à destination les loulous !

— Loulous parce qu'on est super jeune encore n'est-ce pas ?

— Bien sûr, bien sûr, on commence par aller dans les halles une petite heure ou vous avez vraiment faim et on passe au restaurant directement ?

— Je pense qu'on va aller au restaurant directement nono non ?

— Bah je pense que c'est mieux comme ça, on fera shopping toute l'après-midi après eh eh.

— J'approuve complètement bichette !

— Bon et bah c'est parti les bichettes alors.

Lucas nous parle sur un ton tellement drôle que c'est impossible de ne pas rire. C'est un homme, et un homme avec deux filles qui vont faire du shopping, il en a marre avant même d'avoir commencé. Je le plains c'est clair. En attendant on va au restaurant et ça n'est pas fait pour lui déplaire je crois. Mon frère est un éternel gourmand, et mangeur plus simplement.

— Bonjour Mesdames.

— Et monsieur.

— Et monsieur oui excusez-moi, mais deux jolies dames priment.

Ça y est un serveur lourd ! C'est bien parti pour se faire draguer tout le long du repas. Bon, faut dire qu'il n'est pas trop moche non plus, je dirai même qu'il est pas mal à regarder. Mais bon pas de mauvaise blague il est quand même en train de mater deux filles à la fois. Je ne sais plus quoi faire de ces mecs, les enfermer ? Leur apprendre peut-être à devenir un peu plus intelligent et à faire marcher leur jugeote. Enfin bon, ça nous fait plus rire qu'autre chose avec Lana. Pas mon frère en revanche, mais bon il faut bien qu'il s'y fasse.

— Elles priment peut-être mais elles sont pas libres.

— Oh Esteban !

On se met à rire parce que vous le verriez il est à mourir de rire ! Il a un air sérieux comme s'il ne fallait vraiment pas qu'il nous approche et d'un autre côté on dirait qu'il est jaloux du regard que ce serveur porte sur Lana. Seulement dans un soupçon de colère il rigole ironiquement puisqu'il nous entend geindre. C'est vraiment marrant !

— Je reviens dans un instant, appelez-moi si besoin.

Le serveur est assez poli tout de même et il ne ferait pas de mal à une mouche malgré tout, alors on passe un bon moment tous ensemble en faisant abstraction de sa drague si lourde soit-elle.

— Heureusement qu'il revient, on vient pour manger quand même donc si on n'est pas servis, c'est assez dommage !

— Oh Lucas et sa mauvaise foi, ça ne fait vraiment pas bon ménage !

— Totalement d'accord nono.

— Oh eh, les filles ça va aller, je suis là, n'oubliez pas.

— On n'oublie pas au contraire, ne t'inquiète pas.

— Ce que ça peut être lassant une femme.

— Ce que ça peut être con un homme.

Lucas regarde Lana qui vient de lui répondre ironiquement avec de gros yeux.

— Oups excuse-moi. Sot, tu préfères ?

— Bah c'est moins flagrant disons.

— Alors ça va.

— Mais tu le penses quand même.

Je me sens soudain de trop sans le vouloir, sans être vexée non plus. Lana a le regard intense quand je la vois observer Lucas, et il en est de même pour lui.

— Je vais aux toilettes les amoureux.

Je les ai toujours taquinés avec ça, ils ont toujours eu l'air sincèrement liés, c'est un peu un amour inavouable ou caché, enfin c'est assez spécial. Je désespère de les voir un jour ensemble en toute honnêteté. Ils ont toujours été comme ça et c'est toujours resté.

— Toujours pas de message, je désespère maintenant.

En allant aux toilettes je me sens terriblement seule. Je vois sur mon téléphone que je n'ai toujours rien reçu de mon amoureux à moi. Je décide de l'appeler, en vain. Je tombe malheureusement sur son répondeur et lui laisse un message.

— Coucou Esteban, mon amour je n'ai pas de nouvelles depuis hier soir et tu n'as pas répondu à mon message. Je m'excuse pour ce qu'il s'est passé hier, je n'avais vraiment plus l'habitude d'être aux côtés de quelqu'un, il faut que j'apprenne à prendre sur moi et à changer. Rappelle-moi je veux t'entendre. Je veux te voir, on est au centre commercial dont je t'avais parlé.

Message vocal fait, maintenant je retourne là-bas. En voulant rentrer dans la salle où nous sommes installés, je tombe à nouveau sur ce fameux serveur. Mais qu'est-ce qu'il me veut enfin ! Il me bloque le passage et me chuchote quelque chose d'étrange à l'oreille. « Et si tu venais plus tard ? ». Je ne comprends vraiment pas le but de cet échange. Pourquoi je viendrai ? Comment ça plus tard ? Est-ce que c'est ce soir ? Ou après notre repas ? Il ne m'indique aucune heure et aucune date, sa réflexion n'a réellement aucun sens, même si je comprends formellement son sous-entendu. Il commence à me gonfler. Il me tire fort le bras quand j'essaie de passer une seconde fois sans succès.

— Bon maintenant ça suffit ! Lâchez-moi merde !

— Chuut !

Il met sa main devant ma bouche pour que personne ne m'entende crier au risque qu'il se fasse prendre. Je hurle intérieurement et lui retire sa main. Qui un jour a dit qu'une femme avait forcément moins de force qu'un homme ? Quelle connerie.

— On est dans un restaurant ? Vous êtes serveur ? Et bien faites votre travail !

Je pars en claquant la grande porte de la salle. Je ne fais pas de scandale puisqu'elle ne fait pas de bruit et que je n'ai aucune envie de m'étaler dessus.

— Ah bah les toilettes sont les bienvenues quand tu n'as pas arrêté de boire de l'eau toute la matinée.

— Tu m'étonnes nono, je ne comprends pas pourquoi tu bois autant.

— Parce que j'ai soif, c'est une bonne réponse.

— Certainement poulette.

— Vous avez choisi ce que vous buvez d'ailleurs pendant que je n'étais pas là.

— Bah oui on a eu le temps sœurette tu as été un peu longue.

— Oui, un tout petit peu c'est tout.

Bon, j'évite vraiment le sujet, je connais mon frère il va s'énerver et il n'aurait pas complètement tort en même temps. Mais bon, nous ne sommes vraiment pas là pour ça, j'oublie ce qu'il vient de se passer. D'ailleurs je ne saurais vous dire pour ma part si c'était une menace ou une simple demande qu'il m'a lancée.

— Eh bien pour moi ce sera un cocktail.

— Oui moi aussi, tu prends lequel toi ?

— Le *fashion drop* a l'air vraiment pas mal.

— Tu m'étonnes, c'est pas un sans alcool ça.

— Non mais c'est bon pour la santé. Bon, en attendant, je pense prendre le Night bar, moi.

— À ce niveau-là il est pas mal non plus.

— Tu fais je fais nono.

— Bon et puis bah pour moi les filles ce sera un demi.

— Ça nous va.

— J'ai envie de te dire sœurette, que ça t'aille ou pas je l'aurais pris quand même.

Oh mon Dieu, mon frère est tellement buté à ne se fondre qu'avec lui-même que je finis par me demander s'il n'y a pas que lui à cette table. Bon, je dois avouer que là il n'a pas totalement tort, mais c'est exactement ça pour tout le monde et à chaque fois. Bon heureusement que je suis sa sœur et que ça me fait rire, je ne pourrais juste jamais être une de ses conquêtes, ou sa copine plus simplement.

— Tu es un bon frère ça me va.

— Il y a une insinuation là-dessous ?

— Oui parfaitement. Bon courage à toi Lana ma chérie.

— Euh… je te demande pardon nono ?

On se met à rire sans modération au risque de me répéter, mais c'est ce à quoi ressemblent nos journées passées ensemble. Ça ne déplaît à aucun d'entre nous tant que nous sommes vivants et aimants. Je mets véritablement mon frère dans une situation embarrassante, ce qu'il déteste. Ce que je peux comprendre d'ailleurs. Enfin bon, voilà que nous sommes servis et que cette belle journée continue de nous sourire pleinement.

*

Esteban

Pour que l'inconnu m'ouvre ses portes faudrait-il vraiment que je me rende compte que je suis le problème principal ? Non c'est du pur délire ça. Je ne sais plus quoi dire, plus quoi faire, plus quoi penser. Je suis dans les vestiaires depuis trois quarts d'heure, notre match à John et moi est terminé, il est rentré chez lui. Cependant, je reste enfermé dans ce foutu local qui d'ailleurs n'est pas fort agréable d'odeur. Il me semble sur le moment que je suis assez bête pour dire vrai, ça doit faire précisément une demi-heure que j'ai fini d'être douché et changé. J'écoute en boucle le message vocal de Rose en réalité. « … Je n'ai pas de nouvelles depuis hier soir… je veux t'entendre. Je veux te voir… ». Ses mots me résonnent dans la tête comme des échos. Une partie de moi me force à la rejoindre, je me dis fonce Esteban tu n'as que ça à faire, tu l'aimes. Une autre partie de moi me dit qu'elle me rend complètement dingue à force de réagir si brusquement comme elle fait. J'ai envie de hurler sur le moment, mais je crois qu'avec le monde qu'il y a autour ça n'est vraiment pas la solution encore une fois.

— Eh mec tu n'as pas l'air bien, tu es sûr que ça va ?

Phrase basique quand quelqu'un te voit mal. Je dois être frustré c'est pour ça que je pense à ça sur le moment.

— Ça va oui.

— Ça se voit pas je t'assure.

Bah en toute honnêteté je me doute que ça se voit, sinon je ne serai pas là sur ce foutu banc à écouter un message en boucle comme un pauvre mec qui ne sait plus quoi faire. C'est rare que je sois dans cet état. Je suis souvent le premier à tirer le positif des choses, à penser à ce qu'il y a de meilleur sans forcément mettre les problèmes de côté mais simplement pour penser à autre chose et montrer aux autres que la vie est belle quoi qu'il puisse se passer. Je meurs d'envie de la rappeler. Je ne dois pas le faire. Ou peut-être que si ? Non non, faut pas, elle va finir par croire que j'accepte tout ce qu'elle fait. Mais ce n'est pas que j'ai envie seulement mais j'en ai besoin, alors je l'appelle finalement.

— Allô Rose ?

— Oh Esteban ! J'ai cru que tu ne me répondrais jamais.

— Tu es où là ?

— Comme je t'ai dit au restaurant, je me suis éclipsée de la table pour répondre, j'ai oublié de leur dire qu'on était un peu fâché.

— Oublié ?

— Euh… ben oui.

— En fait tu ne changeras jamais Rose, tu n'es pas foutue de dire ce que tu as sur le cœur rien qu'une fois. Tu caches tout ce que tu ressens à tout le monde.

— Non.

— Si.

— Non ! Puisque je te dis que non ! C'est dingue hein mais pour que je te prouve le contraire qu'est-ce que tu veux !

— Ben que tu fasses le contraire Rose mais dans quel monde tu vis ? !

— Je croyais que tu me comprenais.

— Oui, j'essaie Rose je te promets que j'essaie. Mais putain c'est pas facile !

— Écoute si tu n'es pas heureux avec moi quitte moi, mais arrête de t'énerver sans déconner.

— C'est tout ce que tu trouves à dire Rose ?

Je l'entends qu'elle commence à pleurer un petit peu, c'est doux. Je veux dire sa voix est douce et tremblante. Je ne sais plus trop quoi lui dire, je suis énervé, je ne veux pas prendre en compte qu'elle pleure. C'est trop facile de se rendre vulnérable et plein de pitié quand on prend les gens pour des abrutis je dois vous avouer. Elle me fait tellement tourner en rond, ça me rend dingue.

— Non Esteban, je suis capable de te dire une chose. Je t'aime bien plus que tout ceux que j'aime.

Sa voix est si mignonne quand elle me dit ça. Ses mots me font tellement de bien et en même temps tellement de mal d'entendre sa voix triste et de me dire je t'aime dans ces conditions-là. La seule chose dont j'ai envie c'est de la blottir dans mes bras et de ne plus la lâcher.

— Rose…

— Dis-moi que tu m'aimes Esteban je t'en supplie dis-le-moi.

— Oui Rose je t'aime.

Je sens un silence s'installer entre nous pendant la conversation, je préfère raccrocher. Je vais aller lui faire une surprise, il faut que j'aie l'esprit un peu plus imaginatif chaque fois. Je vais y réfléchir.

*

Rose

Je suis tellement rassurée et heureuse d'avoir été au téléphone avec lui, bien qu'il ait raccroché le téléphone pendant le blanc qu'il y a eu entre nous, et le fait qu'il ait fait ça au moment où on était très proches dans la discussion. Je suis en train de pleurer mais je ne veux pas revenir dans cet état. Je vais rester un petit peu de côté dans les toilettes et me nettoyer le visage.

— Rose ?

Oh non c'est pas possible, si Lana me voit comme ça, elle va vouloir savoir ce qu'il se passe, ce qui est légitime en tant que meilleure amie.

— Je suis aux toilettes, j'arrive poulette.

— Encore ? Bah dis donc ! Et tu n'as même pas commencé à boire. Ça craint.

— Très drôle ça nono.

— Bon, j'y retourne alors. À tout de suite ma biche.

— Oui.

Bon ouf, ça, c'est fait et voilà. J'entends de nouveau toquer à la porte des toilettes dans lesquels je suis. Je commence à me dire que Lana s'inquiète vraiment là.

— Oui je t'ai dit que j'arrivais.

— Ah bon ?

— Oh… Mais qu'est-ce que vous faites encore ici à m'attendre ?

— On pourrait peut-être mieux parler si vous sortiez.

— Ou ne va pas parler du tout, qu'en pensez-vous ?

— Vraiment ?

— En fait non. Ne répondez-pas.

Je sors en ouvrant cette porte et me retrouve face à lui. Il a un vrai regard de pervers et il commence à réellement me rendre folle. Je vais m'énerver et ça n'était pas vraiment l'objectif de cette journée.

— Bon et bien laissez-moi passer maintenant. Je dois me laver les mains.

— Ça peut attendre non ?

— Non.

— OK OK… Lavez-vous les mains.

— Eh bien oui ! C'est ce que je fais là. Mais je dois avouer que me laver les mains quand quelqu'un m'observe stupidement me perturbe un peu.

— Du bon sens j'espère ?

Je le regarde un instant dans le miroir qui est face à moi, au-dessus du lavabo. Mais est-ce qu'il est vraiment stupide ? Je le trouve très bête oui. Il se fout de moi ? Je lui dis, et mon frère aussi que je ne suis pas disponible et pas libre. En plus je le remballe depuis tout à l'heure mais aucun moyen qu'un de ses neurones en touche un autre pour lui dire qu'il espère vraiment pour rien celui-là. Que je sois énervée comme ça m'arrive rarement, mais les hommes lourds dans son genre me font décidément tous le même effet.

— Vous êtes bête ?

— Je vous demande pardon ?

Il me pose cette question avec un regard de haine en me tenant le bras si fort qu'il me fait super mal.

— Mais lâchez-moi bordel ! Vous êtes vraiment fou mon pauvre gars !

— Encore un mot comme ça et vous allez apprendre à me connaître.

— Des menaces ?

— Je les mets toujours à exécution.

Je le regarde droit dans les yeux et prie pour qu'une chose arrive. J'aimerais tellement que Lana vienne contrairement à tout à l'heure. Lorsque je reste abasourdie il en profite pour me glisser quelques bisous dans la nuque. Comment vous décrire ce moment ? Je ne pense à rien d'autre qu'au fait que ce porc est en train de me toucher avec ses lèvres. Il me dégoûte, la situation en elle-même me dégoûte au plus haut point.

— Mais arrêtez merde !

— Tu vas la fermer oui. On est dans un restaurant ici.

Il prend soin de serrer fort mes joues entre ses mains pour qu'aucun autre son ne sorte de ma bouche. J'aimerais lui dire que justement ça n'est pas vraiment un lieu pour continuer ces abus. Il est complètement dingue mais je ne peux pas me débattre c'est plus fort que moi. À la force de ses mains il me paralyse le bras de douleur et ses yeux me font si peur que ma bouche reste fermée indéfiniment. Il est sale, il me donne l'impression de l'être aussi à force de me toucher partout. Lorsqu'il commence à déboutonner ma chemisette, je hurle d'une force inimaginable. J'ai compris qu'il n'avait désormais plus de limites.

— Putain mais j'ai jamais vu une nana comme toi, soit tu hurles soit tu fermes ta gueule.

Il est d'une telle violence que je me sens dans un état second. J'ai l'impression que je ne suis plus maître de moi-même et que mon corps ne m'appartient plus. Pour me rassurer je me dis en boucle que Lana et Lucas vont bien se rendre compte que je ne reviens pas.

— Eh, suis-moi, viens là.

Il me parle vraiment comme il pourrait le faire avec son chien. Pendant quelques secondes j'entends un rire soudain dans la pièce du fond, c'est Lana. Elle se révèle être à mille lieues d'imaginer ce qu'il se passe. Je me dis maintenant que c'est fini, je suis prise au piège. Il m'emmène dans l'arrière-cuisine, c'est une sorte de débarras qu'il prend soin de fermer à double tour. J'ai d'ailleurs à peine le temps de m'inquiéter du fait que Lana et mon frère vont péter un scandale s'ils ne me retrouvent nulle part dans ce restaurant, que cet homme, si homme nous pouvons dire, vient me bander la bouche d'un vieux foulard trouvé dans ce cellier. Une envie de vomir me vient et ne cesse de me laisser un corps sensiblement touché par la situation. Je me sens complètement démunie. Je ne peux même plus me défendre grâce à ma voix ce qui aurait pu être le seul moyen de m'en sortir. Je fais comme je peux pour laisser quand même quelques bruits s'échapper de ma bouche mais en vain. Personne ne vient essayer de me chercher ou d'ouvrir cette foutue porte. Je suis seule et vulnérable face à ce pervers narcissique qui n'est pas capable de retenir ses pulsions. Est-ce que je peux faire quelque chose ? Lorsqu'il s'absente un instant chercher des commandes pour que personne ne se rende compte de rien, il referme la porte à clé et je me mets à chercher tant bien que mal un moyen de me sortir de cet enfer. Soudain je vois la poignée de la porte bouger, je me cache derrière pour m'enfuir. Les deux mains attachées, je me crois dans une mauvaise blague, c'est le genre de chose que tu n'imagines pas pour toi. Tu réalises que ça arrive vraiment quand tu l'entends d'autres personnes mais tu ne peux pas imaginer une seule seconde que ça puisse t'arriver à toi. Un instant je me demande comment cette situation peut exister au beau milieu d'un restaurant bondé de monde. Ce n'est pas la réalité, c'est un cauchemar. Je suis complètement paumée. La porte est grande ouverte et je me situe juste derrière, je suis à peine visible puisqu'une commode me cache légèrement elle aussi. Je peux apercevoir le visage de ce type, lorsque son regard croise le mien. Je suis définitivement désespérée. Une peur m'envahit, c'est alors que je hurle de toutes mes forces pour qu'on m'entende puisque la porte est encore grande ouverte sur le couloir des toilettes.

— Bon allez, reviens petite pétasse.

Lui sur moi, ses lèvres ardues le long de mon corps, son souffle immonde recouvrant mon coup, ses mains sales effleurant mes parties intimes. Je n'y crois pas. Rien n'est plus irréel qu'aujourd'hui. Je suis complètement paumée. Je suis dans un pur cauchemar. Mais pourquoi encore une fois dans ma vie je devrais subir ? J'en peux plus, je m'effondre, c'est un délire. Je deviens plus vulnérable en trente secondes qu'en vingt-six ans de vie sur terre. Lorsque je me mets à pleurer, ce mec me frappe d'une puissance si déroutante que je m'affale au sol pour me rendre encore plus fragile qu'avant. Je suis sur le ventre, il me tire les cheveux et me dit de me taire une bonne fois pour toutes. Je me sens comme un animal maltraité qui ne mérite pas ce qui lui arrive, un objet qu'on trimbale, quelque chose qui n'a aucune importance pour personne. Une chose résonne dans ma tête « aidez-moi ». C'est malheureusement impossible de le sortir de ma bouche. Il me retourne sur le sol et s'occupe d'enlever ma chemise qui me sert de barrière entre nos deux corps et mon soutien-gorge pendant qu'il ne cesse de lécher sans arrêt mon cou, mon torse, ma nuque, mes seins… Je me débats constamment et ne laisse pas ce type vainqueur, j'ai l'impression de donner énormément de force alors que je ne bouge presque pas un doigt tellement je suis épuisée. Je ne veux pas qu'il aille jusqu'au bout, je ne veux pas vivre ça. Je prie pour qu'il se passe quelque chose qui le fasse s'arrêter.

— Eh ! Je t'ai déjà prévenu petite conne, tu continues je ne m'arrête plus jamais c'est clair ?

Les larmes ne cessent de couler le long de mon visage, je ne dois plus ressembler à rien. Ma bouche est toute tendue à cause de ce foulard qui me bloque. Lorsqu'il commence à détacher la fermeture de mon pantalon, un geste brusque me vient inconsciemment. Je suis immédiatement forcée de lever mon genou droit qui part directement en plein dans son visage.

— Putain mais t'es vraiment conne, t'as rien compris pauvre naze.

Il se touche la lèvre à moitié en sang et me regarde avec une haine si révolue dans ses yeux que je finis par fermer les miens de peur de ce qu'il va me faire. Je plisse les yeux si fort que j'en tremble lorsque je reçois une énorme gifle me donnant d'étranges frissons qui parcourent tout mon corps. Lorsque j'ouvre les yeux je le vois se déshabiller à son tour, uniquement du bas de son corps. En un rien de temps, le foulard autour de ma bouche est enlevé lorsqu'il n'hésite pas à y mettre son sexe. Je ne bouge plus, il est le seul maître de mes actes désormais. Il me tient la tête et m'empêche de m'enlever. Je me retire tant bien que mal de toutes mes forces, en vain. Je hurle, je ne fais aucun mouvement de la bouche ou aucun hochement de tête.

— Tu l'as voulu sale merde, apprécie maintenant t'as plus que ça à faire. Je suis sûr que tu en as à donner, lâche-toi.

Ses mots résonnent dans ma tête comme un poison, une envie de vomir me vient et d'un seul coup, mes émotions se coupent, je suis épuisée et si vulnérable que je ne suis plus légitime de penser et de ressentir des choses. Je me sens objet de lui. Il est d'une telle violence que plus rien ne me dégoûte, j'ai les yeux à peine ouverts, mes larmes ne coulent plus. Je suis littéralement vide de sens. Je ne ressens plus rien. Lorsqu'il sort de ma bouche, il me retourne et enlève mon pantalon si violemment qu'il se déchire presque. Il en est de même pour ma culotte, il me retourne de nouveau et me pénètre sans hésitation. Il est tout l'extrême opposé de la tendresse, il ne fait pas attention à moi, il me prend pour sa chose et me fait extrêmement mal.

— Je te prends juste pour finir et tu dégages salope.

En seulement quelques minutes, mon esprit divague, mes sentiments sont étroits et mes courbes ne sont touchées que par de vilaines mains qui parcourent mon corps tout entier. Aucune jouissance de mon côté ne peut voir le jour. À ce moment précis, mes yeux ne disent plus rien de moi et cachent les sentiments qui me bouffent à l'intérieur. Tout n'est plus qu'une question de temps, plus que quelques minutes, voilà ce que je ne cesse de me répéter pour me sentir bien. C'est bientôt fini Rose. Rose. Il ne connaît pas mon nom d'ailleurs. Il ne connaît rien de moi, il se permet tout de même de me toucher et de faire de moi la plus humiliée qu'il soit.

— Putain.

Il sort, me retourne et à ce moment quelques larmes me viennent lorsqu'il y va avec une telle directive et une telle assurance. Ce mec n'hésite pas à y aller fort. Je n'en peux plus, à chaque fois qu'il entre en moi c'est une blessure de plus, un mal physique extrêmement fort. À chaque seconde je me demande si je vais survivre à ce cauchemar lorsque j'entends la porte des toilettes d'à côté s'ouvrir. C'est Lana qui hurle.

— Rose mais répond nous, ça fait trois heures qu'on te cherche, où tu es merde ?

J'entends à son grain de voix qu'elle est inquiète et qu'elle pleure à moitié, après j'entends mon frère. Je me mets à verser un tas de larmes d'un coup surtout lorsque ce serveur me cache avec sa main la bouche. Il m'empêche de répondre quoi que ce soit. Je perds espoir quand je n'entends plus le son de leur voix. Seulement soudain je vois le jour et non plus une pièce complètement fermée. C'est Lucas, il a enfoncé la porte.

— Rose !

— Putain Rose.

Lucas est choqué, il ne réagit pas pour le moment, mais je le vois, je le connais. Il rougit, souffle fort, ferme les yeux, non !

— Cassez-vous de mon restaurant.

— Oh non, pas avant que je me sois occupé de toi pauvre mec.

Pendant que Lana est auprès de moi et me libère, mon frère s'en prend à ce pervers naît. Je suis nue, ligotée et en pleurs devant eux, je ne peux rien faire. Lucas s'acharne sur lui comme un fou, comme si le besoin de vengeance était plus fort que la haine.

— C'est toi le sale type qui vient de lui faire ça? Hein?! Pauvre mec tu vas comprendre pourquoi tu es là toi!

Je vois mon frère lui donner des coups encore et encore, le type saigne de partout mais bizarrement je n'ai aucune pitié. Lana m'enlève ce qui me tenait les mains, je suis incapable de parler ou de sortir un son. Lorsque ma meilleure amie essaie de me lever pour me rhabiller je suis toute molle, je n'ai plus aucune énergie.

— Rose non, je ne peux pas te voir comme ça.

Elle se retourne vers ce type qui vient de me violer et hurle.

— Mais quel enfoiré, putain!

Elle se met à pleurer de toutes ses forces comme si elle avait vécu ce que je viens de vivre. J'ai toujours su que Lana était comme une sœur, c'est pour ça qu'elle a cette réaction aujourd'hui. Quand je vois mon frère me regarder, je me sens plus mal que jamais. Pour un frère voir sa sœur nue qui vient de se faire violer est la pire chose et une honte envahit mon être au point de le tétaniser.

— Je m'en veux Rose, je m'en veux putain…

— Lana…

Les simples mots que je prononce lui font froid dans le dos. J'ai comme un blocage pour parler, je me sens sale, vulnérable, humiliée, détruite. Je ne peux pas parler. J'ai l'impression d'être dans un coma profond. Lucas revient vers moi, ils me rhabillent tous les deux, mais c'est terriblement embarrassant et dégradant. Je suis à bout de nerfs. Je m'endors tellement je suis épuisée et foutue.

*

ESTEBAN

Le jour se lève au moment où la nuit s'est emparée d'elle.

Je me retrouve devant ce restaurant dont elle m'avait parlé mais de loin je ne les vois pas. Je m'approche et entre pour demander si les serveurs les ont vus ici. Aucune réponse positive juste de vagues regards gênés.

— Pourquoi vous me regardez comme ça ?

— Non rien, je dois être fatigué du service.

Il est seulement quinze heures pour un restaurant ça fait tôt quand même je trouve. Enfin bon, je ne m'éternise pas et vais pour sortir. Le restaurateur me prend le bras et m'interpelle.

— Attendez qui êtes-vous ?

— Esteban Jallemas, je suis venue rejoindre ma petite amie, Rose qui devait être là en compagnie de deux personnes.

— Je… Excusez-moi mais elle est partie.

— Sans soucis. Pourquoi vous excusez-vous ?

— Il y a eu un problème.

Je commence à m'inquiéter et mon regard se mortifie et éclipse un sentiment sévère. Je le questionne de tous les mots possibles et lui demande où ils sont rentrés exactement.

— Ils ont dû aller aux urgences vu l'état de cette pauvre femme… ou peut-être au commissariat.

— Commissariat ? À l'hôpital ? Mais attendez-vous vous foutez de moi ? Elle est où, qu'est-ce qu'il s'est passé ?

— Calmez-vous s'il vous plaît, un de nos serveurs a agressé sexuellement votre compagne. Apparemment ça ne serait pas la première fois.

— Et vous me demandez de me calmer ? Mais dans quel monde on vit sans déconner.

Ses mots ne font qu'un tour dans mon cerveau, je me reprends et fonce à ma voiture. Je démarre très vite et conduis très brusquement.

En moins de dix minutes je tombe dans des bouchons, je suis à deux pas de l'hôpital et je tombe dans des bouchons ! Je m'en veux, mais pourquoi je ne suis pas venu aujourd'hui ? Pourquoi ? Ça ne se trouve rien de tout ça ne serait arrivé et elle serait hors de danger. J'ai une haine incroyable contre ce pauvre mec que je ne connais même pas. Mais avant de penser à lui, je pense terriblement à Rose. Pendant le temps des bouchons je me fais des nœuds au cerveau. Lorsque le feu passe alors au vert, je suis le premier sur la file, enclenche la première, puis la deuxième je fonce et ne m'arrête plus. Je me gare d'ailleurs n'importe comment sur le parking des urgences et cours à l'accueil savoir dans quel service elle est.

Lorsque je me précipite vers sa chambre d'hôpital, je la vois désemparée. Je crois ne jamais l'avoir vu comme ça, elle est complètement inerte d'esprit et anorexique de sentiments. Les larmes me montent quand je la vois, j'imagine ce qui a pu se passer et la rendre dans cet état. Je reste derrière en attendant de me reprendre en main, mais je vois deux personnes qui l'accompagnent, sans doute sa meilleure amie et son frère comme elle me l'avait dit.

— Rose mon ange…

— Esteban c'est ça ?

— Oui, et vous Lana ?

L'ambiance est glauque, tout le monde parle tout bas de manière triste.

— Je suis… je suis désolée, je ne voulais pas déranger mais je me suis sentie complètement larguée en apprenant ça, il fallait que je vienne.

— Esteban, Esteban…

Je m'approche de Rose lorsqu'elle m'appelle et la serre fort dans mes bras d'un coup. Je lui donne tout l'amour que je peux et la rassure quand je lui prends le visage entre mes deux mains et la regarde droit dans ses yeux pleins de larmes. Je vois qu'elles finissent par couler sans modération assez naturellement.

— Ne me regarde pas je suis sale.

— Qu'est-ce que tu racontes Rose, je t'aime c'est tout ce qui compte. Tu n'es pas sale mon ange, c'est ce type qui l'est.

— Je n'ai plus rien Esteban, plus rien.

Lorsqu'elle me prononce ces derniers mots elle n'a même pas la force d'éclater en sanglot et se blottit contre mon torse. Ça me fait une pointe au cœur comme si elle m'avait touché en pleine poitrine avec ce qui lui est arrivé. Je me crois dans un film, c'est irréel. Pourquoi ça lui arrive à elle ? Pourquoi ça nous arrive à nous ? Quand Rose est mal, je suis mal. Quand elle pleure, je me mets à pleurer. C'est impossible de la voir comme ça.

— Je peux avoir un verre d'eau s'il te plaît ?

— Oui sœurette, fais attention à elle. Esteban ?

— Oui c'est ça. Bien sûr je ne pourrais pas faire autre chose.

— Attends Lucas je t'accompagne. À tout de suite ma chérie, je t'aime.

Rose n'a presque plus de voix, elle est exténuée. Je ne tiens pas à lui demander tout ce qui a pu se passer, elle n'est pas en état de le faire et ça n'est pas ce que je veux savoir.

— Mon ange, comment tu te sens ? Ça va aller je te le promets, je vais m'occuper de toi chaque jour encore un peu plus.

— Esteban je n'ai plus de force, je me sens sale, moche, dégoûtante. J'ai l'impression d'être bonne qu'à ça. Tu aurais entendu…

Rose a à peine le temps d'exprimer ces derniers mots qu'elle pleure encore et encore. Les images dans sa tête doivent passer en boucle, les mots doivent résonner dans sa tête sans cesse.

— C'est un pur cauchemar. Je n'ai même pas pu me laver encore, ils doivent faire des analyses pour les rapports de police. Ils essaient de le retrouver parce qu'il s'est enfui du restaurant tant bien que mal. Esteban j'ai peur, je te jure que j'ai peur.

— Eh mon trésor, écoute-moi, c'est lui qui est minable, c'est un pauvre type. Il n'a aucune valeur qui puisse égaler les tiennes. Ne te compare jamais à ça ! Toi mon ange, tu as tout pour toi, tu es très ambitieuse et la vie te tend les bras, tu es jeune. Tu ne vas pas te laisser couler d'accord ? Je serai là, à tes côtés.

— Je suis désolée…

— Chut…

Je l'empêche de continuer, pourquoi s'excuser ? Je la calme un petit peu en lui caressant les cheveux et en la regardant. Je tombe vraiment de mille étages, je suis si triste quand je vois que ses yeux ne disent plus rien. Ils sont si livides et vide de sens que j'en perds mes mots. Rose avait un regard si frappant, elle avait le don de montrer sa vie à travers ses deux yeux.

*

Rose

La nuit tombe au moment où le jour s'empare de nous.

Une vision d'Esteban me redonnait du baume au cœur, alors inutile de vous préciser que de le voir en vrai et qu'il me serre si fort dans ses bras me fait rejaillir un amour improbable dans le cœur. Je me sens en sécurité et j'ai le sentiment de pouvoir me reconstruire quand il m'appartient. Physiquement je me sens toujours aussi faible et les images de ce viol perdurent dans ma tête et viennent troubler mes pensées déjà si brisées et à fleur de peau.

— Tu es le seul à pouvoir me rendre si forte Esteban.

Je vois que la seule réaction qu'il a est de me regarder sans relâche tout en m'exprimant un regard de compassion, un regard qui veut dire « ne lâche pas ». En réalité c'est comme s'il voulait me dire d'être encore plus forte. Il esquisse un léger sourire sans ouvrir la bouche. Il me lance un sourire de réconfort et pourtant je le sens mitigé, comme coincé entre deux émotions.

— Je te sens mal Esteban.

— Je le suis Rose, te voir comme ça m'est vraiment insupportable. Quand tu ris je ris, quand tu pleures je pleure, quand tu t'énerves je m'énerve et seulement quand tu vis je vis. Mais on ne peut pas tout oublier en l'espace de quelques instants et nos discordes passées restent difficiles à digérer. Mais ce n'est pas le moment.

Je vois derrière Esteban que Lana est revenue avec Lucas, ils ont entendu ce que tu viens de me dire Esteban puisque je lis sur leur visage une satisfaction d'avoir rencontré ce jeune homme qui m'appartient. Ils me sourient tous les deux, et je finis par esquisser de mes lèvres un semblant de sourire qui les rassure tous autant qu'ils sont.

— Tiens un bon verre d'eau frais pour la plus belle femme du monde ma bichette.

— Tu es la meilleure.

— Je sais tu me le dis tout le temps eh eh.

— Rose, j'ai prévenu papa, il arrive bientôt.

Je commence à sentir les larmes qui me montent aux yeux et je sens mes pommettes devenir un peu chaudes. Mon cœur s'emballe un peu plus et la peur grimpe sur mon visage. Je ne veux pas que mon père me voie dans cet état, il va être trop inquiet et nerveux. Je pensais faire rencontrer Esteban à mes plus chers proches dans d'autres conditions tout de même, mais bon la vie est faite ainsi.

— Où est ma fille à la fin ?

J'entends la voix de mon père ahuri, il est très énervé mais je vois que ça n'est pas seulement ce sentiment qui le traverse. Lorsque son regard croise le mien à travers la vitre il a les yeux livides et est mort d'inquiétude.

— Monsieur calmez-vous je vous prie.

— Rose ? ! Dis-moi que tu vas bien je t'en supplie.

Mon père me pose cette question en me serrant très fort dans ses bras.

— Papa.

— Comment tout ça a pu t'arriver Rose, encore toi mais pourquoi ? La vie n'est pas clémente.

Lucas essaie d'en placer une pour lui dire de se calmer en vain. Mon père reste très agité mais il finit par se calmer lorsqu'il voit un jeune homme qu'il ne connaît pas.

— Qui vous êtes ?

Je suis de marbre quand je vois le ton qu'emploie mon père pour lui adresser la parole pour la première fois.

— Mais on s'est déjà vu n'est-ce pas ?

— Euh, oui il me semble, j'allais rejoindre Rose au travail.

— Vous alliez rejoindre ma fille ?

Soudain mon père me regarde. Je dois avouer que j'aurais aimé tout sauf qu'il rencontre Esteban dans ce genre de situation. Lorsque l'on touche à l'un de ses enfants, il sort de ses gonds, alors la situation ajoutée au fait qu'il va apprendre qu'Esteban est mon petit ami, je ne le sens pas trop. J'espère qu'il fera preuve de plus de diplomatie qu'à son habitude.

— Rose, c'est qui ?

Lucas intervient lorsqu'il se rend compte que ça n'est ni le moment ni l'endroit pour faire un scandale pour une si bonne nouvelle.

— Oh papa, on en parle plus tard ?

Je vois Esteban s'approcher de moi et me chuchoter à l'oreille le fait qu'il ne comprend pas sa réaction alors je lui rétorque tout en murmurant également :

— Je t'expliquerai…

J'ai cette impression de me donner en spectacle quand je vois tout le monde autour de moi, les images n'arrêtent pas de défiler dans ma tête et je commence à me sentir de plus en plus mal. Comme une angoisse parvient à me faire douter de moi. Je sens ses mains qui me touchent, j'entends ses mots que ses lèvres me glissent délicatement, et pourtant je me sens partir comme dans un champ de coton où l'on ne voit qu'à perte de vue, un ciel bleuâtre.

— Écoute papa vraiment ça n'est pas le moment.

— Non mais je sais mon fils que ça n'est pas le moment mais je peux au moins savoir son nom.

— Esteban, je m'appelle Esteban.

J'entends ces bruits de fonds et me rends compte qu'eux ne se rendent compte de rien de ce qui est en train de se passer. Pour la première fois de ma vie je vois dans mes pensées les images de ma mère si parfaitement tracées, comme si elle était là à côté de moi. Ou plutôt comme si cette fois c'est moi qui étais à côté d'elle.

— Rose, Rose ? Eh Rose arrête-toi, je suis là, tu m'entends ?

La situation prend directement une tournure plus dramatique et tout le monde s'affole alors que je suis évanouie et inconsciente, ou peut-être pas complètement. L'hystérie se mêle à la panique. Cette scène m'a plongée comme dans un cauchemar entrelacé de rêves dans lesquels je ressens différentes sensations. L'angoisse est très présente mais le désire aussi, la haine pointe le bout de son nez mais l'amour ne cesse de montrer sa présence, la peur profonde refait surface alors que je ressens aussi un plaisir charnel superficiel. Cette pensée est en fait le viol que je viens de subir. Vous pourriez me dire que vous trouvez ça étrange puisque dans un viol on ne ressent aucun désire, de fait je peux vous le confirmer. Ça a en tout cas été mon cas, mais dans ce cauchemar c'est une sorte de manière de me dire que je suis immonde car j'ai pris plaisir à le faire et je suis partagée entre le fait d'aimer et celui de me dédouaner de cette ambiguïté. Soudain, lorsque la porte s'ouvre, cette bête noire m'accapare toujours avant que je ne me réveille en sursaut dans la salle où je vois quatre personnes autour de moi n'exprimant que l'inquiétude et l'apitoiement.

— Vous pouvez peut-être vous décaler n'est-ce pas ?

— Oh… bah oui c'est logique.

— Bien sûr, on est bête à rester comme ça.

— J'ai fait un cauchemar étrange. Je ne suis pas sûre de vouloir en parler, mais je me sens vraiment aliénée.

— Rose on va rentrer à la maison ma chérie je vais m'occuper de toi.

— Papa, Rose va rentrer chez elle avec Esteban, je pense que c'est la seule personne avec qui elle a envie d'être maintenant. Lana je te raccompagne chez toi ?

— Je veux bien je n'ai pas ma voiture. Merci.

— On y va, tu viens papa ?

Tout le monde était si inquiet de mon malaise que je m'en suis sentie victime.

— Au revoir mon petit ange, tu peux compter sur moi si tu veux, ton papa est encore là…

— Bien sûr papa, mais je me sens légitimement assez souillée, ce n'est pas avec mon père que j'ai envie d'être tout de suite, tu peux comprendre ? Je t'aime.

— Moi aussi je t'aime ma fille. Je passe te voir demain si tu veux, tu me rediras d'accord.

— C'est d'accord oui.

Lucas vient me souffler ces quelques mots à l'oreille comme un message d'espoir.

— Bon ma petite sœur, tu pourras toujours compter sur moi, je te téléphone demain si tu veux, je t'aime. Sois forte, tu as de la chance d'être entourée. Et si tu veux qu'on se retrouve tous les deux pour parler pas de soucis d'accord ?

— Oui… je t'aime tellement.

C'est alors que surviennent à nouveau des larmes de fatigue, de tristesse, d'épuisement, de nerf, de dégoût.

— Bisou nono, ça me fait mal au cœur de te laisser.

— Oui mais Esteban sera là ne t'inquiète pas.

— Je sais mais c'est trop dégueulasse et inattendu tout ça, je ne sais pas quoi faire ou quoi te dire. Une chose est sûre je t'aime alors compte sur moi.

Maintenant que je me retrouve seule, je ne peux qu'admirer mon amoureux qui a encore été là pour moi, une fois de plus.

— Si tu savais combien je t'aime.

— Rose, tu viens de me dire je t'aime pour la deuxième fois en une seule journée ?

— Oui.

Je souris légèrement et suis fière de moi. Esteban attendait tant que je lui dise « je t'aime », que je suis heureuse de le rendre heureux à son tour.

— Ça ne sera pas la dernière.

— Tant qu'à faire j'espère bien.

Je sens une atmosphère changeante et ça me fait le plus grand bien. Il est le seul à avoir réussi à me faire presque changer les idées. Le médecin coupe ce moment d'amour pour me dire que je peux enfin rentrer chez moi.

— En revanche je vous donne les coordonnées d'un psychologue interne à l'hôpital, autrement je vous donne l'adresse de celui-ci un très bon spécialiste que je connais personnellement. Vous pourrez en avoir besoin. Vos résultats arriveront très vite.

J'ai si hâte d'arriver à la maison, de me laver, de me reposer mais en même temps je suis si faible que je n'ai même pas la force de me lever pour aller jusqu'à la voiture d'Esteban.

— Ça va aller mon cœur ? Tu ne voudrais pas que je te porte non plus par hasard ?

— Oh si je t'en supplie.

— Un siège auto Madame pour la voiture ?

Je souris face aux paroles d'Esteban mais me vois contrainte de lui répondre, l'épuisement s'empare de moi.

— Hum ça me va.

Lorsqu'on se dirige vers la voiture, je suis dans les bras d'Esteban et lui caresse la nuque. J'entends quelques sanglots sortir de ma bouche alors en arrivant au parking il s'arrête et me dépose sur le siège passager avant de s'agenouiller.

— Eh. Regarde-moi. Rose ça va aller d'accord ? Tu es forte, tu y arriveras. On va se battre contre ce monstre qui t'envahit.

— Esteban je te jure je n'arrive pas à passer au-dessus.

Je me mets à exploser en sanglots et finis la boîte de mouchoirs.

— Ça vient de se passer, passer au-dessus de quelque chose demande toujours du temps, de l'espoir et du courage. Et un peu d'amour aussi mais ça, tu as la chance d'en avoir. Rose une dernière fois regarde-moi.

— C'est horrible, quand quelqu'un me regarde je me sens salie.

— Je ne suis pas quelqu'un, et moi quand je te regarde je t'admire et je t'aime.

VIII
Un passé pour l'avenir

Rose

« Si l'on échoue on recommence, dans la vie un échec ne suffit pas pour comprendre tout ce dont on a besoin ». « Je crois au destin Rose, pas aux coïncidences ». « Je sais que je n'aurai jamais rien perdu dans la vie puisque j'ai tout gagné avec toi, avant toi je ne connaissais presque rien de ce qu'est l'amour pour de vrai ». « L'amour est l'exemple même de la première page d'un livre, tu devines comment l'histoire commence mais tu ignoreras toujours si profondément comment celle-ci se terminera ».

— Qu'est-ce qu'il se passe, Esteban ? !

— Rose ? Qu'est-ce qu'il t'arrive ? Il est quatre heures du mat.

Je cherche Esteban dans le lit et me colle à lui.

— J'ai rêvé de toi, de nous.

J'allume la lumière et lui parle pendant près d'une demi-heure.

— C'étaient des flashs de nous deux, de moi toute seule ou de toi. Et pendant ce temps tout se bouleversait dans ma tête, toutes les leçons que tu as tirées de la vie et que tu m'as répétées, tous les jolis mots que tu me dis chaque jour.

— Pourquoi est-ce que tu es si inquiète alors ?

— Je ne sais pas, j'ai ressenti un drôle de sentiment. J'avais l'impression d'être nulle à côté de toi, de me dire que je te fais souffrir en permanence, que je suis incapable de te prouver tout mon amour, et pourtant… Je n'ai même pas été foutu d'annoncer à mon père que j'étais amoureuse, mais le pire ce n'est pas ça. Je ne lui ai jamais parlé de nous deux. Je suis minable.

Soudain je regarde Esteban et verse une larme. Il entoure mon visage de ses mains et me murmure à l'oreille quelques mots semblables aux suivants :

— Heureusement que ça n'était qu'un cauchemar Rose, parce que tu es loin d'être nulle face à moi, c'est vrai que c'est compliqué pour moi de t'aimer sans relâche et de toujours avoir cette impression que tu n'arrives pas à délibérément te lâcher. Tu veux savoir une vérité ? Ce que tu me dis là, ça me fait vraiment mal au cœur, de me dire que j'en ai parlé à tous ceux que j'aime et que toi à ton père tu ne l'as pas fait… Ça nous aurait donc évité la confusion d'aujourd'hui. Mais tu en veux une autre de vérité ? Tu es une femme qui m'impressionne dans tout ce qu'elle fait et dans tout ce qu'elle entreprend. C'est pour ça que tu vas te battre pour te prouver à toi-même que ce viol n'est qu'une infime partie de ta vie qui t'aura permis de comprendre que parfois l'Homme n'est pas ce que tu voudrais qu'il soit. Et pourtant dans tout ça, tu auras appris que dans la vie, tu es une battante.

Je me blottis dans ses bras pour me rendormir et j'ai l'espoir que nous finissons notre nuit l'un collé à l'autre et nos deux mains douces entremêlées. Mais lorsque je me rendors, je me rends compte que mon cerveau fait un tas d'associations avec les événements de la veille. Puisque je suis incapable de finir ma nuit, je préfère laisser Esteban se reposer sereinement, je pars dans le salon.

Je me retrouve face à mon miroir quand je me trouve assise dans mon fauteuil, une jambe croisée sous l'autre qui touche le sol, et un visage triste et incohérent naît. Je me regarde profondément dans les yeux et me mets à penser tellement de choses à la fois que je me perds dans mon regard innocent. Des musiques liées à des souvenirs me passent dans la tête. D'ailleurs ça ne sont pas que des mauvais souvenirs, au contraire, des longues soirées avec ma meilleure amie, puis un souvenir triste de ce qu'il s'est passé la veille réapparaissent pour laisser place à des moments que ma mémoire avait toujours cessé d'oublier, comme ceux passés aux Maldives avec mon frère et ma meilleure amie. Je me remémore naturellement les après-midi en balade ou sur la plage, les moments en compagnie de mes amies Jonathan, Lana, Thaïs et Alexandre. Au même moment, je réfléchis au fait que même avec eux je n'ai pas été très présente ces derniers mois. Je me souviens d'un coup, c'est quand nous étions tous partis en colonie de vacances pour garder des enfants, c'était le meilleur séjour de ma vie. Ma mémoire me joue soudain des tours, des souvenirs de ma mère triste, puis de merveilleux souvenirs d'elle lorsqu'on était tous ensemble en famille accompagnés de mon père. Quand dans ma tête passe maintenant la chanson « maman » de Louane, je me souviens de toutes ces fois où ma mère et moi étions toutes les deux le soir. Nous n'arrêtions pas de chanter en boucle tant que nous étions seules, ça partait à chaque fois en éclats de rire intenses et on finissait toujours par se regarder en se disant « qu'est-ce qu'on est folle, mais qu'est-ce que je t'aime ».

*

Esteban

Soudain, une vision survient dans mon sommeil et je me réveille. Lorsque je souhaite m'approcher de Rose, je parviens à voir qu'elle n'est plus à mes côtés dans le lit. Un sentiment d'inquiétude me traverse d'abord, puis lorsque j'entends du monde dans la pièce à vivre je me rassure en me disant que c'est elle. Je vois mon téléphone s'allumer quand je le regarde pour savoir qui c'est. Lana m'a envoyé un petit message sympa pour savoir comment allait Rose et pour prévoir une surprise. « Dis-moi ce que tu en penses Esteban mais j'aimerais vraiment faire une surprise à nono pour lui remonter le moral et lui faire oublier ces mauvais souvenirs ».

Son message me fait vaguement sourire et j'adhère avec l'idée de Lana. Très souvent quand je vois combien sa meilleure amie peut être attendrie et présente je me dis qu'elle a vraiment de la chance et je suis rassuré qu'elle soit entourée de personnes comme celles-ci. Je m'empresse de lui répondre positivement. Quant à moi, je me lève pour chercher Rose et je la trouve assise sur son fauteuil, elle est dos à moi mais je parviens à voir son visage dans le miroir qui se trouve en face.

— Rose ?

Un instant je la vois qui arrête de se regarder elle pour me regarder moi. J'ai l'espoir pendant quelques secondes qu'elle me réponde, en vain.

— Je t'en supplie, dis-moi quelque chose, tu as fait des cauchemars après t'être rendormie ?

— À vrai dire…

Je la vois souffler en se regardant profondément, elle baisse les yeux avant de finir sa phrase.

— Je ne me suis pas rendormie, je n'arrive pas à m'accepter dans mon corps. Je me sens ridicule et humiliée… Je n'arrive pas à dormir comme si rien de tout ça ne s'était passé.

— Mais tu as besoin de sommeil Rose, je ne peux qu'imaginer ce que tu ressens après un évènement aussi… enfin bon, là n'est pas le sujet. Il faut vraiment que tu arrives à surmonter ça et je suis là pour t'y aider. Tu sais, je suis sûr qu'il n'y a aucune manière de rassurer quelqu'un qui vient de vivre ça. Je ne peux pas te dire que ça va aller ou que tout va redevenir comme avant. Rien ne revient jamais à la normale, ça peut être aussi bien mais forcément différent.

Il est huit heures et habituellement Rose reste au lit jusqu'à neuf heures le temps de regarder toutes les nouvelles sur les réseaux sociaux. Ensuite, ce qui change de d'habitude, c'est que là elle reste très vague et monotone, on dirait qu'elle n'a pas d'énergie contrairement à avant où elle en avait à revendre. J'aimerais en une seule parole, en un seul câlin ou un seul geste, lui dire qu'elle est incroyable pour qu'elle redevienne la Rose d'avant. Elle fait beaucoup de choses inhabituelles, ce n'est pas Rose, ce n'est plus elle. Lorsqu'elle me regarde, elle est vide de sens, comme si ses pensées l'avaient perdue encore plus qu'une nuit plus tôt. Plus aucun éclat de vie n'est perceptible, comme si son sourire avait définitivement disparu.

— Arrête Esteban, je ne sais plus de quoi j'ai besoin… À la fois que tu me dises ça me rend dingue parce que je n'arrive plus à voir ton regard posé sur moi, je me dis qu'en posant tes yeux sur moi tu regardes la scène de ce connard et de moi !

— Rose, je… je ne peux pas te dire que ça va aller, qu'il faut passer à autre chose ça serait mentir. Mais ça ne doit pas t'empêcher de continuer à marcher le long du chemin que tu t'étais construit pour retrouver confiance en toi. Des épreuves que l'on vit, nous devons en tirer le positif même si ça ne se voit pas au début. Pour l'instant tirer le positif de ce que tu as vécu hier est prématuré, mais n'aie aucune pitié pour ces gens et ne prends pas en compte tout le monde Rose. Pense à toi, rien qu'à toi.

Quelque chose est très présent dans ma tête. Est-ce que cette épreuve va mettre notre couple en péril ? Est-ce que je l'énerve à toujours lui parler, et vouloir l'aider ? Est-ce que notre vie sexuelle va changer maintenant ? Toutes ces questions parcourent mon cerveau durant le temps où je regarde Rose dans le fond de ses yeux verts flamboyants. Une étrange inquiétude me monte à l'esprit. Je la vois qui se met à se plonger dans mon regard pendant que j'en deviens intimidé. C'est la première fois qu'elle me lance toute une envolée de frissons fascinants dans le corps.

— Tu veux que je te dise ? Le point positif dans tout ça, la seule lueur d'espoir que j'ai c'est que je t'ai toi pour m'épauler maintenant.

Je souris très fort pendant qu'elle me serre dans les bras. Mes yeux se ferment et c'est alors que je profite de son corps contre le mien. Je serais capable de la serrer si fort que je me ferais du mal. À cet instant de ma vie, mon cœur se sent comblé comme il ne l'a jamais été, il me hurle que j'aime cette femme à en mourir. Et mon esprit est d'accord.

Pendant que Rose prend maintenant un bain, je file manger deux trois tartines de confitures et range la maison en attendant des nouvelles de Lana. Je passe un coup d'aspirateur et de serpillière pour accueillir les invités. Lorsque je reçois un coup de fil, je m'empresse de décrocher.

— Salut Esteban, comment va Rose ?

— Je ne la reconnais pas, elle me fait peur. Je veux dire dans le sens où elle n'est plus elle, j'ai peur qu'elle se fâche contre elle-même et qu'elle arrête tout, qu'elle jette l'éponge.

— Ça m'inquiète tellement, comme si elle avait besoin de ce genre de foutu truc au moment où elle redevenait heureuse ! C'est pour ça, je pense que de voir ses amis va lui faire du bien, je sais qu'elle a parlé avec Alex et Thaïs par message hier soir de ce qui lui est arrivé, ça lui a fait beaucoup de bien. On se met au point sur ce que l'on veut faire alors ?

Lana parle fort dans le téléphone alors que je me dois de chuchoter.

— Oui… ça va me faire du bien aussi que vous soyez là parce que je porte un poids lourd qui m'inquiète et qui est dur à porter. La voir comme ça c'est horrible… oui je pense aussi que ça peut lui faire du bien mais bon. Qu'est-ce que je dois faire du coup ?

— Je t'ai déposé en passant il y a une demi-heure des ballons à gonfler sur le bord de la fenêtre, si tu y arrives sans qu'elle te voie, gonfle-les.

— Drôle de défi. Mais je dois te dire quelque chose… Rose est vraiment particulièrement… différente. C'est vraiment plus que le simple fait de ne pas se sentir bien. Ça me fend le cœur quand elle me dit qu'elle se déteste, qu'elle se dégoûte.

Lana se sent impuissante au bout du fil.

— Que veux-tu dire à une femme qui vient de vivre un viol ? Je me sens si nulle comme si je ne pouvais rien faire.

— Tu sais, des fois je me mets à sa place et je me demande si j'aimerais qu'on me rassure parce que dans ces moments-là je ne suis pas sûr que c'est de ça dont on a besoin.

— C'est pour ça qu'il faut qu'on gère pour lui montrer que la vie c'est de se rendre heureux, qu'elle a plein de petits bonheurs autour d'elle dont elle doit se soucier.

— C'est sûr, et sinon à manger on prévoit quoi ?

— Alors ça, on a tout géré, tu n'aurais pas pu réaliser ce défi sans qu'elle te voie cette fois.

— C'est bien je vois que tu es lucide.

J'entends le son d'une voix d'homme derrière celle de Lana pendant qu'elle me parle. Je me questionne et j'imagine soudain que c'est Lucas vu qu'il l'a raccompagné hier.

— Lucas ?

— Extrêmement persuasif !

— Et vraiment très fort.

— Ça se voit, bon je file chercher les loulous, on sera là dans une heure et demie ?

— Parfait ! Je vais passer acheter une ou deux bouteilles de rosé et champagne à la cave à côté de chez Rose.

— Ah super idée. À tout à l'heure !

Je vais prévenir Rose qui est dans le bain que je dois m'absenter pour appeler ma mère dehors le temps de quelques minutes. Je file, et comme si rien ne pouvait se passer d'autre, je croise le père de Rose devant la cave où je vais. Poliment, je lui dis bonjour et nous commençons à parler et finir notre conversation entamée hier au soir.

— Esteban donc ?

— Euh... ben oui c'est ça du coup. Je suis terriblement désolé de ce qui est arrivé à Rose hier, mais je suis vraiment là pour elle et n'hésitez pas à venir la voir quand vous en avez envie. Ça n'est pas parce que je suis là que vous devez vous sentir en dehors de sa vie, je peux bien m'absenter le temps que vous la voyez. Je vous dis ça car Rose n'a vraiment pas l'air déterminée à sortir de chez elle et à retourner au travail.

— Je le vois bien. Je connais ma fille plus que n'importe qui sur cette terre, d'autant plus avec tout ce qu'elle a dû affronter dans la vie.

— Excusez-moi, je… Je ne voulais pas me positionner par rapport à vous.

— Ça n'est pas le cas jeune homme, je suis juste terriblement effondré de voir que la vie s'acharne sur elle.

— Vous savez je pense que c'est en un sens parce que la vie sait que Rose réussira à le surmonter et tout son entourage veillera à ce que ça arrive. J'ai rarement vu une femme aussi bien entourée et tant épaulée.

— Rose est très forte, elle tient de sa mère. Alors oui, en effet elle surmontera toutes ces épreuves tôt ou tard, avec ou sans personne.

Lorsque le père de Rose prononce cette dernière phrase il me fait monter une colère sans nom. Comment peut-il dire qu'il préférait qu'elle affronte cette douleur seule plutôt qu'avec moi ? Sur le moment je le trouve monstrueux de pouvoir, par égoïsme, penser que Rose serait mieux seule, s'il savait ! J'arriverais presque à dire que son regard était méchant et malveillant.

— Un instant, pourquoi ce ton ?

— Je suis vraiment désolé. Ça doit être aussi ma colère de ces derniers jours, les différents événements. J'ai quand même du mal à voir ma fille avec quelqu'un.

— Tourné d'une autre façon, est-ce que vous avez du mal à voir votre fille heureuse ?

— Je vous demande pardon ?

— Non, parce qu'elle l'est réellement. Alors je ne veux ni être brusque, ni trop méchant mais les choses doivent être dites. Je ne supporterai pas que vous essayiez de dissuader Rose de m'aimer par tel ou tel moyen.

Je n'imaginais pas la rencontre avec son père si tendue c'est sûr, mais je vois qu'en face j'ai quelqu'un qui ne voit pas la réalité des choses. Il me fait penser à ce que ma mère a pu faire dans mon passé avec mon ancienne copine. Je ne supporterai pas que cette fois ce soit son père qui nous sépare alors que nos sentiments sont bien trop intenses. Rose estime beaucoup trop son père pour ne pas l'écouter…

— Ça a le mérite d'être clair mon garçon. Est-ce que je dois aussi me faire à l'idée que ma fille se voit avec vous éternellement ?

Il rit d'un air exténué et moqueur qui lui, a le don de mettre mes nerfs à rude épreuve. J'accumule et prends sur moi la colère, la tristesse et le désarroi de Rose, mes relations étroites avec ma mère, le passé qui ressurgit en voyant le comportement de son père et en plus de ça il se permet d'user d'un ton médiocre pour m'atteindre. Esteban, tranquille.

— C'est une provocation ?

— Simplement de la lucidité.

— Rose est amoureuse de moi que vous le vouliez ou non, est-ce que vous pensez réellement qu'elle apprécierait d'entendre notre conversation une fois les choses dites ?

— Peut-être pas en effet, on en reparlera.

— Je ne suis pas sûr qu'il y ait réellement besoin d'en parler.

— On se voit tout à l'heure de toute manière.

— Juste un dernier point. Si vous insinuez vouloir en parler juste après, j'aimerais vous rappeler que pour être un père digne de ce nom, il vaudrait mieux ne pas crier sur son gendre le jour où on remonte le moral à sa fille qui vient de vivre l'enfer.

Ma colère monte, j'imaginais le père de Rose tout autrement lorsqu'elle me parlait de lui. Quand on lui parle de petit copain pour sa fille, il est tout sauf le père dont Rose me parle tant. Sur ce, je partais pour faire quelques courses à la cave d'à côté. Je m'y dirige et choisis vite les bouteilles qui m'intéressent. Lorsque je repars pour la maison, je me dépêche car j'ai perdu du temps avec l'altercation entre le père de Rose et moi-même. Mais je ne m'attendais pas à voir ce que je vois. Je remarque derrière de gros arbres qui longent le fleuve, un homme qui se dissimule tant bien que mal en observant les policiers rôder dans les rues voisines. Je ne comprends pas et décide d'aller le voir pour le questionner.

— Est-ce que… ça va ?

— Non vous devez m'aider.

Il ne manque pas de culot je vous le jure. Cet homme me regarde à peine, obnubilé par le chemin que les policiers prennent. Il me rétorque un plan d'action.

— Cachez-moi jusqu'à arriver près de cette porte-là et ensuite je me glisserais avec vous jusque chez vous.

Je lui demande pardon et comprends à peine qu'on puisse délibérément se comporter de la sorte. Est-ce qu'il vient vraiment de me demander de le couvrir en venant carrément chez moi ? Ce mec paraît vraiment bizarre et n'est pas fait pour me rassurer.

— Pourquoi fuyez-vous la police ?

Il me regarde hébéter assez longtemps avant de me dire que c'est de ce genre de chose dont on ne doit pas parler.

— Je ne ferai rien sans que vous ne me disiez ce que vous cachez.

— Ferme-la. Ils vont t'entendre. Je ne te dirai rien OK ? Juste que ce que j'ai fait n'est pas légal, mais c'était cool.

Ce mec est vraiment étrange et ce n'est pas le stéréotype de personne que je fréquente, certainement pas. Aider les gens je suis d'accord, mais là rien ne semble être de l'aide. Je décide d'aller prévenir les policiers discrètement. Mais quand je fais face à son interpellation, rien ne se passe comme prévu.

— Vous êtes officiellement mis en garde-à-vous pour viol, c'est dans votre intérêt de collaborer.

— Putain mais lâchez-moi, vous me faites mal !

— Ce mec est arrêté pour viol vous dites ? Attendez mais où et quand exactement ?

— Je suis désolé on n'a pas le droit de vous en dire plus, tout est confidentiel.

— Je suis désolé d'insister, je prends cette histoire personnellement. Ma copine s'est fait violer hier au restaurant de la zone commercial par un sal type, ne me dîtes pas que c'est lui !

Je sors de mes gonds et ne comprends plus ce qu'il se passe. Je ne vois que son putain de visage que je meurs d'envie d'exploser contre le sol. Cette colère ne me ressemble pas du tout mais je ne pourrais même pas décrire ce sentiment de haine qui m'envahit. Je pourrais défouler sur lui la colère que j'ai depuis des années, sans aucun scrupule. La vie a quand même plus d'un tour dans sa poche pour le mettre sous mes yeux le lendemain, comme par hasard.

— Il semblerait qu'on parle bien du même, elle va être prévenue qu'on a retrouvé son agresseur si elle désire toujours porter plainte.

Ni une ni deux, à peine le policier a terminé sa phrase que je suis déjà devant lui à lui foutre mon poing en pleine figure. Deux policiers m'interpellent alors que je continue de m'acharner sur lui. Un instant je me souviens de ce qu'il a osé me dire « ce n'était pas légal, mais c'était cool ». Ce n'était pas légal ? C'était cool ? !

— C'était cool alors connard ? Il y a autre chose qui va être pas mal non plus !

Avant qu'un officier ne m'arrête, j'enfonce mes phalanges ensanglantées dans son visage dur et dégueulasse.

— Stop maintenant partez où on vous embarque.

— Il viole des femmes et il n'a pas le droit à deux trois points dans la gueule, mais on vit où ?

— On ne se fait pas justice soit même monsieur. Partez s'il vous plaît, vous serez tenu au courant du cours des évènements. On est clément parce que vous seriez déjà dans le camion en temps normal.

Je me sens hors de moi comme poussé par une vague d'émotions destructrices qui veut tout ravager sur son passage, autant qu'elle le peut. Je ne me contrôle plus.

— Et merde !

Alors que je flanque mon poing dans le mur d'en face, mes mains saignent et tremblent alors que je ressens une douleur qui devrait être plus forte que ma colère, mais non. Rien ne l'est plus. Je me rends compte que les passants filent sur le trottoir d'en face et me fuient. Je leur fais peur. Ce n'est pas moi. En réalisant ce qu'il se passe, je rebrousse chemin pour aller jusque chez Rose rejoindre Lana qui ne doit pas tarder. Il faut que je me calme je ne peux pas en parler à Rose maintenant. Pas dans l'état dans lequel je suis et pas aujourd'hui.

— Hey !

— Chuuut. Lana moins fort, Rose va t'entendre à travers les fenêtres.

— Qu'est-ce que tu as à la main ? !

— Est-ce que je peux te parler deux secondes seule ? Bonjour…

— Oui bien sûr. J'arrive tout de suite.

— Je viens de croiser l'agresseur de Rose, il s'est fait embarquer par les flics.

— D'où ta main en sang, tu n'as pas été trop loin… ?

— Non, t'en fais pas pour ça mais j'aurais dû. Les flics ont menacé de m'embarquer au commissariat donc j'me suis calmé. Mais j'ai tapé dans un mur et je ne sens plus ma main.

— Un homme ne réfléchit jamais assez avant de passer à l'acte… surtout que j'imagine que ta colère est toujours là, poing dans le mur ou pas.

— Je ne te le fais pas dire, mais déjà il est retrouvé c'est une bonne chose. On y va ? Vos amis nous attendent.

— Ah oui tu as raison, bon j'ai toute la petite famille. Je te les présente.

— Je n'attends que ça.

En voyant les amis de Rose et de Lana je vois qu'ils ont oublié de me confier un léger détail. Ils ne sont vraiment pas moches ce qui n'est pas pour me rassurer. Enfin bon, c'est un nœud au cerveau pour rien étant donné que Rose appartient aux plus fidèles des fidèles.

— Donc Jonathan, Thaïs, Alexandre et moi tu me connais !

— Eh oui, enchanté alors, au plaisir de vous rencontrer.

Je vois Alexandre chuchoter quelque chose à Lana en souriant quand celle-ci lui rend ce sourire mystérieux. « Et bah il parle bien, déjà quelques points ». Voilà ce que finalement Lana est venue me répéter à l'oreille. Bon et bien ça me rassure. C'est tout ce qui compte le plus pour moi, que ses amis m'acceptent pour que de bonnes relations soient les bienvenues.

— Un instant, je vais devoir aller me passer un coup sur les mains, mais Rose est dans le salon. Je reviens.

*

Rose

Pourquoi la vie devrait se passer comme elle en a décidé et non pas autrement ? Est-ce qu'hier j'aurais finalement pu éviter de me laisser détruire une fois encore ? Est-ce que je suis la seule responsable de ce qui m'arrive, ou du moins est-ce qu'il y a vraiment un responsable à part cet homme ? Pourquoi ça ne tient qu'à une personne quelconque ? Comment c'est possible d'être aussi vulnérable face à quelqu'un d'autre, de la même nature que nous. Alors je m'assois dans mon canapé, une couette de travers, l'autre effacée, mon mascara de la veille qui a coulé, une mine si désolante que je me demande qui je suis. Ses gestes atroces passent en boucle sur mon corps comme ses mots dans ma tête. J'ai un désir de mort absolu pour ce type qui est un de plus dans ma ligne de mire. Je cherche d'un coup Esteban que j'avais oublié. Je panique pendant que je ne le trouve nulle part dans la maison. Et s'il m'avait abandonné lui aussi ? Il ne m'aimait peut-être pas tant ? Et lorsque je vois soudain la porte s'entrouvrir je me souviens qu'il était parti téléphoner à sa mère.

— Je deviens complètement folle…

— Rose ?

— Je suis là.

— Pourquoi tu viens de dire ça mon amour ? Tu n'es pas habillée ?

— Habillée ? Pour quoi faire ? Qu'un autre connard de ce genre prenne à peine le temps de me déshabiller pour finalement déchirer mes fringues ? Non merci, je n'y tiens pas.

— Rose mon amour, tu es chez toi là, je suis avec toi, il ne t'arrivera rien. Tu es toujours apprêtée habituellement, tu ne dois pas changer tes habitudes.

— Ben j'ai réfléchis, et on est en vacances alors s'habiller ne sert à rien.

— Je ne te reconnais pas Rose, ce n'est pas celle que je connais et dont je suis amoureux qui parle.

— Quoi ? Tout ça parce que je ne m'habille pas aujourd'hui ? C'est hallucinant.

— Ce qui est hallucinant c'est que tu ne prennes même pas la peine de réfléchir avant de parler.

Esteban me parle d'un ton décidé, il se penche sur le côté vers moi et m'embarque d'un seul coup dans ses bras, direction la salle de bains.

— En route pour…

Il me regarde un instant et finit sa phrase si idiote.

— Te démaquiller.

Il me ferait presque esquisser un léger sourire. Lorsqu'il parvient tant bien que mal à faire de mon visage un art un peu plus réussi qu'avant qu'il ne débarque, il veut m'emmener m'habiller, mais je refuse. J'ai cependant cette impression d'être légère pendant qu'Esteban me douche et me lave. Je suis allongée dans la baignoire, une bougie allumée, l'esprit vide et le corps souple. Quand je regarde en l'air je pense à ma mère et je me dis combien je l'aime. Mon esprit est libre d'aller où il veut, alors il commence par ressasser ces moments où j'étais petite et insouciante quand je prenais le bain avec ma mère et que mon père nous criait presque dessus pour ne pas piquer toute l'eau chaude. Il m'emmène ensuite dans une tout autre dimension, le jour où pour la première fois je me suis sentie comprise et entendue ; ma professeure d'arts plastiques m'avait gardé à la fin du cours pour me dire que j'avais un talent en dessin d'architecture. Je me rappelle que c'était un jour où on venait de recevoir nos notes sur une maquette de maison idéale à nos yeux. Et j'y pense beaucoup parce que c'est ce jour-là où la vie m'a amenée jusqu'à cette passion qui est une partie entière de ma vie. Quand je commence à repenser au soir où l'homme de ma vie m'a emmené après une soirée magique au restaurant, à la mer, dans cette fête foraine qui nous a permis de nous rendre compte que j'aimais beaucoup plus les attractions que lui. Je me souviens de ces fois où nous faisions nos balades à vélo quelques jours avant… quelques jours avant, le viol. Esteban me fait reprendre mes esprits et me sort du bain pour me sécher. Quand je le vois face à moi, dévoué pour moi, je ne peux m'empêcher que de le regarder avec attention.

— Mon petit ange.

— Oui ?

Il a une voix si virile et en même temps tellement apaisante qu'une vague de tendresse me traverse quand il me répond.

— Je t'aime plus haut que les étoiles.

— Rose.

Entre le temps où il prononce mon nom et celui où il termine sa phrase, il se passe un laps de temps pendant lequel je me perds dans ses yeux doux.

— C'est la première fois que je ne sais pas quoi te répondre.

L'instant devient romantique et éternel, pendant une fraction de seconde l'univers me tombe dessus et je rêve.

— J'ai tellement de chance de t'avoir toi et rien que toi.

— Serre-moi et tais-toi. On n'a pas besoin d'un mot pour se dire je t'aime.

Je souris à Esteban et mesure la chance que j'ai d'être avec un homme rempli de joie, d'amour, d'assurance, de bienveillance, d'attention, de courage, et peut-être un peu de sale caractère quand il s'agit de jouer aux dames ou au Triviale Poursuite.

— Bon aller mon amour, on va s'habiller ?

— Non, je n'ai pas envie Esteban s'il te plaît.

— Tu es sûre…

— S'il te plaît oui…

Il me sourit, m'embrasse et file dans la chambre pendant que je pars de ses bras pour aller me reposer dans le lit.

*

Esteban

Un caprice plein de jolis mots ou des baisers volés au risque de ne jamais les rendre.

Je suis impatient que Rose découvre sa surprise mais appréhende d'un autre côté qu'elle préfère rester seule. Je me dépêche de finaliser les petites préparations et lui dis de se coiffer un peu. Quand j'entends que ça sonne, Rose me demande si j'attendais quelqu'un. Je réponds évidemment que non. Pendant qu'elle se faufile dans la cuisine, je cours chercher les invités et les accueille avec joie.

— Hey enfin ! Bon chut, elle est dans la cuisine, on va aller la voir.

— Grave, elle est où ma nono ?

On s'approche de la pièce en chuchotant pour faire durer la surprise.

— Surpriseeeeee !

Tout le monde parle très fort lorsqu'elle nous voit, la surprise a l'air de lui faire du bien et plaisir. Mais une partie d'elle est abasourdie en voyant tout ce monde, elle ne réagit pas tant que ça, excepté un vague sourire pour nous faire plaisir.

— Oh non… sérieusement ? Est-ce que tout ce monde est là pour moi ?

— Ben oui nono, parce qu'on t'aime.

— Jonathan… tu es là aussi… Ça fait tellement de temps qu'on ne s'était pas vu.

— Bah oui avant tu allais à la salle de sport, fut un temps on se voyait plus souvent.

— Eh oui, mais je n'ai plus vraiment le temps en plus du travail et de mes cours de danse. Vous pouvez vous asseoir hein.

Rose a un ton morose, elle parle à voix basse alors que ses amis font un brouhaha considérable. Je suis partagé entre le fait que ses amis sont formidables d'être là pour elle et le fait que ce soit un peu tôt pour la faire voir du monde alors que déjà dans mes yeux elle ne s'aime plus. Je me sens mal, j'ai peur d'avoir précipité les choses.

— Avec plaisir j'ai les jambes en compote.

— Bah ouais tu peux les avoir ! Ça fait une demi-heure qu'on attend debout à dix mètres de la maison.

Tout le monde rigole c'est vraiment une ambiance chaleureuse du côté pièce à vivre et la journée s'annonce belle. Mais quand je me tourne et vois Rose regarder par la fenêtre du cœur de la maison, je la sens réticente.

— Rose ?

Elle me répond d'un signe de tête et regarde le sol.

— Est-ce que… je veux dire est-ce que tu m'en veux ? Tu aurais préféré rester seule je me doute… mais je ne t'ai jamais vu aussi vide et tes amis sont la prunelle de tes yeux, alors avec Lana on pensait que…

Je ne termine pas ma phrase, stoppé nette par l'intervention de Rose.

— Tout ce que tu fais est fait avec le cœur, alors oui je suis un peu surprise et j'aurais bien passé la journée sous la couette à ruminer. Mais justement je l'aurais passée à ruminer, là je vais pouvoir penser à autre chose qu'à… je vais pouvoir penser à autre chose.

Rose se penche vers mon torse chaud qui bat pour elle et me serre fort dans ses bras. À travers ce geste, elle me brise le cœur. Je sens qu'elle me dit un tas de choses dont le fait qu'elle veut tout oublier, qu'elle n'en peut plus.

— Alors Rose, tu m'avais caché pendant tout ce temps que tu étais tombée amoureuse !

— Qui a dit amoureuse ?

Pendant un cours instant Rose me fixe du coin de l'œil avec un petit sourire en coin, quand je lui réponds de faire attention, ironiquement.

— En effet, voilà mon ours.

— J'avoue que c'est super agréable d'être comparé à ce genre d'animal.

— Bon, on la refait ? En effet, voilà mon tigre. Attention il mord !

— Et quand bien même je ne mordrais pas, je fais super peur.

— Oui je suis effrayée.

Je m'écarte de la table pour aller chercher quelques plats apéros et une nouvelle bouteille de champagne quand Rose me rejoint discrètement dans la cuisine alors que tout le monde bavarde au salon.

— Esteban ?

Je me retourne et quand je la vois peiner à sourire, mon cœur se remplie de bonheur d'une part parce qu'elle est légère aujourd'hui et de compassion, de bienveillance quand je vois qu'elle est exténuée. Je crois d'ailleurs que c'est à ce moment-là que je me rends compte à quel point je l'aime ou plutôt que je n'arrive pas à mettre une limite à ce que j'éprouve. Paradoxalement c'est flippant. Comment est-ce que je pourrais vous décrire ce que je ressens maintenant si le temps s'arrêtait sur le visage de Rose souriant et expressif tandis que son regard est celui d'une femme détruite et amoureuse ? Je dirais que je me sens vide. En réalité, j'oublie tout sauf elle parce qu'elle, c'est moi. Je suis complètement dingue d'elle, et à ce moment je sens une bouffée de chaleur dans mon corps comme le sentiment d'être dans les nuages avec elle et profondément heureux.

— Rose, mon cœur ?

— Attends Esteban, pour une fois je veux te parler moi, tu me montres beaucoup tes sentiments mais je voulais te remercier infiniment pour ce que tu fais pour moi. Aujourd'hui tu me fais penser à autre chose et mon plus grand bien c'est d'être réunie autour de tous les gens que j'aime. Même si j'avoue que mon lit m'appelle d'une puissance imparable.

— C'est normal, je t'aime. Tu sais mon père m'a dit, lorsqu'une femme te sert à réchauffer ton cœur, continue tout au long de ta vie de prendre soin d'elle comme au premier jour et tu finiras ta vie avec.

— Ton père était un beau violoniste, je comprends d'où tu viens !

— Oui un beau violoniste tu as raison, il nous a quittés deux mois après et on ne l'a plus jamais revu ou même reçu ne serait-ce qu'un message de sa part.

— Je sais… Tu sais, n'oublies pas que tu as ta mère quand même…

— Hm.

Rose presse ses lèvres contre les miennes en signe de désespoir mais aussi un peu d'amour. On s'embrasse si tendrement et lentement qu'on ne se quitte pas des yeux. Nos regards se disent je t'aime et nos lèvres s'enlacent comme si elles ne voulaient plus se lâcher. Rose finit par fermer les yeux comme pour se laisser porter par nos lèvres humides et oublier la vie, celle qui paradoxalement la fait mourir à petit feu.

— Je…

— Oui Rose ?

— Euh, non rien juste je voulais dire qu'il faudrait peut-être retourner à table ?

— Oui je te rejoins bien sûr, j'ouvre le champagne.

— Ça marche.

Je me dis qu'elle n'arrivera quand même jamais à me dire je t'aime autant qu'elle le veut, toujours vient ce moment où elle réfléchit avant de penser à nous deux, à notre amour. Je l'ai bien vu, elle voulait me le dire, mais elle s'est bloquée. Elle ne se livrera jamais à moi parce qu'avec toutes les déclarations d'amour que je lui ai faites, et dieu sait qu'elles sont terriblement sincères, et avec tous les efforts que j'ai fait, toutes les choses sur lesquelles je suis passé, elle trouve encore le moyen de se défiler. Je reconnais que mon premier désir en tombant amoureux de cette femme si fragile et si traumatisée par son passé était de le lui faire oublier, mais je dois dire que maintenant prendre sur moi commence à ne plus suffire. Lorsqu'elle m'a presque dit je t'aime, j'ai eu cette lueur d'espoir d'être entièrement comblé, et tout est redescendu lorsque j'ai vu sa tête et sa réaction.

Je sais pertinemment que là n'est pas forcément le bon moment pour y penser, alors je mets une fois de plus de côté mes sentiments. J'arrive tant bien que mal à voir dans son regard que cette journée lui fait plaisir mais en même temps la tempête est toujours présente en elle et ses yeux ne manifestent toujours pas les histoires qu'ils racontaient avant.

*

Rose

Je retourne à table comme si de rien n'était mais je me fais huer par tous mes amis qui sont super contents de me voir comme ça. C'est enfantin ça me fait légèrement sourire, juste un peu. Lorsque je me rassois, je les vois tous discuter les uns avec les autres, je me perds dans mes pensées et me rappelle combien je les aime tous profondément. Je reste figée, j'ai l'impression que le monde s'arrête ou plutôt que je m'arrête et qu'eux continuent de vivre. Je vois John et Lana sourire. Lorsque je regarde d'ailleurs Lana, je me souviens de tous ces moments passés entre filles à discuter de tout et de rien, les soirées pyjama quand on a la flemme de faire à manger, qu'on commande des pizzas ou des sushis. On finit par s'épiler et ne plus cesser de rire juste avant de regarder un film d'amour et de finir par pleurer comme des madeleines. Et maintenant, quand je reste figée sur John, je repense à nos tournois de tennis entre amis avec Thaïs, Alexandre et Lana aussi. On passe chaque année des moments terribles et immanquables et on a tous hâte d'être à l'année prochaine. Quand je commence à regarder mon père, j'y vois ma mère. Et une fois encore dans mon existence je me demande pourquoi nous ? Pourquoi elle et pas une autre ? Pourquoi cette horrible histoire et cet accident ? Mais naturellement aujourd'hui je n'ai pas de larmes aux yeux, je me dis que je l'aime toujours autant et que mon père sera toujours là pour nous avec mon frère qui est aussi là, et qui est d'ailleurs très proche de Lana. Je me fais une joie de les voir tellement proches, je les connais tous les deux aussi bien que je me connais alors je n'ai aucune crainte qu'ils finissent ensemble, on est grand, les choses sont différentes maintenant, alors je l'accepterai évidemment et avec beaucoup de plaisir. Et quand vient un rayon de soleil à travers la fenêtre, je me dis, même si c'est ridicule, que c'est peut-être ma mère qui nous rejoint pour la journée. Alors j'observe briller la lumière du jour et souris bêtement quand Esteban vient me sortir de mes pensées en me tenant l'épaule. Il me fait un très tendre bisou sur le front avant de regagner sa chaise et de me regarder très amoureusement. À ce moment je me dis simplement que je ne suis pas à sa hauteur. Et j'en suis vraiment sûre bien qu'il puisse me dire le contraire. Une chose terrible que je m'efforce de ressentir et de penser est que j'ai cette impression qu'après quelque temps de relation à fortement s'aimer et à être épanouis, je n'y arrive toujours pas, je perds espoir et je vais finir par le rendre malheureux, et ça, je me l'interdis formellement. J'ai cette impression vraiment impensable que je n'arrive toujours pas à lui faire confiance aveuglément alors qu'au fond de moi, au plus profond de moi, je sais avec une certitude inébranlable que je pourrais largement le faire. C'est la personne la plus dingue que j'ai vue de ma vie.

— Rose ?

— Ouou, Rose ? …
— Oups désolé, oui ? J'étais parti dans mes pensées.
— Je crois qu'on a tous remarqué ça, un petit verre de rosé peut être ?
— Tout naturellement Madame.
— Là je reconnais ma Rose.
D'un seul coup je vois Esteban qui me jette un coup d'œil comme pour me dire de m'éclipser. Je vois presque dans son regard qu'il me demande si je vais bien. Toujours de la même manière je lui réponds à travers mes yeux troublants que tout va pour le mieux, et je le regarde si intensément que j'ai l'impression de lui dire je t'aime. J'espère qu'il le voit même si ce n'est pas ça qu'il doit attendre de moi.
— Bon et alors papa, on en n'avait pas reparlé depuis… euh enfin depuis la dernière fois que tu as vu Esteban, mais qu'est-ce que tu penses de mon amoureux ?
— Ah ! Eh bien… apprenons à le connaître avant de faire des conclusions hâtives.
— Bah enfin papa, tu l'as vu, tu dois bien en penser quelque chose.
— Oui peut-être, mais je dois plus le connaître parce que ma fille est très précieuse.
— Oh papa…
— Quoi c'est la vérité.
Je vois que mon père ressent comme une gêne face à Esteban qui s'écrase à moitié devant lui mais qui laisse ressortir un sentiment de nervosité. J'ai cette impression que quelque chose m'est caché. Est-ce qu'ils se sont pris la tête quand on était à l'hôpital ? Je les trouve bizarre, comme si Esteban voulait me cacher une vérité pour me protéger et comme si mon père ne comptait pas apprécier Esteban un jour, seulement il n'aura pas le choix, parce que c'est avec lui que je veux tout bâtir.
— Bon eh nono on change de sujet ? Je devais te proposer une soirée samedi soir prochain tu es partante ?
— Vends-moi ta soirée et je te donne mon accord.

— OK *let's go…* Alors c'est une petite soirée qui débute tranquillement avec John, Thaïs, Alexandre et moi, on sera à la maison. Bien sûr, ton petit chéri fait partie des nôtres maintenant alors il sera convié et ton frère aussi si tu es d'accord ?

Lana évoque le sujet de mon frère d'un ton très timide et ça me fait vraiment rire parce qu'elle est gênée et en même temps souriante pour me vendre sa petite soirée.

— Et donc on ferait un petit apéro tous ensemble pour se détendre un peu et pourquoi pas aller dans notre bar ? On le fera découvrir à Esteban ?

— Dans un bar ? On pourrait aussi rester chez toi hm…

— Oui oui, ou chez moi ma Rose…

— Hmmm… ouais je crois que je ne pourrais pas résister dans ce cas, ça fait tellement de temps qu'on ne s'est pas fait un petit truc du genre. Je crois que j'ai besoin de sortir, de me sentir un peu plus en vie… Même si sortir me fait peur.

À ce moment-là, Lucas nous interrompt :

— Et dis donc, les autres qui sont autour de la table ont le droit de donner leur accord eux aussi ?

Je vois Lana qui regarde comme tendrement Lucas, et je suis super heureuse parce que c'est la première fois que je vois mon frère aussi doux. Simplement parce que comme tout le monde sait, mon frère a une vision très particulière de la femme et de l'amour d'ailleurs : madame cuisine, madame ne travaille pas beaucoup et s'occupe de l'homme et des enfants. Je me suis toujours battue avec lui à ce sujet parce que premièrement il n'a absolument pas reçu cette éducation et que secondement la femme ne doit pas être négligée simplement, elle doit vivre comme les hommes un point c'est tout. C'est peut-être la seule chose qui me fait peur pour Lana. Et encore, mon frère est comme ça avec les filles peut-être parce qu'il n'a jamais vraiment été amoureux non plus parce qu'il verra bien qu'il perdra toutes les filles qu'il aura sinon, il n'en tiendra pas une plus d'un mois, comme en ce moment en fait. Bien que non, en ce moment ce n'est pas plus d'une soirée à mon fort regret. En fait, je pense sur le moment que je subis cette journée dans la mesure où à chaque fois que je porte le regard sur une chose ou sur quelqu'un, je pars dans mes pensées et suis nostalgique.

— Eh bien j'imagine mon petit frère que tu ne diras pas non pour aller chez Lana ?

— Tout de suite ça, pourquoi ça ne serait pas pour voir ma sœur ?

— Tiens donc ! Tu as une sœur ?

Pour ma plus grande joie, nos chamailleries reviennent peu à peu me faisant oublier ne serait-ce que deux secondes l'après-midi de la veille. Mais qu'est-ce que j'aime embêter mon frère c'est incroyable. Je ne sais pas vraiment de quoi ça vient d'ailleurs ! Pendant la discussion je me rends compte assez tardivement qu'à mon plus grand regret, Esteban n'est plus à table, et ce depuis un moment. Je m'éclipse très brièvement pour ne pas faire jaser tous ces loustics autour de la table encore une fois.

— Mon cœur ?

Je vais voir dans la salle de bains, près de la porte des toilettes, je toque mais il n'y a personne quand je l'ouvre. Je continue mon chemin et arrive dans la chambre quand je l'aperçois. J'entre discrètement pour ne pas le déranger parce que je le vois qui est au téléphone.

— Esteban ?

— Deux minutes, Rose.

Esteban a l'air en colère, je ne le dérange pas plus longtemps avec mes questions et me pose sur le lit en l'attendant. Il a un air très sérieux et je comprends vite qu'il parle à sa mère. Je me dis que la vie est vraiment mal faite, ma mère me manque terriblement parce que je l'aimais et de la sienne il s'éloigne de plus en plus alors qu'elle est bien en chair.

— Roh bah enfin ! Qu'est-ce qu'il y a Rose ?

— Rose ? Tu m'appelles Rose ?

— C'est ton prénom il me semble ?

— Bah eh oh tu n'as pas besoin d'être énervé contre moi en revanche.

— Oui je suis désolé… C'est ma mère qui me prend encore et encore la tête.

— J'avais remarqué… mais qu'est-ce qu'il s'est passé ?

— Dis-moi ? Tu ne veux pas qu'on en parle un peu plus tard, on va aller mettre la table et grignoter un peu.

— Euh… Oui si tu veux, mais ça va aller ?

— Bien sûr, ma mère a déjà gâché beaucoup trop de choses dans ma vie pour que ça marche encore maintenant. Et puis le sujet n'est pas moi, tout va bien pour moi.

— Esteban…

— Quoi Rose ? Je ne veux pas être méchant mais c'est vrai, on ne s'entend pas tous bien avec nos parents. On n'a pas tous la chance d'avoir les mêmes que les tiens.

— D'ailleurs en parlant de ça ? Tu es sûr que tu trouves mon père si bien ?

— Euh ? Pourquoi cette question au juste ?

— Ben… Vous étiez vraiment bizarre tout à l'heure.

— Non, enfin rien d'alarmant, c'est un père, tu es sa seule fille, il est tout seul et il sait que tu es fragile maintenant, il fait attention à toi et il a raison. Il s'inquiète peut-être.

— Pourquoi tu lui donnes raison ?

— Mais enfin je ne lui donne pas raison, c'est simplement que tu me connais, ma réaction est normale, et je pense que c'est légitime en tant que père d'avoir cette attitude aux premiers abords.

— D'accord je ne t'embête pas plus longtemps avec mes questions.

— Rose ? …

— Oui ?

— Je voulais savoir comment tu vas ? Comment tu supportes cette journée parce qu'on a voulu te faire plaisir mais ça peut être lourd de supporter le regard des gens posé sur toi.

— J'avoue que par moments j'aimerais me morfondre au fond de mon lit, mais tu m'as appris tout le contraire, et je suis plutôt bonne élève.

L'ambiance dans cette discussion a viré un peu sous différentes tensions, d'abord beaucoup d'énervement, puis du sérieux. Un peu de rigolade avant qu'il y ait cette atmosphère bizarre qui me montre que j'ai l'impression qu'Esteban me cache quelque chose. Et enfin la rigolade et les mots doux. Un peu spécial mais efficace je dois avouer, je creuserai plus la fois prochaine. Quand on revient au salon, je mets un fond de musique pour que l'ambiance soit encore plus sympa. Avec tous ces amis que nous avons en commun Lana et moi, on est capable d'aimer toutes les musiques en les chantant plus ou moins bien et avec humour de toute évidence. À partir de ce moment, la journée promet d'être riche en émotions et j'espère réussir à rire avec mes amis. J'avoue que d'être avec des amis qui ne savent pas encore dans les détails ce qui m'est arrivé me pousse à sourire et à vivre en ce jour assez sombre aux premiers abords. Mais rien ne change à l'intérieur, mes pensées me piétinent et font de l'empire que constitue mon corps, une véritable ruine d'époque.

Quand je me dirige dans la cuisine chercher mon café et me brûle, je vois le temps morose me sourire par la fenêtre, un peu comme s'il me disait « ta vie est pourrie mais garde le sourire, les beaux temps arrivent ».

— Quel karma pourri !

J'ai passé une meilleure nuit que la veille mais toujours assez courte. Quand je vois quelques heures plus tard les premiers rayons de soleil qui surplombent le ciel de Paris, je retrouve l'envie des balades du dimanche habituellement. Le travail reprend dans une semaine et j'ai peur. Est-ce que je vais pouvoir y aller et affronter le regard de mon père inquiet tous les jours ? Et en même temps, je me dis que mon travail est ma passion et que rien ne peut me faire plus du bien que d'avoir l'esprit occupé entre les rendez-vous, les maquettes, les croquis, l'organisation, les décorations, la réalisation de vêtements. Ce lieu chaleureux et coloré me manque, rien que l'environnement qu'il dégage suffirait à me faire du bien.

— Mon amour, il est l'heure de te réveiller. C'est dingue j'ai toujours rêvé de faire ça même si ce n'est pourtant pas grand-chose.

Je vois Esteban se recroqueviller dans le lit puis s'étendre sur toute la longueur pour s'étirer. À ce moment même, je fonds de douceur, il est adorable. Les yeux à peine ouverts et quelques larmes légères se fondent sur son teint hâlé quand il se frotte les yeux pour commencer cette journée.

— J'ai donc le droit à mon petit-déj au lit, miam !

— Alors au menu, pancake venu tout droit de la cuisine, confiture maison de mon père, fruits de saison du marché, jus d'orange pressé, pain au chocolat et deux bons thés pour se mettre d'humeur.

— Digne d'un grand hôtel mademoiselle.

— Tu crois que ça le ferait aussi l'hôtel des Roses blanches ?

— Hm, franchement ça en jette, j'imagine direct un truc de fou.

— À mon image quoi… rien de plus, ni moins.

— Va pour ça alors.

Alors que le petit-déjeuner n'est autre qu'un pur moment de douceur, je suis sur mon petit nuage tant bien que mal, qui parfois gronde et laisse passer de lourds éclairs. Ce matin le soleil qui illumine la pièce, Esteban à moitié nu dans le lit, le petit-déjeuner servi dans la chambre, son sourire matinal, un bon dimanche digne d'un bel été en perspective, tout était propice pour que j'oublie, que je vive. Je me penche sur Esteban et l'embrasse alors que la situation vire au désir et à l'envie sauvage de se retrouver pour tout oublier, je prends le soin de déposer le plateau à côté du lit.

Esteban est doux et à la fois sauvage, il ne change pas ses habitudes. Parfois je me sens bien et parfois une pointe au cœur me meurtrit et envahit mon désir charnel. Mais quand les langues se dénouent, les mots se mêlent et les corps s'échauffent, alors que les sourires se font la bise, les yeux se heurtent et les bouches s'abîment. Rien d'autre n'est plus spontané que ce moment où tant la douleur me tire vers des profondeurs sombres à la seconde où l'amour me remplit le cœur. Quand mon corps se tétanise, mes mots s'enfuient et ma bouche dérive. Tout est très difficile pour moi à ce moment car je ne sais plus si j'aime ce moment d'amour opportun ou si je le hais. Parfois je ferme les yeux pour tenter d'apercevoir le visage d'Esteban me toucher tandis que d'autres fois le visage de celui qui s'est épris de moi me vient droit devant les yeux. Il me touche et me réanime comme pour me montrer cette volonté de me faire vivre, alors que l'autre me dévisage et n'aime qu'un corps offrant une possibilité de jouir. Au moment où Esteban m'accroche les hanches pour me faire venir sur lui en m'embrassant dans le cou, une vision de mon harceleur me vient et me coupe net dans cette passion aussi enivrante que destructrice. Tout était déchirant et passionnel, comme un exact paradoxe qui m'empêche d'aimer de nouveau ces moments avec l'homme que j'aime.

— Je… je suis désolée, sincèrement Esteban…

— Tu n'as pas besoin de t'excuser mon amour, c'est sûrement un peu précipité de retenter de faire l'amour si peu de temps après ce qu'il t'est arrivé. Certains ont au contraire besoin de le refaire vite, mais chacun son rythme. Je ferai ce que tu veux.

— J'ai l'impression de me mettre une pression supplémentaire pour ne pas te décevoir, ne pas te faire attendre, j'ai l'impression de vouloir refaire l'amour et croire que ça pourra me faire redevenir qui j'étais, me faire retrouver ma vie d'avant, dans laquelle te faire l'amour était bien plus qu'un simple désir…

Il me prend le visage entre ses deux mains douces qui ne sont que bienveillantes à mon égard.

— Rose, je ne veux pas. Ce qui t'ai arrivé t'appartient, tu dois surmonter ça pour toi, tu ne dois absolument pas te dire que je t'attends. J'attendrais le temps qu'il faut, certes. Mais ce n'est pas vraiment de l'attente, enfin pas comme d'habitude. Moi-même je ne me sentais pas le plus à l'aise de te refaire l'amour. Attention, j'en avais envie, mais j'ai eu peur de te brusquer.

— Tu n'as pas à t'en vouloir, c'est moi qui suis venue sur toi, c'est moi qui ai eu envie de tout oublier, de me rassurer en me disant que je pouvais encore te faire l'amour…

— Ça n'est pas une question de pouvoir encore le faire je t'assure, il faut laisser le temps au temps c'est tout mon cœur.

Je fuis le regard d'Esteban, déçue.

— Eh ! Regarde-moi s'il te plaît ?

— Oui.

— Cette épreuve ne doit pas continuer de t'anéantir, et encore j'ai l'impression que le mot n'est pas assez fort. Stop cette vie de souffrance, de haine, de questions, de pardon, de pleurs, de blocages. Stop à cette vie morose qui n'est pas une vie. Enfile des vêtements, je t'emmène.

Esteban a l'air décidé, il se lève d'ailleurs plus vite que je ne l'avais prévu et je le vois enfiler des affaires à grande vitesse. Sa détermination me booste. Je me rends compte que c'est ça aussi aimer, c'est vivre à travers la vie de l'autre, ses émotions, ses sentiments, ses projets. C'est ça aussi vivre à deux, partager, se donner de la motivation, s'aider. C'est véritablement transmettre à l'autre toutes nos volontés. Chose faite pour sa part, j'ai envie de partir alors que cinq minutes plus tôt j'aurais songé à m'emmitoufler dans un plaid et y passer la journée.

Il me prend par la main, ferme la porte à clé et me kidnappe. Il nous reste quelques jours avant de reprendre le travail et en écoutant Esteban je me suis rendu compte que ça pourrait être bien de s'en servir pour me remettre debout.

— Bon, ça devient redondant que je te demande où tu m'emmènes à la longue, mais je n'ai pas le choix ?

— Étant donné que je n'avais rien prévu, ça ne sera pas une surprise, autant en parler.

— Ah enfin je vais pouvoir savoir où l'on va avant d'y aller !

Je sens la voiture se stopper nette alors que je fais un bond sur mon siège.

— Mais enfin tu fais quoi ?

— J'ai oublié quelque chose.

— Bah quoi exactement vu que tu n'as rien prévu.

— Justement, il en faudrait bien un minimum.

Je ne comprends rien à la situation, ni même à ce qu'il me dit. Je me demande ce qu'il est parti faire après avoir laissé la voiture à l'embouchure de mon parking. Je le vois revenir avec des valises et je m'inquiète.

— Ola attends, si on part en week-end, j'espère que tu ne m'as pas pris n'importe quoi comme fringue, et mon démaquillant, bah d'ailleurs mon maquillage tout court ? Tu as pensé aux sous-vêtements ? À d'autres chaussures ?

— Euh Rose. Tu as fini ?

— Hm. Sûrement. Mais j'ai quand même peur.

— Est-ce que ça te dit qu'on aille passer un week-end près de bordeaux, par là ?

— Oui carrément, il fait beau et ça peut me faire du bien.

— Ça ne peut que te faire du bien. Mais petit problème on n'a aucune réservation du coup. Je te laisse regarder les Airbnb sur internet à bordeaux où dans les proches kilomètres qui entourent la ville. Et puis jette un œil sur les hôtels également on ne sait jamais, mais j'y mets peu d'espoir.

— Super, alors occupe-toi de rouler ! Tu es sûr que tu as pris des sous-vêtements ? …

— Rose ?

— OK, OK, j'ai intérêt d'avoir plusieurs petites culottes.

Sur la route, je passe une grande partie de mon temps à chercher des hôtels, j'ai vraiment envie d'y passer quelques nuits, mais mes recherches sont vaines, tous affichent complet. Je me penche alors sur les Airbnb et il y en a pas mal de bien je dois avouer. J'essaie de trouver le meilleur quand je tombe sur un super petit loft, mon péché mignon ! Il est à deux pas du centre-ville, on va pouvoir faire plein de choses. Je m'imagine les balades, le soleil du printemps, les bars, les soirées, le petit loft et de bons repas, j'imagine les restaurants… et je me freine. Je suis tombée dans un rêve, ou dans un cauchemar. Mon cerveau fait des liens assez troublant en ce moment, ce qui n'est pas pour me plaire. Heureusement que nous avons un subconscient mais aussi une partie de notre cerveau consciente parce que sinon ma vie serait vraiment pourrie. Je mélange Esteban, notre vie, mes amis, la danse, le sport, le travail, le restaurant, mon père, mon frère et Lana, les Maldives, mes voyages, le restaurant, le restaurant, la route, les nuits d'amour avec Esteban, notre réconciliation, je nous vois dans une maison tous les deux avec des enfants qui courent, le restaurant, le restaurant et encore le restaurant. Je dois à l'heure actuelle sûrement être endormie la bouche ouverte, la tête sur la porte de la voiture, les mains coincées entre mes jambes et les idées farfelues en fusion dans ma tête. Sur ma peau demeurent des sensations impensables et mon cœur se nourrit de souffrances de ce jour abjecte. Voilà que des nuages entourent mes pensées et me laissent vivre mes rêves dans mon inconscient.

Voilà un mois que le temps est passé et que nos deux cœurs sont liés désormais plus que jamais j'ai l'impression, même si certaines choses ont le don d'agacer Esteban quand je ne parviens pas à être parfaitement heureuse et ouverte. Depuis l'après-midi où le ciel m'est tombé sur la tête, le temps a fait en sorte que rien ne s'efface de ma mémoire mais j'ai beaucoup travaillé sur moi grâce aux rendez-vous chez la psychologue que m'avait conseillé mon médecin, les résultats des analyses étaient tombés et tout allait pour le mieux, ce qui était fait pour me rassurer. Par ailleurs, Esteban a beaucoup été présent pour moi et mes amis proches aussi. J'allais souvent à la danse pour lâcher prise et me sentir dans un autre monde, celui que j'aime par-dessus tout. La danse a même été un moyen de me libérer de certaines souffrances. Nous nous sommes habitués à une petite routine de couple. Oui je peux dire couple dans la mesure où nous passons le plus clair de notre temps chez l'autre. J'ai évolué dans le sens où j'arrive à le regarder droit dans les yeux sans me dire que je suis sale mais que c'est cette ordure qui m'avait sali le temps d'un instant qui l'est. Mes pensées sont apaisées mais rien n'était vraiment redevenu comme avant jusqu'au soir où la nuit pointait le bout de son nez.

Esteban et moi allions un instant dehors s'asseoir sur le banc où il m'attendait la nuit de notre rencontre. Il se fait très tard dans la nuit, la journée a été longue et dure pour nous deux. On s'est beaucoup fâché sur des sujets quelconques, mais rien ne peut nous détruire. Finalement, je dois vous dire que nous nous sommes plus embrassés que parlés. Avec les quelques verres d'alcool que nous avons bu ce soir chacun de notre côté alors que nous étions censés siroter nos verres de vin blanc en tête à tête. Ce soir-là, nous sommes finalement parvenus à nous compléter entièrement pour la première fois depuis plus d'un mois. Et en même temps un sentiment d'impuissance se mêlait à mes émotions avec ce que j'ai pu vivre le mois passé. Si on vient à s'embrasser et aller plus loin comme avant, je me demande si je vais reprendre du plaisir, et si je vais réussir à lâcher prise.

— Sans insolence bien sûr, je peux te dire quelque chose que je pense vraiment ?

— Oui tout ce que tu veux ma chérie.

— Je crois que j'ai plus que tout envie que tu me fasses l'amour ce soir.

— Tu as lu dans mes pensées pour me dire ça ? J'ai tellement envie de toi mais je ne veux pas te brusquer avec… Avec ce qu'il s'est passé. J'attendrai le temps qu'il faut, je veux que quand on refait l'amour, tu aimes.

Je m'approche de lui et pose ma main devant sa bouche pour lui dire de se taire.

— Ne parle pas de ce qu'il s'est passé et fais-moi l'amour.

— On est sur un banc Rose et en pleine rue.

— Et merde il te manque de l'imagination… tu sais que sur ce banc en pleine rue on pourrait même dire aux gens qui passent de se joindre à nous.

On est tous les deux un peu éméchés par le vin blanc. Esteban sort son sourire de séducteur comme pour le jour de notre rencontre mais en plus coquin et affectueux. Il me regarde comme s'il voulait me manger et je crois que c'est le cas. Sa main commence à passer au-dessus de mes jambes. Il me caresse tendrement et en même temps sauvagement. Parfois ses mains me touchent délicatement l'entrejambe alors que d'autres parcourent intensément mes cuisses comme s'il les serrait très fort. Mon souffle se voit augmenter lorsqu'il commence à m'allonger doucement sur le banc pendant qu'il continue de me faire sortir des bruits jouissifs de la bouche. Son souffle se mêle alors au mien et m'excite encore plus.

— Rose…

— Oui mon amour… ? S'il te plaît ne parle pas trop je meurs d'envie de monter sur toi et de t'embrasser.

— Oh mais je serai bref…

Après quelques secondes d'attente avant qu'il ne réponde, je me sens toute mouillée et intimement convaincue que rien ne compte plus que de l'exciter ce soir.

— Retire ton bouton de pantalon discrètement je t'en supplie.

— Demandé comme ça, je me sens obligée de le faire.

Tandis que nos paroles se mêlent à de vraiment tendres bisous, un côté sauvage commence à apparaître lorsqu'il me touche l'entrejambe et en parcourt la totalité. Pas un soupçon de mauvais vient se greffer à mon esprit, ni même une image du pervers qui me violait la veille. Rien que de la tendresse et de l'excitation pour terminer en beauté cette journée.

— Rose… putain mais tu as vu comme tu m'excites…

— Hum… laisse-moi voir ça.

— Avec plaisir…

Lorsqu'il chuchote ces derniers mots, le ton de sa voix est saccadé, il est tellement excité qu'il a du mal à parler, son souffle ne cesse de se faire entendre pendant que je commence à le toucher délicatement après avoir passé les quelques étapes qui me séparaient de lui tout entier. Pendant qu'il m'embrasse sauvagement le cou, je ne cesse d'augmenter le rythme des mouvements de ma main sur son sexe. Je le regarde tendrement et soudain le romantisme s'en va mais l'amour y est. D'une main il me sert le visage et lève le sien en l'air, l'air de dire qu'il prend son pied. Je m'abaisse de plus en plus vers ses hanches en l'embrassant tendrement tout le long du ventre, le long de ses tendres abdos, le bas du ventre… Jusqu'à ce que ma bouche parcoure son sexe tout entier avec l'aide de ma langue toute chaude. Je le vois encore plus déstabilisé qu'il y a deux minutes. Le contact entre ma bouche et son corps l'emmène au-delà de ce qu'il pouvait espérer. Il se sert de ses mains pour me tenir les cheveux pendant que lui est complètement raide de plaisir. Un instant je me dis que je ne vais pas faire l'amour à Esteban sur ce banc de nuit. Puis la seconde d'après, je me sens irrésistiblement attirée par lui et me dis que personne ne passe dans cette rue depuis tout à l'heure et que de nuit et à cette heure-là, il n'y a plus aucun risque. Alors lorsque je sens Esteban au summum de son plaisir, je me retire et le fais languir en retirant d'abord mes chaussures, puis mon bas que je pose sur le banc. Je me lève et écarte ma culotte pour qu'il puisse entrer. Je m'assois devant lui, sur ses genoux et me frotte à lui pour faire monter d'autant plus cette tension qui nous lie intensément.

— Rose… Tu me rends dingue…

Au beau milieu de la nuit, ce ne sont pas seulement nos deux âmes qui fleurissaient mais aussi nos deux corps qui se liaient intimement. Je continue avec ma main tandis qu'Esteban ne peut plus attendre pour me sentir entièrement. Il prend les devants et m'assoit sur son sexe pendant que je commence alors à sentir ses va-et-vient en moi. Je dois avouer qu'il n'est pas seul à prendre son pied, je le prends tout autant, et me rassure d'un coup. Ce soir-là est merveilleux et nous fait tout oublier de ce qu'il peut bien se passer autour de nous.

*

ESTEBAN

Rose me rend complètement fou ce soir. Je crois ne jamais avoir été autant excité de ma vie. En plus de très bien faire les choses, l'amour qui nous lie est si fort que nous le partageons intensément cette nuit-là. Je me dois de lui changer les idées et de passer d'agréables moments avec elle pour lui faire oublier sa vie l'espace d'un instant. Qu'est-ce qu'un instant dans une vie après tout ? On m'a toujours dit jusqu'à aujourd'hui qu'il fallait ne jamais laisser passer une seule chance de bonheur, une seule chance d'être heureux et de sourire. Alors je veux en faire complètement profiter Rose.

— Retourne-toi.

Pendant que Rose s'exécute et se tourne vers le banc, les mains posées sur le haut, je la regarde. Et le simple fait de la toucher et de caresser son dos si joliment courbé en fixant du regard les moindres détails de son corps me fait frissonner en tout point, tant j'essaie de tendre l'œil davantage dans cette noirceur de la nuit tombée, assez opaque.

Je pars l'embrasser sur le cou pendant que je laisse entrer en elle mon sexe. Je commence par faire de simples va-et-vient doucement pour ne pas lui faire mal. Au bout de quelques minutes j'ai tellement envie d'y aller plus fort que je ne résiste pas, et vois que ça la fait jouir d'autant plus fort. Je mets ma main devant sa bouche pour tout de même la calmer, n'oublions pas que la rue est à tout le monde. Je continue en la tenant par l'épaule et en y allant d'un coup dur et sauvage. Je vois Rose dans tous ses états et ça me fait le plus grand bien du monde également. Lorsque le moment vient de finir, Rose se retourne et nos regards se croisent sans ne plus jamais se lâcher.

VII
À fleur de peau

Esteban

Voilà que je me lève comme un dimanche matin auprès de Rose, dans son lit si confortable qu'il nous demanderait presque d'y rester la matinée. Le soleil est de sortie et l'été approche à grands pas. Nous sommes le 4 avril et mon anniversaire approche si vite, dans vingt jours déjà. Je m'apprête à aller faire un plateau déjeuner au lit pour cette femme qui est encore si belle même quand elle dort. Lorsque je me lève, le soleil rayonne dans toute la maison une fois les volets ouverts, c'est magnifique. Alors j'enfile un petit bas sympa, prends mon porte-monnaie près du tiroir de l'entrée et claque la porte. Je me dirige vers un petit fleuriste sympa qui fait l'angle de sa rue. Je me dis que des roses blanches elle en a déjà beaucoup alors je vais simplement acheter des pétales de roses rouges et blanches pour mettre sur son plateau déjeuner. Et pourquoi pas un joli bouquet de fleurs pour habiller sa belle table en bois.

— Vous êtes amoureux vous !

— Vous croyez ?

Un large sourire naît sur mon visage au moment où la fleuriste me dit ces quelques mots. Je pense à Rose qui est sans doute encore en train de dormir. Après ça, je suis de bonne humeur et me décide à aller acheter quelques légumes au marché sur la place à quelques pas de la maison de Rose. Je crois que je vais lui montrer une énième fois mes talents de cuistot. Lorsque j'arrive devant la maison des roses blanches, les volets de la chambre sont encore fermés. Je souris comme un imbécile et entre avant que les gens le remarquent. Je reste discret et file dans la cuisine ranger les courses et préparer le déjeuner de mademoiselle. Je grille deux tartines, une chacun avant de couper un kiwi et de sortir du frigo un fromage blanc et deux petites cuillères du placard. Avant de les mettre sur le plateau, je sors les jolis pétales de roses et essaie d'équilibrer entre les rouges et les blanches. Pendant ce temps, je vois qu'il y en a un peu trop alors je file dans la salle de bains en mettre quelques-unes autour de la baignoire en allumant une ou deux bougies pour que ça sente bon. Je mets tout le petit-déj sur le plateau et file dans la chambre. En arrivant, je pose le plateau à côté de Rose, et passe l'embrasser sur le front amoureusement avant d'ouvrir les rideaux sans ouvrir les volets. Le soleil passe un peu à travers c'est super agréable de bon matin.

— Bonjour mon ange.

— Hey mon amour…

— Tu as bien dormi ? J'ai une surprise pour toi.

L'atmosphère est douce et tendre, très romantique je dois dire.

— Une surprise ? Ça m'étonne venant de toi tiens ! Alors c'est quoi cette fois mon amour ?

Rose essaie de me tirer les vers du nez en me faisant du chantage. Elle essaie de m'embrasser par-ci par-là, de me faire des câlins et quand elle se retourne elle voit elle-même le fameux petit-déjeuner et fond comme une guimauve en le voyant.

— Oh c'est trop mignon, merci… Mais attends minute, je ne vais pas manger tout ça.

— Non il y en a une pour moi, de rien mon cœur.

— Mais elles sont carrément belles les pétales, tu les as eues au jardin ?

— Non je suis passé chez le fleuriste, et d'ailleurs j'ai acheté deux trois légumes au marché ce matin pour faire un bon petit repas à midi, rien que pour nous.

— Ah… c’est gentil mon amour, mais mon père vient manger avec nous, tu te souviens on avait dit qu’on se verrait pour les rencontres ?

— Oh… Oui enfin on n’a jamais dit dimanche, tu sais très bien que je n’aime pas quand tu ne me préviens pas Rose !

— C’est bon Esteban ce n’est que mon père.

— Oui c’est sûr, mais bon…

— Il vient que pour 13 heures.

Je suis assez déçu de Rose une fois encore, je fais absolument tout pour qu’elle soit heureuse, qu’elle ait des petites attentions chaque jour, qu’elle soit vraiment le mieux possible mais elle ne fait jamais rien, même pas un dimanche tranquille tous les deux. J’en ai de plus en plus marre de cette situation. J’ai déjà essayé de lui en parler, mais elle est complètement fermée, je crois que ça ne changera jamais. En revanche je ne reste pas sur cette si mauvaise note alors je vais embrasser Rose avant qu’elle ne me passe son bout de kiwi entre une langue et deux lèvres et je file me déshabiller.

— Mon amour ? …

— Waouh, tu me fais quoi là ? Tu m’as épuisé hier on ne remet pas ça ce matin quand même.

Elle me sourit et ne me quitte pas du regard comme pour me laisser sous-entendre quelque chose. Je m’approche d’elle sur le lit, pose mes deux mains au-dessus d’elle et glisse ma bouche vers son oreille.

— J’ai encore une surprise.

— Encore une surprise ? Alors tu me laisses deviner, tu es tout nu, tu me chuchotes à l’oreille que tu as une surprise, tu fais un peu l’homme dominant et tu es un mec tout court, tu veux faire l’amour c’est ça ?

— Non je te voyais plus créative que ça… déçu, déçu mais laisse-toi faire.

Je lui retire son haut de pyjama qui était déjà très sexy et découvre qu’elle est toute nue en dessous. Alors même si ce n’était pas prévu, et qu’est-ce qui est censé être prévu d’ailleurs ? Eh bien, je lui embrasse le sein droit puis le gauche, hôte son short de pyjama et l’embrasse plus intimement. D'un seul coup je me relève et la laisse redescendre de son petit nuage.

— Tu vois que tous les mecs ne sont pas pareils.

Je vois Rose sourire comme si elle ne comprenait pas, et me rit au nez.

— Oh ! Non mais je rêve tu me donnes envie, tu me vends presque du rêve et tu me largues là sur mon lit ?

— Tant que c'est « presque » ça va ? Comme ça, tu n'auras pas eu complètement envie donc ce n'est pas une si grosse torture ma chérie ? Ah je te jure ! Les filles cachent bien leur jeu, mais c'est toutes les mêmes.

— Je te demande pard… Woo !

Rose a à peine le temps de finir sa phrase que je la prends dans mes bras et la dirige vers la salle de bains où nous attend une eau bouillante, une odeur parfaite et une luminosité rêvée.

— Tu vas voir le jour où je te donnerai envie mais que je ne te ferai rien !

— Et qui t'as dit que l'on n'allait rien faire ? Il fallait peut-être juste être patiente.

— Oh trop mignon, t'es adorable !

Rose se colle à moi en me faisant un câlin sensuel, nos deux corps sont complètement entremêlés l'un et l'autre et ses bisous doux me donnent la chair de poule.

— Je t'aime.

Je la vois qui me regarde simplement mais qui encore une fois ne dit rien.

— Rose…

— Je sais, je sais, chut.

Elle pose son doigt sur ma bouche et entre deux messages d'espoir, j'imagine Rose me dire je t'aime. Elle a dû me le dire quelques fois, mais peu de fois car elles se comptent sûrement au nombre de dix. C'était début janvier, pas longtemps après son agression. Et en ces quelques mois, ces « je t'aime » se sont éteints.

— On va dans la baignoire ? …

Je pense qu'à ce moment ma déception s'est lue sur ma tête, je n'arrive pas à croire que ça puisse être si compliqué ! Et merde alors… Je ne sais plus quoi penser.

*

Rose

Je ne sais plus m'en défaire, qui suis-je au fond ? Esteban et moi sommes dans cette baignoire depuis une demi-heure et on est relaxé, très bien ensemble, mais je le vois froid alors qu'on vivait actuellement un joli jeu de séduction. Je le comprends, je peux vous jurer que je le comprends mais j'ai l'impression de me sentir mieux dans ma peau, dans mon corps depuis quelques mois, depuis le soir où Esteban m'a refait l'amour un mois après mon viol. J'ai retrouvé mon corps et mon jugement quant à celui-ci, je me suis abandonnée face à lui. Mais intérieurement les images sont encore là, et j'ai fait devenir mon mal tabou pour Esteban puisque dès qu'il m'en parlait, je le rejetais. J'ai une part de moi qui me dit que je suis une foutue fille, que rien d'autre ne me sera donné, que je ne peux plus rien donné, comme si j'étais vide de sens et inanimée intérieurement. Quand je regarde l'homme que j'ai en face, je crois que je me demande inconsciemment ce qu'il peut l'avoir attiré chez moi. Je repense à tout ce que je suis avec lui, et ce que j'ai pu lui montrer jusqu'à présent et en fin de compte, rien n'est parfait de mon côté alors que lui trouve encore la foi et le courage de me faire des petites surprises et de me donner des petites attentions.

— On sort Rose, il faut aller faire à manger ?

— On va cuisiner en amoureux ?

Je m'approche de lui pour l'embrasser à cet instant, mais contre toute attente, pour la première fois, il me rejette et sort avant que j'en aie le temps. Mon cœur s'alourdit en un coup, Esteban n'a jamais eu de réactions telles qu'elle, même si je peux le comprendre. J'ai un fort pincement au cœur qui me met en garde. Je sors, mets une serviette autour de ma taille, et je vais lui faire un câlin alors qu'il me tourne le dos. Lui est face au miroir, moi derrière lui, je pose ma tête contre son dos.

— Je suis désolée mon amour.

— Rose ? Est-ce que tu sais au moins de quoi tu es désolée ?

— Oui bien sûr… mais enfin bon je n'ai pas envie d'en parler…

— Tu n'as pas envie d'en parler ? Excuse-moi mais est-ce qu'un jour tu vas réussir à te regarder en face en te disant que tu es égoïste Rose ? Et si moi je veux ? Si moi j'ai envie d'en parler avec toi parce que ça fait des mois que tu n'oses rien me dire encore ? C'est à moi de prendre sur moi comme d'habitude c'est ça ? Tu te rends compte Rose des mois ? Est-ce que je peux te demander si dans deux ans ce sera pareil ? Parce que si tu veux que je te dise la vérité, je ne pourrai pas être heureux comme ça éternellement. J'ai toujours l'impression qu'il y a une de tes foutues pensées qui vient toujours tout gâcher bordel ! Je ne sais pas si tu trouves ça normal, mais moi je n'y vois rien de beau à vivre une relation semi-complète. Quand je me lève le matin je n'ai même plus l'impression d'être véritablement en couple.

— Esteban… Je ne t'ai jamais vu comme ça.

— C'est tout ce que tu trouves à me dire ? Que tu ne m'as jamais vu comme ça ? Ta façon de nier et de te voiler la face commence à m'écœurer.

Je vois qu'il sort de la salle de bains et tape dans la marche qui sépare le salon de celle-ci. Et je l'entends discrètement parler.

— Quelle journée de merde !

*

Lorsque je m'habille je vois Rose qui arrive dans la chambre mais je fais tout pour l'éviter. Surtout que je ne peux pas faire autrement que de cacher ma joie de voir son père, c'est plus fort que moi. Il m'a répugné la dernière fois que je l'ai vu. Enfin bon, je file dans la cuisine faire à manger et cuire les légumes que j'avais prévus pour deux. Après ça je vais sortir un poulet du frigo et reste environ une petite heure dans la cuisine. Rose s'est fait discrète, à vrai dire je ne sais même pas ce qu'elle a fait pendant ce temps.

— Esteban ?

— Ah je ne t'avais pas vu, oui ?

— Je peux t'aider ?

— Je viens de finir, il ne manque que la table à mettre.

— D'accord, je vais le faire.

— D'accord.

On se répond simplement, cette conversation est digne d'une conversation stérile à la lettre. Je vois que ce petit froid la mine un peu, mais pour dire la pure vérité, je ne me vois pas faire comme si de rien n'était. Je crois que le sentiment de ras-le-bol commence à se faire une place en moi. Comment vous décrire exactement ce que je ressens pour bien cerner le concept. Je sens avec une certitude inébranlable qu'au fond de mon cœur je l'aime, mais ces derniers temps sans même que je ne puisse contrôler mes sentiments, un sentiment de peine se mêle à une colère cachée par le fait que je ne supporte plus sa pudeur sentimentale, alors que je me suis tant dévoilé auprès d'elle ; confessions sur l'oreiller. J'en ai tellement fait pour cette femme que j'admirais tant avant mais qui, de plus en plus me fait perdre l'espoir de la rendre heureuse et en lâcher prise totale. Et dans le même temps j'ai peur de notre avenir à nous deux, je me demande vraiment si j'arriverai à être heureux finalement. Je me sens comme inutile auprès d'elle alors qu'elle se cache sans arrêt derrière moi pour éviter une fois encore de me parler. Alors il est vrai qu'elle a le droit d'avoir du mal avec les relations humaines et l'amour de l'autre mais au bout d'un certain nombre de temps et d'un amour si fort et si inespéré que le nôtre je dois avouer que je me perds dans ses paroles ; Je n'arrive plus à la suivre et à la comprendre. Parfois je me dis que je devrais être davantage indulgent avec ce qui lui est arrivé il y a quelques mois, son viol était une période terrible mais que j'ai réussi à lui faire doucement oublier. Je sais que cette épreuve dans sa vie n'a pas complètement disparu par fragment d'émotions et qu'elle est ancrée en elle, mais grâce à moi comme elle me l'a dit, elle est allée de l'avant et a réussi à prendre du recul et à guérir de ses blessures physiques et de son mal-être quant à son corps. Ça fait quelques mois que toute cette phase de sa vie est derrière elle, et pourtant avec moi elle est comme au début, fermée, vide d'amour, comme si elle n'arrivait pas à m'aimer et peut-être même qu'elle n'y arrivera jamais. Ce que je n'espérais plus je crois. J'étais très fière d'elle et à l'heure actuelle je le suis toujours. La sonnette retentit et je retombe brutalement à la réalité : son père est arrivé. Alors je n'ai pas peur non, mais je sais que je vais infiniment me faire chier à l'entendre parler comme à son habitude. J'ai l'impression de ne pas connaître le même homme que Rose a comme père.

— Bonjour les enfants.

— Les enfants ! Papa je t'en prie…

— Oui et bien tu es ma fille non ?

— De toute évidence.

Voilà, ça commence. Rose est sa fille et je suis l'imposteur qui la lui a volée. Pareil, je ne le comprends pas. Aujourd'hui j'ai comme un ras-le-bol qui m'envahit au plus profond de mon être. Vous savez, ce moment où ça y est tout ce que vous retenez depuis longtemps ne vous fait plus de cadeau, et revient très vite à la charge. C'est un sentiment de fatigue, d'épuisement, comme si je n'avais plus de patiente et plus envie de passer ces moments avec elle. Je me sens mal par rapport à la conversation que j'ai eue avec Rose et à côté de ça, j'ai l'impression de ne pas être intégré dans la famille au point que même ma copine n'est pas aussi proche de moi que ça. Excepté peut-être son frère qui est formidable et qui a tout de suite accroché avec moi.

— Bonjour garçon.

— Papa…

— Quoi ? Tu devras me préparer un discours la prochaine fois comme ça, ça évitera que tu me reprennes deux fois en cinq minutes.

Je vois que Rose reste figée en le regardant un instant comme s'il n'était plus pareil.

— Tu te fiches de moi ?

— Non Rose.

— Si papa, dans ce cas explique moi pourquoi je ne retrouve plus mon père depuis qu'Esteban est dans ma vie ?

— Je te demande pardon ?

— Et moi je te demande de partir.

Je suis complètement sous le choc de la déclaration de Rose. Pourquoi est-ce qu'elle fait ça ? Je crois ne même pas avoir eu le temps de lui dire bonjour de vive voix qu'il a déjà disparu de ma vue.

— Rose, est-ce que c'est sérieux ?

— Pourquoi ça ne le serait pas ?

— Parce que je ne comprends pas.

— Tu ne comprends pas que je ne reconnaisse plus mon père ? C'est pourtant simple, il n'est plus le même. Mais ça devrait te faire plaisir à toi, il n'est plus là. Ça sera un repas en amoureux comme tu avais prévu du coup !

— Ouais tu as raison !

Je réfléchis un instant et lui réponds d'un ton hostile.

— Mais les plans ont changé. Je me barre.

Je vais droit vers la porte en ne regardant pas derrière moi. Je prends au passage très brièvement les clés de ma voiture sur la commode de l'entrée et claque la porte juste après avoir entendu Rose me demander de rester avec une voix nouée. À ce moment j'arrive encore à avoir mal, et l'entendre parler comme ça me fend le cœur. Seulement, j'en ai marre de faire demi-tour et de revenir ramer vers elle à chaque fois alors je résiste et pars d'un pas décidé. Pourquoi est-ce qu'à chaque fois je devrais ravaler une fierté qui n'est pas la mienne et me rabaisser à lui donner raison alors qu'elle a tort ? Ça ne la fera jamais avancer si je continue comme ça. C'est une femme d'une vie et je dois absolument la faire réagir mais après tout je n'arrive plus à savoir ce qu'il lui faut concrètement. Un électrochoc ? Une manière décidée de lui dire adieu ? Est-ce que je devrais la laisser réagir toute seule au risque que ça ne marche pas comme depuis tous ces mois ? J'en ai marre de me prendre la tête, j'ai besoin d'évacuer. Je m'empresse d'appeler mon meilleur ami John.

— Allô mon poulet ?

— Yes, bah ça fait plaisir dis donc ! Alors un petit tennis.

Rien que d'entendre sa voix, je suis bien, on a toujours été très proche et je n'ai jamais vu une seule fois où il n'a pas réussi à me faire changer d'air et me remonter le moral. Je vois qu'il rit en me disant ça.

— Bon aller sans rire, on pourrait se rejoindre au café de notre jeunesse si ça te dit ? Et si tu n'es pas enfermé entre les quatre coins de ta maison avec ta femme.

— Ah quelle blague ! Jamais ça ne m'arrivera, je me prépare et j'arrive.

— Tu ne mets pas trois heures hein ? !

— Jamais, allez, à toute, beauté !

— Calmos.

On quitte l'appel en rigolant tous les deux. Je ne l'ai même pas vu qu'il me fait déjà rire. C'est un peu celui dont tout le monde a besoin pour rigoler, un petit dindon de la farce. Il ne sort que des conneries et à longueur de temps ! Il ne s'empêche pas de lancer des vannes à 7 heures du mat avant le taf.

Bon je me dirige vers le café et passe vite fait dans mes messages. Aucun signe de Rose, ça me fait un pincement au cœur et sur le moment je ne peux pas penser à autre chose qu'au fait qu'elle s'en fout royalement.

Quand j'arrive John est finalement déjà là puisque les bouchons de Paris n'ont fait autre chose que de se cacher aujourd'hui.

— Salut ma poule.

— Tu vas bien ?

— Ça peut aller, et toi comment tu te sens avec ta petite femme ça ne va toujours pas mieux ?

— Bah écoute, elle vit des choses compliquées, je prends sur moi depuis tous ces mois mais sans te mentir j'en ai marre de la voir si triste et dépressive. Depuis que nos tests de grossesse se révèlent sans cesse négatifs, le moral ne tient pas tu vois, même moi je t'avoue que ça commence à être compliqué. On ne sait même pas s'il faut qu'on se fasse une raison.

— Tu m'étonnes, mais rien ne la fait avancer ? Elle ne voit plus ces amies-là… euh… comment elles s'appellent ?

— Myriam.

— Oui Myriam et Noémie.

— Non, elle ne veut plus sortir, ou si… que pour avoir l'espoir de croiser des mamans et leurs enfants dans le parc à côté de chez nous, ça ne va pas l'aider.

— Elle te délaisse complètement ?

— Bah écoute, elle ne le voit pas trop, tu sais je ne peux pas lui en vouloir, j'essaie d'être présent au maximum pour elle, mais l'amour d'un enfant est différent. Elle ne s'occupe plus tellement de moi car elle pense trop à cet enfant qu'elle veut avoir. Non seulement je me sens délaissé mais en plus je me dois d'être constamment là pour elle alors qu'elle est en train de se foutre en l'air…

— En même temps tu n'as pas le choix que de la comprendre et de l'aider. Il faut que vous soyez soudés. Malheureusement, il y en a pour qui ça dure seulement quelques semaines et d'autres pour qui on compte en années. Faut s'accrocher quand tu es le conjoint de celui qui vit ça forcément. C'est tout aussi dur pour toi en plus.

— Ça, c’est sur… Je ne peux pas la laisser tomber et puis de toute façon je l’aime de tout mon cœur cette femme. Elle me colle à la peau. Mais bon je t’avoue que j’ai de plus en plus de mal à m’y faire. En fait tu vois, c’est ça, j’ai l’impression que la situation ne changera pas et que ça n’est pas à elle de redevenir heureuse mais à moi de m’adapter à la rendre malheureuse, tout ce que je ne supporte pas. Et puis, c’est dur. C’est dur de me convaincre que je ne serai peut-être jamais père.

— C’est une situation délicate de faire sortir quelqu’un d’une dépression. Donc ça va être compliqué de la faire revenir sur terre en douceur. Je t’avoue que je n’ai pas trop de solutions… À part peut-être, essayer de ne plus vivre dans l’ombre, essaie de diminuer l’attention que tu lui portes tout en restant bienveillant tu vois ce que je veux dire ? Ça la fera peut-être réagir et en même temps tu ne l’étoufferais pas, tu sais des fois dans cette situation c’est tout l’un ou tout l’autre, soit il faut être toujours là, soit il faut la laisser respirer.

— Ouais je ne sais plus trop ce qui la ferait réagir à vrai dire, et puis c’est dur de la voir… mais dis-moi, juste avant ton petit discours. Tu as des news de ta mère toi ?

— Ouais j’ai des news c’est elle qui m’envoie des messages, mais je me suis pris la tête avec elle il y a quelques semaines de ça, tu sais à la petite journée qu’on avait organisé pour Rose ? Parfois je me dis que mon père me manque vraiment… il est parti habiter tu sais avec sa nouvelle femme aux États-Unis mais je reçois souvent des messages de lui, des appels en Face Time. Mon Dieu ce qu’il me manque. Tu sais, je suis vraiment fier d’être son double et pas celui de ma mère… pourtant personne n’aurait pu le croire quand il nous a abandonnés sans donner de nouvelles. Heureusement qu’on s’est retrouvés. J’ai été tellement déçu par ce qu’elle a dégradé dans ma vie qu’aujourd’hui je ne peux pas me permettre de la laisser voir Rose au risque qu’elle recommence.

— D’ailleurs Rose ! Tu n’as qu’à l’emmener faire un petit voyage aux États-Unis pour aller rencontrer ton bon petit papa.

— Tu sais ma poule en ce moment avec Rose ce n'est pas la joie…

— Comment ? Je croyais que tu n'avais jamais été aussi heureux ?

— Je ne l'avais jamais été en effet, mais aujourd'hui je prends sur moi, elle me rend malheureux. Et le pire sentiment du monde c'est de savoir qu'elle en est consciente mais qu'elle ne fait rien pour arranger ça. J'en peux plus, je te jure tu me connais et là ce n'est plus une vie, ce n'est même pas une relation !

— Oula mon grand, tu en as gros sur la patate.

— Bah je t'avais parlé de Rose déjà, c'est une femme très effondrée par les épreuves qu'elle a sues surmonter. Et aujourd'hui, elle n'arrive plus à s'ouvrir aux autres, et ce qui me fait beaucoup de mal c'est que je fais tout pour elle, tout pour la rendre heureuse alors qu'elle n'a encore pas bougé le petit doigt. Et elle ne se confie toujours pas à moi… Enfin vraiment pas sur tout, comme si sa pudeur était un monstre en elle qui l'empêche d'être complètement heureuse. Au début je t'avoue que j'étais impressionné par ce qu'elle a pu vivre, je me suis demandé comment la vie pouvait être aussi dure avec les gens parfois, mais elle n'a jamais su me mettre un mot sur chaque épreuve de sa vie. À chaque fois c'étaient des explications plus vagues les unes que les autres. Et aujourd'hui j'arrive à un stade où j'ai l'impression de vivre depuis six mois avec une femme qui me paraît comme une parfaite inconnue.

— Waouh… Rien que ça. Ta copine est rongée par la souffrance bordel ! Je comprends complètement ta réaction mais imagine-toi à sa place Esteban. Après je ne te jette pas la pierre parce qu'après plus de six mois de relation ce n'est pas normal de réagir comme ça. Ce n'est plus un blocage qu'elle a, c'est bien plus profond que ça…

— Mais John c'est ce que j'ai fait bien plus de fois que tu ne le penses. Je suis gentil, trop gentil, avec tout ça je crois même qu'elle serait incapable de voir un de mes défauts parce que je n'ai même pas pu lui en faire part je crois ! Ça fait quelques semaines maintenant qu'on vit ensemble, on est toujours l'un chez l'autre même si on a encore chacun sa maison. Mais vivre avec une femme que tu ne connais pas au bout de six mois tu t'imagines John ? Elle-même me disait que je n'étais pas comme les autres et qu'avec moi tout était différent, alors je m'imagine ce que ça devait être avec les autres… en fait quand je la regarde je ne vois que du secret et de la pudeur et pas une femme que je connais parfaitement et qui partage ma vie.

— Je ne sais pas trop quoi te dire non plus en réalité, c'est super compliqué à gérer… Tu penses faire quoi ? Parce que pour me dire ça alors que depuis six mois quand je te parle d'elle c'est l'amour de ta vie, c'est que tu dois être sur le point de prendre une décision moche non ? Je te connais quand même…

— Je n'en sais rien, je suis paumé. Tu vois j'en suis arrivé que si je prends une décision ça ne sera même plus pour me soulager moi mais pour la soulager elle. C'est horrible de tout faire pour la rendre heureuse et d'avoir l'impression contraire. En plus, avec tout ça quand je regarde derrière nous pour faire le point, j'ai l'impression qu'on n'a pas profité, on ne fait rien ensemble, et pourtant on s'aime mais tellement ! C'est un sentiment de déchirure c'est affreux. Soit elle se noie dans le travail pour oublier que je suis là et qu'elle doit s'engager dans une relation. Soit elle me dit des mots doux pour que deux minutes après, elle me déçoive. Et ça fait plus de six mois que ça dure John c'est trop ! Imagine-toi deux minutes. En fait c'est un ras-le-bol constant jusqu'à ce qu'intervienne la goutte d'eau qui va faire déborder le vase… je crois qu'on n'en est pas loin. Les épreuves de la vie n'excusent pas tout, et ne doivent pas me sentir obligé de toujours dire oui à tout et de rester malheureux. Ça me change tellement, tu me connais et moi je vis une vie à cent à l'heure, j'ai toujours fait plein de voyages, d'activités, d'attractions, de projets. Je fais tellement de trucs dans ma vie. Et cette relation j'ai l'impression qu'elle laisse stagner mon existence entière, que je repars de zéro et que ce n'est plus moi, ce n'est plus ma vie. Je perds du temps. Tu te rends compte qu'avant j'allais plusieurs fois par mois aux États-Unis et je n'y suis pas retourné depuis six mois !

Quand je parle à John, je me libère d'un poids dont je n'avais parlé à personne et mon Dieu ce que ça fait du bien. Cette sensation de pouvoir vivre à deux ce que je vivais tout seul depuis quelque temps est inexplicable et contagieuse.

— Tu en as parlé avec elle ?

— Bien sûr mais c'est encore pire, ça me blesse encore plus parce qu'elle s'en fiche, elle fait mine de rien. Ou pire encore elle sait que c'est vrai, que ça me fait du mal mais elle est incapable de faire quelque chose.

— Essaie de rentrer chez toi et de lui en parler mais sérieusement cette fois Esteban.

— Parce que tu crois que ce n'est pas sérieux d'habitude ?

— Si mais je te dis rentre chez toi tranquillement, va la rejoindre et calmement vous en parlez mais essaie de lui tirer les vers du nez du coup. Enfin tu vois ce que je veux dire si elle ne répond pas comme tu espérais continue et insiste pour voir un peu ses réactions et si elle est complètement fermée. Là tu seras situé.

— Putain ça fait déjà une heure qu'on papote, je n'avais pas vu le temps passé. Et tu vois, zéro message, rien.

— Elle attend peut-être que tu reviennes.

— Bon, je vais aller chez elle et lui parler.

— Chez elle ?

— Bah oui dans sa maison quoi.

— Bah vous n'habitez pas ensemble ?

— Ah non ! Je t'avais dit que j'allais lui demander mais quand je l'ai fait elle s'est arrêtée net en me disant qu'elle n'était pas prête. Alors que je dors tout le temps là-bas ou elle chez moi. Mais je te l'ai dit tout à l'heure.

— Ah ouais… j'avais compris que vous habitiez ensemble moi, bon allez mon lapin, tiens-moi au courant surtout !

— Yes évidemment, heureusement que tu es là, ça fait tellement de bien de te parler. Dis-moi c'était vraiment un rendez-vous déprime ça.

— Il en faut bien de temps en temps.

— Ouais aller à demain John, et à l'heure au taf…

— Ouais ouais comme d'hab !

Je repars vers ma voiture qui est à quelques pas du café, et prends mon téléphone pour occuper le temps. En attendant, je vois un message de ma mère dans lequel elle me dit qu'elle veut me voir. Honnêtement, je crois ne pas en avoir la force. Cette journée est vraiment la plus merdique et la plus déprimante que je n'ai jamais vécue ! Moi qui suis pourtant habituellement toujours excité de ne pas avoir le temps de me poser deux minutes dans mon canapé. Je suis fatigué de cette vie à ne rien faire d'autre que travailler finalement. Rose croit que le fait de lui faire des surprises est quelque chose d'extraordinaire, mais pas du tout. J'ai besoin de bouger, de rendre heureux les gens, de laisser vaquer ma générosité à ses occupations. Avec ce qu'il se passe en ce moment avec Rose, je pense que ça n'est absolument pas le moment, alors j'ignore son message l'espace d'un instant. C'était sans compter sur son pouvoir de persuasion. Son deuxième message m'annonce qu'elle est devant chez moi, alors je ne peux pas m'empêcher que de l'appeler étant donné que je ne suis non seulement pas chez moi et qu'elle ne doit pas en plus penser qu'elle peut venir quand elle veut, je ne suis pas forcément là.

— Allô maman ?

— Bonjour mon chéri !

— S'il te plaît… Pourquoi tu es venue devant chez moi ?

— Bah je te l'ai dit, j'avais envie de te voir et un fils ouvre toujours la porte à sa mère.

— Je ne suis pas chez moi, et je ne compte pas y aller, on se voit plus tard.

— Encore je me demandais pourquoi tu m'appelais plutôt que de gentiment venir m'ouvrir cette foutue porte.

— Voilà, alors à une prochaine fois maman, au revoir.

— Un peu de compassion pour ta mère quand même non ?

— Tu en as eu pour moi toutes ces années ?

— C'est parce que je t'aimais que j'ai fait ça justement.

— Alors quand on aime quelqu'un comme son fils on ne le prive pas de ses décisions et de savoir qui il aime, ou ce qu'il aime. Et ça, tu ne sais pas le faire. C'est triste à dire mais je crois que le pire c'est de se l'avouer, mais maman je n'arrive plus à te faire confiance ou à te regarder dans les yeux en me disant que je t'aime.

— Qu'est-ce qu'une mère ne devrait pas entendre…

— Et qu'est-ce qu'un fils ne devrait pas vivre.

Je coupe court à la discussion et mets fin à l'appel. Qu'elle me parle ou non, je crois que le pire est qu'elle n'a jamais reconnu toutes ces années avoir fait une faute, ou plutôt des fautes, elle n'a pas arrêté d'en faire.

J'arrive devant la porte de chez Rose, et jette un coup d'œil au travers de la fenêtre pour voir si elle est là. Sans surprise, elle n'a pas bougé, est assise dans le fauteuil du salon en lisant un de ses livres. Je sonne alors avant de rentrer sans ne rien dire dans l'entrée. Je dépose mes affaires et pense à retirer mes chaussures neuves.

— Esteban est-ce que c'est toi ?

— Oui je suis rentré.

— Super.

— Ah bon ?

— Ben oui, je t'attendais pour manger.

Lorsqu'elle fait mine de rien, comme si rien ne s'était passé en partant, c'est la goutte d'eau qui fait déborder le vase, bingo. Comme si nous ne vivions pas la même vie, pas la même relation. J'ai l'impression d'être au côté d'une actrice, de quelqu'un qui refuse sa vie et qui n'affronte rien ! Je ne peux plus me retenir. J'ai l'impression d'avoir une foutue comédienne en face de moi.

— Mais Rose est-ce que tu es sérieuse ? Est-ce que tu te souviens que j'ai trente ans et que tu n'en es pas loin ? Prendre des décisions, affronter la vie, vivre et se dévoiler ça fait partie de nous depuis quelques années déjà. On n'est plus des enfants et on ne joue pas là ! Tu es capable de voir que je suis malheureux mais incapable de faire quoi que ce soit pour que ça change alors que ça vient de toi ! Mais c'est vraiment ça l'amour pour toi ? Tu n'es pas mal de voir comment notre relation est aujourd'hui, comment elle est devenue ? Tu la vis bien toi cette relation qui devient pire de jour en jour alors qu'on a à porter de main un empire à bâtir et une histoire à écrire ?

— Esteban… Je ne t'ai jamais vu comme ça.

— Mais évidemment que tu ne m'as jamais vu comme ça parce que je n'ai jamais été comme ça Rose ! je n'en peux plus de t'entendre dire ça à chaque fois que je te parle. Je suis arrivé à un point Rose où je ne peux plus vivre ça, cette relation qui nous emmène droit dans un mur alors qu'on pourrait en faire de l'or. Tu n'as pas l'impression de passer à côté de quelque chose à chaque phrase que tu sors, à chaque regard inachevé, à ces fois où tu ne te confies qu'à moitié ou presque pas, alors que je suis là bordel ! Où voudrais-tu que je sois ?

— Je n'ai vraiment plus de mots là Esteban…

Je me retourne désespéré.

— Tu n'as plus de mots Rose, c'est ça ? Eh bien, moi si. Je ne peux plus vivre dans la peur de te perdre ou de me réveiller le matin sans savoir si tu seras bien là, je ne peux plus me réveiller le matin en me demandant comment tu seras aujourd'hui. Si ce sera mon jour de chance et que tu seras capable de m'aimer, ou si on tombera dans un jour comme celui-ci où tu m'as déçu je ne sais combien de fois dans la même journée. Et encore il est loin de faire partie des pires. Ça ne tient qu'à toi si tu décides de tout foutre en l'air, mais avec tout l'amour que j'ai pour toi Rose, je te promets c'est bien la dernière fois, regarde-moi, comme tu vois je ne te retiens plus. J'ai fait encore un pas vers toi en revenant après ce qu'il s'est passé ce matin, et pourtant non, tu continues. Tu es méprisante en fait.

Un silence se fait entendre, et Rose ne répond pas, elle n'engage aucun mot et ne laisse s'échapper aucune émotion. Elle reste stoïque et vide de sens. Je ne peux plus la regarder dans les yeux, je n'y arrive plus. Le ras-le-bol est arrivé.

— Tu ne réponds rien? Tu t'en fiches? Mais tu ne vois pas comment tu es Rose? … Est-ce qu'en un fragment de seconde, rien que ça, tu es capable de réaliser à quel point tu me fais souffrir! Tu ne me montres rien, rien. Rien du tout.

Je suis comme dans un état second, j'ai beaucoup de mal à supporter le comportement de Rose qui me mène qu'à la souffrance. Le dégoût s'installe peu à peu, comme si je pouvais survivre sans elle. Lorsque mes mots n'emportent plus mes pensées, je me rends compte du ton exécrable de ma voix. Je deviens fou, ma voix porte et je lâche des cris plutôt que de lui parler calmement. Elle n'a jamais compris de manière calme faut-il dire.

Je me retourne et marche vers la porte. Dans ma tête c'est comme un ralenti de cet instant, je me vois marcher lentement vers la porte la tête vers le bas comme pour regarder le sol et ne plus affronter cette relation, ne même plus me battre pour elle ni même pour nous. Puis, ma tête songe à regarder là-haut, je mets les mains sur mon visage où de nombreuses larmes commencent à couler. Je ne me suis jamais vu comme ça, pleurer autant, je ne suis pas de cette nature. Dans un instant de lenteur mortel, mon visage se dresse vers le regard de Rose lorsque je tourne la tête pour regarder derrière moi. Une larme est percevable au niveau même de mon œil. Voilà la dernière image que Rose aura de nous. Je me retourne, vois la porte d'entrée et n'hésite pas à la franchir d'un pas décidé. Je ne veux plus dépendre d'elle et revenir sans cesse la voir comme si tout allait à la perfection. Et si cette discussion pouvait tout changer? Cette discussion ou plutôt ce monologue… Je ne me retourne plus et une fois la porte fermée derrière moi, j'entends des pleurs de tristesse ou sans l'ombre d'un doute de détresse. Mon cœur s'arrache à ma poitrine mais je ne recule pas, je ne recule plus. Rose et moi devenons du passé alors que nous n'avons même pas eu l'occasion de nous bâtir un avenir avec tout ce que la vie nous a donné en mains.

*

Rose

Qui suis-je ?

Qui serai-je à me prétendre femme parfaite ou dieu du ciel ? Je ne pense pas réussir à me décrire complètement. Commençons par dire ce que j'étais avant de devenir ce que je suis. Avant d'être une femme blessée, j'ai été quelqu'un fort heureusement. Aujourd'hui quand je vois la porte se fermer comme une porte qui s'effondre après s'être ouverte à moi alors que c'était la seule, qui depuis des années n'était pas rouillée, je m'efforce de repenser à qui j'étais, pour tenir debout. Alors, j'étais le stéréotype même de la petite fille joyeuse que tout le monde voit dans les films, toujours pleine de vie, et de sourire à revendre. Je me disais toujours : mieux vaut en donner deux pour le prix d'un, un sourire est la seule chose qui ne coûte rien mais qui est vitale. Je trouvais que je vivais ma meilleure vie, que rien ne pouvait m'arrêter, j'étais d'une extrême curiosité et maintenais en moi une rébellion que je m'apprêtais à faire. Extérieurement, ce qui prédominait chez moi était le bonheur. Intérieurement, une partie de moi vivait dans le noir, j'étais sombre d'esprit. J'étais une petite fille pleine de questions mais qui n'osait pas les poser malgré des parents formidables qui y auraient répondu. C'est alors que j'ai fini par vouloir les trouver toute seule au fil du temps. C'était sans compter sur le soutien de ces nombreuses épreuves à surmonter qui elles, sont venues m'aider à y répondre. Un premier obstacle s'est mis en travers de mon chemin lorsque j'avais encore 7 ans. L'école primaire a été un véritable cauchemar à subir, j'étais assez vulnérable à l'époque et absolument pas prête à affronter le monde. En revanche une chose qui n'a jamais changé depuis toutes ces années c'est ma sensibilité et la vérité sur mon caractère à fleur de peau, très romantique et affectée par les mauvaises choses de la vie. Paradoxalement, je suis très exigeante avec ces épreuves surmontées dont celle-ci, lorsque j'ai une idée je ne l'ai pas ailleurs, je suis responsable de mes choix et libre de défendre mes opinions. Enfin bon, je m'imagine ma maison d'enfance et pense à tous ces moments passés auprès de ma mère, de mon frère Lucas et de mon père. Je me souviens de la fille que j'étais maintenant et de la femme que je suis dès à présent. En voyant de profil Esteban partir avant d'avoir claqué la porte, j'ai aperçu ses larmes et c'est à ce moment que mon cœur s'est arrêté. Je me plains depuis des siècles de tout le mal que j'ai pu ressentir et aujourd'hui c'est moi qui en fais à l'homme que j'aime, c'est un comble. Dans un moment où une lueur d'espoir traverse mon esprit, pensant que cet homme que j'ai dans la peau, revienne me sourire à nouveau, je me lance un regard fin mais qui en dit long à travers ce miroir. Je me sens dans un désarroi dans lequel je me noie. Cette impression stupide que rien ne pourrait se finir entre nous me revient en pleine figure lorsque je sors de mon cocon tout préparé dans lequel Esteban m'avait mis en revenant toujours me consoler et en me positionnant en victime au lieu de dire ce qu'il pensait réellement. Je me vois comme dans une mer noire emportée par les flots sans même que je ne puisse me raccrocher à une infime branche d'arbre qui serait alors un espoir minime vu par mes yeux livides. Juste avant de piquer du nez, mon visage est rouge, rempli de larmes et à la lueur du jour il devrait être d'un teint pâlot. Je sens mon nez pris lorsque j'essaie tant bien que mal de respirer entre deux sanglots pendant que je suffoque. Le froid m'envahit et la tristesse me gagne comme si j'étais de nouveau cette femme vulnérable et lourde à rattraper. Alors je finis par m'assoupir dans mon canapé après quelques longues minutes voire des heures écroulées par terre à attendre assurément le retour d'Esteban, mais en vain. Je pensais égoïstement que comme à son habitude il reviendrait, mais je finis par me rendre compte que cette fois était la fois de trop. Je me rends réellement compte de ce que je suis et je finis par moi-même me trouver stupide, égoïste et sans esprit. Je finis par me dégoûter autant que je dégoutte Esteban à l'heure actuelle. Lorsque je m'assoupis, pour une fois dans ma vie, c'est le visage d'Esteban qui trouble mon esprit et me monte à la tête et non celui de ma mère.

VI
Un avenir contrasté

Rose

Depuis cette journée du 4 avril, le temps s'est écoulé et nous sommes finalement arrivés au 18 juin, après ce jour aussi désastreux que triste. Esteban ne m'a donné aucun signe de vie, je ne sais même pas s'il va bien, j'en crève. Je sais que je ne lui ai pas envoyé de message mais c'est pour une raison certaine. Je me sentais tellement honteuse lorsqu'il a passé le pas de la porte, que cette honte m'envahit tous les jours depuis ces semaines. Alors lui envoyer un message me montrerait que je ne respecte vraiment rien, même pas le fait qu'il veuille changer d'air. J'ignore ce que je devrais faire au fond. Peut-être voudrait-il que je lui en envoie un rien que pour montrer que je ne suis pas si monstrueuse et que je pense à lui. Enfin bon, comme je sais que cette fois personne ne m'apportera de petit-déjeuner au lit, eh bien je me lève, et pour tout vous dire ça ne me dérange pas, comme ça, je vais me remettre au sport chez moi. C'est une nouvelle résolution pour ne pas perde le moral une fois encore. Lorsque j'arrive dans ma cuisine, quelqu'un sonne à la porte alors je me précipite dans l'espoir d'y voir une bonne surprise et finis par entrevoir le facteur attendre stupidement que je lui ouvre.

— Bonjour Madame, c'est votre colis.

— Bah vous êtes bien matinal, vous avez de la chance que je sois levée.

— C'est mon travail madame.
— Oui enfin bon… je signe ?
— S'il vous plaît.
Pendant que je signe je vois bien à sa tête qu'il est assez nerveux par rapport à ce que je lui ai dit précédemment. Mais pour tout vous dire, je dois ne pas m'en faire puisque je n'ai aucune réaction.
— Merci.
Je suis super contente, je viens de recevoir mon programme de sport que j'avais commandé il y a quelques jours sur un site, où y sont vendus des produits alimentaires sains et nutritifs. J'en ai profité pour essayer, je vais d'ailleurs commencer ce matin.
— Waouh mais il y a plein de trucs là-dedans.
J'en profite pour ranger tous ces petits paquets dans mes placards de cuisine et je dresse un déjeuner digne de moi, je m'épluche un fruit, prends mon verre d'eau au citron comme à mon habitude et file chercher une barre de céréales et un yaourt blanc.
Quand je me dirige vers mon salon, pour y poser mon plateau et allumer ma télévision, je me rends compte que mon téléphone sonne pour la deuxième fois dans ma cuisine. Je me presse d'y aller d'un pas décidé et regarde le destinataire. C'est Lana.
— Salut ma beauté ! Bon, tu ne fais pas attention à ma tête je reviens du footing avec Lulu.
— Avec Lulu c'est nouveau ça ?
— Je te raconterai.
— Ah oui j'aimerais bien, et ne fais pas attention à la mienne non plus, je sors du lit.
— Tu m'étonnes…
— L'horreur, tu es sérieuse ? Habituellement tu me dis que je suis quand même belle !
— Oui mais pas là. Bon ma belle, j'avais envie de te voir, tu viens ?
— Oui c'est ça rattrape-toi, toi viens plutôt.
— OK si tu préfères, je me change, passe à la douche et je suis là !
— Cool, à toute.

Bon, du coup changement de programme, je ferai mon sport quand elle sera partie, en attendant je vais déjeuner devant ma série actuelle et je filerai à la douche pour me préparer.

Depuis qu'Esteban s'en est allé de chez moi, je n'ai jamais repris de bain, ça me rappelle trop son corps de rêve et son visage d'ange que je ne peux plus toucher, ni même apprécier avec les yeux.

*

Esteban

— Prépare-toi elle envoie celle-là !

— Pff ! C'est elle qui devait envoyer ? Tu parles !

— Putain ! Ça fait une semaine que je m'entraîne sur mes revers et je foire ça.

— Ce n'est pas grave mec, tu te rattraperas.

Je suis à la salle de sport avec John, on prépare notre match de tennis du week-end prochain. Pendant que je prends ma serviette autour du cou pour enlever toute cette sueur qui me colle à la peau, on se dirige vers notre banc pour boire un coup d'eau fraîche. Au moment où je m'assois, John me pose une question qui me perturbe dans ma lancée.

— Alors, tu n'as toujours pas de news de Rose ?

Lorsqu'il me dit ça, je pense directement à elle, je me demande ce qu'elle peut bien faire, mais la colère reprend le dessus. Je me dis qu'elle attendait peut-être finalement que je la quitte puisque je n'ai aucune nouvelle, aucun message, rien de tout ça, aucun signe de vie, elle n'a même pas essayé de me recontacter, ou de rattraper les choses. Une autre partie de moi ne peut s'empêcher que d'imaginer son corps, son visage et son amour.

— Non, mais j'ai l'impression que je m'en porte bien puisqu'elle n'a aucun remords. Je n'ai eu aucune nouvelle d'elle depuis plus de deux mois, c'est une vraie coupure inconditionnelle.

— Tu n'as aucune envie de retourner dans ses bras ? …

Le ton est morose et John est perplexe.

— Tu sais c'est un vrai contraste entre le fait que je meurs d'envie d'être dans ses bras parce que l'amour que j'ai pour elle est toujours plus fort de jour en jour malgré la distance, et le fait que j'ai tellement de colère par rapport à son comportement que je n'arrive pas à avoir cette envie stupide de revenir vers elle. Je ne flancherai pas, je ne dois pas le faire mais je crois que je n'en ai même plus envie en plus. Je suis lassé, lassé de revenir vers une femme qui me rejette alors que c'est elle la source du problème.

— Ça peut se comprendre, après je ne peux pas vraiment voir ce que ça fait, c'est délicat je ne suis pas dans ta situation mais je voyais bien que pour une fois cette femme tu l'avais dans la peau, t'étais amoureux quoi mec, ne laisse pas passer la chance de ta vie ni même une seule chance de bonheur.

— Je sais mais je ne retournerai pas de mon plein gré dans ses bras, c'est à elle de se rendre compte des choses, elle a 26 ans, ce n'est pas à moi de tracer son chemin et faire de nous une seule personne. Elle a été incapable jusqu'alors de me rendre indéfiniment heureux alors que moi je ne faisais que ça, et pourtant je ne suis pas du genre à vouloir quelque chose en retour d'un geste tu me connais. Mais là, c'était trop, je ne pouvais plus vivre comme ça. Comme tu dis c'est la première fois que je suis si amoureux mais dis-toi que j'ai déjà été plus heureux que ça donc quelque chose cloche vraiment.

— De toute façon oui sinon on n'aurait pas cette discussion. Alors je sais que ça n'est pas à toi de retourner la voir et d'engager une fois encore une discussion pour une réconciliation mais j'espère de tout mon cœur qu'elle sera dans la capacité de le faire, rapidement.

— Peut-être qu'il faut espérer, je ne sais pas.

Rose

Lana est déjà là depuis une petite heure, on a beaucoup parlé d'Esteban. J'ai pleuré près d'une heure dans ses bras avant qu'elle ne m'ouvre les yeux sur ce que je suis avec lui et la manière dont je me comporte. Esteban a fait l'objet d'une longue discussion qui m'a ouvert les yeux, je sais ce que j'ai à faire désormais, heureusement que Lana est ma deuxième étoile sur qui je peux compter. C'est toujours elle qui m'a réconforté dans mes choix et dans ce que je devais faire. Elle m'a ouvert les yeux, Esteban est l'homme de ma vie alors je ne vois pas pourquoi je devrais laisser passer ça. À cet instant je me demande où était ma motivation à le laisser filer, à laisser s'éteindre notre amour. Je ne comprends même plus la vision des choses que j'avais avant, Lana a été comme un déclic qui m'aide à y voir plus clair et à ne pas broyer du noir. Depuis deux mois je vivais avec cette séparation sur la conscience et je n'arrivais pas à passer à autre chose, à aller mieux. Et croyez-moi, deux mois pour attendre de passer à autre chose sans que ça ne se passe, c'est très long. Esteban est en plus d'être l'homme idéal, syndrome typique de l'homme parfait, il est celui que j'aime le plus au monde, celui que je veux toujours appeler « l'homme de ma vie ». Pendant ces deux mois, je m'ennuyais, je me levais banalement le matin, je n'avais plus les petites surprises d'Esteban que je pourrais moi aussi lui faire maintenant, je vivais de manière très simple contrairement à avant, mon boulot me paraissait inintéressant et mon Dieu ce que ça passait lentement. Je rentrais le soir sans ne rien faire de spécial à part finir ma série dans un temps record, je broyais du noir. Esteban, c'est mes tripes, je l'ai dans la peau, ce n'est d'ailleurs pas qu'un peu parce que ce n'est pas un caprice. Il me manque, il me manque tellement si vous saviez. Je n'arrive pourtant pas à me faire violence, à me battre comme j'ai souvent réussi à faire. Je crois qu'en le rattrapant j'aurais peur de le faire souffrir comme je l'ai fait jusqu'alors. Parfois j'ai la tête remplie d'images, j'ai cette noire impression que je ne me souviendrai jamais assez de ce vieux banc que je croise tous les matins face à chez moi où tellement de choses s'y sont passées. Parfois dans mes rêves plus étranges les uns que les autres, ainsi soit-il, je me souviens de la lueur de son regard dans la nuit, de la beauté de son corps dans le lit au réveil, de ses lèvres humides sur les miennes quand on faisait l'amour, je me souviens toujours de ses mains, perdues entre mes cheveux et mes hanches, quand des fois elles étaient plus près de mes cuisses. Lorsque je pense à tout ça, ça n'est pas l'image de notre rupture qui me tourmente le ventre mais de simples papillons qui reviennent comme si nous étions toujours ensemble. À ce moment je me souviens d'un bouquin que je faisais quand j'étais au lycée avec toutes les citations célèbres d'auteur ou autre, et quand je l'ai retrouvé dans la semaine, je suis tombée sur celle de Khalil Gibran quand il dit « Quand tu es heureux, regarde au plus profond de toi. Tu verras que seul ce qui t'apporte de la peine, t'apporte de la joie. Quand tu es triste, regarde à nouveau dans ton cœur, et tu verras que tu pleures ce qui te rendait heureux ». Je la trouve magnifique et tellement réelle que je ne l'ai jamais vraiment oubliée, elle m'a aidé pour ma mère. Je me suis appuyée sur elle pour me rendre compte que l'on peut donner à la triste réalité de la vie, une chance pour la mettre en lumière et la voir sourire. Voilà que je me suis confiée à Lana des heures et des heures aujourd'hui.

— Enfin bon, je vois bien qu'au fond de mon cœur à moi, il y a cet homme, alors je sais pourquoi il est parti, mais je sais surtout pourquoi je dois y retourner.

— Là je te reconnais ma chérie, je te vois triste mais en même temps heureuse d'avoir pris une décision et la bonne surtout.

— Tu sais là je te dis que ça ira alors que ce soir je ne vais pas dormir de la nuit, j'étais insomniaque pendant deux mois, en chute libre, sans appétit, à fleur de peau, si près de sombrer mais je crois qu'encore une fois grâce à toi je me dis que ça ira, parce qu'il le faut et parce que c'est l'ordre des choses. Ce qui me tient debout depuis ces semaines c'est l'espoir qu'on reparte d'un nouveau souffle.

— Tu sais Rose, ça n'est pas forcément ton premier, ton dernier ou ton seul amour, Esteban a certainement aimé et peut encore le faire, mais aujourd'hui c'est toi qu'il regarde quand ses yeux brillent et que son cœur s'emballe. Il t'aime toi à ce jour et c'est ce qui compte le plus, même s'il n'est pas parfait, tu ne l'es pas non plus ma Rose, tu le sais. Esteban a quand même toujours été un ange, s'il a essayé de te comprendre, s'il a patienté autant avant de te quitter alors qu'il ne se voyait absolument pas vivre comme ça et s'il faisait tout pour te rendre heureuse c'est qu'il crevait d'envie de vivre à tes côtés. Maintenant il t'a lancé la balle et c'est toi qui as votre avenir entre les mains, et il a eu raison de faire ça et de t'obliger à prendre une décision ou à culpabiliser et finalement tu as pris une décision et pour ça je suis si fière de toi… Esteban, il ne vas pas penser à toi non-stop, il ne peut pas le faire et qui pourrait le faire de toute façon ? Tu sais quoi, je pense qu'il t'en donne largement assez pour que ça représente une partie de lui que tu peux briser alors ne le fais pas et fais-en ta force, la vôtre pour tracer le long chemin que vous avez à faire tous les deux.

— C'est vrai, c'est avec toutes tes paroles que j'ouvre de plus en plus les yeux et pour ça merci, parce que j'avais oublié de prendre le temps de me soigner, le comble. Il m'a quitté et j'ai encore une fois tout enfoui au fond de moi, mais c'est blindé au fond de moi je n'ai plus de place et cette décision m'ouvre de nouvelles portes. J'ai fait ce que j'ai toujours fait de mieux : me cacher derrière ma vie, derrière des épreuves qui ne me faisaient pas avancer. Je n'ai pas arrêté d'y penser, je veux dire de penser à lui, et tous les jours il traverse mon esprit et envahit mon cœur qui se serre, très fort. Je ne suis pas la meilleure, mais je sais dès à présent que je peux l'aimer de ton mon cœur, sans exception.

— Waouh Rose, tu m'impressionnes, tu ne peux pas savoir à quel point je suis heureuse pour toi que ces poids de ta vie s'évanouissent peu à peu.

Je vois que Lana est pleine de larmes à vider. Comme si elle se libérait en même temps que moi, on se prend dans les bras en pleurant toutes les deux. Mais cette fois c'est différent, je ne pleure pas parce que je suis triste, ces larmes me montrent à quel point je suis libre, ce sont des larmes comme les clés d'un cadenas qui se laisse emporter par le vent. C'est une vague impression de bonheur, comme un avant-goût de douceur et de stabilité. J'ai cette fascination qui me rappelle combien j'étais enfermée tout ce temps par moi-même, à cause de moi, de mon plein gré. Dans ma tête je me sens comme une prisonnière qui revoit le jour inconnu depuis tellement d'années. Vous savez cette porte de prison qui s'ouvre pour y laisser entrer le soleil de la vie, et à partir de ce moment-là, on sait que l'on peut faire tout ce que l'on veut.

— Merci Lana, mille mercis.

Lorsque je prononce ces mots, Lana me regarde, tellement fière et heureuse qu'elle sourit en même temps de pleurer comme un joli arc-en-ciel. Sans même me répondre, elle me serre tellement fort dans ses bras que je ressens un soulagement énorme et je ressens tout l'amour qu'elle me porte.

— Bon et ben qu'est-ce que tu fais encore là ? À quoi ça sert d'attendre exactement ?

— Tu as raison, je file. Tu ne m'en veux pas ? Je te laisse ma maison !

— Si je t'en veux ? Mais Rose parfois je préférerais que tu te taises.

— Tu as raison je me tais.

Lana me prend une dernière fois dans ses bras avant de se coller les mains au visage pour retirer ses larmes fort signifiantes.

*

Pour que nos lèvres se retouchent.

Je suis rentré chez moi après avoir longuement esquissé une discussion avec John. Je rentre perplexe dans le sens où je me sens seul, je rentre à l'appart comme depuis deux mois, une nouvelle routine s'est installée, pas des moindres: je rentre, et à partir de ce moment je me douche sans faire de sport contrairement à mes habitudes, et je me fais à manger. Cette fois, ma douche est déjà prise, je me trouve dans ma cuisine où je prépare mon dîner: un simple bout de viande avec quelques pâtes. Je passe mettre la bouteille de champagne que John m'a filé au frigo parce que j'ai gagné le match, mais je me demande bien quand je vais la boire, alors j'envoie un message à John pour qu'il vienne la boire avec moi le soir même s'il peut. Quelques minutes plus tard, j'entends du bruit sur le palier alors je me déplace doucement pour entendre mais je ne distingue aucun sens à ces bruits. En retournant vers la cuisine j'entends toquer à la porte et me demande avec surprise si John n'est pas déjà là. En me rapprochant je reconnais cette voix, je la connais par cœur, mieux que personne, mon cœur s'accélère. En décrivant mes sentiments, je dirais que je me sens anxieux par peur que son discours soit insignifiant et je me sens stupide à réagir comme un mec amoureux. Mais une part de moi reste fâché et ça se ressent.

— Esteban, je sais que tu es là, ta voiture est garée en bas, je l'ai vue. Et je sais aussi que tu m'entends.

Un silence se fait sentir lorsque je ne réponds pas. Rose a une voix qui en dit long sur son assurance, apaisée mais surtout apaisante. Je l'entends légèrement du fait de la porte fermée. Ses paroles me font échos, je n'aurais jamais pensé qu'elle me dise ce qu'elle est précisément en train de me raconter.

— Esteban, parmi toutes les leçons que tu as apprises, tu n'en as pas une à me prêter.

Je vois qu'elle commence à jouer de son humour, intérieurement j'esquisse un sourire, mais extérieurement je ne laisse rien paraître.

— Ma philosophie ? Je dis aux gens qui m'ont fait mal que c'est terminé, ils me font souffrir une fois peut-être, deux fois jamais, seulement parfois la philosophie part en vrille, il ne faut pas toujours l'écouter, tu t'en souviens hein ? C'était le deuxième soir la veille de la plus belle nuit de ma vie. Il ne faut pas toujours l'écouter. Et si la philosophie te lâchait un peu les basques pour m'aider à te retrouver ? Si pour une fois la vie était indulgente à travers toi ?

Je me sens impuissant face à ce qu'elle vient de me dire, elle s'est souvenue de mes paroles mot pour mot d'il y a certains mois.

— Qu'est-ce que tu veux Rose ?

— Je m'attendais à une autre réponse pour tout te dire mais ça va tu prononces encore mon nom. Qu'est-ce que je veux Esteban ? Te dire merci, après tout ce temps je peux te le dire, je veux te le dire, merci d'avoir été toi, d'avoir été si curieux de me découvrir, merci de t'être accroché pour mieux te décrocher parce que grâce à toi je me suis rendu compte, je me suis rendu compte que j'avais envie de te le dire, de te dire…

Je sens Rose distinguée et perturbée, mais pour une fois pas hésitante.

— De te dire que je t'aime. Que je t'aime et que je ne veux plus jamais te lâcher, plus jamais te faire espérer ce que je ne suis pas capable de te donner parce que désormais je me sens prête et complètement capable de t'aimer. Je suis persuadée maintenant que je ne suis pas la chérie parfaite mais que je saurai t'aimer mieux que personne parce que maintenant je te connais, je te connais par cœur. Tu as su me faire revivre, tu as fait battre mon cœur comme personne n'a jamais su le faire, l'amour c'est un travail de tous les jours et tu as été le seul à vouloir le faire tant vivre alors qu'au fond de moi je le désirais encore plus que toi. Alors encore une fois grâce à toi, j'aime à nouveau, avec douceur et passion les yeux fermés, sans peur et sans fracas les yeux ouverts.

— Tout est trop compliqué mais tu m'as dit que ton cœur battait aussi fort que le mien ou plus, tu m'as dit amoureusement pour la première fois je t'aime sans retenue et pour de vrai. D'habitude tu le faisais pour me faire plaisir et encore, aujourd'hui tu me le dis pour toi et pour nous deux. Tu rêves d'un nous cette fois ensemble et réel, et de tout ce que l'on peut s'apporter. J'ai tout gardé en mémoire parce qu'à jamais je veux que ça dure Rose, pour ne rien oublier, pour ancrer en moi ce qui est à toi et pour garder toutes tes promesses et tes espoirs, pour te montrer dans dix ans que rien n'est plus comme avant. T'aimer n'est pas un problème mais pas chose facile non plus. C'est compliqué, en fait tu es compliquée. Je ne peux pas te suivre, je n'y arrive plus, je ne peux pas assimiler tout ce qui se passe dans ta tête en quelques secondes, la manière dont tu fais les choses est tellement étrange Rose, réfléchie et pourtant tellement illogique… Mais parfois je me demande qui tu es, d'où tu viens, tu es une putain de tornade et tu m'as balayé sur ton passage Rose. Où je suis moi pour toi ? Je ne suis pas prêt à vivre le long de cette vie qui t'aspire toi mais pas moi.

— Je veux qu'on en fasse un truc un peu plus que joli. Ce n'est plus ce que tu veux entendre, mais je crois t'avoir aimé très fort et très vite, peut-être trop mais pas du mauvais sens. Un trop qui ne sera jamais débordant finalement, ce trop qu'on aime tous ressentir. J'ai tout de suite aimé tes lèvres sur les miennes, ton parfum sur mes sous-vêtements, le parfum que portait ton cou, j'ai aimé ta peau contre ma peau comme personne d'autre, j'ai adoré tes mots avec les miens, nos longues nuits et discussions. Mon cœur ne s'est jamais défait de nous deux ensembles, il a gardé l'espoir de toucher tes lèvres au moins une dernière fois, mon cœur était là pour toi.

— Tu te souviens ? Une nuit, tu m'aimais, l'autre je n'étais qu'un inconnu, le matin tu ne m'aimais plus pour mieux apprendre à m'adorer le midi, et moi j'étais perdu, je suis perdu mais je t'aime. En fait je me perds entre nous, notre amour se mêle à la frayeur que j'ai de ne pas être épanoui comme si quelque chose n'était plus, comme si nos deux cœurs ensemble ne battaient plus. Mais moi je sais que je t'aime. Rose, tu éclabousses tout ce que tu approches d'une vague d'émotions si intense qu'on ne la suit pas, je ne la suis pas.

La porte reste pour le moment le moyen d'ouvrir nos cœurs sans se voir.

— Je te fais la promesse de pouvoir t'aimer jusqu'à nos derniers souffles, je veux tout bâtir avec toi.

— Rose, de l'eau a coulé sous les ponts, maintenant que toi tu es décidée, moi je suis retissant, j'ai peur. Je ne sais pas quoi te dire parce qu'il n'y a aucun doute sur le fait que je t'aime mais je me sens au milieu de nulle part et ça me fait tourner la tête, je ne me sens pas bien et pas prêt à me relancer.

J'ouvre la porte pour entrevoir le visage doux que Rose montre face à moi. Ses lèvres sont naturelles et elle est toute aussi jolie que la dernière fois que je l'ai vue. Elle est magnifiquement bien habillée et porte un teint si frappant que je me laisse émouvoir un instant.

— Rose si tu m'aimes, pars s'il te plaît.

Lorsque je ferme la porte, j'entends Rose qui glisse le long de la porte. Quelques pleurs en ressortent.

— Tu vis comme quelqu'un qui a déjà tout vécu Esteban, mais je te prouve le contraire, regarde-toi, regarde-nous, tu es face à un mur, et tes expériences ne t'aident pas à savoir ce que tu dois faire ! Je t'aime…

*

Demain comme aujourd'hui.

Je me sens découragée mais pas tant que ça, je sais que je l'aime et par amour pour lui je pourrais tout faire. Il est tard mais il ne fait pas froid alors je reste devant l'appartement où il habite pour y dormir pour la nuit comme lui l'avait fait pour se battre quand il me voulait. Non pas que je veuille le copier mais je trouve ça surprenant et vraiment romantique de lui refaire la scène mais en mieux pour lui : cette fois c'est moi qui me bats pour lui. Je prends mon téléphone pour prévenir Lana de mon absence.

— Salut bichette.

Elle doit remarquer une voix peu rassurante chez moi mais elle reste prévenante et je ne me décourage pas.

— Salut ma belle, je sors de chez Esteban, on a beaucoup parlé de ce que l'on ressentait mais il m'a demandé de partir…

— Oh non… du coup tu fais quoi là ?

— Justement, je t'appelle pour te prévenir que je ne serai pas là ce soir, Esteban se lève tôt le matin pour aller courir, je vais l'attendre devant chez lui.

— Rose ? Devant chez lui ? Mais tu sais qu'il est à peine minuit.

— Je sais je sais, il l'a fait une fois, comme ça, je vais découvrir l'envers du décor.

— Tu es méconnaissable ! Mais justement c'est bien cette fois.

— Merci nono, je t'aime.

— Ce n'est pas à moi qu'il faut le dire ! Mais bon je te souhaite bon courage pour cette fraîche nuit…

— Ne t'inquiète pas pour ça.

— Gros bisous ma belle, je t'aime aussi.

— Bisous, d'ailleurs tu peux squatter la maison si tu veux cette nuit.

— Je vais me gêner, elle est tellement bien que je ne peux pas la laisser vide.

— Pff. Tu es bête !

— Bisous.

Lorsque j'arrive en face de son appartement, dehors, je vois le banc de d'habitude en face sous un sol pleureur. Je me dis que j'ai de la chance, c'est joli, éclairé et c'est une rue passante donc ça me rassure un peu. Et du coup c'est parti pour une nuit dehors, c'est la première fois de ma vie, mais ça ne va pas me faire de mal, c'est pour la bonne cause. En revanche, même s'il ne caille pas parce que nous sommes au mois de juin, il fait quand même de plus en plus froid dehors alors je me couvre tant bien que mal avec ma veste étant donné que je n'avais pas vraiment prévu de dormir à la belle étoile. Je ferme un peu les yeux, quand un sacré bruit me réveille. Quelques heures sont déjà passées et je vois la porte de l'appartement s'ouvrir en pleine nuit.

J'aperçois alors la silhouette d'Esteban dans l'ombre de la nuit mais sur le moment lui ne me voit pas.

— Esteban. Esteban.

Je lui rétorque deux fois son nom dans un petit chuchotement qui n'a pas trop de sens. Il ne se retourne pas et je n'arrive pas à savoir s'il ne m'entend pas où s'il ne veut pas se retourner. Alors je me dirige vers lui avant qu'il n'ouvre cette porte. Lorsque j'arrive près de lui, je pose ma main sur sa main pour qu'il ne continue pas d'appuyer sur cette poignée, et je croise son regard. À ce moment-là, je me sens comme éblouie, je vois de nouveau son regard porté sur moi comme si j'étais la prunelle de ses yeux. J'ai l'impression, en l'espace de trente secondes, que je découvre une nouvelle relation avec Esteban, quelque chose que l'on n'a pas eu l'habitude de connaître mais quelque chose qu'il nous reste à découvrir. Je ressens comme des papillons dans le ventre, des crampes à l'estomac et un stress qui accélère mon cœur de minutes en minutes, dans l'espoir d'être à nouveau réunis. Seulement je vois qu'Esteban va à l'encontre de ce qu'il me montre comme s'il s'empêchait de se remettre avec moi.

— Rose…

Comme s'il regrettait de ne pouvoir faire quelque chose pour moi, il prononce mon nom qu'il a déjà tant appelé mais jamais de cette manière-là…

— Esteban, Esteban je t'en supplie, ne me dis pas ce qui peut ne pas me plaire.

— Rose, tu m'as tellement dit ce que je ne voulais pas entendre ou au contraire, rien dit du tout que je ne peux pas avoir de regret à faire de même. Je ne me venge pas Rose, j'ai simplement peur de m'accrocher à un rêve et non à la vie.

— Ça me fait mal ce que tu me dis.

— Oui Rose, parce que ce que je te dis est vrai, alors tu le prends en plein cœur.

— C'est exactement ça…

À ce moment même, je baisse la tête parce que je n'arrive plus à regarder Esteban dans les yeux car les miens se remplissent pour mieux se vider. C'est alors qu'Esteban s'approche de moi, me lève la tête en me prenant le menton et me regarde, insignifiant, droit dans les yeux. Il me serre d'un coup très fort dans les bras sans ne plus me lâcher. Je ne pensais jamais en arriver là avec lui, c'est comme un câlin de pitié et non d'amour, je ne l'aime pas ce câlin, je ne peux pas le supporter.

— On dirait un câlin pour mieux me dire adieu Esteban…

Mais alors que je prononce ces mots, il me serre encore plus fort et rien qu'avec ça je peux voir qu'il m'aime toujours, ça n'est qu'une façade.

— Je dois rentrer chez moi Rose.

— Pourquoi est-ce que j'ai l'impression qu'une fois que cette porte sera fermée on ne se reverra plus jamais.

— Rose, s'il te plaît…

Je vois Esteban baisser la tête comme si lui aussi voulait pleurer.

— C’est trop dur, je ne peux pas, tu es en face de moi et je ne peux même pas t’embrasser !

— Arrête…

— J’ai envie que d’une chose, c’est ça, ne me dis pas d’arrêter.

— Rose arrête, j’en meurs d’envie aussi !

D’un coup il relève la tête et change de ton.

— Tu sais Rose, en quelques mois une personne peut te faire ressentir plus de chose que l’autre en quelques années, parce que c’est l’alchimie qui compte, pas le temps.

— Mais Esteban arrête s’il te plaît ! Ce que tu me dis ne correspond pas du tout à notre histoire. Nous deux c’était l’alchimie dans le temps pas soit l’un soit l’autre.

— C’était mais ça n’est plus Rose, au revoir.

Je m’écroule en larmes, et me mets par terre en voyant petit à petit le corps d’Esteban disparaître dans le noir.

— Je t’aime.

Je crie ce « je t’aime » que l’on peut à peine déchiffrer puisque je pleure à en mourir ce soir. Comment est-ce qu’il trouve ce courage de ne pas se retourner en me voyant comme ça ? Mon cœur se brise simplement en pensant qu’il n’a plus de compassion ni même de sentiments pour moi alors que je le désire plus que n’importe qui d’autre à ce jour et ce soir encore plus.

*

Esteban

Est-ce que la fin ressemble à ça ?

J’entendrais presque les hurlements de Rose de l’autre côté de la porte si j’y étais vraiment attentif. Ce que j’ai ressenti au moment de partir le jour où ça s'est fini entre nous, c'est comme si Rose me poignardait un peu plus chaque jour, comme si elle s'efforçait de nous maintenir ensemble, main dans la main sans l'ombre d'une hésitation. Lorsque je rentre à nouveau chez moi, j'essaie tant bien que mal de me recoucher mais à ce moment je ne peux m'empêcher de penser à Rose, seule dans la nuit, devant chez moi. Je commence à me faire remonter des souvenirs de notre première rencontre, de cette nuit à la belle étoile, de ce regard qu'aujourd'hui je ne désire plus revoir. Mes sentiments sont contrastés entre ce fort amour qui nous lie et cette vie dont je n'ai jamais rêvé. Rose n'a jamais su entretenir cet amour qui naissait en nous. J'étais le seul à le faire briller et rayonner, seulement l'amour ne doit pas se vivre comme ça, je préférais partir avant qu'il ne meure. Maintenant Rose me transmet ses doutes, est-ce qu'elle arriverait vraiment à changer ? À faire des efforts ? Franchement je ne sais pas, je ne suis sincèrement pas convaincu.

— Et merde.

Je me dirige dans le salon puisque j'ai entendu un truc tomber par terre. Finalement rien d'alarmant, seulement de la vaisselle de l'évier. En passant devant la baie vitrée du salon, je vois Rose, assise sur le banc presque recroquevillé comme si elle essayait de s'assoupir, et à ce moment, je vois sa détermination pour me revoir. Elle en avait plus d'une en poche finalement, ça me touche mais il est vraiment tard et demain matin j'aimerais partir courir comme d'habitude, ce n'est plus une surprise. Je crains seulement de devoir affronter Rose une ultime fois.

En me levant le lendemain matin, la première chose que je fais contre toute attente, c'est de ne pas passer par la fenêtre de mon salon au risque de la voir encore ici. J'ai à moitié l'esprit libre et des pensées de tout genre, comme déstabilisé par la discussion de la veille. Quand je prends mon café avec ma tartine de pain grillé, je reste vague comme perdu, mon regard est droitement porté vers la télé mais il est vide, je vois flou comme lorsqu'on a des phases où l'on part ailleurs en l'espace de quelques secondes. Je file me préparer pour m'habiller en tenue de sport, puis je pars mettre des chaussures. Lorsque je prends mes clés avec lesquelles j'ouvre la porte, toutes mes pensées vont vers Rose, j'appréhende qu'elle soit encore là, devant moi à nouveau. Cette fois, au moment où je sors, je regarde vaguement à droite, à gauche mais je ne la vois absolument pas et ce que je ressens ça n'est pas de la déception mais réellement du soulagement, je ne me voyais pas l'affronter dès le matin alors qu'on a déjà eu une discussion la veille au soir. Alors je pars de chez moi, après avoir verrouillé la porte, petits pas par petits pas en avançant plus rapidement à chaque fois. Je croise quelques personnes que je connais, on se fait simplement des signes pour se dire bonjour parce que j'ai mes écouteurs aux oreilles et je suis en train de courir. Et puis, contre toute attente, je finis par apercevoir Rose pas loin, derrière quelques passants, je me décide alors de faire demi-tour.

— Attends Esteban, Esteban s'il te plaît !

Je fais mine de ne pas l'avoir entendu et continue mon chemin comme si rien ne s'était passé mais j'entends Rose courir derrière moi pour se dépêcher. Elle m'attrape le bras donc je ne peux plus reculer.

— Attends, je t'en supplie écoute-moi.

Je respire fort et m'arrête d'un seul coup, je retire mes écouteurs.

— Qu'est-ce qu'il y a Rose ?

— J'ai besoin de te parler.

— Hier c'était déjà la même chose.

— Je sais, mais je ne sais pas comment te montrer que notre vie d'avant, c'est fini, c'est terminé, c'est derrière nous. Je suis quelqu'un de nouveau maintenant, je veux plus avoir de carapace à me mettre constamment devant le visage avec toi, je veux être moi, celle que je suis au fond et celle que je suis avec Lana et Lucas. Tout me manque, cette joie qui t'anime au quotidien et qui me fait revivre, ce sourire contagieux qui te rend rayonnant et qui me fait flancher. Je ne peux plus vivre sans cet homme qui me fait inconsciemment vibrer. J'en ai marre de ces journées de travail qui passent comme des mois, celles où tu venais me rejoindre me manquent, ces nuits à me blottir contre toi me manquent, toutes ces soirées à ne pas savoir quoi faire me hantent, reviens, je t'en supplie pardonne-moi, pardonne-moi. Tu te souviens de cette soirée sur la plage, le soir où on s'est embrassés ? Je n'ai pas arrêté de dire que tu étais fou, personne n'aurait jamais fait ça à part toi. Et maintenant je veux t'impressionner comme tu l'as fait tout ce temps. Je ne veux plus avoir à compter les heures loin de toi parce que je veux que tu me reviennes, comme il se doit. Un amour aussi beau, tu as raison il faut l'entretenir mais pas tout seul, je veux le vivre comme on aurait pu le vivre depuis le début, alors même si on a pris du retard ce n'est pas grave, je vais te montrer qu'on n'a rien perdu de nous.

— Tu sais quoi ? La première chose à laquelle je pense c'est que je n'aurais jamais pensé entendre ça de ma vie venant de toi, j'avais perdu espoir. Une chose est sûre Rose, je ne te détesterai jamais parce que je sais avec une certitude inébranlable que je t'aimerai toujours, que j'aurais toujours rêvé de gravir ce haut sommet avec toi, rien qu'avec toi.

— Tu parles comme si c'était du passé, comme si nous deux étions devenus toi et puis moi.

— Tu es un ange Rose, ça ne change pas. Avec toi j'ai découvert ce qu'était l'amour et j'aurais tendance à te dire que je ne voudrais plus me passer une seule seconde du tien.

— Mais… ? Tu sais Esteban, tu es arrivé dans ma vie comme un ange tombé du ciel, comme si la vie savait que c'est de toi dont j'avais besoin, que ce sont tes bras qui me soulageraient, ton corps qui me réchaufferait, toute ton âme qui me ferait avancer. Je pensais mon cœur trop amoché pour pouvoir t'aimer au fond de moi. Je crois qu'à ce jour, tu es la seule personne qui m'a rendue si heureuse et pour ça, j'aimerais te remercier chaque jour de ma vie si c'était possible à nouveau… Pas une seule fois je m'imaginais vivre une vie, la mienne, sans toi depuis le premier jour où nos regards se sont compris, se sont attirés. Je suis tellement fière d'être aujourd'hui tombée amoureuse d'un homme comme toi. Tu as un cœur pour aimer, un corps pour donner, une âme pour marquer les gens et laisser une trace de ton passage dans nos vies, mais tu as surtout une parole qui a toujours su me rassurer et me faire avancer. J'ai l'impression de m'endormir chaque soir en pensant à toi et de me réveiller chaque matin en pensant te voir, j'en deviens parano, complètement folle.

La situation se détend un peu, toutes ces déclarations sont les plus belles que je n'ai jamais vues, le monde autour de nous s'est arrêté, comme le jour de notre premier bisou. Lorsque Rose esquisse un sourire en s'exprimant pour la dernière fois avant que nos regards parlent d'eux-mêmes, je fonds littéralement de voir que tout ce dont j'avais rêvé est finalement réel, et que peu importent les difficultés, il ne faut jamais perdre espoir.

— Alors tu vois mon cœur, oui mon cœur, je pense savoir certaines choses et d'autres pas, qui serais-je à me prétendre la femme parfaite ? L'inconscient révèle en nous ce que nous sommes vraiment, et le mien m'a appris à être celle que je commence à devenir, en fait celle que j'étais avant. Ma mère est morte, mais pas moi.

Je vois Rose qui a l'air déterminée et qui pour une fois me parle de sa mère morte. Je pense que son problème était aussi qu'elle essayait trop de la faire revivre et qu'elle n'a jamais accepté de faire son deuil, ça lui paraissait impossible qu'elle soit morte.

— Rose…

Je suis ému et à la fois perturbé.

— C'est la première fois que tu sors de ta bouche « ma mère est morte », tu te rends compte ?

— Oui, et ce dont je me rends le plus compte c'est que de te le dire à toi, ça me fait du bien. Bêtement sur le moment je regrette de ne jamais avoir réussi à le faire avant. Ma mère est morte, elle est morte et j'ai compris seulement cette semaine que je ne pourrais jamais la faire revivre, qu'une fois que nos yeux se ferment, ils ne s'ouvrent plus jamais, c'est une paix intérieure qu'on retrouve et des souvenirs qu'on laisse. En revanche ce que je n'ai pas réussi à faire encore c'est son deuil, mais j'y travaille. C'est dur de voir des vidéos avec elle sans ressentir cette affreuse douleur qui vient se loger dans notre cœur, c'est aussi dur de voir des objets qui lui étaient chers sans la voir les porter, parce que je te promets qu'elle les portait bien.

— Rose, je t'arrête, regarde-moi.

— Oui ?

— Tu viens de me parler d'elle en laissant percevoir un sourire merveilleux, c'est le premier pas vers une victoire qui laissera place à une nouvelle vie.

— Merci Esteban, tu auras toujours su me sortir de mes problèmes, me relever en cas d'échec et me faire ouvrir les yeux. Tu sais, j'ai toujours été fière d'une chose, de ressembler à ma mère, elle était toujours souriante, très apprêtée, extrêmement chaleureuse et pleine d'amour et de générosité à revendre.

— Je suis tellement content de pouvoir enfin découvrir ta mère à travers tes mots Rose, je vois à ton visage que tu aimes en parler.

Je n'en reviens pas, Rose parle pour la première fois de sa mère sans pleurer, en souriant et déballant toutes ses anecdotes avec elle et tous leurs meilleurs moments passés ensemble. Ça me fait chaud au cœur et je vois que ça lui fait que du bien. Pendant tous ces mois, c'est à peine si elle prononçait le nom de sa mère, et là elle m'a laissé la rencontrer à travers elle, c'est le plus beau cadeau qu'elle puisse me faire. La plus belle manière qu'elle peut avoir de me dire je t'aime, sans le savoir. Cette situation laisse place au naturel et à l'émerveillement comme si on se rencontrait une nouvelle fois pour la première fois. Pour nous deux depuis quelques longues minutes qui passent, les gens passent devant nous comme s'ils étaient flous, on retrouve un espoir de se rattacher l'un à l'autre.

— Je suis tellement fière d'être sa fille, de pouvoir lui ressembler et la rendre fière à son tour.

— Je suis sûr qu'elle l'est, c'est la moindre des choses quand on a une fille comme elle a eu la chance d'avoir.

Rose sourit et j'ai comme l'impression qu'elle a une vague d'espoir qui traverse son regard quand elle me fixe intensément. Je ressens beaucoup de compassion pour elle mais je ne me sens pas prêt à l'embrasser, pas aujourd'hui, je vois plus ce moment comme un partage d'émotions, et de voir qu'elle se livre sur sa mère me fait énormément de bien mais me rend retissant à l'idée de l'embrasser, l'envie me manque.

— Je vais rentrer chez moi Rose.

— Ou au moins finir ton jogging non ?

— Bof, finalement ça m'a coupé l'envie de courir toutes ces émotions, je vais aller prendre une bonne douche chaude.

— Je pourrais te rejoindre si j'avais le temps.

— Si seulement ce n'était que le temps qui manquait à l'appel.

Rose me sourit, elle me sourit effectivement mais ça n'est pas semblable à ses sourires habituels, elle est déçue mais le cache. Et j'ai même l'impression qu'elle est anxieuse.

— Je vais y aller, j'ai une journée qui m'attend.

— Est-ce qu'on pourrait se voir ce soir ?

— Se voir ce soir… ? et bah je pense que ça va être compliqué, je dois bosser de l'appart sur notre nouveau chantier avec John, un gros chantier enfin bon.

— Tu t'es mis à travailler du soir juste au moment où je t'invite ?

— Ne le prends pas comme ça.

— Et je devrais le prendre comment ?

— Comme une femme qui a longuement merdé.

Je lui rétorque ces derniers mots de manière très abrupte et sèche tant elle se contraint d'insister et d'alourdir sa peine comme si elle n'avait jamais rien fait. Mais la vérité intérieure c'est que je n'ai qu'une envie : aller la voir ce soir.

— Je pense que ça a sincèrement le mérite d'être clair, mais en même temps ce que tu dis est vrai et je m'attendais à ces réponses décevantes. Mais je pense que tu me connais mal.

Rose se retourne et marche d'un pas décidé vers chez elle lorsqu'elle décide de se retourner plus brusquement comme si elle avait oublié quelque chose.

— À ce soir, Esteban.

Je souris parce qu'elle est vraiment craquante quand enfin elle se décide à prendre des décisions et à se laisser aller par ce qu'elle pense et ce qu'elle veut. Cependant, je me demande sincèrement si elle va réussir à me convaincre de la suivre ce soir.

*

Rose

Je me rends chez moi, et file prendre une douche parce que depuis hier je cocotte après cette nuit dehors et toutes les péripéties qui vont avec. Je m'empresse d'appeler un restaurant qui veut bien de nous à la dernière minute. Je me sens extrêmement bien, comme poussée par le vent. Avoir parlé de ma mère à Esteban m'a fait le plus grand des biens, je me sens vidée, mais d'un vide rempli de souvenirs, un joli vide. Le restaurant du bout de la rue, assez traditionnel et très simple a accepté une table de deux pour ce soir. Ils ont une assez bonne gastronomie et c'est à deux pas de chez Esteban, que demander de plus ? Maintenant j'avoue qu'il va me manquer jusqu'à ce soir. J'essaie de me faire un joli maquillage pour cette soirée de retrouvailles, assez soft mais travaillé quand même, je veux qu'il me trouve vraiment belle et qu'il me regarde avec les yeux de l'amour. Je dois passer environ deux heures dans la salle de bains rien que pour me préparer, je pars alors me faire à manger. Je me fais un plat assez simple d'ailleurs, des pâtes au saumon avec beaucoup de crème, un péché mignon hors pair pour ma personne. Pendant que je mange ce petit plat, je regarde un film pour accompagner le moment, un film culte d'ailleurs, un peu fleur bleue, voire trop pour certains. Il est vrai que je ne me vois pas vraiment regarder un film d'action plein de sang ou un film d'horreur pendant que je mange, à moins que je ne veuille plus manger de pâtes au saumon. Enfin bon, une fois le repas fini je me sens obligée d'appeler Lana pour lui donner quelques nouvelles.

— Salut ma belle, alors… ?

Je vois Lana réticente au téléphone comme si elle pensait la situation trop compliquée et délicate pour en parler.

— Non mais ne t'inquiète pas nono, je te promets que je ne me suis jamais sentie aussi bien de toute ma vie, les choses sont devenues étrangement simples et légères quand nous avons discuté tout à l'heure. J'ai senti comme une libération, un lâché prise totale, c'est la première fois que je lui disais mot pour mot que ma mère est morte. Pour la première fois depuis bientôt deux semaines, je l'ai vu sourire en me regardant, j'ai vu dans ses yeux qu'il me disait je t'aime.

— Ce n'est pas vrai ? Tu lui as parlé de ta mère Rose ?

— Oui, mais tu vois, ce n'était même pas un effort aujourd'hui, c'était plus un besoin et une forte envie de confidence plutôt.

— Je suis tellement fière de toi… Rose si tu savais depuis combien de temps j'attendais ce moment où tu me dirais que tu avais enfin lâché prise comme tu m'as si bien dit.

— Ça faisait aussi longtemps que j'attendais que tu sois fière de moi de cette manière. Je savais que ça t'énervait, que tu en avais marre de me voir comme ça mais là c'est fini, je sens que je change et que mon avenir deviendra mieux que mon passé, que ça ira de mieux en mieux.

— Tu vas enfin pouvoir vivre, parce que sur le principe tout le monde vit, mais il y a vivre et vivre. Tu faisais partie de ceux qui vivent juste pour vivre parce qu'on t'a mise au monde et que tu dois assumer ce rôle. Aujourd'hui tu vas pouvoir vivre pour accomplir tes rêves, pour faire prendre forme à tes projets, pour voir d'un bon œil tes accomplissements et ce que tu sèmes parce que tu dois être fière de toi. Aujourd'hui nono, tu vis pour mourir en paix dans quatre-vingts ans, pour regarder derrière toi et te dire que si tu devais refaire ta vie, tu n'y changerais rien, que tout ce que tu peux apercevoir est la plus belle chose du monde. Ta vie doit être chargée autant en émotions qu'en aventures, en amour qu'en amitié, en sourires qu'en larmes, en voyages qu'en projets.

— C'est exactement ce que va être ma vie à partir d'aujourd'hui Lana, parce que ce soir je dîne avec Esteban et je ne compte pas le laisser repartir sans qu'il ne m'appartienne pour toujours.

— Il t'a invité ?!

Elle a l'air étonnée, presque choquée d'apprendre qu'il a refait un premier pas envers moi, même si ce n'est que ce qu'elle pense pour le moment.

— Euh non Lana, c'est bel et bien moi qui l'ai invité.

— Toi ?! Mais je n'en revenais déjà pas que lui t'ai invité mais alors là… Tu ne surprends pas que lui Rose ! Tu es géniale.

— Merci, tu sais je suis fière de moi, vraiment. Ça paraît idiot, mais tout ce qui s'est concrètement passé en une journée pour moi est extraordinaire, comme si je m'étais délibérément métamorphosée.

— Tu as juste changé de jean en fait.

— Nono !

*

Esteban

Je me trouve toujours dans mon appartement depuis la matinée et il est l'heure où Rose ne devrait pas tarder à arriver pour partir au restaurant, mais je file finir de me préparer en attendant après avoir songé à sa proposition toute la journée. Et quand bien même elle ne m'agripperait pas dans ses filets, au moins il y aura eu un nous séducteur, qui a envie de plaire à l'autre, et je pense que ça ne peut faire que du bien.

J'entends la sonnette qui retentit quand je suis dans la salle de bains, ça doit être Rose.

— Salut Esteban.

— Bonsoir Rose.

— C'est élégant, tu es beau.

— Je te remercie.

— Est-ce que ça ne serait pas le moment où toi aussi tu me lances comme un compliment habituellement.

— Nous ne sommes pas d'habitude.

— Je te vois plein d'ambitions… On devrait réussir à faire un truc pas de trop moche de nous deux.

On sourit tous les deux, fiers d'en arriver là aujourd'hui, d'être prêt à recoller les morceaux et à se faire confiance. Je peux voir dans ses yeux qu'il est content de me voir, en plus de ça, ce soir il me regarde avec ses yeux d'homme amoureux et tendre, mais je dois avouer que je ne sais pas s'il s'en rend compte lui-même. Sa voix est calme et me rend assez confiante. J'ai l'impression de le redécouvrir tout comme lui doit le faire.

— Est-ce qu'on ne se dirigerait pas vers le restaurant ? Parce que si je devais ne rien te cacher, j'apprécierais de te dire que je meurs de faim.

Lorsque Rose rétorque ces mots, elle se glisse délicatement derrière mon oreille pour me les transmettre avec humour et tendresse.

— Et de quoi tu as envie ce soir ?

— À manger ?

— Évidemment.

— Ah ! Eh bien un truc pas trop mauvais, qui me cale mais pas trop, parce que j'ai envie d'un dessert.

— Et de quel genre de dessert ?

— Je ne sais pas encore mais on pourrait prendre le même ? …

— Et sinon parlons boulot, tu en es où ?

C'est comme un jeu de séduction qui renaît en nous, comme quelque chose de nouveau mais qui fait extrêmement de bien. J'esquisse cette excuse de boulot pour la faire attendre et la rendre encore plus envieuse.

— Toujours la même chose mais je préférerais dire passion que boulot tu le sais !

— Évidemment, je te comprends.

— Et toi toujours aussi débordé Monsieur le patron ?

Je file jusqu'à son oreille pour lui faire une petite blague à laquelle elle sourit avec envie.

— Tu sais que de m'appeler comme ça réveille des fantasmes, pas chez toi ?

— Hm, pas tellement en fait non, mais tu peux parler plus fort tu sais.

— Tu es sûre ?

Je commence à le dire avec un ton un peu plus normal et je vois Rose qui me cache la bouche avec ses mains que j'ai touchées il y a si longtemps. Un fou rire nous prend et on a cette impression de se redécouvrir et d'être pour une fois, tous les deux heureux.

— En revanche si tu as besoin d'idées pour accomplir mes fantasmes, je peux t'en donner…

— Pas si vite, on va juste dîner.

— Tu crois ?

— Absolument sûr.

— Alors c'est ce soir qu'on va voir si tu es un mec.

De nouveau notre sourire illumine nos visages pleins d'espoir. Paris est comme au premier jour, celui de notre toute première rencontre, mais il sourit ce soir plutôt que de pleurer. La ville est tout illuminée et brille devant nous. Et comme une belle soirée de printemps, il ne pleut donc pas. L'ambiance laisse donc place à une atmosphère de confidences.

— Au fait, Esteban.

— Oui ? Je dois avoir peur là non ?

— Ahah ! Peut-être tiens.

— Non parce qu'avec toi je n'ai peur de rien, je suis complètement libre de tout.

— Je t'ai parlé de ma mère.

— Oui je suis fier de toi et rassuré de mon côté.

— Mais tu ne m'as jamais parlé de la tienne non plus finalement…

— La balle est dans mon camp c'est ça ?

Elle hoche la tête et me présente un visage attentif, à l'écoute et passionné.

— Ma mère a été celle que j'ai le plus aimée mais paradoxalement celle qui a tout gâché autour de moi. Et le pire je pense, c'est qu'elle savait qu'elle me faisait du mal mais elle continuait, égoïstement.

Je baisse la tête et prends la main droite de Rose pour me rassurer, j'en ai profondément besoin. Pendant ce temps ma main droite est dans ma poche de pantalon alors qu'on marche ensemble jusqu'au restaurant.

— Elle ne m'a jamais laissé libre choix. Alors je peux comprendre qu'elle soit comme ça avec moi jusqu'à un certain âge mais maintenant c'est trop… J'ai 30 ans et ma mère contrôle ma vie comme si je ne pouvais pas le faire seule. Il y a quelques années, …

Je m'arrête en amenant Rose avec moi, sur le côté du fleuve.

— Esteban, est-ce que ça va ?

— Est-ce que tu es prête à entendre parler d'une autre fille Rose ?

— Bien sûr, si ça te fait du bien d'en parler, évidemment. D'autant plus que je veux tout savoir de toi.

Son regard est impressionnant, il me transperce et me rend amoureux. Elle lève la tête pour avoir ses yeux dans les miens, et m'écoute avec tendresse.

— Il y a quelques années, ma mère a gâché une très belle relation que j'avais depuis quelques années avec une fille que je connaissais depuis très longtemps. En fait, on a toujours été amis, ça datait de l'école primaire. On était tous les deux très attachés jusqu'au jour où ma mère a fait la bêtise de trop qui l'a obligée à me quitter. J'ai mis beaucoup de temps à m'en remettre. Et tu vois ce comportement, ma mère l'avait dans mon couple mais aussi dans ma vie au quotidien. Je ne te l'ai pas présentée, ça me fait peur.

Je vois le regard de Rose s'atténuer.

— Aujourd'hui c'est toi qui comptes, ne me fais pas ce regard, tu le sais. Mais je t'avoue que si je dois aborder la question de ma mère, je dois forcément passer par mes relations.

— Évidemment.

— Ma mère harcelait presque ma copine à l'époque, elle la détestait uniquement parce qu'elle lui volait son fils. Elle l'a manipulée, je n'ai pas supporté… Mais si ce n'était que ça encore, parce qu'elle me manipulait moi aussi sans que je le sache. Elle lui racontait des mensonges tout comme elle m'en racontait sur elle, de vraies saloperies. Ma copine avait tout découvert et croyait que j'étais au courant, que je lui cachais des choses et qu'on était de mèche ma mère et moi, alors elle est partie sans plus jamais donner de nouvelles, et puis quelques mois après je m'en suis remis, mais c'était la rupture la plus difficile de ma vie parce qu'elle était causée par ma propre mère, et je ne l'ai jamais accepté ni pardonné. Alors aujourd'hui quand elle fait comme si rien ne s'était passé, ça me met hors de moi alors je suis méchant. Je suis arrivé à un stade où je ne l'accepte plus chez moi, près de mes proches, je ne l'accepte plus dans ma vie. Je suis incapable de dire que je l'aime, comme si sa présence me faisait peur. Oui j'ai peur, j'ai peur que lorsqu'elle débarque dans ma vie, elle foute à nouveau tout en l'air. Tu vois, personne n'est infaillible.

— Je comprends mieux… je veux dire je te comprends, je suis désolée de t'avoir fait la réflexion il y a quelque temps quand je t'ai dit de faire des efforts parce qu'au moins tu avais encore une mère. C'est donc pour ça que tu ne me la présentes pas.

— Ce n'est rien Rose, je ne t'avais pas expliqué, tu étais en terrain inconnu. Oui c'est exactement pour ça. Elle ne te mérite pas, je crois.

Rose s'approche pour m'embrasser la joue, je me laisse faire et apprécie même ce bisou. L'atmosphère se détend.

— Et si on allait manger ? Il y a une heure à respecter.

— Tu vas me faire croire que c'est que pour ça !

— Bon d'accord, j'ai faim aussi.

Je lui souris et elle de même, et à ce moment-là en regardant le ciel, je me dis que tout peut changer.

*

Rose

Lorsqu'on arrive au restaurant, je prends les choses en main, et le serveur nous emmène à la fameuse surprise en espérant qu'il l'accepte à la fin de la soirée. On sera que deux à manger dans un petit coin du restaurant très chaleureux et moderne à la fois. Je vois Esteban ravi.

— Super, merci beaucoup. Alors tu aimes ?

— Impressionné, ça vient vraiment de toi cette idée ?

— Bien sûr tu crois quoi !

— J'avoue que tu m'épates depuis quelques jours, ou tout du moins disons que je n'ai pas l'habitude.

— Et ce n'est pas fini ! Tu vois ce que ça fait d'être toujours surpris ? De ne t'attendre à rien et de ne rien contrôler, tu découvres enfin ce que tu m'as fait vivre chaque jour dans notre relation.

— Et je dois dire que j'y prends goût !

— Oui enfin doucement quand même.

Je souris, mais lui voit aussi que je reste troublée, comme si je devais lui dire quelque chose parce que c'est le cas. Je le connais par cœur et je sais qu'il perçoit chaque instant où je suis soucieuse. Et là il le voit.

— Rose ?

Bingo. C'est comme si à chaque instant où il me regarde, il sait ce que j'ai à lui dire avant même que mes lèvres ne bougent.

— Ça fait quelque temps que l'on se laisse des confidences discrètement à l'oreille, que l'on se regarde comme si tout pouvait changer, ou du moins que moi je te regarde de cette manière, avec tout l'espoir du monde. Mais j'ai réellement envie que ça avance, aujourd'hui, pour toujours.

— Je le sais Rose, je t'écoute quand tu me parles, et tu me le dis depuis quelques jours, alors je l'entends, et plus le temps de notre séparation dure, plus je me dis que l'on n'est pas fait pour être séparés. Je t'ai dans la peau, je ne peux pas, je veux dire je ne peux plus avancer sans toi, simplement.

— En fait tu me fais ce genre de déclarations Esteban pour finir par me dire que tu n'es pas prêt ou que tu as peur.

— Rose ne gâche pas tout.

— Je veux juste que tu ne me fasses pas espérer.

— Je ne te ferai jamais espérer Rose.

Alors que les confidences se chevauchent, nos regards s'abrutissent l'un dans l'autre. Je prends ma coupe de champagne dans la main, l'emmène près de ma bouche assez sensuellement, et dès lors, je pense à le séduire à nouveau comme avant. Assez de toutes ces déclarations, quand bien même je les adore, assez d'être fleur bleue comme je l'ai été toute ma vie, passons à autre chose, juste pour aujourd'hui.

— Est-ce que je devrais penser que c'est absolument normal que tu sois bloqué dans mon regard depuis déjà quelques minutes maintenant ?

— Oh euh… Bah après tout ça peut l'être.

— Alors continue.

Je le vois prendre sa coupe de champagne et boire une simple gorgée sans qu'il ne détourne le regard. Je vois ses mains et elles me manquent, où qu'elles soient. Quand elles parcouraient mon corps, ou qu'elles caressaient mes cheveux doux, quand il s'en servait pour me prendre le visage et m'embrasser ou même quand il me tenait les poignées pour ne plus que je bouge.

— C'est précisément ce que je comptais faire.

— Ah et bien tant mieux, mais encore ?

— Qu'est-ce que tu veux dire par là.

Je caresse avec la pointe de mes escarpins le bas de la jambe de l'homme qui est assis en face de moi et je le sens légèrement perturbé, étrangement.

— Est-ce que ça te manque ?

— Je te demande pardon ?

Je détourne le regard et joue avec ma coupe de champagne.

— Je pense que tu as compris.

— Je pense aussi que ça manque plus à toi qu'à moi.

— C'est à mon tour de te demander pardon, qu'est-ce qui te fait dire ça ?

— Parce que tous les deux ensemble c'était parfait.

— C'était ?

— Ça l'est peut-être encore mais je ne peux pas le savoir.

— Bonne tentative.

— Échouée ?

— Exactement.

— C'était bon de te sentir près de moi.

— Vraiment près de toi ? Dis-moi c'est toi qui me séduis là.

— Je me dois de te séduire, une femme comme toi ne peut pas être délaissée.

— De toute évidence.

— Rose, ta chaleur me manque.

— Monsieur deviendrait-il émouvant ? Se laisserait-il aller ne serait-ce qu'un instant ?

— Juste un tout petit peu, et j'ai le droit.

C'est une atmosphère tellement sensuelle qui se met en place que j'en perds le but du rendez-vous.

— Rose, si on arrêtait de jouer ?

— Je te sens sérieux d'un coup.

— Parce que plus je te regarde et plus j'ai envie de partir de ce restaurant.

— Je dois comprendre quoi exactement ?

— Que je ne veux plus attendre.

— Attendre pour quoi Esteban ?

— Pour tout recommencer, pour se faire confiance, s'aimer et bâtir cet empire qui nous rapproche.

— Du sexe on passe à du romantisme ?

— Il y a une première fois à tout. En même temps l'endroit est tellement intime qu'on pourrait absolument parler de tout.

— De ce que tu faisais le matin au réveil par exemple ?

— Ah oui là tu en perds tes manières.

— C'est toi qui viens de le dire. D'ailleurs c'est peut-être la seule chose qui ne me manque pas chez toi.

— Je prends ça pour un compliment.

— Je ne suis pas sûr que ça en était un.

— Tant pis.

— C'est d'accord.

— Quoi ?

— On part ?

— Je te suis.

— Enfin quelque chose qui me plaît. Attends-moi ici.

Je pars régler le repas de ce soir, et récupère la surprise au passage à l'accueil avant de rejoindre Esteban.

— Ferme les yeux.

— Je dois le faire ? Vraiment ?

— Est-ce que je dois te répondre ?

— C'est parti.

— Alors donne-moi la main, fais-moi confiance.

Je finis par lui chuchoter à l'oreille assez sensuellement d'ailleurs, de me suivre. Lorsqu'on monte les escaliers, Esteban comprend de moins en moins et moi, je jubile. J'ai commandé une chambre d'hôtel cette nuit pour nous deux, avec une bouteille de champagne et une suite néon. La suite néon c'est la chambre qu'ils appellent par ce nom parce qu'elle est dédiée aux amoureux. Quand j'ouvre la porte, les lumières sont teintées en rouge et quelques bougies sont allumées. Les rideaux sont tirés et je file allumer la musique avant de retirer le bandeau qui lui cache les yeux.

— Est-ce que tu es prêt…

Je me glisse près de son oreille.

— Mon amour ?

La respiration d'Esteban s'est coupée un court instant quand je l'ai appelé comme avant et j'effleure ses lèvres du bout des doigts avant d'y approcher ma bouche et de faire demi-tour en lui laissant un simple souffle tendre le long de ses deux lèvres.

— Je pense l'être oui.

— Alors ouvre les yeux.

La réaction d'Esteban est tout comme je l'espérais, il est impressionné, excité par l'ambiance et très doux avec moi. Il me prend dans ses bras en me laissant quelques longs petits bisous le long du coup.

— Je ne sais pas quoi te dire. Ça vient de toi ça aussi ?

— Complètement, sans personne pour m'aider. En étant dans cette situation où je te sentais partir sans la possibilité de te voir revenir vers moi, j'ai réfléchi, j'ai passé mon temps à réfléchir en pensant à toi, et à ton bonheur avant le mien.

— Bah, c'est réussi au moins.

Je sens qu'Esteban est au maximum de son bonheur et qu'il a ce soir ce qu'il rêvait tant depuis le début de notre relation.

— On n'a plus le droit de se gâcher Esteban, je veux que ce soit toi et moi pour toujours, tu es fou avec toutes tes surprises, il n'y a que toi pour faire ça. Enfin c'est ce que je pensais mais maintenant on sera deux parce que c'est grâce à ça que tu nous fais vivre. Mais tu ne dois pas être le seul à le faire, alors je veux aussi te faire rêver.

Tu sais, depuis que je te connais, je me suis toujours dit que si je ne suis pas une bonne amoureuse pour toi, je ne serai jamais à la hauteur pour personne.

— C'est toi qui me fais des déclarations d'amour maintenant ? Ça te dirait qu'on reporte ça à plus tard ?

Je vois Esteban complètement différent, son regard a changé, il me désire. Il commence à s'approcher de moi, en me prenant par la taille, nos deux corps avancent d'un mètre afin qu'il ferme la porte, à clés. Je sens mon cœur qui s'accélère déjà petit à petit et ma poitrine bouge plus que ce qu'elle en a l'air. Lorsque mes oreilles peuvent simplement percevoir le bruit que le verrou fait une fois la porte fermée, je me retourne. Je suis à quelques petits pas du lit de cette chambre à l'ambiance sensuelle pendant qu'Esteban ne peut s'empêcher de me prendre la taille tendrement tout en y ajoutant sa touche sauvage que j'ai toujours aimé. Il colle mon corps contre le sien, et pour la première fois depuis des jours, nos regards sont de nouveau plus proches que jamais. Nos lèvres s'effleurent pendant qu'il fait monter la tension en mélangeant nos deux souffles amoureux. Un seul mot sort de sa bouche à ce moment, et c'est certainement le seul que je devais entendre pour me mettre dans tous mes états.

— Ton corps m'avaient tellement manqué Rose… Juste mes mains le long de tes hanches me donnent envie de toi, ton souffle collé au mien comme ça me rend complètement dingue.

Esteban soulève le devant de ma robe alors qu'il se trouve derrière moi. Ses mains ne cessent de tracer un chemin bien précis et alors qu'il commence à me toucher, je me sens revivre à travers sa chaleur intense. Je me tais, apprécie le moment comme rarement je les ai appréciés. Mais c'est à ce moment, sans me laisser une seule seconde de répit, qu'Esteban me prend sauvagement les lèvres avec les siennes sans ne jamais s'arrêter. Nos deux langues jouent ensemble comme si depuis des années elles n'avaient pu le faire. Je le sens d'ailleurs joueur lui aussi, une fois il me mord la lèvre, l'autre fois il m'effleure la langue pour mieux l'embrasser la seconde d'après. Ses mains entrent en jeu à la seconde même où mon corps s'avachit dans le lit et se laisse faire comme s'il avait besoin du sien. Il me caresse tout le long du corps en passant par les zones les plus douces pour aller jusqu'aux endroits les plus sensibles et les plus amusants. Ses doigts parcourent mon corps jusqu'au paroxysme de la douceur et de l'excitation. Il s'arrête sur mes jambes qui ne peuvent s'empêcher de partir d'un bout à l'autre du lit dès qu'il les caresse.

— Tu es tellement sexy ce soir… ose me dire que tu as mis cette tenue juste pour me dire je t'aime…

Il me soupire quelques mots de temps en temps avec une voix si sûre de lui que ça me rend encore plus folle. Un mélange de douceur, de souvenirs de nos nuits d'avant, de nostalgie du passé qui laisse une nouvelle porte ouverte sur l'avenir, un mélange de souffles saccadés et de regards inachevés pour mieux voir nos deux corps en vie, le mélange de deux peaux qui s'unissent et qui s'abîment chaque fois qu'elles se touchent, deux corps chauds, nostalgiques, mélancoliques, vivants, puissants, absents, abandonnés sur ce lit, confiants, capables.

— Je veux sentir tout ton corps.

J'ouvre la bouche pour y laisser s'échapper quelques soupirs imparfaits mais tant révélateurs pendant que la situation prend une autre tournure alors que mon corps dépasse le sien et vient le coller en le dominant. Esteban est en dessous de moi, je le sens dépassé et vulnérable, mais c'est si bon. Mes mains descendent lentement jusqu'à la ceinture de son pantalon pendant que ma bouche se joue de lui. Elle passe d'un bout à l'autre de son corps et s'arrête avec délicatesse juste en dessous du nombril. Je harcèle sa peau de baisers tendres et chauds pendant que mes mains se battent pour retirer cette ceinture qui me gêne exhaustivement. À l'instant même où je la tiens sans relâche entre mes doigts, Esteban reprend le contrôle de la situation et me porte jusqu'au milieu du lit pendant que mes deux poignets sont inséparables l'un de l'autre. À ce moment de la nuit, il m'attache les deux mains avec le premier objet qu'il tient, qui s'avère être sa ceinture. Il me fait découvrir de nouvelles choses, de nouveaux plaisirs, de nouvelles façons de voir les choses et le monde, c'est pour ça que je l'aime, c'est pour ça que j'apprécie le moment.

— Ferme les yeux.

J'aurais presque envie de lui dire à vos ordres, Monsieur, mais je me retiens, même si je me demande pourquoi je m'empêche de quoi que ce soit maintenant, alors qu'on est libre comme l'air pour la première fois. Esteban s'apprête à prendre soin de mon corps, en retirant mon tee-shirt tout en oubliant la délicatesse sous la couette. Lorsque mon haut touche le sol sans même avoir compris pourquoi il ne touchait plus ma peau, Esteban est déjà arrivé aux boutons de mon pantalon qui l'agacent tant.

— Pourquoi est-ce que tu as choisi ce genre de pantalon pour ce soir ?

Entre deux souffles qui se coupent, je lui réponds intensément. Esteban a l'air sérieux, complètement fou de la situation et littéralement excité par cet environnement qui nous colle à la peau et par le corps qu'il détient depuis quelques longues minutes.

— Peut-être parce que je ne comptais pas faire l'amour ce soir.

— Mais là tu ne dis pas non…

Je deviens comme vulnérable mais apprécie le moment, mon souffle m'empêche de lui répondre, ma poitrine devient chaude, et mon corps en transe. J'apprécie chaque baiser consigné à mon corps, chaque baiser qui se glisse entre les deux lèvres chaudes et humides d'Esteban, et ma peau qui avait tant manqué à cet homme qui me dévore littéralement. Je décide d'ouvrir les yeux un instant pour croiser son regard perplexe qui ne se retire pas du pantalon. Il aimerait tellement voir le même endroit avec une couche en moins qu'il finit par détacher ces foutus boutons qui étaient bel et bien la dernière séparation difficile entre nos deux endroits les plus excités, les plus envieux. Seulement à peine le regard d'Esteban se détache de ce bas, nos deux yeux se croisent à nouveau, sans laisser Esteban indifférent. Plus aucune couche de vêtement ne s'interpose entre nous à présent. Je suis littéralement nue, excepté le soutien-gorge qui me cache encore un peu. Sa bouche entre en contact avec ma partie la plus érogène et c'est à ce moment que mes yeux se referment instantanément, sans qu'il ait à me dire quoi que ce soit. Mon corps ne peut s'abstenir de s'agiter une seconde avec tout cet effet qui me colle à la peau, une sensation de nouveau me traverse, passe à travers moi, un sentiment de bien-être total et d'excitation intense. Les couleurs qui remplissent la pièce sont d'autant plus excitantes que nos esprits pensent à mal ce soir. L'atmosphère est torride tout comme l'ambiance est sensuelle, inévitablement. Une lumière rouge, des bougies suffocantes, des draps déjà mouillés, une chaleur qui nous prend à la gorge, des vêtements jonchant le sol, un sous-vêtement d'un côté pendant que l'autre s'apprête à toucher la moquette de l'autre, deux corps déjà en sueur. Je me sens ailleurs, c'est peut-être ça le fameux septième ciel. S'il fallait tant de superflus pour l'atteindre, je crois que je finirais par penser que nos deux corps suffisent à faire de cette chambre-là la plus tendue qu'il soit. Depuis de longues minutes, Esteban n'a pas quitté cette zone qui m'emmène déjà très loin, mes yeux se révulsent et je le vois, sa tête près de mon entre jambe pendant qu'il tient avec ses deux mains mes cuisses en les serrant de plus en plus fort lorsqu'il sent le bien que ça me procure. Je finis par croiser finalement son regard alors que sa langue joue avec la partie de mon corps qu'il préfère à cet instant, c'est comme s'il me lançait un missile en pleine figure, je sens mon corps partir en vrille totale, sans pouvoir l'en empêcher. Alors que je sens ses doigts qui commencent à entrer en contact avec mon sexe pendant que l'humidité de sa langue se mêle toujours à ma peau, mes yeux se ferment et ne réfléchissent plus, ma bouche s'ouvre pour y laisser passer quelques souffles mêlés à de petits sons audibles, mes jambes tremblent pendant que le reste de mon corps commence à appréhender cette tension. Mes mains sont toujours aussi collées l'une à l'autre alors qu'elles se tiennent tendues au-dessus de ma tête et mon ventre ressort alors que mes fesses se creusent dans le matelas qui vivra ce soir, ses premiers ébats si torrides et si envahissants. Pour la première fois depuis le début de cette soirée, le souffle de l'homme qui se tient en face de moi est saccadé, perturbé, je l'entends alors qu'il commence à être de plus en plus échauffé, sentant son corps de plus en plus animé. C'est alors qu'en quelques secondes simplement, il m'emmène au-delà de tout ce que l'on peut imaginer, l'orgasme traverse mon corps si fort que je tremble de tout mon être, je suis littéralement ailleurs, dans cette partie du monde où rien ne nous gêne, où tout est si simple. Cette sensation est tellement enjôleuse que je finis par prendre la situation en main, et me mettre à sa place.

— Détache-moi.

Je lui souffle à l'oreille quelques mots quand il se demande s'il doit le faire ou non.

— Seulement quelques minutes alors.

— Le temps que ça prendra.

Alors qu'Esteban me détache, son regard croise le mien une énième fois avant que je monte au-dessus de lui. Je lance la ceinture à côté du lit comme pour lui montrer que je suis libre désormais et que je compte m'en servir pour lui donner tout le plaisir que je peux. Alors que ma bouche commence par faire exactement le même chemin que la sienne un instant plus tôt, je commence à me rendre à l'endroit qu'il attendait tant, en m'attardant dessus. Entre deux mouvements presque saccadés de ma bouche sur sa peau, deux regards confus mais inespérés se croisent pour se dire combien c'est bon. C'est dans ces moments d'amour et d'étreintes que je me rends inébranlablement compte que le sexe n'est pas que du sexe. Quoi qu'il puisse se passer dans ce lit, je ne partage pas que mon corps avec cet homme qui laisse des millions de frissons sur ma peau si jeune. Je dois dire que c'est le seul à qui je me laisserai simplement, à qui je me donnerai en fermant les yeux, en le laissant faire ce qu'il veut de moi. En me rendant folle de lui, il s'est emparé de moi, mais pas seulement d'un corps ou d'une personne, bel et bien de tout ce que je pourrai donner dans une vie, de toute mon âme aussi belle qu'elle soit désormais, et de tous ces sentiments qui se mêlent à nos corps, comme ils se mêlent à nos cœurs. Entre deux mouvements de tête, j'entends son souffle qui veut me dire je t'aime, je sens ses mains prendre mes cheveux avec tant de forces et de délicatesse à la fois, je ressens ce sentiment dont on ignore la provenance, au moment où il touche mes seins avec ses mains si envieuses. C'est à ce moment que je me rends compte de combien je manquais à Esteban, et combien cet homme m'aime tant encore.

Au bout de quelques minutes, il me relève finalement la tête, et s'empare de mon corps pour me retourner. C'est alors que je suis sous lui, face à lui, allongée sur le dos. La seule chose qui ne me fasse plus vriller l'estomac est ce regard profond qu'il me lance, sans ne rien faire d'autre jusqu'au moment où il commence à redescendre le long de mon corps. Ses mains effleurent pour la centième fois, mes seins, le bas de mon ventre si sensible, l'endroit exact dont on rêve d'aller tous les deux depuis le début de cette soirée. Dans un coup sauvage, je sens maintenant ses doigts en moi qui me procurent tant de plaisir et à la fois tant de tendresse. Si je n'avais pas cet homme auprès de moi pour me donner tant d'émotions et de chaleur en même temps, je le demanderai tous les jours de ma vie.

— Retourne-toi Rose.

— Tout de suite Monsieur.

Je souris à Esteban au moment où je prends soin de me retourner, et c'est un joli sourire que j'ai en retour, il me réchauffe le cœur et je ne pense plus à rien. Avec cette ambiance tamisée, cette tension entre nous qui nous fait virevolter, j'en perds mes repères et me laisse aller. Esteban se met au-dessus de moi alors que je suis allongée sur le ventre, il joue avec nos deux sexes un instant, et entre en un coup, ce qui me fait complètement vaciller. Tout change dans la pièce, je ne ressens que le bonheur de le sentir en moi et contre ma peau, enfin. Esteban prend un rythme qui me plaît et chaque mouvement et d'autant plus apprécié que le précédent. Ma bouche reste entrouverte pour y laisser s'échapper tous les sons qui laissent Esteban excité deux fois plus et me laissent me tordre littéralement. Pendant que la tension monte, le climat devient sauvage, et chaque va-et-vient me donne envie de hurler alors que je m'accroche à l'oreiller pour mieux le mordre et atténuer mon désir sensuel. Quand vient le sentiment d'avoir atteint le paroxysme du bien-être qu'un être humain peut ressentir, je me sens comme sur un nuage, dans un autre monde. On reste quelques minutes l'un dans l'autre comme pour se dire combien nous ne faisons qu'un. Il m'embrasse la nuque, me caresse les cheveux, presse ses lèvres sur les miennes.

Alors que de longues minutes se sont écoulées, lorsque tous les deux, nous avons fini de se partager amoureusement, Esteban se rhabille, moi de même. Il éteint les lumières tamisées et laisse la lampe de chevet allumée avant de venir me prendre dans ses bras.

— J'ai l'impression de ne jamais t'avoir perdu…

— Je suis tellement heureuse que tu me pardonnes tout, si tu savais. Toi, ton corps, ta peau, ton souffle, ton cœur, tout me manquait. Tu as délibérément fait ce que je me croyais incapable de faire jusqu'à présent, pardonner.

— Pardonner est la chose la plus merveilleuse que l'on peut faire par amour.

— Alors est-ce que ce que tu viens de dire signifierait que tu m'aimes ?

Je laisse s'échapper un moindre semblant de rire de ma bouche, délicatement.

— Parce que tu te poses encore réellement la question ? Tu es la plus belle femme du monde, tu le sais ? Dis-moi que tu le sais Rose.

Sans lui répondre, sa main passe le long de mes cheveux, il me caresse la joue.

— Hein ?

Sa voix est douce et je sens au ton de sa voix qu'il essaie de me rassurer, comme avant. Notre relation n'est plus la même, je le sens, je pense que lui aussi. Je suis moins réservée, je me laisse lui dire tout ce que je pense, tout ce que je ressens. Son regard n'est plus le même, il me regardait avec admiration et avec amour, maintenant il me regarde avec amour et confiance. Je sens qu'il m'a retrouvée mais qu'il m'a surtout trouvée. Il voit que maintenant je suis une nouvelle femme, déterminée et amoureuse, ou finalement déterminée à être amoureuse, me sentant prête à le rendre heureux, pour de bon.

— Je veux te voir rire, pleurer, sourire, t'amuser, danser, marcher, vivre, respirer, m'embrasser, parce que c'est avec moi que je veux que tu fasses tout ça, avec personne d'autre, nulle part ailleurs que dans mes bras.

— J'ai tellement l'impression d'avoir trouvé la seule femme avec qui je peux construire quelque chose que je ne pourrai jamais m'imaginer ailleurs que dans tes bras mon amour.

Quand Esteban me redit pour la première fois « mon amour », j'en ai les frissons. Ça me fait tellement de bien de savoir qu'il est à nouveau dans ma vie comme s'il ne l'avait jamais quittée. Et en même temps ces mots sortis de sa bouche se libèrent avec aisance et le naturel de la situation nous prouve que nous sommes fait pour nous aimer. J'ai un sentiment de soulagement et d'acquis qui me traverse comme si enfin lui et moi bâtissions un nouveau départ, duquel nous ne sommes pas près de nous détacher.

— Bon, assez profité ! On a beaucoup de choses à accomplir petit cœur, lève-toi je t'emmène quelque part.

— Mais Esteban il doit être presque une heure du mat.

— Peu importe, on est samedi, c'est le week-end, viens profiter.

Je suis sous le lit en essayant tant bien que mal de retrouver tous mes vêtements, en vain.

— Alors venir passer une soirée avec toi serait génial mon amour, mais encore faudrait-il que je retrouve mes affaires que tu as, il me semble, jetées un peu partout dans cette chambre.

— Oups.

— Ah oui je vois que tu es motivé à les retrouver avec moi !

Esteban se rhabille tandis que je suis toujours à la recherche de ces foutus vêtements.

— Tant pis je vais devoir sortir nue hein !

— Alors non pas que je ne veuille pas, mais je pense qu'il fait assez froid dehors.

— C'est vrai. Ah je l'ai !

— De quoi ?

— Bah ma culotte Esteban que je cherche depuis tout à l'heure !

Avant de partir de l'hôtel, je m'assois avec Esteban sur le lit en grignotant quelques chocolats que j'avais commandés pour ce soir.

— Tu es magnifique.

— Même après avoir fait l'amour ?

— Surtout après avoir fait l'amour, si je te dis que tu es belle le matin au réveil, ça te suffit pour croire que tu l'es après avoir fait l'amour ?

— Euh oui littéralement, arrêtons la discussion maintenant. Aller on y va, je ne sais pas où mais on y va.

— C'est parti.

Alors qu'Esteban entre dans sa voiture, je me demande réellement où est-ce qu'on se rend à une heure si tardive. En même temps nous sommes samedi soir et tous les parisiens sont de sortie encore à cette heure-là, de toute évidence.

— Un petit indice ?

— Hum… D'accord. En habitant Paris, je pense que tu l'as déjà fait.

— Déjà fait ?

— Oui, ou déjà été. Bref je m'arrête là sinon tu vas me faire cracher le morceau.

— Quoique parce que franchement avec toutes les surprises que tu m'as faites, tu as toujours réussi à garder ta langue bien rangée.

— Oui c'est vrai ! Tu veux bien arrêter d'en parler.

— Oui.

Un instant je rigole, parce que j'adore l'embêter, si ce n'est toujours pas devenu ma première passion.

— Ou non.

Après quelques minutes et deux trois bouchons du samedi soir dans les rues de Paris, nous arrivons au parking où nous nous garons habituellement dès lors que l'on passe faire un tour dans le centre-ville. Lorsque l'on en sort, je prends soin de prendre la main d'Esteban dans la mienne et de le retenir un instant. Sous les feux des voitures et les lumières scintillantes dont nous fait part la ville, je croise le regard de celui dont je rêve chaque jour un peu plus.

— Je me sens légère ce soir.

— Et moi rassuré de me dire qu'on peut désormais recommencer tout à zéro.

— Tu m'étonnes… moi aussi tellement. Je ne te remercierai jamais assez de m'avoir pardonné et surtout de croire en moi, en nous.

— Il n'y a pas à me remercier Rose, ce n'était pas une épreuve de te pardonner puisque je t'aime. Et dieu sait que l'amour est sans frontière, alors pardonner en fait partie.

Je lui souris bêtement et peut-être un peu amoureusement aussi. Je me sens comme une plume au vent qui tombe au beau milieu d'une prairie, paisiblement. Quand bien même cette prairie est présentement assez bruyante, vivante et attractive avec tout le bruit que les voitures font dans Paris. On reprend notre route en avançant doucement comme deux amoureux qui errent dans les rues de la capitale. On arrive à la grande place où vit la Tour Eiffel depuis des années, et c'est ainsi que je vois que l'endroit est incroyablement romantique, à la limite du féerique quand il s'empare du monde et des magnifiques lumières qui font rayonner la ville.

— Un petit voyage au cœur de la Tour Eiffel vous plairait mademoiselle ?

Esteban me regarde avec le sourire, il est joueur.

— Réelle invitation romantique ou plutôt par obligation de la voir étant habitants de la ville ? D'autant plus qu'il est vrai, et pardon mon amour, que même en tant qu'habitante de la ville, je ne l'ai jamais visitée. Certainement, trop occupée à la regarder de chez moi.

— Un peu des deux mon amour, tu n'arrêtes pas de la voir de loin et tu ne l'as jamais visitée, c'est le comble !

— Oui c'est clairement vrai, c'est peut-être à force de la voir. Mais c'est une très bonne idée. Bon allez viens, il y a du monde.

— Ah ça oui, ici quand la queue nous tient, on ne s'en sort pas.

V
Sunshine

Rose

Pour que nos deux vies changent à jamais, j'ai décidé de changer la première.

Voilà que nous sommes depuis quelque temps dans cette magnifique Tour Eiffel à admirer le paysage qui s'offre à nous, entre des promesses qui se tiennent la main ce soir-là, les baisers langoureux qui ne cessent de vouloir se dire je t'aime, et les regards plus puissants les uns que les autres, notre amour triomphe désormais.

— Que dirais-tu d'aller voir un magnifique couché de soleil demain soir ?

— Qu'est-ce que j'en dis ? Eh bien que ça peut être bien, et reposant. Mais où ça ?

— J'ai envie d'aller du côté de Montmartre pour se balader un peu faire les magasins, parcourir les rues commerçantes bondées d'artisans et comme le soleil se couche assez tard à la fin du printemps, je me disais donc que ça pouvait être pas mal.

— Carrément, je te suis mon amour.

— Oula, bah dans ce cas plus le choix !

Nous sommes émotionnellement au paroxysme de l'épanouissement, il nous manque juste une bonne nuit amoureuse l'un collé à l'autre pour se retrouver définitivement.

— On s'en va ?

— Maison des roses blanches, ou appart pas très propre…

— Ah oui ? Pas très propre ? Et pourquoi ?

— Ces temps-ci je n'en avais pas trop envie.

— Oh non mais je rêve ! Arrête de remettre ta négligence envers le ménage sur le dos de notre amour un temps soit-il presque corrompu.

— OK… C'est vrai mais récemment j'en avais encore moins envie.

— Hm. Rien que pour mon confort personnel je pense qu'on va aller chez moi.

Je vois qu'Esteban ne me prend pas au sérieux et se fout presque de moi. Toujours est-il qu'en effet je blague mais je déteste le voir se foutre littéralement de moi.

— Oubli ma générosité, c'est simplement pour moi, mais je t'invite.

On s'en va alors main dans la main en rigolant et retraversons le brouhaha qu'incarne la ville de Paris.

— Pfffff ! Incroyable ce qu'il fait froid ces derniers jours pour un printemps ! Vive les petits moments de l'été où le soleil décide de nous dire bonjour.

— Râle pas tu es dans une belle maison, propre et chaleureuse, alors chut et viens te coucher.

— Hm ce que tu peux m'énerver, bizarrement je mangerais bien une deuxième fois.

Alors qu'Esteban me saute dessus tandis que j'étais assise sur le dos du canapé, on s'étale littéralement sur les coussins en éclatant de rire.

— Et bizarrement je te répondrai qu'il vaut mieux s'arrêter sur une bonne note !

— Oh ! Tu veux jouer à ça ?

— Pourquoi pas ?

Je le regarde d'un air joueur et séducteur.

— Bon allez, laisse-moi respirer, et va-t'en de ce foutu canapé qui est complètement en train de perdre la face.

— Tu parles, arrêtes d'extrapoler ça reste un canapé.

Une fois debout et bien revenue sur mes deux pieds ancrés dans le sol, je me précipite vers la chambre pour tenter d'échapper à l'humeur joueuse d'Esteban qui ne cesse de vouloir m'attraper.

— Cinq ou Six j'hésite ?

— De quoi tu parles ?

— De ton âge ma foi.

Je vois Esteban s'emparer de mon corps en me bloquant sur le lit, il commence à me chatouiller, chose que je déteste le plus au monde.

— Arrête !!!

Je prends le dessus et c'est moi qui commence à le chatouiller.

— Monsieur se sent fébrile ? Alors cinq ou six ?

*

Esteban

Alors que notre partie de chamaillerie s'est arrêtée, tout du moins pensant qu'elle s'est arrêtée, on se brosse les dents avant d'aller se coucher. Je vois tout de même Rose avec un sourire malicieux et sa brosse à dents dans la bouche. Malgré la difficulté à me comprendre, je la préviens.

— Retiens-toi Rose, je te vois venir.

— Confiance Esteban.

— Esteban ?

— Confiance mon amour.

Je me penche alors pour me rincer la bouche dans l'évier, mais de toute évidence, Rose m'étale son dentifrice avec sa brosse à dents tout le long de mon visage. Mais prêt à me venger, je me retourne et l'éclabousse complètement.

— Je ne t'avais peut-être pas prévenu mais en tout cas c'est fait.

Je vois la tête de Rose complètement mouillée et surprise. Elle est dans l'inattendu total, et se met à sourire.

Après cette soirée si longue soit-elle, nous sommes enfin dans cette maison, ensemble, liés et amoureux plus que jamais. On s'est retrouvé comme avant, ou peut-être pas finalement. Il nous fallait bien tout ça pour qu'aujourd'hui ne soit plus jamais comme avant.

Après quelques longues nuits passées ensemble déjà, plus rien n'était routine, est-ce que ça existe d'ailleurs ? Nous ne connaissons pas, et je crains ne pas vouloir connaître cette sensation avec Rose. Chaque jour est un nouveau jour plus beau et plus enrichissant que le précédent, quand bien même il se trouve que certaines journées ressemblent à un pyjama qui nous habille un dimanche entier, que de bons films à se mater et quelques sushis ou salade de fruits improvisée, affalés sur le canapé. Ça reste pour nous un moment inoubliable. Que ce soit la course, un moment de détente, un instant romantique, une belle surprise, une journée de travail chargée, une heure sportive ou bien même une journée excitante, nous passons ces journées à nous aimer. Que l'on soit ensemble, où chacun plongé dans nos activités, tout va pour le mieux.

Rose et moi nous chamaillons en cuisine comme à peu près tous les soirs en faisant à manger et d'ailleurs ça se ressent dans nos plats, que tout est fait avec amour et avec passion.

— Ça te dirait qu'on organise un petit truc tous entre amis, les tiens et les miens ? Ce que l'on n'a jamais fait avant… Et je trouve ça dommage.

— Je trouve que c'est une plutôt bonne idée mon cœur mais avec ta famille ou non ?

— Pourquoi cette question directement ?

— Bah il se trouve que comme tu as pu le remarquer ton père et moi ne sommes pas les plus copains et je pense qu'une discussion s'impose entre nous avant qu'on refasse une journée famille ensemble tu ne crois pas ?

— Tu as raison… Appelle-le si tu veux, il te décrochera.

— Sans doute.

Tandis que j'ai au téléphone le père de Rose pour se voir, elle contact ses amis sur un groupe en commun et n'hésite pas à leur dire que ce sera sûrement une sacrée fête pour que tous profitent.

— D'ailleurs mon ange, on pourrait se réserver des petites vacances pour août ?

— Oui bien sûr en amoureux.

— Carrément, est-ce que…

— Oui ?

— Non en fait rien.

Alors que les amis de Rose sont tous partants et tous disponibles pour la semaine suivante faire la fête à la maison, Rose et moi organisons de quoi manger, boire et danser. D'autre part, lorsque la faim se fait sentir dans les petits estomacs d'Esteban et Rose, une envie leur vint d'organiser leurs vacances du mois d'août. Il en est temps.

— Ça ne te dirait pas un petit voyage d'aventure, on part avec notre tente et nos sacs à dos et on visite.

— Ah ouais ? Ça te dirait ça toi ?

— Carrément oui.

— On en découvre des choses quand on fait des activités dans un couple.

Je lance une petite pique à Rose comme pour lui dire que ce temps-là, c'est le temps d'avant, aujourd'hui nous allons faire plein de choses et vivre une vie remplie comme il se doit, que ce soit ensemble ou chacun dans notre petit cocon.

— Tu as bien raison, mais fais attention, je ne sais pas pourquoi mais j'y prends goût.

— Et regarde sinon ce camping-là pour la nuit entre nos deux randonnées. Il a l'air carrément top.

— Oui c'est vrai, les prix d'une nuit ?

— Non mais en plus, il y a un petit espace aquatique sympa histoire de se détendre avant de retourner marcher.

— Allez, va pour celui-ci.

Bizarrement même lorsque l'on se tue à trouver tous nos logements pour passer des nuits en tente, se renseigner sur les villes où trouver de l'essence, un supermarché et le reste, Rose ne peut s'empêcher que de m'embêter encore et encore pour aller manger. Parce qu'il se fait tard en effet, et madame a faim. Elle baisse l'écran de mon ordinateur, pose mes lunettes sur la table, me laisse un petit bisou au coin de la bouche, et m'emmène dans la cuisine en me tirant par la main.

Arrivée dans la cuisine, contre toute attente, Rose a tout sauf faim. Elle me fait un câlin près du plan de travail et me laisse comprendre la suite de cette soirée, semblable à un ébat amoureux sensuel.

— Je t'aime.

Tandis que Rose me chuchote tendrement ces trois mots dans l'oreille, tout dérive dans nos têtes et plus rien ne nous empêche de coller nos deux corps chauds et vivants. Rose a compris que l'on avait qu'une vie, et je ne l'ai jamais vue aussi heureuse, souriante et épanouie, comme si aujourd'hui elle ne se forçait plus à rien, et que toutes ses émotions venaient du cœur, naturellement. Et rien ne me fait plus plaisir. J'ai cette vague image d'elle toujours plus souriante de jour en jour, comme si ce passé qui lui collait tant à la peau avait enfin décidé de se détacher d'elle pour passer à autre chose. C'était un si long chemin à parcourir, que d'en arriver là me fait prendre conscience du bonheur qu'on a d'être tous les deux.

— J'ai jamais eu autant envie de m'abandonner dans tes bras Esteban…

— Je trouve que depuis nos retrouvailles d'il y a quelques semaines, notre vie sexuelle vit pleinement, si tu vois ce que je veux dire…

Je suis un grand séducteur et en tant que tel, je me dois de mener à bien ma mission. Quand je vois son corps bouger le long du mien près de ce plan de travail, je ne peux m'empêcher de me dire combien cette femme m'excite. Elle qui paraît si timide mais qui est pourtant très joueuse sous la couette, elle commence à me faire languir et se jouer de moi. Mais assez jouer, passons aux choses sérieuses. Je la soulève pour l'asseoir sauvagement sur le plan de travail alors que je presse mes lèvres sur les siennes à toute allure. La situation laisse place à un contrôle abandonné quand chacun de nous se laisse guider par son excitation intense. Je m'apprête à lui ôter sa belle robe rouge, tellement sexy quand je vois le volet de la cuisine ouvert. Je m'empresse de le fermer et de finir ce que j'avais commencé. Sa cambrure me rend dingue et ses lèvres jouent avec les miennes entre deux souffles saccadés et des sourires séducteurs. Dans un temps record, je me retrouve nu face à elle, raide de plaisir et prêt à déplacer des montagnes pour la faire jouir. Elle et moi sommes nus, l'un face à l'autre, l'un pour l'autre. Je prends Rose dans mes bras et m'apprête à la chevaucher debout dans un élan charnel et un désir sensuel de lui retirer le dernier vêtement qui touche sa peau. La sensation ne demeure pas moins une étincelle de plaisir que toutes les fois passées où je me suis senti vivre en elle. Mes va-et-vient sont saccadés et intenses alors que je ne peux pas m'arrêter. Je vois Rose prendre son pied et me griffer le dos, lever la tête. Ses yeux se plissent et se révulsent. Sa chaleur est douce et excitante. Rien ne me donne encore plus l'envie de continuer que de sentir son odeur, l'odeur de son parfum si sensuel et sauvage. Nos deux corps dansent dans la cuisine pendant que nos voix chantent dans cette même pièce. Nous formons un art, celui que nous avons toujours voulu contempler et reproduire.

La fin de cette soirée prouve combien nous nous sommes consumés l'un et l'autre grâce au feu de notre passion qui ne demeure pas vouloir s'éteindre un seul instant. En effet, notre plat de lasagne finit par être froid quand nous nous asseyons à table et décidons de se mettre devant un film pour manger. Le regard de Rose est plus porté sur ma bouche qui laisse entrer une bouchée de ces pâtes chaque minute plutôt que sur le film. Je pense même qu'au bout des deux heures, si je lui demandais de quoi ce film parlait, elle me répondrait qu'elle adore me voir manger.

*

Rose

Si notre vie devait ressembler à ça chaque jour, je n'hésiterais plus une seconde à dire oui. Esteban et moi nous préparons dans la salle de bains pour accueillir mon père qui doit avoir une discussion avec Esteban. Ce soir c'est toute une organisation à avoir, nous sommes plus de cinquante pour la soirée que l'on a prévu avec Esteban, donc on n'a pas le temps de papoter, on se dépêche. Il est vrai que vu que l'on n'a pas pu fêter son anniversaire à la suite de notre rupture, j'avais vraiment envie de lui offrir cette possibilité de s'en souvenir toute sa vie.

— Ah mon cœur, je crois que mon père est là.

— J'arrive.

Esteban arrive pour me faire un bisou et un tendre câlin d'amour avant d'aller ouvrir à mon père, alors que je suis en cuisine pour préparer l'apéro dînatoire de ce soir.

— Bonjour.

— Bonjour Esteban.

— Venez, entrez. Rose ton père est là.

— Oui j'arrive. Bonjour papa.

— Bonjour ma fille.

Tandis qu'un froid, ou plutôt un moment de vide total se fait sentir, sans que personne ne sache quoi dire, ou que personne ne sache quoi faire, j'aide mon père à retirer son manteau, et l'emmène s'asseoir sur le canapé un instant.

— Tu sais papa, ce serait vraiment bien que vous parliez entre homme, posément.

— C'était prévu ma fille, je t'aime tellement, je veux me rattraper et faire les choses bien. Je ne te décevraisplus jamais je te le promets.

— Merci papa.

Esteban se rend dans le salon pour parler avec mon père alors que je me remets au fourneau comme il se doit pour que tout soit prêt à temps, car l'après-midi n'est pas terminée, j'ai acheté pas mal de décorations pour qu'on puisse se faire ce petit apéro dans un style bohème et relaxant dans le jardin. C'est pour ça que beaucoup de choses sont à prévoir aujourd'hui, nous sommes débordés.

— Tu sais Esteban, je m'y suis très mal pris la première fois que je t'ai vu, et en réalité toutes les autres fois aussi.

— Vous savez ce que j'en pense, et sincèrement je ne pourrais pas vous dire le contraire, c'est sûr. Mais votre famille est très soudée et en même temps très fragile avec toutes ces fractures au cœur…

— Cependant, je n'avais pas à faire ça, et aujourd'hui je le regrette. Je tiens sincèrement à m'excuser Esteban, tu as l'air d'un homme bon. Et d'ailleurs toute ma famille ne cesse de me le dire, même Lana m'en parle souvent.

— Écoutez je ne suis pas fait pour entendre tant de gentillesse même si tout ça me va droit au cœur. Ce que je sais c'est que Rose ne cesse de vivre heureuse depuis quelque temps, et ça me remplit de bonheur. Vous aussi je suppose d'ailleurs.

— Ça, vous pouvez en être sûr, ma fille était malheureuse depuis beaucoup trop de temps pour que l'on gâche notre relation tous les deux.

— Je suis absolument d'accord, notre appel de la dernière fois nous a faits du bien aussi et nous a aidés à mettre les choses à plat.

Je vois au loin dans la cuisine mon père serrer la main d'Esteban et lui faire une accolade de réconciliation. Je suis sereine et je me sens apaisée de voir que tout peut être beau l'espace d'une soirée. C'est la plus belle chose d'une vie de se rendre compte qu'elle nous offre des opportunités de profiter entièrement de ces moments de joie sans avoir à se soucier de ce qui ne va pas. Cela fait tellement longtemps que je n'ai pas ressenti ce bien-être naviguer en moi paisiblement, comme si tout pouvait m'arriver mais que je l'affronterai sans hésitation, sans la peur de me détruire à petit feu.

Bon, trêve de bavardage, passons à la suite de la journée qui nous réserve des moments nous laissant de belles images dans la tête durant de longues années, vous voyez ce que je veux dire ?

— Bon les deux loulous, je crois qu'après le temps des réconciliations est venu le temps de ne plus arrêter de la journée ?

— Ah bon ?

— Tu es sûre ma fille ?

— Mon cœur si tu as besoin aujourd'hui, ne m'appelle pas.

— Mais ? Est-ce que ce sont toujours les hommes qui laissent cette impression de nonchalance ou bien c'est une impression et il faut laisser se taire les stéréotypes ?

— Tout de suite les hommes sont toujours l'incarnation du je-m'en-foutisme et de la dérision et la femme est la parfaite indépendante qui réfléchit par elle-même et n'a plus besoin d'hommes. Vive le XXIe siècle.

— Il y a un juste milieu tu ne crois pas ?

— Bon les enfants et si on éludait l'idée d'un débat autour de l'image de l'homme et de la femme, débat sans fin.

— Oui bonne idée, aller au travail !

Je profite de la moindre seconde qu'il me reste pour filer embrasser Esteban en vitesse avant de le motiver pour installer d'abord tous les éclairages extérieurs et les jeux de lumières pour la piste de danse de ce soir.

— Rose est-ce que tu préfères qu'on mette des jeux de lumières de chaque côté de la piste de danse ou bien on en laisse pour ailleurs quand même ?

— Eh bien pour le reste on a des lumières extérieures et des bougies, donc écoute, mets tout au niveau de la piste et essaie d'en disperser un peu partout.

— Et ma chérie je pose les guirlandes lumineuses au-dessus du buffet et où déjà ?

— Les autres ce sera pour sous la tonnelle mais on s'en occupera tout à l'heure.

— D'accord super, et du coup les photophores pour les grosses bougies, je...

— Rohh mais ce n'est pas possible, sans relancer le débat, un homme est un homme.

— C'est tout ce que tu as à dire ?

— Oui parce que figure-toi mon amour que je pense délibérément maintenant, qu'un homme aura toujours besoin des bons conseils d'une femme.

— Ah c'est super drôle, vous aussi.

— Non mon cœur détrompe-toi, je sais bricoler toute seule et quand bien même je ne sais pas faire certaines choses, je me débrouille et j'apprends. Figure-toi aussi que je fais la meilleure cuisine qui soit et j'ai un goût pour la décoration intérieure assez exquis.

Un instant, se mêle ce sentiment de joie et d'éclats de rire à la fameuse envie de l'étriper, mais je l'aime. Alors simplement, en oubliant mon père quelque peu on s'accorde une petite pause pour se faire deux trois câlins et les bisous qui vont avec. Seuls ce genre de moments délicieux veulent rester dans mon cœur pour le réchauffer et c'est pour cela que je les aime tant. Vous savez ? C'est d'ailleurs ce genre de moments qui ne durent qu'un centième de seconde qui vous en paraissent mille et qui ne cesse de rebondir dans vos pensées chaque fois que vous pensez à la personne avec qui vous les avez vécus. Mon dieu ce que je les aime ces moments, ils me permettent de me maintenir en vie, à la surface d'une nuée de fumée noire parfois. Sur une carte postale ce serait typiquement ces images remplies de vie et traversées par un beau rayon de soleil et deux beaux sourires qui prouvent la vie immortalisée de deux êtres à part entière. En effet, j'ai appris à aimer la vie et à en voir ses bons côtés malgré la noirceur qu'elle a la possibilité d'exhiber.

— Sinon je vois bien que vous êtes heureux de vous prendre dans les bras les amoureux mais ne voyez-vous pas que je suis à moitié suspendu au fil de ce projecteur, que je suis sur la pointe des pieds et relativement coincé dans une position pas très agréable ?

Tandis qu'Esteban et moi sommes dans l'incapacité de réagir tout de suite en vue de la situation, on ne peut s'empêcher de rire comme deux idiots sans s'arrêter. Mais bon ne négligeons pas mon pauvre père qui attend toujours, il est temps de se remettre au boulot.

— Papa tu veux venir apprendre à faire des cocktails avec moi en cuisine ? On va préparer ceux pour ce soir.

— Ah oui volontiers, au moins je serai en parfaite position.

— Ah oui c'est sûr. Mon cœur, tu installes les photophores, les bougies, les vases avec les feuilles de plumeau ?

— Oui pas de soucis, dis donc tu ne fais pas les choses à moitié, tu es bien dans ton thème !

— Et il reste les miroirs à franges, les tapis avec les coussins et les tables basses, les tables en bois à mettre sous la tonnelle, qui d'ailleurs n'est pas montée ! Je dois aussi préparer toutes les petites bouchées apéro. Mais ça, je prévois de les faire cette après-midi.

— Rose détends-toi, tout va bien se passer, relâche la pression, ça va être parfait.

— Oui, oui je sais.

Alors que les heures passent à vitesse grand V, des imprévus nous tombent sur la tête comme à chaque soirée, c'est évidemment l'ordre des choses. Il y a une coupure d'électricité générale et aussi bizarre que ça en a l'air, nous sommes détendus car on est en fait encore loin de se pencher sur ce point-là. Nous avons rapidement mangé ce midi. Maintenant il est l'heure de monter cette fameuse tonnelle ! Une tâche à réaliser et pas des moindres.

— Allo ?

— Oui poulette c'est Thaïs.

— Oui ? Pas une mauvaise nouvelle hein j'espère ?

— Non je ne pense pas, au contraire. Je t'appelle pour savoir si tu as besoin que je te ramène deux trois trucs apéro à mettre au four en plus de ce que tu fais ? Je suis en courses donc j'en profite.

— Bah écoutes, si tu trouves des petites choses qui te donnent envie oui. Tu prends toujours de la boisson pour ce soir ?

— Oui bien sûr j'y allais pour ça. À ce soir alors, j'ai hâte de te revoir !

— Moi aussi tellement ma belle, on va bien fêter nos quinze belles années d'amitié.

— Ah ça oui je vais bien les fêter, crois-moi !

Alors que je me charge d'allumer toutes les guirlandes qui donnent de l'intérieur de la maison jusqu'à la tonnelle par un petit chemin de fleurs et de lumières éblouissantes, les garçons prennent à leur charge le fait d'installer toutes les tables.

— Et juste les tables hein ? J'ai bien peur que si je vous laisse vous lancer dans la décoration des tables tout ressemble à un art qu'on a du mal à bien aimer. L'art de la table c'est important et entre vous et moi, il ne me semble pas que ce soit votre point fort à tous les deux !

— Oui chef !

Ils me répondent tous les deux en même temps, presque d'un air ahuri. Je crois bien qu'ils se fichent littéralement de moi parce qu'ils me voient stressée. Mais bon pas de panique, on rigole plutôt que de se crêper le chignon.

— Hey mon petit ange…

Esteban vient me surprendre en me faisant un câlin alors que je finissais les dernières préparations culinaires.

— Plus qu'à couper mes petits fours et à dresser mes beaux plats, et tout sera fini. Enfin en cuisine en tout cas…

— Eh, regarde-moi.

Je me retourne et vois son merveilleux visage d'ange. Mon Dieu ce que je ne m'en lasserai jamais. Inutile de me demander si je suis amoureuse parce que je crois qu'on pourrait lire à travers mon regard et comprendre en une fraction de seconde que c'est encore bien au-delà de l'amour pur. Bref, trêve de rêves bleus et de sentiments. Suffit. Il ne manquerait plus que je me mette à lui dire ça tous les jours ! Il ne marcherait, je pense, plus sur ses pieds à la longue. Mais c'est vrai que l'amour qui nous lie n'enlèvera jamais de nos cœurs cette passion qui nous dévore tant de jour en jour. Je pense qu'on ne peut qu'exprimer cet art d'aimer par nos corps et nos regards, il est difficile de mettre le doigt sur les mots justes pour le définir.

— Oui je te regarde, et si tu savais tout ce qu'il se passe dans ma tête, tu serais étonné.

Il vient m'embrasser le cou, puis le front.

— Et qu'est-ce qu'il se passe dans ta tête ?

— Stop ! Je t'ai trop déclaré ma flemme, et peut-être que je devrais te la déclarer ce soir encore alors…

— Ce soir ? Pourquoi ?

— Euh, ben non je disais ça comme ça, comme tous les jours.

— Hum hum. Tu me caches quelque chose toi. En attendant je voulais dire que je te trouve resplendissante.

— Charmeur.

— Non vraiment, et en plus organisatrice de soirée te va plutôt bien je crois.

— Ah bon ? C'est vrai ce mensonge ?

— Oui, il suffit que tu stresses juste un peu moins pour pas inquiéter les clients.

— Pas de soucis pour ça, je resterai organisatrice que de mes propres soirées !

— Ah bon, eh bien pas de soucis alors.

On rit un instant mais on se rend vite compte que le temps passe vite, et qu'il reste à dresser toutes les tables et à gonfler les ballons dehors.

— Aller au boulot les amoureux !

— Oui, oui. Je vais me pencher sur mes tables moi alors.

— On gonfle les ballons nous.
— Super.
Je me sens dans mon élément lorsque je m'applique à disposer parfaitement toutes les assiettes, couverts, verres à pied, les décorations, le parchemin, notre belle nappe blanche. Mais le plus important, évidemment, ce sont toutes les petites roses blanches et bleues que je dispose sur le parchemin entre les vases contenant les plumeaux et les petites bougies étincelantes. Belle atmosphère et ambiance au clair de lune sous cette tonnelle, j'adore. Alors que l'électricité ne revient toujours pas, je commence à me dire que ce n'est pas si grave, les lumières à piles déposées sur la terrasse et dans l'herbe laissent intimement s'échapper une atmosphère magique et irréelle. J'ai encore eu le nez fin sur ce coup-là. Et je peux le dire, je suis assez fière de moi. Cependant, cela fait dix minutes que je reste figée sur cette terrasse à regarder l'horizon et le décor qui s'offre à moi. Je m'abandonne un tant soit peu dans mes pensées les plus profondes, et je pense à ma mère. Non je ne pleurerai pas, croyez-moi ou non. Je souris. J'aime la vie grâce à ma famille, à mon travail, à Esteban. Je suis heureuse, même s'il ne manque plus qu'elle. Nous ferons quand même ce repas avec elle, elle est dans mon cœur, c'est comme si elle était en vie, alors voilà, je t'aime maman. Je sens la présence de deux hommes chers à mes yeux qui viennent admirer ce que je contemple depuis un moment. On a tous plus ou moins les yeux pétillants de bonheur et d'émerveillement, c'est si beau. Il y a trois mousquetaires qui regardent au loin et entre nous je pense qu'on a l'air bêtes à la longue. Peu importe, on profite d'un moment magnifique que la vie nous offre. Oui, je fais partie de ces gens qui pensent qu'un moment de bonheur ne se rapporte pas à la richesse matérielle, mais bel et bien à la richesse de la nature et de toutes ces choses spectaculaires et irréelles qu'elle peut nous faire vivre, en présence de personnes si belles soient-elles. Je regarde Esteban qui me prend par la taille et pose ma tête sur son épaule, sûrement la partie de son corps la plus chaude et agréable quand il s'agit de

se prendre dans les bras. Mon père m'attrape l'autre main et je vis un moment profondément ressourçant. J'ai l'impression de recharger ma jauge de bonheur et d'énergie en des millièmes de secondes.

— Je peux te parler mon amour ?

— Oui bien sûr, dis-moi ?

— Suis-moi.

Je l'emmène presque au fond du jardin, une surprise à la main, la sienne dans la mienne dans l'autre. Le décor est magnifique, je vois mon père au loin qui sourit en regardant le ciel, c'est à son tour de penser à ma mère.

— Tu sais, je ne sais pas vraiment par où commencer, je suis un peu chamboulée par cette vague d'émotions qui nous a traversées.

— C'est vrai que c'était beau, c'était bon.

— Je suis tellement heureuse que mon père et toi vous entendiez mieux et bien finalement.

— Oui moi aussi, ça fait du bien d'apaiser les tensions et de se comprendre.

— Tout à fait.

Je recouvre Esteban de bisous sur les joues, dans le cou, sur le front, sur le nez, si lentement qu'entre chaque baiser, j'ai la chance de croiser son regard, et qu'il lui dise je t'aime.

— Joyeux anniversaire mon ange.

IV
Un jour de beau temps

Esteban

J'aimerais que chaque jour ressemble à celui-ci pour laisser s'échapper les peines et faire venir le beau temps.

— Tu sais, aujourd'hui est un jour merveilleux parce que tu vieillis.

On rigole tous les deux parce qu'elle ne prend pas vraiment de pincettes.

— Non mais c'est vrai, vieillir c'est beau, parce que ça nous laisse le temps de tomber, de se relever, d'évoluer, de rencontrer du nouveau monde, de s'épanouir, de retomber sans penser à demain. Je suis contente d'avoir cet âge, et de vieillir chaque année, parce que le temps qui s'écoule m'a permis de te rencontrer toi aujourd'hui. Et c'est fort dommage que je n'aie pu le faire avant, mais c'est la vie qui décide de notre destin et de qui elle désire mettre sur notre chemin. On a de la chance elle fait bien les choses jusqu'alors. Donc oui, je te souhaite le plus bel anniversaire qu'il puisse y avoir parce que tu es l'une des personnes qui le mérite le plus, d'où mon petit stress aujourd'hui aussi. Et puis oui, j'ai mis les petits plats dans les grands, et de nombreuses invitations, je ne retrouverai sûrement pas ma maison dans l'état qu'elle est là, mon jardin non plus, on aura de nombreuses heures de ménage oui, et puis de vaisselle aussi. Mais lorsque l'on s'efforce de tout faire ensemble, tout est beaucoup plus beau, beaucoup moins chiant, j'aime même frotter les plats sales avec toi ! Parce qu'à deux on fait du beau travail aussi. Ça me fait plaisir d'inviter tout ce monde pour toi ce soir, et quelques surprises t'attendent encore. Et tu sais quoi ? J'ai l'impression de vivre la plus belle soirée de ma vie parce que malgré les imprévus de la journée, malgré les tempêtes qui ont pu s'abattre sur nous depuis qu'on est ensemble, malgré les échecs de la vie, nous sommes là, main dans la main, corps contre corps, cœurs intouchables.

— Rose, tu es magnifique, en tous ses sens.

— Tu pleures !

— Toi aussi Rose.

— Je ne pleure pas, je ressens nos émotions, et elles sont belles.

— Moi non plus alors, je ne pleure pas.

On rigole, les visages un peu humides, les pommettes chaudes et rouges, les cœurs serrés d'amour.

— Je t'aime.

— Je t'aime Rose, ton message était si beau, que veux-tu répondre à ça ? Je reste presque hébété. Quelle personne aurait assez de mots pour répondre après avoir entendu tant de belles choses ?

— Tu es capable de tout toi.

— C'est pour ça que nous sommes si complémentaires et si heureux. Tu sais, mon cœur aussi est plein d'amour pour toi, je pourrais même en donner. On a toujours su surmonter nos différends si intenses soient-ils. On a réussi ensemble à te faire évoluer Rose, à me faire évoluer. On est sûrement ce genre de personnes qui sont faites pour être ensemble. Je n'aime pas cette expression, mais j'ai l'impression qu'on l'exprime tous les jours quand même. Le destin fait qu'on rencontre un jour cette personne qui nous sublime, qui nous abîme, qui nous estime, qui nous réprime, nous réanime, cette personne qui nous fait vivre. Tu es cette personne mon plus bel ange.

— J'ai envie de ton corps, de ton cœur, de tes yeux, ton regard, de ta bouche, tes baisers, de ton âme, tes envies, de ton cœur, tes désirs, qu'ils soient charnels, romantiques ou ambitieux. J'ai besoin d'eux toute ma vie, j'en veux et j'en reveux.

— C'est trop beau pour être vrai tout ça non ?

On rigole et s'embrasse de la manière la plus tendre qui soit, comme pour notre premier baiser, si romantique était-il et si splendide est-il à faire revivre. Rose est irrésistiblement et définitivement la plus belle personne au monde, du moins celle qui m'anime le plus sur cette Terre. Ses poumons la font respirer mais me font vivre à travers elle aussi, c'est un peu comme si en moi, elle avait déposé une lumière qui nous brûle chaque jour et nous réveille le matin.

— Mon cœur, j'ai quand même un petit quelque chose pour toi que j'ai envie de t'offrir personnellement avant l'arrivée des autres.

— Ah bon mais Rose, j'ai besoin que de toi.

— Oui tout le monde dit ça mais on apprécie quand même leur cadeau quand on les vit, ou quand on les voit. Tu es prêt ?

— Hum hum.

— Tiens, ouvre.

— Merci mon cœur.

Tandis que je me bagarre avec le papier cadeau qui enveloppe cette surprise, je commence à apercevoir une photo, des écritures, c'est tout léger. Ça se présente sur une feuille de papier. Alors je pense à un week-end organisé, une réservation ou quelque chose de similaire.

— Waouh mais c'est le top ! On va s'envoyer en l'air mon amour. C'est à deux ?

— Oui j'ai réussi à trouver ça à deux, mais attends ce n'est pas fini. Il y a un autre papier.

C'est un saut en parachute à deux, accompagnés d'un moniteur mais on aura deux trois cours avant pour pouvoir sauter que tous les deux, avec le moniteur à côté de nous.

— Autre chose ? Et bah dis donc je suis carrément gâté, tu es folle.

Je me demande ce que ça peut bien être, impatiemment.

— Oh mais c'est vraiment trop bien mon amour, on a de quoi se faire plaisir avec tout ça, je t'aime merci beaucoup.

— Ça te plaît ?

— Oui c'est super, je n'en ai jamais fait en plus.

— Et c'est un voyage d'une heure et demie en montgolfière au-dessus de la Camargue. Donc, il faudra se prévoir un petit week-end dans le Sud mon amour.

On rigole tous les deux et je la remercie mille fois. C'est encore de merveilleux moments à passer ensemble, sans les oublier un instant.

— Oui, on est les rois de l'organisation, on se prévoira un super week-end.

— Dis-moi mon amour ?

Rose me fixe du regard avec un air amoureux mais nostalgique.

— Tu crois que ça existe vraiment les histoires d'amour qui durent toute une vie ?

— Tu es incroyable, toujours ce besoin de te rassurer, ou de tout essayer de comprendre. Tu sais mon amour, je pense qu'on ne peut pas prédire l'avenir, même si on peut inlassablement croire en lui.

— Tu es un peu pessimiste je trouve.

— Non réaliste, serais-tu capable de me dire ce qu'il va t'arriver demain ?

— Non, évidemment.

— Alors comprends que je ne peux pas te faire de promesses sur les cinquante années qui vont suivre. Mais je sais une chose, c'est que l'éternel réside dans nos cœurs.

— Comment ça ?

— Eh bien, on ne peut pas savoir si toi et moi serons encore ensemble et heureux dans vingt ans. Mais tu sais, je crois que finalement, il y aura toujours une part de toi en moi comme il y en aura toujours une de moi en toi. C'est ça l'amour éternel, même s'il meurt, il vit à travers nous. Que l'on s'aime encore ou non. Un amour si fort laisse des traces, c'est comme les épreuves de la vie mon amour, elles nous marquent et s'installent en nous. Je pense que l'amour aussi.

— Oui tu as raison.

Rose vient se blottir contre moi alors que je l'embrasse encore pour la remercier de ces surprenants cadeaux qui me sont destinés. Surprenants et extraordinaires.

— Bon, ils sont où mes amoureux ?

— On est là papa.

— Alors Esteban, content de ses petites surprises ?

— Très heureux même je dirais, je suis étonné enfin je ne m'y attendais pas. Mais c'est super, on va bien s'amuser.

— Tu m'étonnes, je ne ferai plus jamais ça moi !

— Enfin papa !

— Bah quoi je n'ai plus l'âge.

— Mais enfin, tu n'as pas soixante-dix ans non plus. Et puis l'âge ne veut rien dire, souviens-toi de la dame de quatre-vingts ans qu'on avait rencontrée en vacances avec maman, elle faisait son tour d'une heure de vélo tous les matins, elle allait à pied partout, elle a toujours su se conserver ! Commence par-là tiens !

— Super drôle ma fille.

C'est vrai que c'est important de rester bien conservé. Quand je les entends parler, je me dis sincèrement qu'à l'âge de soixante ans je veux encore pouvoir faire beaucoup de choses, et bien après encore. Même si le mental nous joue des tours en vieillissant et que l'on perd un peu d'assurance et beaucoup de courage. Comme elle l'a dit, tout est dans la tête.

Nous finissons les derniers préparatifs qui, selon moi, ne sont pas utiles. Eh oui, le côté perfectionniste de Rose ressurgit toujours. Elle essaie juste d'aligner tous les verres, de s'assurer que ceux de la fontaine à champagne sont bien en place. Elle est même partie vérifier que chaque lampe était bien allumée. On pourrait presque croire qu'elle plonge dans la paranoïa à chaque fois qu'elle reçoit du monde. Rose veut toujours que ce soit « parfait », même si je ne cesserai de lui dire que la perfection c'est elle qui la tient. Et puis nos amis nous aiment nous, pas les lampes et les guirlandes. Je peux tout de même comprendre qu'elle veuille faire les choses en grand, j'ai souvent été comme ça aussi. Puis s'ajoute aussi le fait que c'est un art d'organiser des soirées comme celle-ci avec autant de monde, et je dois d'ailleurs avouer qu'elle est vraiment très douée.

— Toc, toc, toc. On reste sur le pied de la porte ou on a le droit de rentrer ?

— Oh bah Lana, on ne vous avait pas entendu sonner.

— J'ai bien vu ça, vous êtes trop beaux ! Aussi bien toi, comme d'habitude, que lui.

— Merci bichette, bon vous avez fait bonne route ?

— Bah écoute après être passée de rues en rues pour aller chercher tous les loustics de cette bande, on se retrouve enfin ici !

— Tu m'étonnes, Paris de rues en rues en voiture c'est l'enfer.

— C'est toi qui l'as dit ! Ça va que je suis avec des fous et qu'on s'amuse bien, au moins le temps qui paraît chiant passe plus vite et les moments sont meilleurs.

— Ah ça c'est sûr, j'aurais bien aimé être avec vous juste pour faire le tour de voiture ensemble.

Je vois Rose qui parle beaucoup avec Lana, elles sont plutôt contentes de se retrouver. Pendant ce temps j'accueille aussi tous les autres amis de Rose qui sont arrivés avec elle.

— Comment vous allez ? Ça fait quelque temps qu'on ne s'était pas vu !

— C'est sûr ! Écoute tout va bien, on s'apprête à passer une super soirée.

— Bah écoute j'espère parce que Rose a mis les petits plats dans les grands donc profitez, c'est fait pour.

— C'est surtout à toi de profiter, joyeux anniversaire mon grand !

— Oui carrément, un très bel anniversaire à toi.

— Merci Thaïs ! Donnez-moi vos affaires je vais vous débarrasser.

Rose nous surprend pour leur indiquer où ils doivent poser les cadeaux. Je ne suis pas gêné mais c'est toujours intimidant de voir autant de monde vous offrir des cadeaux quand c'est votre anniversaire.

D'ailleurs de voir autant de monde autour de vous quand vous êtes le centre de l'attention reste délicat.

— Il y a John mon amour.

— D'accord, j'y vais.

— Yes !

Je vais accueillir John qui est venu avec sa femme, qui n'était pas sortie depuis des mois. Il a enfin réussi à la convaincre pour notre plus grand bonheur à tous les deux. Mon meilleur ami va pouvoir se lâcher aussi. Heureusement pour lui, je suis plus qu'en forme, je pense qu'on va tout déchirer ce soir à nous deux. Ce serait mal nous connaître que de penser que lui et moi ensemble ne faisons rien d'extraordinaire ! Je vois au loin Rose se rapprocher de Thaïs et Lana discrètement. Une surprise ? Je pense, et je flippe.

— Alors pas trop de bouchons ce soir ?

— Écoute ça va ma poule, on a pris des petites rues, donc la route passe quand même mieux finalement.

— Bah c'est top, et puis pour une fois tu n'es pas en retard au moins.

— C'est sûr, mais bon ne commence pas à me charrier comme ça.

Ça donne tellement de baume au cœur de se retrouver tous ensemble autour d'un verre, d'un joli fond de musiques et du super décor que Rose nous offre. Je ne pourrais pas tellement vous décrire cette sensation. Mais il est vrai que c'est une vague de bonnes ondes et de réconfort. Il y a comme une envie de faire la fête comme jamais je ne l'ai ressentie qui me vient parce que des soirées comme celles-ci ne s'organisent pas tous les jours.

— Alors, mon petit Esteban comment tu vas ?

— Écoutez Manon tout va pour le mieux, surtout dans une vie où ma chérie m'organise de belles soirées comme ça.

— Tu m'étonnes, elle n'a pas fait les choses à moitié. Je vous voyais tout à l'heure ensemble, vous êtes trop beaux.

— Merci beaucoup, c'est agréable de l'entendre.

— C'est sûr.

— Non mais c'est vrai, mine de rien ça veut dire que notre bonheur est profond si on le porte sur nous. Et avec toutes les phases de la vie où ça ne va pas forcément, et bien ça fait beaucoup de bien de relativiser et se sentir comblé.

— Je suis totalement d'accord avec toi, Rose va mieux, ça se voit, ça se ressent, elle me l'a aussi dit au téléphone l'autre jour. C'est grâce à toi dans le fond alors merci beaucoup.

— Je ne me sens pas légitime de vous dire qu'il n'y a pas de quoi. Ça me paraît être quelque chose de normal, d'humain de rendre des gens heureux, et de les détacher de leur passé aussi.

— Malheureusement aujourd'hui ce n'est plus une banalité et on se voit obligé de le reconnaître quand quelqu'un a un élan de bonté.

— Je suis assez d'accord avec vous et c'est extrêmement dommage.

Pendant que je parle avec la tante maternelle de Rose de la vie et de tout le bonheur qui nous réunit tous aujourd'hui, tout le monde arrive au fil du temps. Quand je regarde le brouhaha éphémère de joie, de rires, de musiques, de discussions, de bêtises et tout ce qui fait de la vie ce qu'elle est, je me rends compte de la chance que j'ai de vivre ce genre de moments privilégiés et au fond je vis un instant intense en émotion. Tous se parlent sans se connaître, tous rigolent sans penser, chacun de nous mange, boit, rit, danse, chante, vanne. C'est chaleureux et complaisant.

Cependant, je n'aperçois plus Rose, je me demande où elle est et m'éclipse la chercher. Elle me surprend dans la cuisine et me place un bandeau autour de la tête pour recouvrir mes yeux qui, habituellement, voient tout. Je dois pourtant avouer que je ne l'avais pas vu venir celle-ci.

— Écoute mon amour, tout est tellement beau à voir que je vais devoir t'empêcher de regarder ce beau paysage.

— Super, mais sinon? Les surprises devant autant de monde me font monter le stress.

— Mais un bon stress tu vas voir.

Rose m'emmène quelque part. Je ne saurais vous dire où étant donné que mes yeux sont complètement bandés et que j'avoue, je ne me repère pas. Un instant je lui demande où je suis, elle m'arrête. J'ai un vague stress qui me monte en appréhendant sa surprise.

— À trois je t'enlève le bandeau.

Elle me chuchote dans l'oreille ces quelques mots avant que je n'essaie de lui dire quelque chose comme je suis flippé ou ramène-moi dans la cuisine. Évidemment, elle commence à compter avant que je ne sorte un son de ma bouche.

— 1 …

— 2 …

— 3 …

Un silence assourdissant se mêle à cette soirée, mon bandeau tombe. Je découvre la splendeur du paysage qui s'abat sur moi. Je vois de très loin et en hauteur la Tour Eiffel scintillante, toutes les lumières que Rose a soigneusement placées. Je vois toutes ces fleurs, ces coupes de champagne, ces jolies personnes pleines d'amour. Mon regard fixe leurs sourires et leur surprise.

— Joyeux anniversaire !

Tous crient de joie mon anniversaire et sourient intensément. Ils parviennent à tant me plonger dans un univers de bonheur que je suis comblé en un instant.

— Vous avez tous une coupe à la main, sauf moi !

Tout le monde se met à rire, et Rose m'emmène vers tous les cadeaux c'est pour ça que je n'ai pas le droit à mon verre de champagne.

— Tout est pour moi ? Mon Dieu.

Rose veut me chuchoter quelques mots.

— Il y a un cadeau et une lettre de ta maman.

— Comment ça ? Elle est là ?

— J'ai parlé avec elle.

Je vois ma mère apparaître derrière la foule de monde, une boîte à la main, les yeux pétillants plus que le champagne. Je la vois, et ne sais quoi dire.

— Maman ?

— Mon chéri. Tu m'as appelé maman.

— Quand même oui.

Je vois Rose inquiète de l'avenir et de ce qu'il peut se passer entre elle et moi.

— Tiens, aujourd'hui je ne tiens pas à t'offrir le plus gros cadeau, le plus cher ou le plus impressionnant.

Je la vois qui ouvre sa boîte qui lui a l'air si chère. Je n'en reviens pas de ce que je vois. J'ai le cœur chaud et des palpitations d'angoisse qui retombent finalement.

— Tu es mon plus beau cadeau.

— Non c'est mon pardon ton plus beau bijou.

Je la serre fort dans mes bras après qu'elle m'ait offert ce joli mot dans une si belle boîte. Ça paraît être insignifiant mais croyez-moi c'est bien plus que ça.

— Je t'aime mon fils.

Quelques larmes me montent aux yeux et je vois Rose, éternellement sensible et chaleureuse, pleurer à son tour.

— Merci maman, merci mon amour. C'est la plus belle chose au monde que je pouvais espérer recevoir.

— Super, on a du souci à se faire pour nos cadeaux !

J'entends John rétorquer une de ses blagues, pour ne pas changer de ses habitudes.

— Une coupe de champagne pour me remettre de mes émotions s'il vous plaît.

— Tout de suite Monsieur, il vous en faudrait deux non ?

— Pour ?

— Bah pour toi et ton âme sensible mon loulou.

— Tu es top toi Alex.

Les amis de Rose me font beaucoup rire aussi, et l'ouverture des cadeaux commence alors. C'était seulement le début d'une longue liste de belles surprises…

— Bon mon amour, si tu veux bien je laisse nos amis t'offrir leurs cadeaux d'abord, et j'espère que tu es prêt.

— Bon, je fais comme vous voulez, quoi qu'il arrive j'ai déjà l'impression de n'être maître de rien d'autre que de moi ce soir, et encore.

Rose en profite pour me chuchoter quelques mots à l'oreille tant que l'ouverture des surprises n'a pas commencé.

— Je n'attendais que ça que tu lâches prise, je prendrai le contrôle plus facilement, si tu vois ce que je veux dire.

— Bon les amoureux, je vois bien que vous vous aimez bien mais ce n'est pas tout. Tiens mon frère, c'est ton cadeau. Je ne te dis pas que j'espère qu'il va te plaire parce que j'en suis sûr.

— Merci John. Je suis impatient.

Alors que je commence à déballer son cadeau, j'aperçois une petite enveloppe qui ne paie pas de mine mais qui je pense cache quelque chose de beau. Je connais John par cœur et il ne manque jamais de faire les choses en grand comme si toute sa générosité était fondamentalement naturelle.

— C'est un billet d'avion pour rester en France ?

— Ah super, ça aurait pu mais je sais que tu n'aimes pas l'avion donc je n'aurais pas pris le risque de te faire décoller.

Dans cet emballage je découvre une belle lettre d'amitié que je conserve pour lire seule et tranquillement. Je ne suis pas à l'aise avec les déclarations d'amour en public dès lors que ça me concerne personnellement. Et puis j'aperçois quelque chose qui me donne immédiatement le sourire, John nous a pris une place pour le concert de Danakil pour mai prochain.

— À la vache ! Un an à attendre pour voir ce monument !

— Ce monument ? Tu peux nous dire ce que c'est parce qu'on ne comprend pas tout.

— C'est clair, explique !

— Mon meilleur ami John nous a pris deux places de concert pour aller voir Danakil. C'est par ce chanteur de reggae qu'on s'est connu lui et moi et à chaque soirée toutes ses musiques passaient sans faute.

— Alors content ?

— Si je suis content ? Mais c'était comme un rêve pour nous d'aller le voir en concert ensemble, ça va être tellement bien.

— C'est un concert en plein air organisé à Paris en plus donc on n'aura pas trop de trajet à faire ça va.

— Tu m'étonnes et dans un peu moins d'un an à cette même date il devrait faire beau !

Je fais signe à John de se rapprocher même si je ne compte pas faire un bisou à chacun pendant l'ouverture des cadeaux. C'est l'ami le plus cher que j'ai et sur le moment il m'est naturel de l'embrasser.

— Viens là mon frère, je t'aime et merci pour tout !

— Tu sais très bien que je te dois tout.

— Bah on est quitte alors parce que moi aussi.

— On va bien en profiter tu vas voir, et puis Arthur et Ronan viennent avec nous si tout se passe comme prévu, dans un peu moins d'un an, en mai prochain, son concert est pour nous !

— Mais non ? Mais c'est top ça ! C'est un deuxième cadeau, mon Dieu je n'attendrai pas un an.

— Bah écoute ma poule tu n'auras pas le choix, je ne peux pas appeler Danakil et lui demander de décaler, sinon ça se saurait.

— Oui ça c'est sûr.

— Et après ce concert on s'organisera une bonne grosse soirée comme du temps de nos seize ans mon gars.

— Mon Dieu, le retour à l'adolescence va faire mal, mais je vais peut-être y retourner dès ce soir.

Je ne cesse de déballer la quantité indénombrable de cadeaux qui me tombent sous le nez et je n'en vois pas le bout. Je n'ai pas l'habitude de ça et habituellement mes fêtes d'anniversaire n'avaient pas autant de sens que depuis que je connais Rose.

— Ah bah enfin tu ouvres le nôtre !

— J'y viens oui. C'est de la part de vous cinq c'est ça ?

— Exactement, aller ouvre.

Les amis de Rose m'ont emballé un cadeau qui fait presque ma taille alors ma curiosité s'affine et j'ai hâte de découvrir ce que le papier me cache. Mais alors que plus le temps passe et plus je viens à bout de ce fichu tissu qui ne daigne pas vouloir se retirer, plus je découvre un carton léger et complètement vide. Je me trouve gêné et ne sais que trop peu comment réagir.

— Euh, qu'est-ce que je dois comprendre ?

— Oh mince, on a oublié !

— Comment ça ? Je ne comprends pas.

Rose vient à mes côtés et me chuchote dans l'oreille qu'elle ne comprend pas, quand ses cinq amis me crient très fort ces mots :

— Surprise John ! Retournez-vous !

Tout le monde se retourne rapidement du côté du jardin en admirant toutes les magnifiques décorations qu'a faites Rose et le paysage qui s'offre à nos beaux yeux. Rien n'empêche que je ne comprends toujours pas ce qu'ils me cachent.

— Tu es prêt ?

— Je pense l'être oui, mais est-ce que je dois l'être ? C'est une autre question.

Mes mots se coupent alors devant un spectacle magnifique de couleurs, d'étincelles et de musiques à couper le souffle. Un feu d'artifice grandiose et inimaginable nous laisse tous autant que nous sommes sans voix. Nous nous retrouvons tous émerveillés et délicatement touchés par ce merveilleux cadeau qui enracine en nous un nombre de souvenirs éblouissant.

— C'est magnifique, mon cœur tu ne t'imagines pas à quel point cette soirée est la plus belle de toute ma vie. Je n'ai jamais vécu ça et comme tu le sais mes anniversaires n'ont jamais été très souhaités.

— Mon cher amoureux, je te demande de te taire et d'apprécier le spectacle.

Rose m'embrasse sous ce ciel coloré et lumineux qui exprime son naturel au beau milieu d'un ciel étoilé brillant de mille feux, typiquement estival. Tout ressemble à un vrai conte de fée et dieu sait que je n'en ai pas l'habitude.

— Vous êtes complètement fous.

— Je crois qu'on a tenté des cadeaux à la hauteur de ce que tu as toujours fait pour notre amie, mais surtout à ta hauteur à toi Esteban. C'est vrai quoi, on ne cesse de te dire combien on t'aime pour aider Rose, l'aimer et la rendre heureuse. Mais on t'aime toi tout court pour tout ce que tu es, ce que tu fais, ce que tu entreprends, réalise, et pour tous ces bons moments que tu nous laisses partager si souvent.

— Vous savez que je pense qu'on réalise souvent très peu la chance qu'on a d'avoir une grande famille comme nous tous ! Merci à tous pour vos merveilleux cadeaux, mais ce qui me touche le plus c'est votre présence et votre joie d'être ici.

— Bonjour c'est Rose, excusez-moi de couper ce moment romantique. Mais je propose une chose qui nous ferait bien retomber en enfance… Câlin collectif et verre à la main pour tout le monde !!!

On ressent véritablement le bonheur rêvé au même titre que la démesure des sentiments. Ma mère a rallumé la musique et tous nos cœurs sont remplis d'excitation et d'amour au moment où tous ces gens se regroupent pour un câlin collectif des plus particuliers. En effet, vu le nombre de personnes que nous formons, je crois que je suis à quinze mètres de la première personne en face de moi. Rose prend alors la parole.

— Levez tous vos verres, faites un vœu. Je porte un toast à mon chéri, le plus merveilleux de tous, qui m'a sauvé de la noyade et m'a appris à vivre. Je te souhaite le plus bel anniversaire qui puisse être et je vous remercie tous d'avoir répondu présent pour encrer en chacun de nous encore des milliers de souvenirs rayonnants.

Tout le monde hurle, crie, chante, danse et pleure. Que d'émotions et d'excitation sont au rendez-vous. Rose et moi vivons pleinement ces moments avec démesure. On se perd entre la passion, la folie et l'euphorie. Mais alors que Rose vient me prendre dans ses bras, un imprévu me tend la main.

— Un discours, un discours !

— Un discours…

— Un discours, un discours, un discours !!

— Bon d'accord j'ai compris, pas besoin d'insister. Mais je dois sans doute vous remercier de me coller un stress aussi profond juste après ce genre de moment de bonheur !

Tout le monde se met à rire et je me sens complètement stressé par l'improvisation que je vais devoir donner. Juste avant de parler, je croise le regard tendre de ma mère, celui que je n'avais plus vu depuis des années, celui qui s'était enfoui sous une nuée de nuages noirs et destructeurs.

— Je dois dire que je suis profondément heureux de fêter mon anniversaire, bien qu'il se fasse deux mois après le vrai. Le principal est de s'aimer, de profiter et de s'en souvenir ! Pour tout vous dire, je me sens apaisé comme rarement je l'ai été dans ma vie. On a tendance à toujours croire que tout va pour le mieux et que j'ai un pouvoir d'aider les autres tout en restant calme et positif assez impressionnant. La vérité c'est que j'ai souvent caché mes peines mais qu'aujourd'hui tout s'éclaircit en voyant le nombre de personnes sur lesquelles je peux compter, m'appuyer et être aimé à mon tour. Je crois ne jamais avoir ressenti autant de sincérité en une soirée et dans les mots que je m'apprête à vous dire. Merci semble banal et dépourvu de tout sens singulier, pourtant je vous le dis. Oui je me dois de vous le dire parce qu'à la place que vous occupez on ne se rend pas forcément compte de ce que l'on fait pour les autres, c'est ce que je fais toujours. Pourtant on a toujours l'impression de rendre heureux des gens naturellement, alors merci pour ça. Maman, il y a des années tu m'apprenais à savoir vivre, à profiter parce qu'une vie est précieuse et courte alors tu m'as toujours dit « fais en sorte qu'elle soit toujours chargée, c'est comme ça que l'on visualise notre bonheur, parce que le temps passe vite, mais si c'est le cas, c'est que l'amour et le bonheur sont au rendez-vous ». Je crois que malgré ces années de souffrance entre nous, je te suis toujours resté fidèle et je n'ai cessé d'évoluer à travers tes valeurs, parce que dans le fond, tu es une maman qui aime son fils, bien qu'à un moment elle s'est perdue dans cet amour et n'a su comment faire autrement que faire du mal. Je ne te jette pas la pierre, j'ai hâte de voir comment je serai avec mes enfants, avec nos enfants mon amour. Oui je viens à toi, parce qu'il ne me semble pas négligeable de te chérir. À toi, je dois dire merci pour m'avoir tant aimé, et pour le faire encore chaque jour avec un peu plus de force et de bonheur. C'est vrai, rien de tout ça ne t'était destiné finalement, j'ai bien cru passer à côté de l'amour de ma vie à cause de tes expériences, mais l'amour a influencé ta raison mon amour, alors pour ça merci à la vie. Et maintenant je veux vous souhaiter à tous une merveilleuse soirée, qu'elle soit aussi belle pour vous qu'elle l'est jusqu'alors pour moi. Trinquons à la vie, au pouvoir qu'elle a de nous rendre heureux ! Je vous aime mes amis.

— Waouh, alors je n'ai jamais douté de ton pouvoir sentimental qui influe sur tout le monde mais là je dois avouer que tu me scotches encore plus que d'habitude. Je t'admire.

— C'est toi que tu devrais admirer Rose, regarde-toi, tu comprendras pourquoi je suis comme ça.

Alors que la soirée bat son plein, que la boisson coule à flots et que la nourriture nous régale, je passe de groupes en groupes d'amis, de personnes en personnes pour discuter, nous amuser, nous remémorer des souvenirs, discuter de l'avenir.

— Thaïs, tu sais où est ma mère ?

— Non désolée, je l'ai vu tout à l'heure aller vers le fond du jardin.

— Ah bon ? Merci.

En effet, je vois sa silhouette au loin, assise par terre, son verre à la main et posée sous un sol pleureur. Je m'approche d'elle et m'arrête un instant pour profiter de l'aimer.

— Maman ? Qu'est-ce que tu fais, tu ne t'amuses pas ?

— Si mon fils, je n'ai pas arrêté de danser, mais j'avais besoin de me retrouver face à moi-même sous ce beau tableau étoilé.

— Tu parles du ciel ? C'est sûr qu'on pourra le remercier de nous avoir offert ce beau décor étoilé de juin.

— C'est peut-être son cadeau pour te dire combien tu le mérites.

— Merci maman.

Je m'approche d'elle pour venir m'asseoir à ses côtés.

— Tu sais, je suis apaisé, je ne comprends pas. Tu serais venue me voir un jour quelconque j'ai l'impression que je n'aurais pas réagi comme ça. C'est comme si ce soir tout était évident et que je voyais enfin le message que veut nous transmettre la vie. Qu'en effet elle est courte, et qu'en plus de n'avoir qu'une vie, on n'a qu'une fois des parents. Maman, je ne veux pas passer à côté de toi pour les erreurs que tu as faites dans le passé, certains sont criminels et s'en remettent. Je pense qu'il est légitime de surmonter nos souffrances à deux, main dans la main.

— Tu es mon fils, et je te serrerai toujours la main très fort, je n'attendais que toi. Je m'excuse profondément et tu sais, au fond de moi, au moment même où je te faisais du mal, je le savais et je savais que j'avais tort. C'était une double souffrance pour moi de savoir que je te déchirais le cœur. Tu sais je ne veux pas revenir sur cette femme, sur ton passé, notre passé. Mais je pense que l'heure est à la dernière page de notre passé, pour commencer une nouvelle vie dans notre vie. Laisse-moi clôturer ce sujet qu'on ne l'aborde plus jamais.

— Je suis prêt à t'écouter.

— Promets-moi que quoi que je dise, tu n'en tiendras pas rigueur et que ça ne gâchera pas cette merveilleuse soirée. Autrement, on en discutera autour d'un verre.

— Je pense qu'on fera ça maman, ça sera notre premier pas vers une vie plus souple et une relation plus légère entre nous.

— Je respecte ton choix mon fils mais je veux que tu saches que pas un seul instant de ma vie je n'ai cessé de penser à toi et de t'aimer.

Le manque de mon fils m'a brisé le cœur par ma faute et aujourd'hui je sais que je ne peux pas le recoller parfaitement.

— Maman, j'ai profondément envie de te dire que je t'aime. Ça fait si longtemps que ces mots ne sortaient plus respectivement de nos bouches. Je ne veux pas que tu repartes une fois encore de chez moi ou de chez Rose sans te dire combien je tiens à toi.

— Je suis fière de l'Homme que tu es devenu mon enfant, de quoi une mère peut-elle rêver de mieux que tout ce que tu me prouves chaque jour ?

Je prends ma mère dans mes bras et un instant je réalise combien la chaleur d'une mère ne s'oublie jamais tant son odeur m'était précieuse.

— Où est-ce qu'on a merdé maman ? Ton odeur me rappelle la complicité si forte que l'on avait étant enfant… Tu as toujours su guérir mon cœur du départ de papa. Même si ton odeur me rappelle aussi les plateaux télé que tu m'emmenais dans la chambre le dimanche matin, quand tu en profitais pour rester avec moi et déjeuner devant notre film préféré.

— Mais où est cette époque ? Alala, j'ai tendance à penser souvent que la nostalgie est un vilain sentiment qui nous prouve qu'on vieillit et qu'on laisse dernière nous de merveilleux moments que l'on rêve tant de revivre.

— C'est beau de vieillir car ça nous permet de rencontrer des personnes que l'on n'aurait pas rencontrées en figeant le temps. Tu vois maman, je vieillis aujourd'hui, et grâce au temps je te retrouve.

III
Un mois sous les étoiles

Rose

Pour certains, c'est à chaque jour que suffit sa peine tandis que pour d'autres, c'est chaque jour qui réclame l'apogée de sa gloire.

Alors que la soirée ne cesse de nous prouver combien nous ne profitons encore que trop peu des choses essentielles là où nos attirances démesurées pour des futilités ne cessent de prendre place, de belles surprises ont été découvertes, de merveilleux cadeaux à l'appui, de beaux discours, de grands câlins, des déclarations, de beaux gestes, un merveilleux décor. Il est maintenant tard dans la nuit ou plutôt devrais-je dire tôt au petit matin et il me semble en avoir perdu quelques-uns. Alors que nombreux sont ceux qui montent leurs tentes, Esteban et John sont encore sous l'emprise de leur volonté de boire, un verre à la main avec tout un tas d'amis qui se sont mis à chanter. Et je me demande précisément pourquoi nos soirées se finissent toujours par un karaoké sans queue ni tête, ou du moins pourquoi ceux qui y participent ne sont pas ceux aux cordes vocales les plus admirables.

— Mon amour ? Tu viens dire au revoir à ta maman ?

— J'arrive ma puce, mais je ne suis pas sûr d'arriver à la porte entier.

Tout le monde rigole et même si d'un côté ma tête me dit que je vais me le farcir ce soir, j'ai profondément envie de rigoler vu dans quel état il est.

— Maman tu es sûre de ne pas vouloir rester dormir chez Rose ce soir ?

— Non je n'ai bu que deux coupes de champagne et c'était au début de la soirée, ça va aller.

— Ce n'est même pas pour ça, et d'ailleurs est-ce que tu m'envoies une pique ?

— Pas du tout, je n'aimerais juste pas que tu boives encore des litres et que tu ne te souviennes plus de la soirée que tu as passée.

— C'est clair que ça serait dommage ça mon amour !

— Au revoir mes enfants. Rose, au plaisir de te découvrir une prochaine fois, enfin.

— Vous aussi Cynthia, à très vite. Faites attention sur la route du retour, n'hésitez pas à m'envoyer un message, évitez le téléphone d'Esteban.

— Vous avez bien raison ma grande, au revoir et à très vite.

Alors que je m'apprête à retourner vers la terrasse extérieure qui est plongée dans le noir mais toujours éclairée par nos décorations, autour d'une ambiance musicale des plus agréables, Esteban m'accroche le poignet et me laisse m'effacer discrètement dans la chambre sans même que je n'aie le temps de comprendre que je suis partie de la salle.

— Qu'est-ce que tu fais mon cœur ?

— Je ne sais pas, je délire complètement mais je suis fou de toi, et tu me donnes envie Rose.

Esteban me colle contre le mur et ne cesse de bouger sa tête dans le but d'embrasser mon cou. Il pose ses mains sur le mur et sur mon cou pour mieux me tenir. De toute évidence il n'omet pas la pression de ses mouvements qui habituellement me met dans tous mes états.

— Ça doit être l'alcool pas l'alchimie.

— Alors peut-être qu'il y a une part d'alcool, c'est même sûr oui tu as raison, mais crois moi l'alchimie y est pour beaucoup.

— Hm, tu crois ?

— Quoi qu'il arrive alcool ou pas, et laisse-moi te dire que parfois l'alcool a du bon, tu me rends complètement dingue. Rien qu'à l'idée de m'imaginer tes formes sous ces foutus vêtements, mon corps me laisse passer des messages auxquels je n'aime pas ne pas répondre, tu n'as qu'à descendre ta main un peu plus bas pour t'en rendre compte…

— En descendant trop bas je risque de t'empêcher de pouvoir sortir de cette chambre.

— Est-ce que tu m'as entendu te dire que j'avais envie de quitter la pièce ?

Il me prend les mains et les plaque contre le mur au-dessus de sa tête au moment où il m'embrasse follement et tendrement. Je sens ses soupirs s'assigner à mon corps, qui de plus en plus me font sentir des picotements d'excitations que j'aime par-dessus tout. L'idée d'écrire la suite de l'histoire en cours me donne la chair de poule alors qu'il ne cesse d'appuyer ses mouvements tout en essayant de me faire craquer.

— Mon dieu ce que c'est bon…

— Ah oui tu crois ? Alors lâche-moi les mains que je te retire cette chemise qui te tient beaucoup trop chaud, même si je dois avouer que tu es vraiment sexy dedans.

— Pas de soucis, arrache-la même si tu veux et ensuite, allonge-toi.

Je me sens vulnérable face à son désir charnel de conclure cette soirée sur une note des plus sensuelles. Je ne saurais jamais à quoi me raccrocher pour dire que je ne pourrais pas me lasser de cette manie qu'il a de prendre le dessus dans ce moment-là. Ça a le don de m'énerver tout autant qu'il me fait fondre. Cet homme aura réussi une fois de plus à me faire tomber dans son piège, qui je dois dire, me plaît beaucoup.

— Laisse-toi faire bébé.

Esteban est fou amoureux ce soir et son excitation dépasse tout ce qu'on peut imaginer. L'atmosphère charnelle qui s'éprend de la chambre nous suffit tous les deux à nous faire chavirer. Ce moment enivrant nous laisse tomber dans une relation des plus torrides. Je le fixe en train de détacher chaque bouton de son pantalon et le retirer en quelques secondes avant de faire monter la pression en me faisant patienter.

— Tu sais que je déteste attendre, embrasse-moi.

Il allie ma bouche tendrement à la sienne par un désir sauvage de ne plus la lâcher. Nos corps chauds se disent je t'aime au moment où toutes nos lèvres se touchent et s'excitent. Ma bouche contre sa bouche devient humide, mon ventre le long du sien devient serré, nos regards l'un dans l'autre fusionnent, nos jambes les unes contre les autres s'entremêlent et nos deux visages ne cessent de se prouver combien notre amour réside en chacun de nos moments les plus précieux.

Au bout de quelques longues minutes tout s'apaise autour de nous et nos cœurs battent comme si nos corps avaient fait le plus grand voyage de leur vie. Comme à mon habitude après l'un de ces moments doux, je colle mon oreille et ma main sur son torse à l'endroit précis où bat son cœur, plein d'amour et de désir.

— C'était tellement doux et sauvage à la fois.

— Je suis d'accord mais il va falloir que tu arrêtes de me rendre dingue comme ça, j'ai l'impression que mon cœur sort de ma poitrine à chaque fois qu'on couche ensemble Rose.

— Rose 1 Esteban 0.

Esteban se tourne vers moi et prend mon visage entre ses mains tout en collant son corps contre le mien. Je ne saurais expliquer pourquoi cette énergie qui s'extrait de nos membres reste toujours aussi agréable à sentir le long de sa peau.

— Depuis le temps nous avons dépassé les 1-0. Je t'aime.

— Avec ou sans alcool ?

— Avec et sans alcool.

— On doit nous attendre.

— Sans doute, en même temps c'est ma soirée, je fais attendre qui je veux.

— Ça ne te va pas cet égoïsme.

— Non tu as raison on va y retourner.

Le reste de la soirée se déroule à l'image de ses débuts et chacun de nous en profite de toutes ses forces. Mais il est maintenant venu le temps de tous aller se coucher.

— Huit heures ?

— Oui tu t'attendais à quoi ?

— Je suis content qu'on ait autant profité ! Merci à tous les amis, je suis profondément heureux de cette soirée.

— Je pense que ta soirée nous a tous fait plaisir, on est satisfait de te rendre l'appareil et de passer des instants aussi magiques.

— Rendez-vous au petit-déj demain matin vers 12 heures ça vous va ?

— Rendez-vous demain midi alors.

Esteban et moi partons dormir, amoureux, apaisés et épanouis plus que jamais. Il est maintenant temps de rêver de demain les bras entrelacés et les cœurs pleins.

Il n'est que onze heures mais je me lève nettoyer grossièrement toutes les bêtises d'hier et préparer une table de petit-déj accueillante. Eh oui, Rose sans organisation ce n'est pas une Rose qui fonctionne bien. Alors j'enlève tous les papiers sur les tables, je jette tous les confettis, les verres vides, les serviettes et tout le reste dans de grands sacs-poubelles. Je passe l'aspirateur à l'intérieur ainsi que la serpillière avant de passer le balai sur la terrasse. J'entends à la porte que ça sonne alors je me déplace mais reste perplexe, je n'attends personne.

— Ah bonjour Cynthia !

— Bonjour Rose, je suis venue te donner un coup de main, il est presque midi.

— C'est super gentil, entrez, ils dorment tous encore mais un petit coup de main n'est pas de refus.

— Super, on commence par quoi ?

— Écoute j'ai bien dégrossi le bazar, mais je te propose qu'on mette la table ?

— Où sont tes assiettes ?

— Dans le buffet en face de la table. J'ai préparé des crêpes hier après-midi et j'ai de la confiture, du Nutella, du sucre, du chocolat et du miel pour mettre dessus. Autrement la boulangerie a livré il y a une demi-heure des viennoiseries comme je leur avais demandé. Elles sont au four pour rester chaudes. Il y a des fruits, des jus de fruit et des biscottes.

— Tu es parfaite dis donc, tu mets les petits plats dans les grands.

— Toujours Cynthia, à force d'être invitée chez nous vous en découvrirez les avantages !

— J'imagine, merci beaucoup pour ce que vous avez fait pour mon fils et moi.

— J'ai trouvé ça légitime. Et vous savez si j'en suis arrivée à penser de cette manière c'est aussi grâce à lui, il m'a toujours fait évoluer en me prouvant que la vie avait du bon, ce en quoi je ne croyais pourtant plus beaucoup.

— C'est un bon garçon.

— Vous ne le dites pas à quelqu'un qui peut en douter, vous prêchez même une convaincue.

— Bon et bien on est pas mal, qu'en penses-tu Rose ?

— Je suis assez d'accord, on a bien travaillé, je vais aller prendre une petite douche et m'habiller Cynthia, n'hésitez pas à faire comme chez vous, allumez la télévision en attendant si vous voulez.

À ma grande surprise, en sortant de la douche, tous étaient debout et bien réveillés, tout du moins, tous sauf Esteban.

— Bon alors, ce déj ? Tu ne vas pas arrêter de nous impressionner toi ma sœur hein !

— Bah jamais, pour quoi faire ?

Ce matin tout le monde s'est levé de bonne humeur, presque prêt à refaire la fête. On a allumé un fond de musique en déjeunant sur la table de dehors face à un super soleil et une très bonne chaleur de début d'été.

— Je ne reconnais quand même pas ta terrasse chérie. On voit que tu es passée par là parce que quand je me suis couché ce n'était pas aussi propre !

— Bah ça c'est sûr mon pote ça ne risquait pas.

Après toute une après-midi à faire des jeux en extérieur et à profiter de la piscine que j'avais mise dans mon jardin cette année, l'heure est aux au revoir bien que nous soyons tous heureux de nous quitter pour nous retrouver pour faire la fête comme hier soir.

— Alors mon amour, heureux ?

— Le mot bonheur n'est rien à côté de ce que j'ai ressenti toute la soirée et aujourd'hui encore.

— Alors ça me fait plaisir. Bon qu'est-ce que tu en dis si on se mate un petit film en commandant des pizzas ce soir ?

— Tu as faim ?

— Bah écoute on n'a mangé qu'un repas depuis ce midi donc oui plutôt. Et en plus je n'ai pas envie de manger des haricots là, la mal bouffe me tend une perche.

— D'accord, non mais aucun souci mon cœur, j'ai carrément faim aussi, et pizza ça me tente bien.

— Et je t'avoue qu'en voyant tout le ménage qu'il y a à faire j'ai pas l'envie de faire les pizzas maison.

— On s'y met maintenant pour ranger le plus gros ?

Je me lève pour aller vers le bac d'eau que j'avais sorti pour laver le sol et déclare la guerre à Esteban.

— Tu veux dire… faire le plus gros, comme ça ?

Je le trempe avec le balai en l'arrosant, à la suite de quoi il se met à courir dans toute la maison. C'est pourquoi après notre moment de folie, mon salon ressemble à une véritable machine à laver. Au moins, on ne peut pas dire que ça ne sent pas bon.

— Bon aller on s'y met sérieusement, sinon ça peut durer des heures comme ça et en se levant demain matin on sentira l'alcool tout en marchant sur des miettes apéro de la soirée.

— Tu exagères j'ai déjà nettoyé le plus gros ce matin, là il s'agit de remettre la maison en ordre, les meubles à leur place, comme s'il n'y avait jamais eu de soirée ! C'est parti.

Alors qu'on ne chôme pas pour tout ranger parce que nos estomacs nous crient qu'ils s'impatientent à l'idée d'engloutir leurs pizzas, la maison commence à véritablement ressembler à ce qu'elle était hier matin.

— Je suis trop fière de nous, on forme une bonne équipe !

— Je n'en ai jamais douté.

Esteban me prend dans ses bras, et m'embarque dans un tango en plein milieu du salon, alors qu'il monte la musique, bien que nos éclats de rire dépassent le mur du son.

— Tu ne m'as jamais dit que ton déhanché était aussi craquant Monsieur le danseur.

— J'ai dû prendre des cours le jour où je t'ai vu dansé comme une reine.

— Oh je n'en reviens pas, le vrai charmeur !

— Non tu as raison, en réalité c'est naturel, je ressens la danse comme je t'aime. Donc pas besoin de cours, ni de grandes études.

— On passe d'un charmeur à un crâneur. Je préférais ton côté sexy.

— Tu es trop exigeante, c'est au-dessus de mes forces.

— Je vais prendre une petite douche rafraîchissante Esteban parce que là clairement j'ai sué en faisant le ménage.

— Pas de soucis, je t'attends.

Je passe prendre un bon petit pyjama d'été dans mon dressing avant de passer sous une bonne douche tiède. À la suite des quelques minutes passées sous la douche, j'entends la musique se déclencher et j'imagine que c'est de l'intention d'Esteban. Je me passe mes lotions sur le visage comme à mon habitude et enfile mes vêtements avant de le rejoindre au salon.

— Attends mon amour, ferme les yeux.

Esteban vient poser ses mains sur mes yeux alors qu'il se place derrière moi et m'emmène je ne sais où.

— Qu'est-ce que tu as préparé toi petit malin? Je trouvais ça bizarre que tu ne veuilles pas te joindre à moi sous cette douche.

— Rien d'extravagant, mais un bon petit moment de détente après tout ça.

Miam, je sens que je vais encore aimer ce joli moment d'amour, il ne m'en faut d'ailleurs pas beaucoup plus.

— Oh tu es trop mignon, tu as bien raison ça va faire du bien.

Esteban a préparé un petit apéro sur la table du jardin face au soleil couchant du beau mois de juin que la nature nous offre cette année, et est passé au petit fleuriste mobile qui est dans la rue pour chercher une jolie pièce pour embellir la table.

— Tu as super bien choisi l'orchidée, il était encore là le fleuriste?

— Oui tu sais c'est bientôt l'été, il reste plus tard.

— C'est vrai, et puis il n'est pas plus tard que vingt heures.

— Bon, on se les commande ces pizzas du coup?

Esteban se lève pour répondre à un message de John parmi tous les autres qu'il a reçus.

— Le petit flyer de notre pizza est dans la boîte à prospectus dans la cuisine. De toute façon je crois déjà savoir ce que je vais prendre sans regarder.

— Laisse-moi deviner une pizza au chorizo.

— Yes, et toi je parie sur une campagnarde, pour changer des classiques.

— J'hésite, sinon je prends une norvégienne. Mais comment tu fais pour aimer ces pizzas aussi piquantes que le piment.

— C'est vrai que ses pizzas au chorizo sont particulièrement épicées.

Alors que j'appelle pour les pizzas et que notre apéro nous donne du baume au cœur avant la reprise de la semaine prochaine, on reçoit beaucoup de remerciements pour la soirée et de jolis messages sincères. La soirée se déroule à merveille et le coucher de soleil est magnifique. D'ailleurs, il nous est fort appréciable après une longue soirée comme la veille.

— Oh mon amour ?

— Oula je sens la requête.

— Un peu mais pas trop.

— Bon, dis-moi, hein.

— Tu crois que tu peux me masser ce soir dans le lit ?

— Bah est-ce que j'ai vraiment le choix ?

— Bah on a toujours le choix.

— Pas avec vous les femmes.

— Hm, je ne sais pas comment je dois le prendre, mais tant que j'ai mon massage ça me va. En plus tu es super doué, tu les fais vraiment trop bien.

La fin de notre week-end est inlassablement agréable dans la mesure où on s'est fait plaisir tout ce temps et que l'on a profité des derniers jours sans stress et prise de tête.

Quand le nouveau jour se lève c'est toujours une bonne bouffée d'air frais qui entre droit dans nos poumons depuis qu'Esteban et moi vivons chaque jour après l'autre mais surtout chaque jour comme le dernier. Notre amour triomphe et je ne me cache plus la vérité à moi-même. C'est comme si nous étions sur un petit nuage doux, tendre et chaleureux sous ces journées ensoleillées et ces belles nuits étoilées. Mais le retour à la vie active, aux croissants avant le boulot, au sandwich le midi en vitesse, ou quand j'ai le temps dans le meilleur des cas, un bon petit plat que je prépare à l'atelier. C'est aussi le retour des rendez-vous, des longues journées de travail passionnées avec mon père et nos employés que nous portons dans notre cœur.

— Bon mon amour, je te laisse fermer derrière moi tu as tes clés ?

— Oui, il faudrait peut-être qu'on se penche sur une nouvelle maison tu ne crois pas ?

— Oula, tu décides de me parler de ça deux minutes avant que je quitte la maison pour le travail alors que tu avais tout le week-end pour le faire ? En plus, je l'aime ma maison moi.

— Bon, je sens que la discussion est close.

— Super close oui, à ce soir mon amour, je t'aime.

— Moi de même bonne journée. Et ?

— Quoi ? Ah oui mon téléphone.

— Non mon bisou.

— Oups.

Je cours lui faire un énorme baiser qui lui va droit au cœur et une petite claque sur la jambe droite pour lui déclarer la guerre.

— Pas de chance, je m'en vais tu te vengeras ce soir, si tu t'en souviens.

— Faudrait peut-être que je retourne à mon appart un jour, si tu ne veux pas envisager notre maison…

— Je n'ai rien entendu.

Bon, je file à toute vitesse à pied au travail, avec un carnet de rendez-vous rempli et des commandes urgentes à passer pour la réouverture.

— Salut papa !

— Bonjour ma fille, c'est toujours un plaisir de voir que tu dois être l'une des seules à adorer revenir au travail après des petites vacances.

— Tu m'étonnes mais j'en suis fière.

— Et tu as raison.

— Alors aujourd'hui je m'occupe du rendez-vous avec les clients du domaine pour faire la décoration de la salle de réception de leur mariage ?

— Oui et moi j'en ai deux, dont un avec le scénariste du petit théâtre pour envisager certaines décorations pour les dernières scènes de leur comédie.

— Oh j'aurais tellement aimé être là pour celui-ci.

— De toute façon s'il accepte notre collaboration c'est avec toi que je fixerai les prochains rendez-vous, c'est toi qui nous sauves en termes d'imagination et projection de décorations.

— Super, oui c'est vrai tu me l'avais dit avant les vacances d'avril.

— Esteban était content ?

— Oui, très heureux je dirais même, et moi aussi, sincèrement. Ça me touche de voir que vous êtes repartis sur des nouvelles bases.

— Je sais ma chérie et moi aussi, je l'ai jugé trop vite par peur et par colère.

— C'est tout toi ça ! Protéger ta fille quitte à laisser s'échapper ses véritables raisons d'être heureuse.

— Tu es dure là.

— Non mais je sais papa, je t'aime et je sais pertinemment que ce que tu as fait était dans mon intérêt mais sans t'en rendre compte ça ne l'était pas fondamentalement.

Alors que depuis un mois les journées de travail se suivent et ne se ressemblent pas, le boulot coule à flots presque autant que l'alcool pendant le week-end d'anniversaire d'Esteban. Ce soir je lui prévois un bon petit repas pour réserver et organiser notre week-end dans le Sud au cours duquel nous ferons notre baptême de montgolfière au-dessus de la Camargue. Pour ça j'ai prévu au menu, une tranche de foie gras avec une confiture de figues maison et des tartines de pain frais de chez notre petit boulanger. S'ensuit alors un pavé de saumon en papillote avec son accompagnement de petits légumes. J'en ai profité pour faire mes petites galettes de patate douce dont Esteban raffole.

— Est-ce que tu peux éplucher les oignons Este s'il te plaît ?

— Ah je me colle le sale boulot.

— Et qui est-ce qui va manger un bon petit plat sans n'avoir rien fait sinon ?

On cuisine ensemble pendant près d'une heure et demie alors qu'on commence déjà à se demander où est-ce qu'on préfère loger pour ce futur week-end.

— Ça me tente bien de dormir dans les bulles extérieures, tu vois de quoi je parle ?

— Oui c'est vrai que ça à l'air d'être unique ! Sinon ils font les petites cabanes dans les arbres, ça doit être top ça, ou on part sur un grand hôtel.

— Bah j'ai envie de changer un peu, et il n'y a pas besoin d'être à l'hôtel pour passer un bon week-end, au contraire ça va nous faire de beaux souvenirs.

— Je suis assez d'accord, tu as regardé un peu sur internet ?

— Oui et honnêtement j'ai vu pas mal de choses, faut qu'on s'y penche.

On file préparer une belle table tous les deux, d'un commun accord et je dois avouer que j'aime les goûts d'Esteban en termes de décoration. J'ai plutôt de la chance.

— Hm, c'est super bon, tes galettes m'avaient vraiment trop manqué.

— Tu peux officiellement dire que ce sont nos galettes !

— Je ne m'en vanterais pas, disons que c'est le fruit de l'amour qu'on y a mis.

— Aller ! Et au fait, qu'est-ce qu'il t'est arrivé ce matin avec ton projet de maison ?

— Bah écoute, je me dis qu'on s'aime, que l'on n'a plus vingt ans et que nous sommes tous les deux responsables, bosseurs et en situation stable. Soit je me réveille tous les matins chez toi, soit tu te couches tous les soirs chez moi. Je me dis que c'est bête de payer deux logements alors qu'on vit quasiment ensemble, on fait nos courses ensemble, on se projette dans nos décorations respectives ensemble.

— Tu n'as pas tort mais notre vie se rythme de nombreux projets en ce moment et ça peut faire beaucoup en même temps. Entre notre voyage de cet été chez mon frère aux Maldives, notre week-end à organiser, le boulot qui nous prend chacun un temps fou, les retrouvailles avec ta famille et maintenant l'achat d'une maison, notre vie se voit chargée.

— C'est ça qu'il faut, qu'elle soit chargée, rythmée de projets et de volonté d'évoluer ensemble non ? Ça ne coûte rien de se renseigner et de regarder ce que les agences proposent.

— Oui, je suis d'accord. Écoute, ce que l'on peut faire chacun de notre côté entre deux rendez-vous de boulot, c'est de chercher de superbes trouvailles et on se les présente samedi soir, ça te va ?

— Yes, mais personnellement j'ai des exigences assez personnelles dans la mesure où si on aborde ce sujet c'est pour acheter, donc il faut se poser.

— Évidemment, mais là ce ne sont que des premières recherches, j'ai des exigences aussi, déjà l'espace dans la cuisine, sauf si tu es prêt à abandonner ton confort culinaire.

— Dis donc, et moi une pièce pour envisager une salle de sport, j'en ai trop besoin et j'ai déjà tous les équipements chez moi. Tu vois comment elle est ? J'aimerais bien quelque chose de semblable à celle que j'ai dans mon appart.

— Oui je vois, tu as raison. Je ne m'éloignerai pas trop des quartiers où nous sommes là personnellement parce que nous sommes chacun à deux pas de notre boulot et que les avenues sont sympas, on a tout à porter de main et les quartiers des alentours sont calmes.

Je n'ai pas cessé de faire des recherches depuis des jours et des jours, contre toute attente l'envie d'emménager définitivement avec Esteban me rend heureuse. Nous investir dans un nouveau projet nous excite, d'autant plus qu'il concerne notre couple. Je feuilletais constamment les magazines d'agence près de l'avenue dans laquelle se situe ma maison actuelle, entre deux rendez-vous ou à la moindre pause.

— Allo maman ?

— Ça va mon chéri ? Je voulais savoir si Rose et toi seriez d'accord pour venir manger à la maison ce soir ?

— Écoute oui si tu veux.

— Tu es sûr ?

— Oui, je te le confirme tout à l'heure, j'en parle avec Rose.

— Super mon chéri, envoie-moi un petit message rapidement.

Esteban me parle de la demande de sa mère et j'accepte avec plaisir alors que nous allons nous préparer.

— Ça fera l'occasion de parler de notre projet secret de maison.

— Bah écoute, j'ai pensé qu'on pouvait emmener nos trouvailles chez ma mère. Elle nous donnera son avis, elle s'y connaît et a habité plusieurs maisons et différents quartiers.

— Oui pourquoi pas.

La maison de sa mère est vraiment belle, elle était architecte pendant de longues années avant de se reconvertir plus tard dans la décoration d'intérieur. Nous avons beaucoup de points communs à ce sujet comme je travaille la matière et que je repense des plans pour différents prestataires et parfois pour des bâtiments publics, des fêtes et des maisons.

— Je ne me lasserai jamais de vos plans pour cette maison aussi spacieuse que chaleureuse.

— C'est sûr, j'avais beaucoup travaillé pour cette maison et je dois avouer que je ne m'en lasse pas non plus.

— Tant mieux, vous allez nous conseiller !

— Rose, on aurait pu attendre un peu.

— Bah écoute c'est toi qui m'as soufflé l'idée et depuis je suis davantage excitée par ce projet que toi, c'est mon domaine, et tu me complètes avec tes mains d'or d'ébéniste.

— Est-ce que je dois comprendre que vous voulez faire construire ou que vous avez besoin de moi pour vos plans ?

— Alors, vous brûlez Cynthia mais non, faire construire nous paraît un trop gros chantier en ce moment alors que d'autres projets se chevauchent. Cependant, Esteban et moi avons décidé de nous lancer dans des recherches de maison dans le but d'emménager ensemble officiellement.

— C'est vrai que ce serait plus raisonnable, vous êtes toujours ensemble.

— C'est ça, du coup depuis quelques semaines chacun de nous a fait des recherches et on voulait vous les présenter ce soir. On s'est dit qu'on allait les emmener ici comme ça, vous nous donnerez votre avis vous aussi.

— Ah c'est super, ça me touche et c'est mon domaine, il me passionne. Allons-y, je vous sers quelque chose avant ?

La soirée passe à une allure exubérante et nos échanges sont fructueux. Ils permettent à Esteban et moi de nous accorder sur nos exigences communes, dans la limite du raisonnable. Cynthia a tant de conseils à nous donner que le repas s'allonge sur de nombreuses heures sans que nous ne puissions voir le temps passer. D'ailleurs, elle s'est surpassée pour nous faire de merveilleux fondants au chocolat que je ne suis pas près d'oublier vu combien la cuisson était parfaite !

— Je voulais réaliser quelque chose d'aussi bon que ce que tu prépares Rose.

— Chose faite je dois dire, vous êtes assez douée aussi finalement.

Depuis que j'ai appris à connaître la mère d'Este, on n'arrête pas de se filer des recettes appétissantes, des promotions sur de l'électroménager pratique, des idées de mélanges à tester, enfin bon de quoi remplir nos soirées entières.

— D'ailleurs à ce sujet, on doit se faire un petit resto dans le mois et avec nos emplois du temps au complet, je m'étais dit qu'on trouverait bien une date ce soir.

Cela fait quelque temps que Cynthia souhaite nous inviter au restaurant avec Esteban alors l'occasion de fixer la date de ce petit moment en famille est venue. Sur le chemin du retour, Esteban se confie à moi, étonnement sur sa précédente relation.

— Tu sais mon amour, si je ne t'ai jamais parlé de cette fameuse relation qu'a détruite ma mère, ce n'est pas par peur de me raviver des souvenirs, rien n'est plus dans ma tête à cette heure. Simplement, cette période de ma vie est difficile à accepter du point de vue de ma mère qui m'a beaucoup déçue. Ça me brise le cœur d'imaginer à nouveau la haine que j'ai eue envers celle qui m'a donné la vie.

— Je ne peux que te comprendre, je ne te demande pas de m'en parler, chacun a un passé respectable quel qu'il soit et parfois douloureux. Je tiens juste à te dire que pour te libérer, tu peux te confier. J'ai les épaules solides et je crains qu'il ne faille même pas cet atout, juste une oreille des plus attentives pour écouter tes souffrances.

Une fois arrivés à la maison, il est vingt-deux heures mais l'été, le soleil continue de rayonner au niveau de la terre, alors nous vient l'envie de se promener. Main dans la main et les cœurs liés, nos projets nous font avancer sur le chemin qui se trouve près de la rivière à deux pas de chez nous.

— Je suis ravie de voir que de nouvelles choses frappent à notre porte pour nous épanouir.

— Tu sais, sans notre volonté d'évoluer rien de tout ça ne pointerait le bout de son nez, c'est à nous que l'on doit cet épanouissement.

— Je sais mais je ne peux pas m'empêcher de me dire que la vie force le destin et que nous n'avons plus qu'à réussir à tenir sur le fil déjà tracé de nos vies. À nous de ne pas tomber.

— Quand bien même ce que tu dis est vrai, rien ne nous empêche de nous raccrocher à un bout de ce fil. Je pense à ce qu'il nous est arrivé à chacun. La vie savait qu'on devait le vivre et nous a mis à l'épreuve et chacun de ces passages de notre vie prend le temps qu'il veut à se dissiper mais rien n'est plus sûr que le fait que quoi qu'il se passe, on en sort juste grandi, pas mort. Certaines erreurs peuvent nous coûter cher, mais jamais aussi cher que la vie.

— Je sentais que tu avais envie de parler de… enfin tu sais ? Tout à l'heure.

— Tu peux le dire ce n'est pas tabou, rien entre nous ne le sera jamais. Cette période de ma vie a sûrement été la plus douloureuse, après notre rupture je me sentais enlisé, comme dans des sables mouvants. Je me trouvais face à ce que je croyais être l'échec et ce sentiment d'impuissance m'a fait perdre confiance en moi à force de me dire combien j'étais ridicule d'être devenu une véritable loque démunie face à ces sentiments destructeurs. Ce qui m'a longtemps empêché d'avancer était la réalité de notre relation, elle m'aimait encore, moi de même et rien d'autre nous séparait que ma propre mère par obsession de voir son fils malheureux peut être un jour. Elle ne l'aimait pas.

— Tu ne prononces jamais son nom, pourquoi ?

Je ne suis pas certaine d'avoir envie de savoir les raisons de ce silence autour de son prénom. Je me pose mille questions. Est-ce qu'il ne le dit pas parce qu'il l'aime encore ? Est-ce qu'il cherche toujours à l'oublier en vain, ou ne veut-il pas l'oublier et me le cacher ? Un tant soit peu je me raisonne. J'ai dépassé toutes ces inquiétudes avec Esteban. C'est comme un extrait de Rose qui repasse sous mes yeux pour me dire qu'elle est encore en moi cette ancienne jeune femme non confiante.

— Parce qu'il m'est difficile de le prononcer. C'est là le début de mes plus grosses souffrances. Je ne tiens pas à comparer qui que ce soit mais c'est comme si je te demandais pourquoi tu ne prononces pas le mot de ta plus grosse souffrance Rose.

— Maman. C'est toi qui m'as appris à m'en libérer. Tu me rabâchais constamment que c'est de cette manière qu'on s'en sort et que nos peines s'évanouissent dans les bras de l'autre. Je suis la preuve vivante de ta théorie Esteban. Ce n'est pas toi que je vais devoir convaincre en disant que ça ne peut te faire que du bien.

— Tu sais, parfois ma mère venait s'installer des semaines chez nous pour être à proximité de ce qu'elle appelait « le danger », elle parlait d'elle. Le paradoxe des sentiments qui traversaient la pièce dans laquelle nous étions tous les trois était immense. C'était les deux femmes que j'aimais et elles, se détestaient.

— Mon amour, non pas que je sois lassée de t'écouter, bien au contraire. Ta peine ressurgit en en parlant et je ne trouve pas que ce soit la solution. Le fait d'en parler ne te libère pas mais écrase tes souffrances comme pour les piétiner dans le but qu'elles s'ancrent en toi et t'appartiennent à tout jamais. Tout ce que tu donnes comme conseil aux autres ne s'applique visiblement pas à toi. J'ai l'impression que d'en parler ne te libère pas.

— Chaque moment de notre vie nous appartient pour l'éternité Rose.

— Je suis d'accord, mais les moments de vie du passé appartiennent aux souvenirs là où les moments de vie d'aujourd'hui préviennent notre avenir.

— Sûrement, mais ce n'est pas à toi que je vais apprendre que l'on se détache moins vite de la douleur que de l'amour.

Sous ce beau soleil presque couché d'un soir d'été agréable, bouches et mains se serrent une fois encore et se promettent un avenir paisible et chargé en souvenirs. Au cours de notre balade, quelque chose d'insaisissable, sûrement notre destin, nous rapproche du lieu de notre première rencontre. Sur le moment des souvenirs de femme éplorée me viennent, puis l'étincelle qui m'a fait sourire à la vie hante mon esprit. Je vois ce lieu, ce jour et cette pluie comme un souvenir humain et heureux, plus comme un jour triste et mouvementé. Esteban m'emmène jusqu'à l'endroit où mon corps remplissait le décor. Mais cette fois-ci, en arrivant près de ce banc, je ne me trouve pas seule avec un lourd bagage dans les mains mais légère et les mains serrées avec celles de l'homme de ma vie.

— Tu es l'homme de mon avenir. Je n'ose plus dire merci car ce mot est devenu presque aussi courant que je t'aime. Je voudrais te dire, à vie. C'est probablement ma façon de te dire merci, de te dire que depuis ce jour, je ne me vois pas sans toi.

— Bonjour Mademoiselle, vous allez bien ?

— Chamboulée sûrement depuis qu'un homme partage ma vie depuis presque un an.

— Une requête pour cet homme ?

— Aime-moi s'il te plaît.

II
Pleine lune

Esteban

Le secret d'une vie heureuse est un passage à vide où tous les moments de vie deviennent souvenirs à la vitesse de la lumière. Plus le temps passe vite, plus nos cœurs se remplissent.

Voilà donc des mois que Rose et moi vivons à cent à l'heure et au jour le jour, toujours plus de projets dans nos têtes, davantage d'amour dans nos cœurs.

Entre l'aéroport de Bangkok, les excursions à la rencontre d'animaux sauvages de dingue, les plats occidentaux gourmands et épicés, les vols à rallonge, les péripéties des hôtels aussi magnifiques les uns que les autres, les mers peuplées de poissons qui respirent sereinement pour notre plus grand bonheur. En effet, notre vie s'est remplie de voyages culturels inoubliables, sans quoi nous ne serons pas aussi comblés par la vie des habitants de chacun des pays que l'on a traversé, parfois en voiture avec un sac sur le dos, parfois dans des *all inclusive*. La diversité fait de notre vie quelque chose d'appréciable, on vit pour se faire plaisir, découvrir, prendre conscience de la différence, des cultures qui drainent la diversité dans le monde. Hormis les voyages, beaucoup de choses se sont déroulées à côté. Nous avons partagé de nombreux repas avec ma mère qui a définitivement apaisé la tension de notre relation passée pour laisser place à de meilleurs jours. Le père de Rose s'est décidé à venir avec nous voir Lucas aux Maldives et il n'en est pas revenu bredouille.

— Les cocktails ici ont un meilleur goût qu'à Paris mon fils.

— Viens donc y habiter !

— Tu ne serais pas fou toi ?

— Je suis bien parti moi.

— Tu avais besoin de t'éloigner de tes souffrances, moi j'ai besoin de me rattacher à ta mère. Notre vision des choses diffère, je ne me vois pas partir à des milliers de kilomètres d'elle.

— Papa, prend conscience que tu dois vivre pour toi aussi, pas pour la vie de maman qui ne demeure plus. Tu la connais, je la vois déjà te le dire avant moi.

— Je sais mon fils, un jour peut être…

Les soirées entre amis se sont multipliées aussi bien chez nous que chez eux. Je ne saurais qu'à peine en compter le nombre et en évaluer le bonheur. Toutes étaient aussi respectables les unes que les autres.

— Aller encore un Rose !

— Non John ça suffit, quand est-ce que tu vas me faire gagner, je vais être bourrée avant même d'avoir mangé. De ce que je me rappelle d'ailleurs, ce n'est jamais bon d'avoir le ventre vide quand ça finit mal.

— Exactement mon amour, John me répétait souvent d'avoir le ventre plein pour mieux le vider.

— Je ne compte pas en arriver là mon ange.

— C'est vrai que je n'aimerais pas non plus, arrête-toi juste un peu avant…

— Tu es aberrant !

— On en reparle plus tard mon cœur.

Dans ces soirées, la joie se mêlait aux danses, fous rires, sourires, invitations, projets de vacances, nuits blanches, jeux entre amis, tout était propice au bonheur.

La femme de John est tombée enceinte peu de temps après l'anniversaire d'Esteban, pour le bonheur de tous et avant tout le sien qui se voyait compromis depuis quelques longs mois.

— À la tienne ma bichette, tu vas enfin pouvoir souffler et ce bonheur va combler tous ces mois de tristesse, tu vas voir.

— Oui ma Rose, j'ai l'impression que quand je porte maintenant mon enfant je n'y crois pas, c'est ma lumière, la prunelle de mes yeux.

— La chair de ta chair. Tu vas faire une superbe maman, je n'en ai pas le moindre doute bichette.

— Félicitations aussi mon pote, tu as vraiment fait du bon boulot.

— Oui ça doit être ça, j'ai tout fait hein.

— Oh ! Je rêve, je ne suis pas sûre que ce soir-là tu aies tout fait, rappelle-toi.

Rose a réalisé son spectacle de danse pour la plus belle joie de mes yeux, elle danse comme une princesse c'est fou. Elle est sexy, attirante, douce, pointilleuse, pétillante, elle a le rythme dans la peau et ce n'est pas pour me déplaire. Ni à moi, ni aux nuits que l'on passe ensemble. Notre amour n'a cessé de grandir à force de le cultiver et de toujours déposer un brin de feu supplémentaire sur la flemme jamais éteinte de notre amour. Une nouvelle ravissante nous ai parvenu le jour où nous avons pique-niqué au pied de la Tour Eiffel dans un de ses beaux jardins avec Lana et Lucas. Ce jour est resté dans la mémoire de tous les quatre par l'aveu de Lucas qui se destinait à aimer Lana malgré ses a priori sur l'amour. Je crois qu'elle lui a fait tourner la tête ou peut être bien connaître une autre sorte d'amour, jamais ressenti auparavant.

— Lana ?

— Oui ?…

— Qu'est-ce que tu fais à t'agenouiller ?

— Je ne vais pas te demander en mariage, ne t'en fais pas. J'avais besoin de te dire quelque chose. Ce n'est plus l'envie qui me pousse à le faire mais le besoin. Je déteste te quitter quand je te dépose chez toi ou que tu pars de chez moi. Tellement de fois j'ai rêvé que tu restes dormir auprès de moi toute une nuit, que nos dîners de tagliatelles au saumon se finissent par un bisou digne de la belle et le Clochard. J'aimerais tellement commencer dès le matin à t'embêter, nous deux à peine sorti du lit, prêt à y retourner… Lana, tu le sais mais rien ne s'est jamais concrétisé entre nous. Lana, je t'aime.

— Pince-moi nono, je rêve… Lucas, je n'aurais jamais pensé que tu le fasses, je n'attendais que ça mais j'avais tellement peur de tout gâcher.

— Ne t'en fais pas je crois être aussi choquée que toi de l'acte qu'il vient de faire, pas de l'amour qu'il te porte parce que ça s'est déjà dessiné depuis des années ! Plus qu'à profiter.

Je me souviens qu'à ce moment Rose et moi nous sommes embrassés devant une Tour Eiffel illuminée au moment où Lucas s'est relevé et a porté Lana en ne cessant de tourner sur lui-même, et l'a embrassé. Le couple depuis est très mignon, ils sont fous et rigolent constamment de tout pour rien. Ils sont très fidèles et amoureux de la nature aussi sauvage soit-elle. De vrais Robinson qui ne sont jamais à court d'idées folles ou rassasiés d'aventures. Je me souviens que ce jour-là on prenait un temps fou à planifier notre voyage aux Maldives. Il fallait profiter de chaque activité à faire là-bas en trois semaines de vacances. L'avantage était que Lucas y habite donc nous pouvions y rester plus, sinon c'est assez hors de prix. Ça aurait été compliqué avec l'achat de la maison même si Rose et moi gagnons correctement notre vie grâce à nos deux métiers respectifs. Un de nos plus beaux souvenirs avec Rose c'est aussi le jour où ils nous ont annoncé qu'ils allaient emménager ensemble car leur train de vie Maldives-Paris n'était plus possible ni pour l'un ni pour l'autre, ce que nous comprenions. Contre toute attente, c'est Lana qui s'est vu rejoindre Lucas et en a profité pour commencer une mission humanitaire en tant que soignante dans les pays qui les entourent. Puis, elle a trouvé un hôpital dans lequel travailler sur une île à côté.

— Bon et bien voilà l'heure du départ.

— Je t'aime ma nono, vivez heureux et à très vite.

Je me souviens de ce moment où Rose et moi avons quitté le terminus et repris la route quand nous avons vu passer l'avion de Lana et Lucas au-dessus de nous, sans ne pouvoir les voir évidemment.

Entre-temps j'ai aussi eu la chance d'assister au concert de Danakil, qu'on m'avait offert à mon anniversaire fêté en juin, avec Ronan et Arthur. Un des meilleurs concerts que j'ai entendu, il était dingue. Puis le mois de novembre a été fructueux pour nous quand nous sommes allés à Amsterdam. Même s'il faisait froid, le détour en valait le coup. Cette ville est magnifique et c'est la ville des amoureux, un peu comme le cliché avec Venise. Je me souviens de ce voyage au ski à Noël avec toute notre bande d'amis, aussi bien Lucas, Lana, Jonathan, Alex, Thaïs que John, Arthur et Ronan. Ce voyage s'est rythmé de photos souvenirs aussi folles les unes que les autres, de soirées auprès du feu ou dans le chalet, de longues journées à skier tous les dix. Les verres d'alcool, les mains liées, les cœurs mêlés, les bouches souriantes, les corps ivres, les photos qui deviennent nos plus beaux souvenirs presque autant que les mots lorsqu'ils sont utilisés pour décrire ces moments magiques et se souvenir de chacune des anecdotes qui ont animé ce voyage.

— Attention photo !

— Aller hop, on change tous de position, souriez !

— Non la grimace, il nous la faut.

Une des plus belles soirées de notre existence était l'anniversaire de Rose en août que l'on a passé à deux aux Seychelles. Je lui avais fait la surprise et la nuit avant son anniversaire, nous avons décollé pour cet endroit rempli de vagues aussi bleues que le ciel des Seychelles, de cocotiers, de sable blanc et de coquillages merveilleux. Le soir même de son anniversaire, bien que crevés par le décalage horaire, rien ne nous a empêchés de passer une des soirées les plus légères de notre vie. Deux coupes de champagne, ou plutôt une bouteille entière ancrée dans le sable, des promesses tenues et des mains enlacées. Je me souviens d'un de ses mots « À quoi bon continuer de rêver la vie dès lors qu'elle nous permet de vivre un rêve ? ». Une fois la bouteille finie ce soir-là, nous avons décidé de nous écrire une lettre d'amour en commun sur des feuilles de bananiers qui traînaient. Ce n'était pas de l'encre indélébile mais une bouteille heureuse. « Pour nous, de nous, à nous. Voilà des mois que nos vies s'alimentent de baisers, de pincements, de pleurs, de sourires, d'étincelles brillantes au sein de nos deux cœurs. Voilà des mois que nos sourires s'élargissent, que notre culture grandit, nos sentiments s'allongent, nos yeux deviennent le soleil à tel point que nos regards se parlent encore sans qu'aucun mot ne sorte de nos bouches. Je t'aime Esteban. Je t'aime Rose. Notre vie se rythme généralement de bonheur et d'amour mais particulièrement d'ivresse, de tendresse, de passion. Nous sommes deux aimants inséparables prêts à décoller. Assez des rêves inachevés, parlons de nous et laissons-nous porter par ce que notre amour nous réserve un temps soit-il, et ainsi va notre bonheur si solide ». Nous l'avons déposée dans la bouteille après avoir plié les feuilles, fermée par un bouchon que nous avons créé artificiellement, puis mise à l'eau pour qu'elle parcourt un tas d'épreuves, de moments, pour qu'elle suive un certain parcours en même temps que nous. Cette nuit-là, nos deux corps chauds ont réchauffé le sable bien plus qu'il ne le paraissait déjà. Ce sont ces moments précis de perte de contrôle et d'actes qui sortent du quotidien qui permettent de se sentir complètement libre, épanoui, léger, seul et accompagné. Depuis ce jour, nous inaugurons chaque plage de nos voyages par des nuits si belles soient-elles mais si douces le sont-elles vraiment. Je me souviens du Maroc, alors cette nuit-là était sans doute la mieux, c'était celle qui nous a permis de réaliser que la vie ne dure qu'un temps, que l'éphémère est dans l'immuable là où nos vies se confondent en souvenirs.

— Qu'est-ce qu'ils nous arrivent ?

— Je n'en sais rien.

— Ce n'est plus de l'amour, je ne vois personne d'aussi fou, amoureux, incollable autour de nous.

— Tu te souviens de ce couple au bar qui regardait plus le plat qu'ils mangeaient plutôt que le regard de l'autre.

— Et celui qui se regardait dans le blanc des yeux à réfléchir à ce qu'ils se diraient.

— Ceux qui se sont pris la tête pour des broutilles pendant au moins une heure à côté de notre chambre d'hôtel.

— Et puis nous.

— Nous qui avons fait une sieste des moins reposantes, abîmés les draps, sautés sur le lit, couru sur la plage, affrontés les vagues presque aussi durement que les tempêtes, dansés sous le soleil du Maroc en plein milieu de la ville, mangés deux glaces originales, une gaufre au chocolat et des bonbons à n'en plus finir.

— Nous qui avons pris la peine de s'allonger sur la plage sans faire ce que chacun fait habituellement à cet endroit, une fois de plus à nous qui nous sommes retrouvés unis plus que jamais, l'un dans l'autre, l'un pour l'autre. Nous qui avons mangé cette pizza au coin du feu sur la plage en vidant deux bouteilles de champagne.

Voilà qui ne fait que raviver mes souvenirs les meilleurs, ceux que nous voudrions revivre instantanément dans la même ambiance. Et puis me viennent les souvenirs des nuits aux confessions sur l'oreiller où notre amour vivait, notre bonheur parlait et nos rêves pensaient. Rose me parlait de tous ses rêves dont je me souviens de chacun dans les moindres détails. Elle rêvait d'une balade à cheval au bord de l'eau, de créer son association pour les plus démunis, son rêve est d'atteindre les cinquante et une destinations de voyage car c'est le nombre d'années que sa mère a vécu sur terre. Elle veut finir par le Mexique, le rêve que sa mère avait. Elle voulait réaliser une mission humanitaire qui lui tenait particulièrement à cœur, celle de partir aider les enfants africains à étudier, apprendre à lire et écrire pour lutter contre l'analphabétisme. Rose, aussi gourmande soit-elle mais surtout si talentueuse est-elle, a pour projet d'ouvrir son restaurant familial et gourmand avec moi. C'est un projet que je trouve très beau, elle a du talent en plus d'être passionnée. C'est comme un désir d'assouvir ses rêves de vocations ratées. Non pas qu'elle ne s'y soit pas penchée, mais le métier qu'elle fait actuellement était aussi sa passion et l'un de ses rêves. Il a fallu qu'elle aille au bout, mais étonnement comme elle m'a dit « on a tellement de choix de vie sur terre, de métiers à faire, pourquoi faudrait-il n'en choisir qu'un pour toute sa vie ? ». C'est pour ça qu'elle s'est lancée dans un tas de recherches pour ouvrir son commerce de bouche, cela empiétait même sur le temps de nos voyages, je me souviens pendant notre *road trip* aux États-Unis, dès que l'on reprenait la route et que les paysages ne parvenaient pas à l'intéresser, elle se replongeait le nez dans ses recherches accrues.

— Je veux devenir une femme en constante évolution, jamais rassasiée de découverte, de nouveauté, de projets.

— Mon amour, tu es déjà cette femme. Tu es méconnaissable à la personne que j'ai découverte le soir où je t'ai vu, tu es magnifique.

— Merci mon ange… c'est vrai que je ne me reconnais plus, mais c'est très positif. Je suis celle qu'au fond j'ai toujours rêvé d'être grâce à notre rencontre, à toi, ton ambition de vouloir me faire vivre plutôt que de me laisser me noyer dans le grand bain de souffrance auquel j'étais assignée.

— Maintenant, comme depuis des mois, vivons mon amour.

Nous voilà désormais aujourd'hui, presque un an après cette fête du mois de juin puisque nous sommes déjà en mai. Jour crucial qui s'impose à nous car nous avons trouvé une superbe maison dans laquelle nous emménageons avec l'aide de ma mère, du père de Rose, de Lana, John et Lucas, qui s'apprête à retourner vivre chez lui, aux Maldives.

— Bon quoi de neuf par-là ?

— Rien de cassé, c'est déjà énorme.

— Tu m'étonnes mais je vous fais confiance les amis.

Rose et son père vivent ce déménagement comme l'un des plus merveilleux moments de leur vie, passionnés par la mise en place des meubles, le moindre objet décoratif à disposer et la couleur des murs. On profite de ce que la maison soit quelque peu vide pour repeindre quelques murs à nos goûts dans un esprit chaleureux, intense et relaxant, bien qu'ils fussent sobres et élégants avant notre venue, c'est une question de choix, de goût plutôt. J'aime beaucoup l'idée de plantes dans une maison, question de luminosité, de couleur et de vie, ce que partage Rose pour mon plus grand bonheur. D'extérieur cette maison est d'une beauté sans nom avec un crépi presque neuf, des entourages de fenêtres et de porte gris anthracite, se fondant parfaitement avec les quelques plantes qui surplombent l'entrée. Une fois tous les travaux finis et réalisés sur plusieurs semaines, j'ouvre la porte. Sur la gauche il y a une voûte d'une grandeur à couper le souffle qui se ferme d'un rideau, récemment choisi par Rose et moi. Il se veut noir avec une tringle à rideaux légèrement dorée. Derrière lui se cache la pièce préférée de Rose, un grand dressing dans lequel on range nécessairement tous ses manteaux, mais aussi les miens. Nos chaussures jonchent les étagères basses du dressing et tous les papiers importants y trouvent leur compte également. Une fenêtre spacieuse se trouve sur le mur côté rue, bien qu'il y ait une petite allée devant la porte d'entrée. Différemment de l'ancienne maison de Rose, un petit bout de jardin devant la maison permet l'accès à celle-ci par un portillon qui se prolonge d'une clôture. Sinon, dans le creux que le dressing dessine juste derrière lui, se dresse le cœur de la maison, la cuisine. Tous les électroménagers sont encastrés dans les meubles pour un design complet et plein selon Rose. Les portes sont en bois chêne entre le foncé et le clair, rendant la pièce chaleureuse et agréable à vivre. Le plan de travail est noir sans motifs distinctifs et j'ai pris le soin d'y déposer la cafetière très fonctionnelle qui nous a été offerte par ma mère, Cynthia. Elle ressemble à tout sauf à ce qui de prime abord, nous paraîtrait être une cafetière. C'est un instrument de compétition. Un îlot central fait face à la porte d'entrée de tout de même cinq mètres et demi et va jusqu'à environ l'endroit où, à droite de l'entrée, se situe un bas muret surplombé par un claustra en bois de chêne, rappelant la cuisine. C'est personnellement une partie de la maison que j'adore, qui conserve la luminosité tout en séparant la pièce, bien qu'elle reste ouverte. Le paradoxe de ce premier lieu de la maison lui donne toute son élégance. Derrière ce fameux claustra, en partant toujours de l'entrée sur la droite, on y trouve notre petit coin détente préféré qui véhicule une ambiance des plus relaxantes et envieuses. Un fauteuil suspendu recouvert d'indénombrables coussins et d'un plaid qui retombe légèrement sur le côté qui est visible à travers le bois de l'entrée. En dessous se trouve un tapis noir avec deux, trois photophores dorés lumineux et d'une assez grande taille. Juste à côté se trouve une porte-fenêtre donnant sur la petite allée devant la maison légèrement cachée par un rideau opaque à l'extérieur et lumineux à l'intérieur d'une couleur beige velours allant avec la couleur du fauteuil suspendu. Sur le mur perpendiculaire qui fait face à la cuisine et au siège suspendu, se dresse un meuble d'une ampleur qui laisse sans voix ; une grande bibliothèque avec au milieu un espace chaîne-hifi. Rose y a disposé pas mal de ses bouquins toujours en accordant une importance à leur position pour qu'en plus d'être utiles, ils soient décoratifs. De nombreuses petites plantes grasses, cactus, deux rhipsalis, un pétunia et des impatiens valleriana ; ce sont des fleurs tombantes le long de ce meuble de bois chêne, surtout placées en haut ou dans le coin des étagères. Sur la gauche de ce meuble se trouve une grande baie vitrée ouvrant sur le jardin que l'on a dégottée, recouverte du même rideau que le précédent, avec pour point central de la pièce, la table à manger en bois chêne avec un chemin de table noir à dentelles frisées, un joli bouquet de fleurs odorantes en son centre et deux jolis bancs de chaque côté de la table. Deux chaises prennent place en bout de table, noires aux pieds dorés. Un grand tapis beige de la même couleur que les rideaux rappelle la luminosité de la pièce et recouvre le sol sous la table. D'un point de vue de la perspective, la table se trouve entre la baie vitrée et un mur sur lequel une horloge y trouve sa place et un buffet le long, permettant de ranger toute la belle vaisselle, comme le prétend Rose. Cette table commence un peu plus loin que là où le mur de la cuisine commence également. Pour être plus clair, la cuisine près de l'entrée, se trouve dans une sorte de carré puis le mur revient droit le long de la salle à manger. De nombreuses décorations suspendues ou non recouvrent la pièce dans un esprit chaleureux et doux là où les meubles se fondent dans la masse de la maison. Dans un autre carré situé à l'extrémité de la cuisine, dans la continuité de la salle à manger, se trouve le salon fort pensé par Rose. Beaucoup de tapis, de nombreuses plantes, bougies en tout genre, photophores, rangements, coussins, canapé repliable et amovible pour changer de position. La télé est accrochée au mur avec un meuble sous elle qui permet le rangement de tout ce qui traîne généralement. Rose croit dissimuler sa phobie du bazar mais reste sur un échec. À côté de la baie vitrée de salle à manger se trouve un escalier droit et ouvert avec des marches en bois intégrées dans le mur et une rampe moderne noire et dorée, allant légèrement jusqu'à survoler un bout du canapé du salon. À l'étage se trouve une suite parentale avec salle de bains et dressing, une deuxième chambre, un bureau pour le travail de Rose, et un pour le mien. Deux toilettes sont à disposition dans la maison, un en haut, puis l'autre en bas. Cette première visite de ma maison décorée me vaut un énorme câlin de la part de Rose qui se voit ravie de me faire la surprise, bien que les décorations et les meubles aient été choisis par nous deux. Je ne les avais cependant pas vus disposés, et me voilà ravi à mon tour.

— Je crois qu'on va être heureux ici mon amour.

— C'est une certitude, tout laisse à croire que notre bonheur ne s'arrête plus.

— Et puis l'acquisition d'une maison comme celle-ci est une aubaine !

— Rien n'est plus sûr. Mais tu sais je crois que la vie nous sourit parce qu'on lui sourit, parce qu'on s'anime de projets, de volonté, de désirs, de sourires, d'amour.

— Ce n'est pas comme si depuis quelques mois notre vie était aussi chargée que celle de quelqu'un qui vit depuis mille ans !

Nous sommes le 2 mai et il est maintenant temps d'organiser notre crémaillère tant voulue pour la fin mai. Dans un premier temps, Rose et moi listons les amis et la famille qui sera présente en fonction des réponses quant aux disponibilités de chacun d'entre eux. Pour le moment ça s'annonce être une soirée grandiose au vu du nombre de réponses positives.

— Il est temps de réfléchir à la décoration aussi mon ange, il va faire beau fin mai, si le temps est disposé à rester clément comme jusqu'alors.

— Oui et d'ailleurs j'avais pensé à quelque chose qui fasse très été justement.

— Yes assez d'accord, j'avais pensé cette crémaillère dans l'esprit bohème chic avec des tables en bois, une décoration blanche et beige épurée, beaucoup de décorations en paille, plume avec des couleurs sobres et estivales.

— Complètement d'accord avec ça, et beaucoup de plantes non ?

Je rigole en pensant que Rose adore ça, je m'imagine déjà le jardin recouvert de verdure.

— Bah pour vraiment rester dans le thème, ce qui serait le plus adéquat sont les fleurs plus que les plantes.

— Ah tu es prête à faire une concession pour l'occasion ?

— Oui je crois que j'ai trop mangé de plantes à Hawaï dans l'hôtel.

— Ah tu m'étonnes, mais tu vois je trouvais ça beau là-bas, ça entrait parfaitement dans le cadre.

— Mais ici aussi voyons, faut laisser faire l'imagination.

— Ah d'accord, je m'en souviendrai.

— Sinon, qu'en dis-tu de mes trouvailles décoratives. Regarde.

Rose me montre son panier sur internet sur un site vraiment intéressant qui ne vend que des décorations et de la vaisselle pour les fêtes en tout genre, jusqu'au mariage. Et ce qu'elle a dégotté dans le thème bohème est vraiment bien cherché je dois dire.

— J'imagine des tables en bois avec des parchemins blancs et quelques pétales de fleurs avec des soliflores au centre des tables et un beau bouquet bicolore. Autrement je pense mettre des bancs en bois avec des plumes accrochées le long de la maison, un peu comme des attrapes rêves. Ah oui, et dans mes souvenirs j'avais imaginé des endroits plus nature, avec des longs draps blancs posés à plusieurs endroits dans le jardin et des coussins beiges avec des détails de maille qui l'emplissent.

— Hum hum, décoration déjà faite quoi !

— Oui voilà, mais j'ai besoin de ton agrégation.

— Vous l'avez mademoiselle.

— Top, on commande ?

Cela fait des jours que nous nous donnons corps et âme dans ce projet pour lui faire prendre la plus belle forme qui soit. Cette maison est symbolique pour nous, pour notre couple. C'est désormais la véritable vie de couple qui commence et des adieux à prononcer à notre ancienne vie et nos habitudes acquises. C'est tout ce qu'on aime : le changement et le fait de casser la routine. Cependant, acheter une maison reste une barrière exceptionnelle à notre routine, on ne changera pas de maison tous les jours, surtout que celle-ci est radieuse. Nous sommes déjà à deux semaines du grand jour et du travail plein la tête. Ce mois-ci Rose et moi courrons beaucoup entre les rendez-vous client, la planification de la crémaillère, les appels vidéo avec Lana et Lucas que l'on ne voit plus beaucoup désormais, les courses, l'entretien quotidien de la maison, les horaires décalés, les petits détours chez ma mère qui, en ce moment, ne peut plus faire ses courses à cause d'une entorse aiguë à la cheville, le télétravail du côté de Rose pour monter ses projets pour des clients exigeants ces derniers jours, enfin bon, il y a de quoi ne plus voir le jour passé. Alors que j'ai conscience des journées longues et exténuantes que Rose fait, je prépare un petit dîner en amoureux, ce qu'on appelle autrement un dîner aux chandelles. Je sais qu'elle est très pointilleuse sur la décoration et les ambiances charnelles et sensuelles dans ces moments-là, alors je lui sors le grand jeu. À défaut de n'être que trop là, je lui prépare une surprise. Je fais contre mauvaise fortune bon cœur en attendant avec impatience sa réaction.

*

Rose

Le temps passe mais les souvenirs restent éperdument.

Alors que je me dirige vers ma voiture en sortant du travail, je vois le soleil commencer à se coucher et me questionne sur l'heure qu'il peut bien être. J'hallucine quand je regarde mon écran de téléphone et me dépêche de rentrer, sans compter qu'à cette heure tardive les bouchons se dissimulent. 20 heures. Comment est-ce que je peux passer des journées aussi longues que ça avec les clients et mes plans, les schémas, les dossiers… je commence à devenir ivre de boulot. Je n'ai qu'une envie c'est de manger deux ou trois tartines grillées, me glisser sous un plaid dans le fauteuil suspendu et lire mon livre préféré que je dévore en ce moment, fatiguée ou non. Le problème c'est que je m'endors souvent en le lisant et que je me retrouve à monter me coucher qu'à trois heures du matin. Esteban me fait la guerre pour ça et il a raison, à cause de ma détermination à tourner les pages de ce livre comme une addiction, je ne passe plus de bonnes nuits et je me retrouve bête et fatiguée le lendemain quand mon réveil sonne à six heures pétantes. Je découvre à travers le rideau du coin détente que peu de lumière sort de la maison, je me demande si Esteban dort déjà au vu de ses longues journées également. Quand j'ouvre la porte, en effet aucune lumière ne fut, alors je retire mes chaussures et me précipite vers un interrupteur quand je vois quelque chose d'étrange.

Un soupçon de flamme près de la table de la salle à manger sans rien à côté, je vais voir et les bougies s'allument. Je vois Esteban au coin de la cheminée qui m'attend tout de blanc vêtu et un large sourire au coin des lèvres. Ses bras se referment derrière son dos mais son regard me demande de l'embrasser.

— Bonsoir mon ange. Qu'est-ce que c'est que cette belle table ?

— Tu ne veux pas te déshabiller avant ?

— Si bien sûr. Je ne me lasserai jamais de ces petites surprises quotidiennes qui font du bien au moral.

Alors que la soirée se déroule à merveille, aussi bien qu'on pourrait l'espérer, nous en venons à parler d'un sujet qui nous occupe l'esprit en ce moment.

— Tu sais, devenir maman n'a jamais été mon rêve comme celui de nombreuses femmes. Quand j'étais petite oui, lorsque je jouais avec mes amis au papa et à la maman, je ne voulais jamais être la fille, toujours la mère pour ressembler à la mienne. Mais tu vois, avec le temps cette envie s'est dissipée presque autant que la personne qu'était ma mère. Ce que je veux dire c'est que mon envie de mettre au monde l'être le plus cher me fait peur, m'effraie même. Je ne veux pas qu'un de mes enfants subisse ça, je veux dire ce que j'ai vécu.

— Rose, la vie n'est pas conditionnée à être la même pour tout le monde et à reproduire les mêmes schémas. Ce qui t'est arrivé n'est pas génétique, mourir n'est pas génétique, en tout cas ce n'est pas ton cas. Et tu ne dois pas t'interdire de vivre et de donner la vie par peur de mourir plus jeune que prévu. Parce que finalement dans la continuité des choses logiques, nos enfants nous voient forcément mourir un jour ou l'autre, que ce soit plus tôt, ou un peu plus tard.

— Je sais que tu as raison, mais c'est une peur qui me repousse au plus au point, comme si à chaque fois que j'aurai le regard porté sur mon enfant, j'aurai peur qu'il ne me revoie plus. Je n'ai pas envie de tomber enceinte si c'est pour garder en moi cette peur profonde de ce petit être merveilleux tu comprends…

— Ce qui me fascine c'est que tu ne parles pas d'un enfant de manière peureuse, tu en parles comme si tu savais déjà de quel enfant tu parlais Rose, comme si tu en avais profondément envie mais que la peur te retenait au-dessus du vide. J'ai l'impression de te voir face à notre amour il y a plus d'un an.

— Je ne sais pas si j'ai véritablement envie d'en parler Este, je suis désolée mais j'ai du mal à mettre le doigt sur mes sentiments et ce que je ressens au fond.

— C'est pour ça qu'on en parle mon ange.

— Devenir mère ce n'est pas rien, mais toi qu'en penses-tu de devenir père ? Assez de parler de moi, je veux savoir ce que tu en dis.

— Tu vois, je suis l'opposé de toi. J'ai grandi sans père et je crois que c'est pour ça que je veux le devenir. Je n'ai pas eu de modèle ou de figure paternelle comme beaucoup ont eu la chance d'avoir, mais j'ai ce désir profond de l'être pour savoir ce qu'est un père au fond. C'est comme un rêve pour moi de le devenir, un projet de vie au travers duquel je suis obligé de passer. C'est comme une obligatoire volontaire à mes yeux. Même si nous avons renoué les liens avec lui et que je le vois quelques fois et bien, bizarrement je considère mon père comme un ami fidèle, plus que comme un père.

— Je te comprends tu vois… je peux imaginer ce que tu ressens même si je ne peux que l'imaginer et pas le sentir en moi. Mais c'est déjà important de te comprendre pour travailler sur moi et voir les choses différemment. Passer à côté de ses rêves n'est pas beau dans une vie quand on voit à la vitesse à laquelle elle passe. Par exemple, j'ai cette image de nous il y a dix ans, comme si notre histoire vivait depuis le commencement de tout. Comme si nous deux, cela ne faisait pas qu'un an et demi que ça existait mais des années en somme.

— Je trouve que tu as beaucoup de recul par rapport à tout ça et c'est admirable, tu as tellement évolué en si peu de temps Rose. Tu vois comme quoi même si la vie parcourt le monde à cent à l'heure, je me rends compte que toi et moi vivons au rythme du temps, de la vie.

— Tu as raison, parce qu'on vit tout, tout le temps, chaque instant, seconde ou minute qui passe. C'est ça la véritable vie n'est-ce pas ?

— Tu sais je pense que chacun voit la vie comme il le peut et non forcément comme il le veut. Les choses font qu'aujourd'hui le destin, notre éducation, notre acharnement font que nous en sommes là désormais et que nous pouvons profiter d'énormément de choses que la nature offre et donne. Tous ne peuvent pas le faire. Même les voyages qui nous ont coûté le moins cher restent impossibles à atteindre pour certains. Et là où on voit une étincelle de vie dans les voyages, d'autres y voient un vide anéantissant. Chaque personne voit la vie différemment.

— Je suis complètement d'accord, mais tu vois je crois que nous tel qu'on voit la vie, on en profite. On profite de notre vie et de la vision qu'on lui porte.

— Tout à fait mon ange, et ainsi va la vie, et ainsi va la nôtre surtout. Bon le repas t'a plu ?

— C'était vraiment bon, quand est-ce qu'on l'ouvre ce restaurant, à nous deux on ferait un carton. Tu es si doué pour le dressage et le mélange de goût. Et je suis vraiment pas mal en cuisson, aromates, créativité dans les plats.

— Ce n'est pas faux, à mûrement réfléchir !

— Tu sais dans ma voiture je me faisais justement la réflexion, je comptais manger une tartine de pain et aller lire et tu vois finalement un repas gastronomique s'est offert à moi, pour le plus grand plaisir de mes papilles.

— Ah mais lâche ce bouquin !

— Non tu devrais le lire…

— Ah oui ? Pourquoi ?

— C'est une leçon de vie, quelque chose de poignant.

— Tu ne me racontes pas ?

— Non je veux que tu le lises.

— Finis-le et je le lis c'est promis. Mais avant de te replonger dedans, laisse-moi t'emmener là-haut.

Esteban me prend comme un prince qui emmène sa princesse, j'accroche mes bras autour de son cou, et mes jambes sont tenues pas ses bras si beaux, au travers desquels j'aperçois ses muscles si craquants je l'avoue. Il me pose debout près du lit et en face de lui. Nos deux corps se touchent et nos bouches sont à quelques centimètres seulement l'une de l'autre. Je les pince soudainement sur les siennes et ne les décroche plus. Nos deux langues se mêlent et se démêlent autant de fois que nos corps s'apitoient sur leur sort. Au fil du temps, nos vêtements se retrouvent par terre, et la musique en bruit de fond nous laisse perdus l'un dans l'autre. Sa chaleur près de ma chair, ses soupirs au coin de l'oreille, sa façon de me regarder gémir et celle que j'ai de regarder son corps se raidir font de nous deux êtres ivres l'un de l'autre, au bord de l'explosion. Je ne saurais toujours pas dire qu'elle est cette tension qui nous lie avec insouciance, mais rien n'est plus sûr aujourd'hui que le fait que le destin fait de nous deux êtres incapables de vivre séparés plus longtemps qu'une journée. Une chose me fait craquer plus que n'importe quoi d'autre, le sourire qu'il abat sur moi juste avant de m'embrasser. Le sourire que je ne peux qu'entrevoir entre nos deux visages quand mes yeux s'ouvrent avant de se fermer quand il recouvre mes lèvres tendres. Un sourire qui me laisse en transe et prête à tout quand je me lâche dans ses bras sans la moindre crainte. Je dirais bien que c'est un des sourires les plus craquants que je n'ai jamais vu jusqu'au jour où je l'ai connu.

— Ce don que tu as de me rendre fou !

Cette nuit est longue, douce, sauvage, bonne, ressourçant, tendre, élégante, sensuelle. Cette nuit peut être qualifiée de grand nombre d'adjectifs en somme et je ne m'arrêterais pas si je le pouvais. La chaleur du début d'été se fait sentir dans la pièce presque autant que le désir charnel qui nous lie au-delà de tout ce qui se passe autour de nous à ce moment. Mon téléphone sonne mais n'interrompt rien quand Esteban secoue son bras pour trouver l'endroit où il se cache et l'éteint alors qu'il continue de m'embrasser à n'en plus finir. Nos lèvres s'usent l'une sur l'autre sans que rien ne nous fasse craquer pour les retirer de ce tendre calvaire. Nos peaux s'abîment au creux de nos corps, chacune un peu plus à chaque instant d'amour et de fièvre, mais nos cœurs sont abrutis par ce désir charnel incompréhensible qui les fait s'effacer dans l'ombre de nos sentiments, ce soir liés plus que jamais.

*

Esteban

À l'heure où la vie nous tient, rien ne nous laisse penser que le fil se rompt.

— Vois la musique Esteban et laisse-toi porter par la danse.

— Mais quelle philosophe mon amour !

Je me trouve avec Rose au beau milieu du salon quand nous finissons de préparer les derniers détails de la crémaillère que nous avons tant hâte d'apprécier.

— Je trouve que la vie est un mélange de cassures qui forme le bonheur.

— Pourquoi dis-tu ça Rose ?

— Parce que, regarde-nous. On s'est aimés très fort depuis le premier jour, on a eu de nombreux hauts mais aussi beaucoup de bas. Et finalement le vrai bonheur c'est d'apprécier les bons moments grâce à la connaissance que l'on a du malheur et des mauvais moments.

— Je suis d'accord oui, mais pourquoi là maintenant ?

— Parce qu'en installant les décorations et en observant cette maison, notre maison, je me suis réécrit le fil de notre histoire depuis ce premier rendez-vous.

— Tu es vraiment trop romantique pour moi.

— C’est toi qui dis ça ? Tu as besoin que je te rafraîchisse la mémoire, de nous deux tu es sûrement le pire.

— Ou le meilleur.

On ne traîne pas et le père de Rose et ma mère viennent nous rejoindre pour filer un coup de main. Alors que l’on ne cesse de courir dans tous les coins de la maison et du jardin tous les quatre, la sonnette retentit, je me demande bien qui ça peut être.

— Mais non ! Este, viens voir !

Je vois Rose qui saute dans les bras d’un grand brin, comprenant tout de suite que c’est Lucas qui nous a rejoints.

— Tu avais dit que tu n’étais pas dispo.

— Bah oui mais je profite de la distance pour te faire des surprises évidemment.

— cachottier, mais… tu es venu seul ?

— Salut ma poule, le plaisir que ça fait de te voir !

— Toi aussi beau-frère… depuis tout ce temps loin de vous, je me ressource. Et oui Rose, Lana n’a pas pu venir elle a des interventions urg…

— Je suis la poulette ! Rien ne vaut de la faire languir plus que ça, elle n’en peut plus.

— Oh nono… mais c’est quoi cette surprise de dingue. Le baume au cœur que ça apporte est fou.

On se retrouve tous en famille dans la joie et la bonne humeur qui nous laisse vivre encore des moments de paix si bons pour le cœur qu’on se laisse tenter Lucas et moi par une petite bière. Pour les filles c’est un petit verre de vin blanc.

— Bon alors mon gars, comment ça se passe avec Lana ?

— Franchement… je ne me serais jamais cru fidèle ou même amoureux tu vois. Mais cette femme fait ressortir ce qu’il y a de meilleur en moi c’est dingue, je me sens tellement bien que je ne ressens pas le besoin de me prendre la tête pour les mots couple, fidélité, amour, bonheur, engueulades. Non tout est très naturel chez nous et même quand on se dispute, tout revient à la normal aussi joliment que possible et sans artifices donc tout roule. Et toi avec ma sœur ?

— Bah comme tu vois on nage dans le bonheur… Rose et moi sommes toujours aussi soudés et amoureux et nos projets nous emmènent loin, ça fait chaud au cœur. Et puis bah voilà la nouvelle trouvaille ! D'ailleurs vous n'avez pas eu trop de mal pour trouver la nouvelle demeure ?

— Non du tout, et puis Lucas connaît bien cet endroit de Paris. En revanche je suis fan de votre intérieur !

— Bah attendez, venez je vous fais la visite.

Au fil du temps et des pièces, les discussions s'animent, les rires fusent et les regards se retrouvent. La fin de la journée se passe merveilleusement bien entre les petits apéros qui prolongent la journée, les préparatifs pour le lendemain midi, les discussions profondes entre amies, entre membres de la même famille, entre beau-frère, on finit par avoir complètement oublié de manger.

— Quelle heure est-il ?

— 21 heures.

— On commande quelque chose ?

— Ça me va.

— Aussi.

— Super pizzas, restaurant ?

— Je ferai bien un petit resto pour notre retour moi les gars. Vous savez quoi, c'est moi qui offre. Préparez-vous.

On file tous se préparer mais Rose et moi ne sommes pas décidés à s'en tenir à enfiler un pantalon mais plus à retirer les boutons de celui déjà existant.

— Arrête on n'a pas le temps Rose.

— Qui a dit qu'on devait avoir le temps pour ce genre de chose ? Non, il faut en prendre du temps.

— Même quand ton père, ton frère et ma mère sont là.

— Évidemment. Je pense que si tu te taisais, on irait déjà plus vite.

— Ah bon ?

— Ton pantalon serait déjà en bas de tes jambes.

Chose faite, Rose sait comment me rendre fou et elle commence par s'occuper de moi avec une grande envie de me faire plaisir. Elle me pousse à m'asseoir sur le bord du lit alors qu'elle enlève mon tee-shirt et se coince entre mes jambes près du lit. Un instant suffit largement à ce qu'elle me plonge dans un état second. Ses lèvres demeurent la chose que je désire le plus au monde à ce moment, son corps est chaud, mon ventre se tord, ses mains douces sur cette partie de mon corps me font me sentir si bien. Alors que mon corps commence à me faire comprendre que la pression devient de plus en plus importante, je pose une main derrière mon dos pour me tenir et une sur les cheveux de Rose. Je ne peux pas m'empêcher que de fermer les yeux en levant la tête tellement les mouvements qu'elle laisse sur ma peau sont bons.

— Putain… Rose, continue.

Tout se mêle comme un sentiment d'amour, de désir, quelque chose de profond qui viendrait d'ailleurs, de loin. Cette sensation restera toujours la meilleure quand Rose finit de manière douce et sauvage à la fois. Quand son regard croise le mien alors qu'elle n'arrête pas de faire des va-et-vient de la main et avec sa bouche, tout mon corps s'anime et je jouis en elle alors que la tension ne souhaite pas redescendre.

*

ROSE

Quand le soleil se lève, ce n'est pas une nouvelle journée qui commence, mais le reste de notre vie qui nous réveille.

Nous avons passé une soirée merveilleuse dans un restaurant à deux rues de chez nous hier soir et sommes rentrés assez tard je dois dire. C'est la raison pour laquelle il est neuf heures et demi et que je ne suis toujours pas levée alors que j'ai un tas de tâches à remplir. Je m'exécute, saute dans un jean en attendant de me préparer et je file préparer mes derniers petits fours et mettre en place les plats.

— Ça va ma bichette ? Déjà au taquet je vois.

— Ah tu es levée nono ?

— Oui, votre lit là-haut est bien trop confortable pour que j'y dorme que quelques heures seulement. Ça te va si je prends un petit truc à grignoter et que je file à la salle de bains avec Lucas comme ça, on libère la place pour quand tu auras fini.

— Avec Lucas bah voyons ! Oui pas de soucis nonos, vas-y. La douche est aussi confortable que le lit mais attention de ne pas t'y perdre, tu baptiseras ma salle de bains quand je l'aurais fait avec Esteban.

— Toujours un humour probant toi.

La suite de la matinée passe à une vitesse folle à tel point que je finis par en être à m'habiller avec Esteban. J'enfile une toute nouvelle trouvaille en ligne que je trouve magnifique. Une robe longue et blanche évasée en bas et prêt du corps sur tout le reste de la longueur. Les manches sont courtes, une bretelle un peu élargie. Le décolleté est prononcé mais prude. Esteban est vêtu d'un joli pantalon habillé en toile blanche avec une ceinture beige en maille clair et une chemise estivale qui vient de chez Zara d'un beige plutôt original. Nous sommes parfaitement assortis pour mon plus grand bonheur.

— La fameuse photo !

— Ne fais pas l'imbécile Lucas, ton tour arrive.

Je vois Lana descendre les escaliers, elle est magnifique, les cheveux longs bouclés avec de splendides boucles d'oreilles en or qui retombent sur ses épaules. Sa robe est blanche avec des détails beiges absolument dans le style de la journée. C'est une robe ample mais cintrée à la taille qui lui va à merveille.

— Alors là je ne sais plus quoi dire.

— Que tu m'aimes petit fou.

— C'est ça, je t'aime.

— Waouh, qui aurait cru que mon frère devienne celui-ci ! Tu es magnifique nono, du fond du cœur.

— Et les mecs on pue ?

— Pas du tout vous êtes superbes.

Les invités arrivent à une allure folle au point qu'Esteban et moi n'avons pas encore dit bonjour à tous ceux qui remplissent notre jardin. Ma famille arrive au fil du temps tandis que celle d'Esteban est déjà au complet. Ses tantes, cousins, amis et sa mère sont là tandis que j'attends encore ma bande de loulous. Enfin désormais notre bande de loulous.

— Tadam !

Ils arrivent habillés comme des rois et reines, un énorme cadeau posé sur le sol accroché par un tas de ballon.

— Ça y est vous commencez déjà à vouloir détruire ma maison ?

— Viens là que je t'embrasse au lieu de dire des bêtises.

Le plaisir de les revoir est trop intense et pour Esteban également. Mais c'est quoi ce truc ? Un énorme carton jonche le sol et me laisse sans voix au même titre que leurs tenues sont juste magiques. Jonathan et Alex ont ramené des bouteilles de champagne, quand bien même nous avions tout prévu. Esteban et moi passons de tables en tables pour profiter de tous et leur accorder du temps comme il se doit. La journée se rythme par de la musique, des coupes de champagne servies sous la fontaine à champagne, des sourires, des danses, des bêtises, des rires aussi fous que forts et de l'amour à revendre.

Je passe tout de même une bonne partie de la journée avec ma bande d'amis, Lana et Lucas pour profiter d'eux avant qu'ils ne repartent. Je dois dire que je passe près d'une heure avec Alexandre à parler de nos vies.

— Tu en es où toi aujourd'hui ?

— Tu veux dire vis-à-vis de mes vieux démons ?

— Oui voilà… on en parlait énormément avant et depuis que chacun travaille on en parle un peu moins, comme si tu étais apaisé, je me trompe ?

— Non tu as raison… regarde je suis à l'eau. Je me sens lavé de tout cet alcool qui, je croyais, me rendait plus heureux. J'ai voulu oublier et l'emprise de l'alcool ne nous fait pas croire le contraire. Justement, c'est comme si chaque fois que je buvais, je me sentais heureux, libre, léger. En fait j'ai compris bien plus tard que c'est seulement mon cerveau qui se déconnectait de la réalité un court instant. Finalement, on se prend une tempête dans la tête quand on remet les pieds sur terre et la douleur est trois fois plus dure à assumer.

— Regarde en face Alex, aujourd'hui tu es quelqu'un de nouveau. Tu es passé au travers d'étapes compliquées mais tu t'en es toujours sorti, tu as une force d'esprit qui m'impressionne véritablement.

— Je ne peux pas m'empêcher de me trouver minable aujourd'hui encore quand je me mets face à un miroir, j'ai finalement l'impression de me mettre face à mon passé en permanence.

— Tu l'as dit. C'est ton passé. On ne peut pas toujours en être fier, toujours se dire qu'il est tout beau, tout rose. C'est ça le passé. Mais sa grande force au passé, c'est qu'il passe son temps à nous pousser à faire mieux dans l'avenir rien qu'en nous montrant qui nous étions. On ne veut pas toujours rester qui l'on a été. En tant qu'amie je peux te dire, tu as toujours été celui avec qui je parlais le plus parce que tu es franc, honnête, diplomate, à l'écoute, extrêmement drôle et c'est ce qui fait qu'avec toi on se sent bien, entre de bonnes mains. Tu as un côté très sécurisant et tu devrais t'en servir pour toi-même.

— Tu es vraiment une amie en or Rose… quelqu'un sur qui on peut toujours compter et tu as des oreilles de la taille du monde presque autant que ton cœur.

— Tu sais, je me souviens d'avoir dit un jour à un copain, quand j'étais plus jeune « le passé est le poison de la vie, voilà pourquoi je suis morte aujourd'hui ».

— Ça veut tout dire…

— Ça veut surtout dire de ne pas te laisser bouffer par ton passé Alex, passé dont tu ne dois pas avoir honte, parce qu'il y en a des meilleurs mais aussi des pires. Rien n'est ici une histoire de comparaison, je veux juste que tu te rendes compte que nous en avons tous un. Quelqu'un que tu admires a un passé qui pourrait t'étonner. Un échec est, depuis que je connais Esteban, un premier pas vers la victoire. Ce n'est pas un pas de trop, c'est celui qui te donne la force de changer de chemin, d'emprunter celui de la réussite.

— Tu sais entre mes parents qui m'ont toujours laissé seul, livré à moi-même à un âge où l'on ne peut pas vivre seul, la trahison de mon ami d'enfance qui m'a piétiné et humilié, ma relation destructrice avec Lola et notre rupture que j'ai vécue comme un drame, tout porte à me faire croire que m'a vie n'est qu'un désastre. Mais je sais que tu as raison. J'étais plutôt de ceux qui aimaient la vie très jeune. Puis est venu le jour où l'on a voulu me priver de ce bonheur. L'alcool a été une phase compliquée pour moi comme une plage de sable mouvant qui m'empêchait de voir ailleurs que sous mes pieds.

— Je sais on en a longuement parlé, et c'est pour ça que je te connais parfaitement. Je sais qu'aujourd'hui tu en es capable. Capable de passer au-dessus de ton passé pour voir le chemin de ton avenir. Tu es fort, assez fort pour grimper au-dessus du mur qui te sépare de ton présent et de ton avenir. Et tu es intelligent, suffisamment pour comprendre comment grimper sur ce mur trop haut pour en atteindre le bout.

— Tu es juste formidable Rose. Quoi qu'il arrive dans ta vie, reste toujours forte, tu as un pouvoir pour affronter les plus grosses tempêtes de sable, tu en ressors toujours plus forte. Heureusement que je t'ai comme amie, je t'aime très fort.

— Moi aussi mon loulou, vraiment. Je suis fière de toi moi tu sais, de tous les efforts que tu fais et de la force que tu as.

Je vois Esteban et Lucas se diriger vers nous qui sommes assis par terre auprès d'un feu sur des coussins depuis plus d'une heure.

— Tu viens bébé on va faire des photos de famille ?

— J'arrive tout de suite. Tu sais Alex me touche énormément.

— Je sais tu m'en as déjà parlé mon cœur, mais tu vois c'est une réussite pour lui comme pour nous de le voir s'amuser aujourd'hui.

— Même s'il s'amuse je crois qu'il est toujours hanté par son passé.

— Tu as vu combien de temps il t'a fallu pour te remettre sur pied.

— Ce qu'il m'a fallu tu veux dire ? C'est d'un peu de bonheur et de beaucoup de toi qu'il m'a fallu mon ange.

Nous avons joué en extérieur et avons pris un nombre incalculable de photos avec la famille, les amis, la belle famille et tout ce qui va avec. La journée touche à sa fin alors que Lana vient me parler. Je me souviens de John et Este qui ont fait un tournoi de ping-pong pendant trente minutes avant que mon Este ne perde. D'ailleurs, il y a eu un grand nombre de fois où la balle nous est arrivée dans la tête plus que sur la table. Pendant ce temps, Thaïs, Lana et moi avons passé notre temps à admirer les hommes faire leur combat de coq aux mimes en bavardant, exactement comme avant. Côté famille tout s'est bien passé, ils ont passé leur temps à se mélanger avec nous et à rigoler à chacune des blagues les moins drôles d'Alexandre qui a su faire le pitre toute la journée.

— Salut ma nono, comment tu vas ? Contente du déroulement de ta journée ?

— Et pas que, heureuse d'avoir profité, de vous avoir revu, d'avoir ri aux éclats, dansé, …

— Tu m'étonnes, je te trouve resplendissante, heureuse et pleine de vie. Ça me touche profondément que tu ne sois plus l'âme en peine et inerte que tu étais devenue fut un temps.

— J'ai l'impression que ce moi-là est loin derrière moi tu sais.

— Tu as raison, ça fait fort longtemps que tu l'as enterré petit ange, même s'il résidera toujours en toi une partie de lui.

— Tu es heureuse loin des tiens et de ta ville ?

— Très, j'avais du mal à imaginer cette vie mais il suffisait de la vivre. Alors oui le manque est très dur, rien que le manque de toi est difficile à gérer, Lucas est très présent heureusement. L'avantage c'est que tu es sa sœur alors des fois on passe des soirées à parler de vous en se remémorant des souvenirs inoubliables jusqu'au moindre petit sentiment à ton égard. Ça fait vraiment du bien parce que tu es comme une sœur et j'ai l'impression de m'être éloignée d'une partie de moi-même.

— Le manque de toi est compliqué aussi, assez insaisissable même. J'ai du mal à comprendre ce que ça me fait parfois de me dire qu'en t'appelant je ne peux plus te proposer de venir comme avant.

Toute la bande se réunit pour offrir ce fameux cadeau, enfin si c'en est un. Il est destiné à Esteban et moi et nous attendons qu'une seule chose c'est de l'ouvrir. Le carton est assez difficile à ouvrir.

— Dès qu'il s'ouvre saisissez l'objet qui sort.

— Ah super, c'est une chasse à quoi ?

Une fois le carton presque ouvert, quelque chose force le passage.

— Une bouteille ?

— Attrapez !

Objet saisi. Incompréhension. Mais c'est magnifique parce que tous les ballons sont finalement accrochés à cette bouteille qui s'apprête à s'envoler dans le ciel pour je ne sais quelle raison.

— Maintenant chacun votre tour vous allez écrire un souvenir de votre passé que vous voulez laisser derrière vous et une promesse pour l'avenir que vous voulez vous tenir.

— Oh c'est trop beau, vos idées sont farfelues mais vraiment cool ! On a de la chance de vous avoir.

J'écris personnellement deux choses que je n'aurais jamais pensé écrire avant que je connaisse l'homme de ma vie. Je ne sais pas ce qu'Esteban y inscrit mais je ne me pose pas de question, je veux que tout vienne de lui et que ça le reste. Je l'aime.

— Aller hop, posez ça dans la bouteille.

— Chose faite, et maintenant ?

— Embrassez-vous en pensant à votre promesse d'avenir et lâchez cette bouteille.

Ce moment est magique parce qu'en fermant les yeux, ses lèvres se posent sur les miennes, un de ses bras m'entoure comme un signe de protection et l'autre lâche la bouteille en même temps que moi avant de poser sa main délicate sur ma joue. Je pense à cette promesse d'avenir que je mets dans les mains du destin en toute confiance et à ce passé que je désire plus que tout laisser au ciel comme un adieu funéraire.

— Mais maintenant regardez au fond du carton quand même.

— Ah bon ? Ah elles sont trop belles !

— Toujours offrir un service de table quand on emménage dans une maison, on est sûr que vous aurez de quoi nous inviter !

Tout le monde rit et quoiqu'il arrive Thaïs disait ça pour rigoler, mais une chose est sûre, ce qu'elle dit est réel. Dans ce carton se trouve de magnifiques assiettes dorées avec un tour noir, le service complet avec les assiettes dessert. Avec ça on a le droit à un grand chandelier qui a de la prestance. Une belle nappe beige avec le chemin de table assorti. Pour clore le tout, d'originales flûtes à champagnes et de gros verres à vins, dignes d'un restaurant gastronomique.

— Merci les amis, c'est tellement chouette, tout est très beau, dans nos goûts, que demander de plus ? Le plus beau cadeau reste cette idée de bouteille et de mot !

La soirée se prolonge entre amis alors que toute la famille est partie quelques heures plus tôt, il est désormais vingt-deux heures et nous continuons de danser comme des fous tout autant que l'on rit aux éclats. Ce soir résonne dans ma tête comme un écho, les rires, la musique, le chant de chacun de nos amis, le corps d'Esteban qui enflamme toute la piste de danse est un souvenir que je garderai toujours en mémoire. Il est heureux, épanoui, vivant en fait. J'ai compris que je l'aimais il y a des mois et des mois quand je l'ai vu vivre pour de vrai. Son corps montrait qu'il vivait sincèrement, pas comme moi quand il m'a connu. Je ressens ce sentiment de satisfaction, d'amour et de bonheur quand je le vois sourire, insouciant, dansant comme si demain était fini. On se l'était dit un jour : « vivre comme si ce jour est le dernier ».

*

Esteban

Il y a une chose dans la vie qui compte, c'est de vivre. Tous le savent mais peu le font.

Je me trouve dans notre nouvelle chambre, magnifique. Cela fait un mois que l'on y habite et je redécouvre cette maison chaque jour sous un nouvel angle, je l'adore sincèrement. Ce mois-ci nous avons fait beaucoup de paperasse pour un tas de choses utiles et nécessaires pour la maison, nous avons commencé à organiser un voyage pour le mois de septembre du côté de l'Afrique du Sud. Rose a eu énormément de travail entre ses rendez-vous clients qui lui prennent le plus de place et les nombreuses journées à planifier des évènements, faire des plans au crayon à papier, travailler le tissu pour réaliser des vêtements. Son père a reçu la visite d'un nouveau fournisseur qui est très réputé, c'est souvent ce qui leur fait le plus plaisir. Ça leur met énormément de stress aussi et j'ai subi celui de Rose. Cependant ils ont fait un très bon travail, ce qui leur a valu d'être promus dans quelques agences événementielles et quelques petits créateurs réputés pour leur authenticité. Rose m'a souvent dit ces temps-ci que de travailler sur deux projets devient de plus en plus prenant, entre le stylisme et l'événementiel qui sont deux choses diamétralement opposées. Autrement, nous avons passé beaucoup de temps avec nos amis et on voit évoluer le ventre de la femme de John qui resplendit. Alex est passé quelques fois manger avec Rose au travail, ils se sont retrouvés comme avant et il s'est beaucoup confié à elle, je crois que ça lui a fait du bien. De mon côté, le travail s'est fait plus léger et les temps sont un peu compliqués pour l'entreprise mais notre trésorerie nous permet de remonter la pente, un gros client nous a demandé un devis sur mesure pour refaire toute une pièce à vivre en bois de chêne. Ça nous a permis de reprendre du souffle. Autrement, j'ai passé beaucoup de temps à la maison pour avancer les extérieurs et continuer d'améliorer le jardin. Il faut dire que nous n'avons rien à faire à l'intérieur, tout a été très bien réalisé. J'ai aussi réinstallé la piscine que Rose avait chez elle avant le déménagement. Ce mois de juin a été chaud, pour notre plus grand bonheur mon choix de la remettre sur pied nous a sauvé la vie. Autrement, je me retrouve comme tous les matins dans notre grand lit doux.

— Je ne me lasserai jamais de ce lit quand tu es dedans, de ce corps aussi bien vêtu que nu, de tes longs cheveux doux et bouclés, de ce regard qui rend lucide toute ta vie Rose. Je t'aime.

— Tu sais de quoi je ne me lasserai jamais moi ? C'est de te voir lire à travers moi. Il n'y a que toi à qui je désire laisser tous mes secrets, toutes mes faiblesses et toutes mes forces.

Je m'assois sur le fauteuil qui orne le coin de la pièce près du miroir, je me regarde et repense à ce que j'ai laissé comme mot sur ce bout de papier qui désormais anime le ciel.

— Tu veux me dire ce que tu as marqué sur ce papier ?…

— Tu ne me regardes pas ?

— Si dans le miroir.

— Regarde-moi dans les yeux.

Je vois Rose qui s'installe sur le second fauteuil en face de moi, elle prend un plaid et vient finalement, au bout de quelques longues minutes à me regarder, s'installer sur mes genoux. Je la vois qui me prend la tête pour assumer mon regard dans le sien.

— Oui je vais te dire ce que j'ai écrit.

Je l'embrasse et la serre si fort dans mes bras que les étincelles de notre amour passent d'un corps à l'autre. Elle veut savoir ce que nous

nous sommes promis dans cette bouteille il y a déjà un mois. Je dois dire qu'elle m'intrigue et me donne aussi envie de savoir maintenant.

— Sur le premier bout de papier, j'ai marqué… j'ai marqué…

— Tu n'es pas obligé de me le dire Rose.

— J'ai marqué maman.

Un silence se fait sentir et je vois qu'elle veut affronter mon regard même si elle est peinée et désorientée.

— Tu as réussi à faire ça mon amour ?

— Oui, mais je me sens coupable, comme si je voulais oublier ma mère.

— Non tu veux oublier sa mort. Tu veux oublier toutes les souffrances qu'elle t'a fait subir.

— Qu'as-tu mis toi ?

— Tu veux sincèrement le savoir ?

— Oui… s'il te plaît.

— J'ai mis maman.

Je vois qu'elle me regarde compréhensive et pleine d'amour. Elle est rassurée en comprenant que j'ai mis maman également, non pas pour l'oublier, mais pour oublier les souffrances qui s'y rattachent lourdement.

— Tu vois, je suis comme toi. Tu ne dois pas t'en faire mon amour. Tu veux me dire ce que tu as mis sur ta promesse d'avenir ?

— Tu veux le savoir hein ?

Rose est désormais plus détendue et même heureuse. Elle me regarde l'air épanoui et l'allure naturelle. Elle laisse un silence attendrir nos deux cœurs. Ses lèvres se déposent délicatement sur les miennes, elle parcourt mon coup pour atteindre mon oreille et révéler ce qu'elle a mis.

— J'…

Mais je la stoppe dans son élan.

— Regarde-moi. Je veux que tu me dises droit dans les yeux ta promesse d'avenir.

Je la sens quelque peu gênée.

— Pourquoi es-tu toute rouge ? Tu as dépassé tout ça mon amour, entre toi et moi il n'y a ni tabou, ni gène ni autre chose qui puisse y ressembler.

Elle pose son doigt sur ma bouche, ferme les yeux un instant avant de les rouvrir afin qu'ils se plongent droit dans les miens. Je vois ses yeux verdoyants devenir larmoyants.

— Qu'as-tu marqué Rose ?

— Je veux devenir ta femme.

Sa réponse me laisse ébahi, le regard heureux, le sourire niais, les lèvres tremblantes et la tête ailleurs.

— Tu ne réponds pas ?

— Non.

— Pourquoi ?

Je vois que le visage de Rose se décompose à petits feux.

— Demande-moi d'abord ce que j'ai écrit sur ce bout de papier futile.

— Qu'as-tu écrit dessus ?

— Je veux devenir ton mari.

Ça paraît illusoire, presque faux. Mes pensées à ce moment vont vers la connexion qu'il y a entre Rose et moi. Nos cœurs veulent les mêmes choses depuis le début et naviguent sur la même longueur d'onde. Je suis hébété devant cette révélation presque aussi surprenante que délirante.

— Tu me fais marcher.

— Je te le promets mon amour.

Je me lève et laisse Rose debout en face de moi.

— Deux minutes, je reviens mon amour.

Rose se demande ce qu'il se passe, son visage parle pour elle. Je crois qu'elle ne réalise pas que nos promesses d'avenir sont exactement les mêmes, au mot près. Je me demande où je vais, ce que je fais. J'ai besoin de faire quelque chose de dingue, à sa hauteur. Je me précipite dehors, je sers deux coupes de champagne, allume les bougies. Je prépare un petit coin avec des coussins, des ballons, nos deux coupes, les bougies, un drap blanc, des plantes et de jolies lumières. Je me précipite vers la chambre pourvu qu'elle n'ait rien vu.

— Rose mon amour ?

— Oui, qu'est-ce que tu fais ?

— Viens s'il te plaît.

— Je suis là oui.

— Retourne-toi.

— Quoi ?

— Fais-moi confiance s'il te plaît.

— C'est comme si c'était fait.

Je lui attache un bandeau autour des yeux en tentant de ne pas lui faire mal, je lui glisse un je t'aime dans l'oreille et quelques soupirs dans le coup.

— Tu me prépares une nuit torride c'est ça ?

Je ne peux pas m'empêcher de rire quand elle me dit ça.

— On réalisera ton fantasme plus tard.

— Bah je t'en prie.

Je l'emmène en bas en lui faisant descendre les marches, attrape son poignet et tâche de ne pas la faire basculer. Je suis pris par la panique et le stress, ma chemise en lin prend la sueur. Et je prends le soin d'agripper mon parfum que j'avais laissé en bas la veille, m'en mets un petit peu discrètement et l'emmène jusqu'où je comptais la faire venir. Je m'agenouille devant elle avant de lui dire de retirer son bandeau.

— Je répète, veux-tu devenir ma femme ?

Rose laisse délicatement couler ses larmes le long de ses joues rougeâtres, et finis par me répondre :

— Bien sûr que je veux être ta femme !

Je me lève et la prends dans mes bras si fort que je la soulève et tourne sur moi-même sans m'arrêter. Toujours dans mes bras, les jambes derrière mon dos, elle me rétorque quelques mots.

— Qu'est-ce qu'il se passe Esteban, je suis si heureuse.

— L'amour Rose, juste ça, rien que ça. Si simple mais tellement puissant aujourd'hui.

On entend hurler de joie alors qu'il se fait tard et d'un seul coup, en levant la tête, on s'aperçoit que Lana et Lucas sont à la fenêtre de leur chambre qui donne vue sur le jardin.

— Ma sœur va se marier ! Youhou… !

Lucas dit ça avec une telle prestance dans sa voix qu'il nous laisse deviner son bonheur de nous voir heureux.

— Ma meilleure amie se marie !

Je m'étrangle de bonheur par un souffle plus pointilleux que d'habitude qui me laisse réaliser que je viens de demander Rose en mariage. Son sourire qui colle mon visage et ses larmes qui mouillent mes joues me remplissent de bonheur. Dans le ciel ne réside aucun nuage, une chose nous rend heureux, ce ciel étoilé qui s'offre à nous jusqu'à cette étoile filante qui passe devant nos yeux avec en bruit de fond les applaudissements d'un certain nombre de personnes du quartier qui ont entendu ceux de Lana et Lucas après leur exclamation. Ils sont restés en vacances ici.

— Je me souviendrai toujours de cette étoile filante.

— L'étoile filante du bonheur.

I
Étoile filante

Rose

Je ne serai plus jamais seule puisque désormais tu es à mes côtés.

Lundi matin. Quatorze juin. Je m'apprête à vivre une journée de travail comme toutes les autres que je vis depuis des années. Lucas et Lana sont rentrés aux Maldives il y a déjà deux semaines. Sans compter que ce matin commence magnifiquement bien, je me lève de mon lit en me préparant minutieusement. Esteban m'a préparé mon petit-déjeuner avec un petit mot sous l'assiette qui fait vivre ma joie.

— Tu ne veux pas arrêter d'illuminer mes journées ?

— Jamais de la vie. Pour rien au monde.

— Je te dépose ce matin on a les mêmes horaires ?

— Non mon amour c'est gentil, je vais y aller à pied aujourd'hui, besoin d'air frais, ça ressource avant une longue journée de travail.

— Tu as raison, ça te dit que je vienne avec toi ?

— Bien sûr si tu veux.

J'enfile mon manteau de tailleur rose pâle par-dessus mon chemisier blanc avec le pantalon assorti, des chaussures blanches ouvertes avec de nombreux détails, un joli collier offert par Esteban il y a quelques mois, ma bague de fiançailles qu'il m'a offerte il y a quelques jours. Pour finir, j'enroule un simple foulard autour de mon cou et des boucles d'oreilles pendantes.

— Est-ce que tu as une pause pour déjeuner ce midi ?

— Oui, on déjeune ensemble ?
— Chez l'albatros ?
— Super, on fait ça.

Tandis que nous partons d'un pas décidé et d'une allure joyeuse vers notre travail, je prends le bras d'Esteban et colle mon visage contre son épaule.

— Notre vie est, à mes yeux, merveilleuse.
— Mes yeux me disent la même chose.
— Tes yeux ou ton cœur ?
— Tu es trop exigeante Rose, les deux évidemment.
— Tu m'aimes ?
— C'est quoi cette question ?
— Je veux savoir si tu m'aimes.
— Tu veux le savoir ou l'entendre.
— L'entendre c'est le savoir un peu plus chaque jour.
— Je t'aime.

Esteban m'arrête sur le chemin, place mon visage au creux de ses mains.

— Je t'aime. Je t'aime. Je t'aime.
— Ton regard est… perçant, magnifique, révélateur.
— Rose, si tu ne l'as pas compris, je t'aime.
— On ne comprend jamais assez ces choses-là. Tu sais quoi ? Je t'aime.

On reprend notre chemin pour ne pas arriver en retard au travail tout de même. En même temps, on ne dit jamais assez aux gens qu'on aime, qu'on les aime. De ce genre de chose, je ne suis jamais rassasiée, le trop n'existe pas.

— À ce midi mon amour, je passe te chercher ?
— Oui, devant l'atelier à midi et demi ?

Esteban acquiesce et je rentre tranquillement dans le bâtiment. Mon père m'attend avec un café chaud et m'a préparé un bon thé Damman, les meilleurs qui existent sur terre. Je déteste constamment qu'Esteban et moi nous quittions même si c'est pour quelques heures, je suis toujours impatiente de le retrouver. C'est un de mes poumons, quand il n'est pas là, je respire difficilement. La matinée passe une fois de plus, comme beaucoup de jours ces temps-ci, à une allure des plus insaisissables, je suis fascinée par le temps qui passe et qui ne nous prévient pas.

— Si on récapitule monsieur, vous organisez votre mariage pour la fin du mois d'août. Votre femme sera présente au prochain rendez-vous ?

— Normalement oui, elle a été retenue par son travail aujourd'hui. Mais toutes les idées sont là. J'insiste sur le décor d'entrée qui doit laisser sans voix. On veut vraiment mettre les petits plats dans les grands dès notre arrivée sur le lieu de mariage.

— J'ai entendu votre demande, c'est comme si c'était fait, faites confiance à mon imagination et au travail des couturiers et des travailleurs.

— Je vous fais confiance, à très vite alors.

Midi douze. Je file mettre ma veste de tailleur qui se trouve près de l'entrée et pars faire un coucou aux derniers employés. Mon père est déjà parti déjeuner avec un client, proche de la famille. Midi vingt et un. J'attrape mon sac qui est suspendu au porte manteau et regarde une fois encore l'écran de mon téléphone. C'est Esteban, je ne prends pas la peine de lire. Je file aux toilettes me laver les mains et ranger mon bureau en vitesse. Midi vingt-neuf, l'heure approche. J'ouvre la porte, la referme derrière moi. Stressée par l'heure de manière générale, je regarde une dernière fois mon écran, midi trente. Je tends mon téléphone à Esteban que je vois en face de la rue. Je repose mon téléphone dans mon sac et quand je relève la tête, je suis loin d'imaginer ce que je m'apprête à vivre.

Un long silence traîne derrière moi. La rue se tait autour de moi. Tous les bruits chaotiques de la ville de Paris se taisent sous mes pieds. L'atmosphère est morbide, l'ambiance tendue. Mon corps se heurte à un sentiment d'impuissance, une volonté de tout quitter. Mes yeux se ferment, se frottent et se rouvrent. L'incompréhension me gagne, la colère s'engouffre dans la faille qui vient de s'ouvrir en moi. L'inquiétude me transcende et l'anéantissement parcourt tout mon corps, dans les moindres détails. Esteban.

Je vois son corps que j'aime tant tomber sur le sol quand il parvient à pousser cette vieille femme de la chaussée pour lui éviter la mort. Une voiture pressée s'est engouffrée dans la rue sans tenir compte du passage visible et ne s'est jamais arrêtée. Je vois le visage d'Esteban d'il y a quelques secondes seulement, les yeux effrayés, le corps tremblant, la tête aux adieux. Je le vois me regarder fixement comme pour me dire je t'aime avant de se mettre la main devant le visage comme pour ne pas sentir la douleur. Pour la fuir. Il se fait trop tard, la voiture roule à toute allure sur ce corps plein d'amour et de vie. Je vois l'espace de deux secondes, son corps se soulever avec la puissance de la voiture pour retomber aussi abruptement sur le sol. C'est le choc. Mon corps panique autant que mes yeux voient le monde se dérober sous mes pieds. Une envie de vomir hante mes entrailles et monte à ma gorge. Je ne comprends pas. Le temps s'arrête pour la première fois depuis des mois. À trop dire et redire que le temps passe vite, il s'arrête trop brusquement pour les mauvaises raisons. Un corps inerte jonche la chaussée sous le cri des gens qui l'entoure et qui viennent à son secours. Que se passe-t-il ? Il est mort. Il est vivant. Je ne sais plus, je ne sais pas. Mon corps se fige au moment où mes muscles et tendons se raidissent. Mon corps est froid, comme pour prendre la température de la situation. J'entends les battements de son cœur raisonner à travers les miens comme si plus aucun bruit n'existait, à part celui de son cœur. Le bruit de sa vie. Tout s'arrête momentanément. Le bruit autour de moi, le chaos de Paris, les voitures qui roulent [qui d'ailleurs, elles, s'arrêtent pour de vrai]. Une femme vole à mon secours tant je dois paraître plus morte que lui. Une dizaine de personnes est au-dessus d'Esteban. Elle me parle, je vois ses lèvres bouger quand mes yeux se figent dans le vide, repensant à tous nos moments. Je le vois déjà mourir. Je ne l'entends pas. Elle continue de me parler. Je la vois, ses yeux sont larmoyants et inquiets, son pouls rapide. Elle me voit, mes yeux nagent dans un océan vide de sens, sans aucune lueur d'espoir, pas un rayon de soleil traverse l'eau dans laquelle je nage. Mes yeux ne retranscrivent plus rien d'autre que la paralysie.

— Made… lle ? S'i… it, … ous… nais… te… ho… e ?

— Quoi ?

— Connaissez-vous cet homme mademoiselle ?

— Madame.

— Oui ?

— Non Madame. Pas Mademoiselle.

Soudain, je regarde Esteban, réalise un tant soit peu ce qu'il se passe, me mets à hurler son nom, laissant mes cordes vocales à vif, mon corps presque resté sur le trottoir, ma tête me laisse me diriger vers cet homme que j'aime. Je vole à son secours.

— Poussez-vous, poussez-vous ! C'est mon mari, laissez-moi passer je vous dis !

Les gens me regardent plein de pitié, de compassion, d'anéantissement, de compréhension, je ne sais plus quelles sont les émotions qui transpercent son cœur mais je connais les miennes. Mon souffle se coupe.

— Esteban !

Mon cri résonne dans toute la ville de Paris, si grande soit-elle. Il raisonne d'un son impénétrable presque autant qu'il raisonne dans mon corps de manière ahurissante.

— Esteban, je t'en supplie mon amour ouvre les yeux, c'est moi.

Je vois son corps presque déformé par les roues de la voiture, son si joli corps. Sa tête n'a pas heurté la voiture, dieu merci. Un espoir survient alors.

— C'est moi. C'est Rose.

Je vois un des doigts de la main droite d'Esteban se redresser quand il entend mon nom.

— Oui c'est bien mon amour, continue, c'est Rose. Je suis là. Bouge je t'en supplie.

Je vois son corps bouger de temps à autre comme des spasmes alors mon pouls s'accélère, il n'est pas en train de mourir. Il n'est pas en train de mourir. Il n'est pas en train de mourir.

— Esteban !

Une fois de plus, c'est un cri de désespoir qui surgit de ma bouche. Ce cri de détresse me laisse m'allonger sur son corps évanoui, lui adressant plein de bisous sur le visage.

— Aime-moi s'il te plaît…

Mon ton change, je n'ai plus la force de hurler, seul mon désespoir me guide vers une des voix les plus tristes pour laquelle je n'ai jamais opté. Que m'arrive-t-il ? Suis-je en train de mourir ?

— Ro…

— Quoi ? Esteban, tu as parlé ?

— Rose…

Je vois que ces deux syllabes suffisent à le faire se fatiguer. Sa bouche ne bouge que partiellement, son dos lui fait mal. Ses yeux pleurent sans qu'il ne s'en rende compte. Ils s'ouvrent de temps en temps mais ne parviennent pas à rester éveillés plus de quelques secondes. Je ne veux pas le bouger avant que les pompiers arrivent, son dos est en mille morceaux.

— Je t'aime.

Un réflexe me vient, s'il meurt je veux que les derniers mots qu'il entende soient ceux de mon amour pour lui.

— Tu vas t'en sortir je te le promets, tu es si fort, bat-toi. Je t'en supplie Esteban bat-toi !

Ma voix reprend de son allure, entre larmes, cris et pleurs, ma tête ne sait plus quoi dire à mon corps pour qu'il se calme. Je suis comme dans un état second qui s'assigne à moi comme un poison dont je n'ai pas le remède. J'entends la sirène des pompiers se diriger vers nous. Je suis abasourdie. Cette journée ensoleillée commençait parfaitement bien, il m'a accompagné à pied, plus amoureux que jamais. À pied. À pied. Pourquoi est-ce qu'il n'a pas pris sa voiture ce matin ! Pourquoi ?

— Bonjour Madame, que s'est-il passé ?

Les pompiers surgissent inquiets dans un chaos sévère. J'en vois certains se précipiter sur Esteban, d'autres sur moi et sur les témoins de l'accident. Il y en a un qui va vers la femme qu'Esteban a sauvée. Je suis incapable de répondre aux pompiers.

— Madame vous allez bien ?

— Mon mari est en train de mourir, vous me demander si ça va ?

— Est-ce que vous avez vu l'accident ?

— Évidemment…

— Que s'est-il passé ? Il a pris un choc où d'abord ?

— Une voiture rouge survenait de la rue de droite, elle allait vite, très vite, trop vite. Une vieille dame était en train de traverser la chaussée sur le passage piéton alors que mon mari s'est précipité pour la sauver. Il l'a poussé de la chaussée et s'est retrouvé injustement sous cette foutue voiture qui d'ailleurs a pris la fuite. Elle lui a roulé dessus, je crois qu'elle n'a pas heurté sa tête. Mais la roue droite est passée sur son dos.

Les images de l'accident s'impriment dans ma tête mieux que n'importe quel autre souvenir. Le pompier me dirige vers le camion dans lequel Esteban a été emmené, ils nous emmènent vers l'hôpital le plus proche. C'est la première fois que je me retrouve dans un camion de pompier à entendre les sirènes de l'intérieur. On se dit toujours que les personnes inquiétées n'ont pas de chance, qu'elles vivent un malheur. C'est mon tour d'affronter ce chaos. Des pompiers s'occupent de lui, le branche, lui parle mais je parviens à glisser ces quelques mots en lui touchant la main sans appuyer.

— Mon amour, je t'en supplie, bat-toi, pour toi avant tout, pour nous. Pour moi. Tu n'as pas le droit de me laisser, tu n'as pas le droit de me quitter. Je t'aime.

*

Esteban

Depuis le moment où les roues se sont avachies sur mon corps, je sens mon cœur ralentir, une impression de mort. J'en suis proche, je suis certain. Ou peut-être pas, beaucoup frôlent la mort. Mon corps ne parle plus, seule ma tête vit tous les derniers moments de bonheur que j'ai vécus, les foutus fois où je rigolais à en pleurer, toutes les nuits d'amour, les moments d'amour, les fêtes, les voyages en compagnie de la femme de ma vie. Je me sens démuni face à ma vie qui défile devant mes yeux, sans que je ne puisse y faire quelque chose. Je vois vaguement des lumières, des gens, beaucoup de gens, des médecins, des bruits d'hôpitaux. Je sens différentes matières, du chaud, du froid, une main. Je sens une main. Elle est douce, attentionnée, aimante, cette main me donne envie de garder espoir au plus profond de mon cœur.

— Esteban ?

Je me sens dans un état second, quelque chose qu'on ne contrôle pas. Je suis dans les nuages, bercé par la vie, ou par la mort. Petit à petit mes yeux se décollent, s'ouvrent un peu plus chaque seconde. Que se passe-t-il ? Où je suis ? J'ai l'impression d'avoir traversé la France, le temps me paraît insignifiant, démesuré, presque perdu.

— Esteban mon amour, tu te réveilles ?

Je me réveille ? Est-ce que je dors simplement ? J'ai trop bu ? Je suis où, quand sommes-nous ? Je ne comprends rien, j'ai l'impression de naître, c'est une deuxième vie.

— Madame il ne faut pas rester là.

— S'il vous plaît, qu'est-ce qu'il se passe ? Pourquoi je n'ai pas le droit de rester à son chevet ?

À mon chevet. Mes yeux comprennent vaguement que nous sommes à l'hôpital. Je sens que tout s'agite autour de moi. Mon corps ne répond plus de rien, ma tête lui demande de s'arrêter, comme pour me protéger. J'ai ce fil de ma vie qui défile le long de mes pupilles comme pour me souvenir de tout pour garder en tête chaque instant. Je pense à ma mère, où est-elle ?

Un coup mes yeux s'ouvrent, la seconde d'après ils se ferment. Aucune émotion ne me permet de m'inquiéter, je suis comme vidé, comme si je ne contrôlais rien mais que quelque chose ne me permettait pas de m'en rendre compte. Je suis dans mon inconscient. Plus aucune énergie ou la moindre force ne permet à mon corps d'ouvrir mes yeux, de bouger mes mains, de me lever, je n'arrive plus à comprendre. Est-ce que c'est ça la mort ? Ou est-ce que c'est comme ça que l'on se rend compte que l'on survit ? Je ne parviens pas à savoir si ce que je pense est ce que je vis ou bien même si je peux vivre à ce moment ou non. Mes émotions sont transcendées alors que j'entends vaguement des médecins autour de moi et quelques douces sensations sur mon corps. Elles sont légères comme si je ne pouvais que les sentir m'effleurer. J'ai une sensation d'impuissance oppressante qui me fait réaliser que j'entends tout mais ne comprends rien, que j'écoute tout mais ne peux rien faire.

*

Rose

Il n'y a pas de mort qui soit.

Alors que l'on m'a précipitamment fait sortir de la chambre d'Esteban, je m'inquiète et en même temps je suis vidée, naturellement. Je m'apprête à prendre mon téléphone quand ce sont les messages d'Esteban laissés hier à midi vingt-huit que je vois apparaître en premier.

Rose mon amour, il est temps de te serrer dans mes bras. Ce n'est pas que tu es longue parce que tu n'es pas en retard, mais ne me fais pas languir, je t'aime.

Ces messages me rappellent la vie d'Esteban, comme si je ne trouvais plus celui d'avant, qui n'est pas blessé ou à l'hôpital. Je manque de discernement quand je dois comprendre que notre vie est en train de basculer.

— Mais qu'est-ce qu'ils foutent merde !

— Madame ?

— Quoi ?

— Esteban Jallemas…

— Quoi Esteban Jallemas ? Quoi ? Qu'est-ce qu'il se passe ? Dites-moi je vous en supplie.

— Ne vous inquiétez pas, il est stabilisé et réveillé, vous pouvez aller le voir.

Mon cœur vacille, je meurs d'amour. Il est réveillé, qu'est-ce qu'elle n'a pas dit. Mon cœur se remet à battre normalement et mon corps se réchauffe, je cours dans sa chambre. Quand j'ouvre la porte, je l'aime. Mon dieu ce que je l'aime, son visage, son corps, ses mains, son regard. Tout me manque éperdument.

— Mon amour !

Je cours près de son lit, attrape une de ses mains et l'embrasse si fort, tellement fort.

— Rose s'il te plaît, je veux te dire quelque chose.

— Pourquoi tu me parles comme si tu voulais me dire au revoir Esteban ?

Les larmes me montent aux yeux, mon pouls s'accélère, mes mains deviennent moites, mon corps tremble, je me sens mal, terriblement mal.

— Rose, il y a quelques heures, enfin je crois, je n'ai plus la notion du temps, je ne savais pas ce qui m'arrivait, je pensais survivre.

— Quoi ? Non Esteban je t'en supplie arrête tout de suite, bat-toi. De toutes tes forces, bat-toi ! Ils viennent de me dire que tu étais stable.

— Rose, s'il te plaît, je t'en supplie écoute-moi.

Sa voix est basse mais reste douce, je vois ses yeux remplis de larmes. J'ai l'impression qu'il me dit adieu, sensation aussi horrible soit-elle. Je sens mon cœur se décrocher de mon corps, mon âme s'envoler en éclats autant que nos rêves.

— Je pense que l'humain a la capacité de comprendre son corps, de l'écouter. C'est ce que je fais et malgré ma volonté de vivre, mon corps s'éteint. Je n'arrive plus à me battre, j'attends de mourir Rose. Quand je m'efforce de lever le bras je ne parviens qu'à lever le bout de mon doigt d'un millimètre. Je ne suis plus capable.

Mais qu'est-ce qu'il me raconte ? Comment est-ce qu'il peut me dire tout ça ? Je ne peux pas imaginer un seul instant qu'Esteban meurt là, sous mes yeux sans que je ne puisse rien faire. Ce sentiment d'impuissance anime ma colère et me poignarde profondément le cœur. Je me plie en deux sur le lit, mes larmes coulent à torrent et quoi qu'il en soit je n'arrive plus à les retenir de tomber. Entre des milliers de larmes, je vois trouble mais continue de lui parler. Je le ferai jusqu'à sa mort.

— Je crois que ma culpabilité ronge l'amour que j'ai pour toi mon ange. Pourquoi je me suis refusée à toi si longtemps alors que tu es tout ce que je n'ai jamais désiré ? Pourquoi ? Je t'en supplie dis-moi pourquoi ? Mon ange, tu mérites la vie éternelle, tu es exceptionnel. Je me suis refusée de te dire « je t'aime » tellement de fois, pourquoi ? J'en crevais d'envie et toi tu en avais besoin. Je m'en voudrais toute ma vie, toute ma vie tu m'entends ? Mais mon ange, mon plus bel ange, pars en paix parce que je t'aime, je t'aimerai toute ma vie.

J'entends un tas de bips se mélanger au son de ma voix, je panique. Un « nonn » si fort résonne dans ma tête que je suis sonnée. Je ne veux pas qu'il meure, il ne mourra pas.

— S'il vous plaît, un médecin…

Je n'ai pas le temps de finir ma phrase et d'atteindre la porte qu'Esteban me retient et l'histoire d'un bref instant nos regards se croisent comme avant, sans se lâcher, ils se disent je t'aime. Je vois Esteban faible, j'entends une petite voix me parler.

— Rose ne donne pas ta vie pour la mienne. Ne fais pas ça. Je n'en veux pas. Tu es passé à côté de ta vie pendant vingt-sept ans, il est aujourd'hui tant que tu en profites. Moi pendant plus de trente années j'ai vécu, je me suis amusé, j'ai été heureux. Je préfère mourir plus jeune en ayant à mes côtés une vie dont je rêverais si j'étais mort, entouré de gens que j'aime plutôt que de mourir dans quarante ans sans ne plus être heureux à ce point, ou en mourant d'une saleté de maladie. Tu auras été ma plus belle dernière année Rose. Tu achèves ma vie, c'est ma plus grande fierté et mon plus beau souvenir, et ça devrait être la tienne. On a accompli énormément de choses ensemble, de projets mais pas tous. Promets-moi de réaliser tout ce qu'on a toujours voulu faire par-dessus tout, un jour dans ta vie. C'est à tes côtés que je partirai aujourd'hui, je te veux dans mes bras pour le dernier souffle de ma vie, pour le dernier battement de mon cœur. Je veux que tu écoutes les derniers mots que je t'adresserai. Je pars de la meilleure manière qui soit Rose, ne souffre pas je t'en supplie, tu as déjà trop souffert. J'ai sauvé une vie et j'ai conquis ton cœur. Je n'en demandais pas plus. Je sais que tu me donnerais ta vie et que je suis le plus important à tes yeux, mais aujourd'hui je ne te remercierai pas si tu m'en faisais part. Je te remercierai de vivre pleinement la tienne Rose. Fais-le pour moi, fais-le parce que je serai là chaque instant de ta vie, quand tu dormiras, quand tu auras un examen stressant, quand tu feras ton spectacle de danse, encore plus beau que l'année dernière. Je serai là près de ton cœur et au travers du sang qui coule dans tes veines mon amour. Je serai là parce qu'à nous deux on ne fait qu'un Rose. Parce que dans mes bras tu es dans les tiens. Je veillerai sur toi et je resterai pour toujours et à jamais ton ange gardien. Mais ne t'empêche jamais de vivre pour moi, pour notre amour. Je t'aimerai toute ma vie mais tu mérites l'amour alors je sais que ce n'est peut-être pas ce que tu veux entendre sur le moment mais tu seras heureuse de t'en rappeler plus tard, aime Rose, profite d'être heureuse dans les bras d'un homme mais promets-moi que ce sera un homme bien qui ne te fera jamais, jamais de mal. Je veillerai sur toi autant la nuit que le jour, autant quand tu ris que quand tu pleures. Je t'aime mon ange.

Je suis littéralement allongée dans le creux de ses bras, apaisée par ses mots et en même temps je ne supporte pas de l'entendre dire ces choses, je ne veux pas qu'il meure. Je veux qu'il vive, je veux qu'on vive. Je me mets à pleurer de toutes mes forces.

— Mon amour regarde-moi.

Alors que j'étais la tête contre son cœur à écouter ses derniers battements de cœur en vie, je me résous à comprendre qu'Esteban va mourir, l'espoir meurt. Je le crois quand il me dit qu'il le sent, qu'il sent la mort. Je ne veux pas éteindre ses derniers mots parce que je ne le crois pas, je veux l'entendre me dire qu'il m'aime avant de mourir. Esteban trouve la force de lever son bras jusqu'à ma tête pour me faire le regarder, dans un instant de douleur et de suffocation.

— J'ai besoin de m'endormir avec ton regard en dernière instance.

Nos regards sont fixes un long moment.

— Tu es forte, ce qui arrive aujourd'hui est une épreuve, je sais que c'est pour toi la deuxième plus dure de ta vie mais Rose tu es la femme la plus forte que je connaisse, tu es celle qui m'impressionnera même de là-haut. Tu es et resteras extraordinairement redoutable alors bat-toi contre la douleur et reviens à la vie plus forte qu'en ce moment.

— Tu me parles de vie Esteban alors que tu plonges dans la mort sous mes propres yeux…

— Mon amour tu me vois ? Je ne suis pas dans un si mauvais état, je vais te laisser pour toujours mais je serai à jamais là où je n'ai jamais réussi à aller véritablement pour l'instant, dans ton cœur. Tu sais, je ne veux pas te faire de mal en te disant ça Rose, mais attendre la mort rien que quelques minutes est atroce, j'ai hâte de pouvoir fermer les yeux et m'endormir avec ton souvenir en dernier regard.

— Ne dis pas ça Esteban je t'en supplie. Si mon amour, tu y étais, tu y es et quoi qu'il en coûte, tu y resteras toujours. Tu sais, Bob Marley a dit un jour « il ne faut pas vivre pour que ta présence se remarque mais pour que ton absence se ressente », aujourd'hui ce n'est pas une simple absence, tu me manqueras éternellement.

— Mais cette fois c'est pour l'éternité Rose. Je t'aime.

Je vois Esteban qui commence à tousser. Je le sens partir. Non! Mon cœur se décroche et je hurle tant j'ai l'impression de mourir en même temps que lui, je me cramponne à son cou. J'écoute battre pour la dernière fois le battement de son cœur si tendre qu'il avait en vie. Ma tête sur son torse nu, ma peau effleurant la sienne, pour la dernière fois si chaude. Ce moment passe doucement, comme si le temps nous quittait en même temps qu'Esteban et prenait le temps de nous dire au revoir lui aussi. Tout raisonne comme des échos dans ma tête et le pouvoir du temps le fait ralentir à une vitesse qui me paraît insaisissable et bien trop longue. Paradoxalement, j'aimerais que ce moment dure toujours pour lui parler éternellement avant qu'il meure et je veux écouter son cœur battre chaque seconde comme j'en avais l'habitude. Je sens mon visage se soulever une dernière fois sur son ventre alors que son cœur a décidé de s'arrêter en ce monde et de ne plus jamais me le laisser.

— Je t'aime Rose, je t'aime pour toujou…

— Esteban, nonnnn!!!

Le cri que je pousse retentit dans tout l'hôpital et apparaît dans ma tête comme un poison, un écho redondant. Tellement de « non » résonnent en moi que je me sens vidée, délaissée, seule. Je m'écroule sur son corps pendant qu'un nombre de médecins impressionnant entre dans la chambre. Mon cœur cesse de battre un instant, je ne peux pas vivre sans lui. Je ne réalise pas qu'il est mort. Plus de sourire, plus de ses mains qui entourent mon visage, caressant mon corps. Plus de sourires romantiques qu'il sait si bien faire. Plus de cuisine en amoureux, de roses blanches arrivées tout droit du fleuriste, plus de « je t'aime ». Plus de je t'aime... Aujourd'hui en laissant l'homme de ma vie mourir, j'ai laissé une partie de ma vie mourir en moi. Je comprends qu'il est mort, ce qu'on s'est dit il y a quelques instants s'est volatilisé, il ne se souvient plus de mes je t'aime. Il est mort. Je me sens vide, sans âme, comme mourante et effondrée. Je suis au pied du mur. Je perds la moitié de mon cœur et de mon âme en le perdant.

— Aime-moi s'il te plaît mon plus bel ange.

Je le regarde inerte et sans cœur en vie, d'un regard larmoyant plus que jamais. Je reste figée sur lui et l'embrasse en le serrant tellement fort avant qu'un médecin ne m'arrache à lui brutalement. Je ne suis pas prête, je veux rester auprès de lui, de son corps, de sa chaleur éphémère, de son cœur. Je veux rester près de sa chaleur tant qu'elle est encore là, près de ses lèvres tant qu'elles sont encore vivantes. Je veux rester près de ses yeux fermés à jamais, dont je n'aperçois même plus le regard si aimant qu'il me portait. Je vois le brancard partir au loin et les portes se refermer dessus tandis que pendant un court instant qui me paraît une éternité, je ne vois plus la poitrine d'Esteban bouger pour me montrer que son cœur ne bat plus, je n'aperçois plus ses paupières en mouvements, ses yeux se reposent, son corps est plongé dans un profond sommeil dont il ne se réveillera jamais. Je me rends compte qu'il ne me sera plus jamais destiné à nouveau. Pourquoi ? Pourquoi est-ce que la vie est si injuste et cruelle, déchirante avec nous ? Pourquoi nous ? Pourquoi m'arrache-t-elle à lui si brutalement ?

Le manque m'envahit déjà si fort, son odeur, ses câlins, ses lèvres sur les miennes. Il me manque terriblement, plus que d'habitude. Je sens un sentiment se refermer sur moi quand je me dis que je ne pourrai plus jamais l'entendre rigoler, se coucher auprès de moi, m'embrasser sur le front, le serrer dans mes bras à m'en faire mal. Ce dont je me rends compte sur le moment me donne l'envie de vomir. Des images déroutantes me viennent à l'esprit quand je me dis qu'il vivra bientôt sous terre où il n'a rien à faire. Il fait si froid là-bas, lui est chaud et vivant. L'idée qu'il se dégrade me vient forcément et mes yeux me hurlent d'arrêter d'y penser. Plus aucune beauté ne sera percevable sur lui, il est si jeune, si vivant et si beau. Il deviendra ce que je ne veux pas qu'il devienne. Rien que l'idée d'imaginer l'homme que j'aime dans un cercueil, dans son cercueil me glace le sang et me donne envie de mourir avec lui. Les portes se ferment définitivement et je réalise que c'était la dernière fois que je le voyais parmi nous. La fois prochaine me prouvera qu'Esteban n'est plus de ce monde.

— Esteban où es-tu ? Dis-moi où tu es. Je ne peux pas vivre sans toi, je t'aime moi.

Quelques heures plus tard, je suis seule, les lumières éteintes, me trouvant au fond de mon lit. Un vide total oppressant m'envahit. En deux jours seulement, je suis passée de la femme la plus comblée à la plus malheureuse pour l'éternité. Sous cette couette humidifiée par mes larmes, je regarde par la fenêtre le rayon de soleil que j'aperçois et me rends compte que c'est peut-être lui. Il est peut-être là quelque part. Cette ambiance est morbide mais je m'y sens bien puisque mes sentiments sont tels. J'entends la sonnette retentir. Je m'imagine un instant que ce soit Esteban et qu'il me fasse une de ses plus belles surprises, encore des roses blanches à la main.

— Qui est-ce ?

Quand j'atteins enfin la porte tant bien que mal, je me rends compte que j'ai mis un temps fou à venir jusqu'ici.

— C'est Cynthia.

Cynthia. Comment combler le chagrin d'une mère alors que je ne comble déjà pas le mien ? Je ne me reconnais plus, comme si j'étais devenue anorexique de sentiment, vidée de toute compassion. J'ouvre la porte, Cynthia me tient un regard désespéré, elle court dans mes bras et explose en sanglots. Pensant à son fils, je ne peux que me mettre à pleurer à n'en plus finir.

— Il y a un an presque tout pile je retrouvais mon fils pour son anniversaire et trois cent soixante-cinq jours après je le perds de nouveau. La vie n'est pas si courte qu'elle n'y paraît, mais la sienne si, terriblement…

— Il n'y a pas de mort qui soit Cynthia. Cet ange a fermé les yeux mais désormais son paradis est dans le cœur de tous ceux qu'il a touchés.

Je ne parviens pas à finir cette phrase sans pleurer. Mon estomac se tord, une boule oppressante de tristesse et de déroute m'envahit. L'avenir ne me présage rien de tracé, rien qui soit déraisonnablement heureux comme ça pouvait l'être à ses côtés. Je l'aime.

— Je ne peux pas faire faux semblant devant vous Cynthia, quand je vous vois je me demande comment combler votre vide et votre peine. Vous êtes sa mère. Je ne suis que sa femme et n'arrive déjà pas à mettre un pied devant l'autre sans perdre l'équilibre. Je n'ai plus le goût de rien vous savez.

Cynthia prend mon visage larmoyant et vide de sens entre ses deux mains rassurantes et pleines d'espoir.

— Ma bichette. Tu n'as pas le droit de te laisser perdre le goût de la vie, tu l'avais retrouvé.

— Mais parce qu'il était là Cynthia, sans lui je ne suis pas cette femme heureuse et comblée.

— Ce qui est le plus beau Rose, c'est qu'il t'a comblé de son vivant mais que tu le restes malgré son absence, il t'aura donné le plus beau des cadeaux en te rendant heureuse dans n'importe quelle circonstance. Une jeune femme comme toi doit affronter la vie.

— Est-ce que vous vous battriez à ma place ? Ma mère est morte, mon frère vit à l'autre bout du monde, ma meilleure amie n'est plus là, il me reste quelques amis sur qui compter mais la famille d'Esteban est en deuil, je me suis faite harcelée, violée, j'ai perdu toute confiance en moi. Ma seule source de confiance, c'était lui. Sincèrement Cynthia, vous auriez envie de vous battre, ou de tout laisser tomber ?

— De me battre ma grande. Tu sais, mon fils et moi nous sommes perdus de vue pendant des années, je n'aurais jamais pensé qu'il me pardonne et finalement quoi ? La vie m'a donné son plus large sourire parce que je n'ai jamais abandonné l'espoir de le retrouver un jour, je persévérais.

— Mais la question ne se pose pas aujourd'hui. Il n'est pas question de le revoir mais de vivre sans lui et je crois que c'est surréaliste.

— Tu sais quoi ma belle ? Et ce que ça te soulagerait qu'on organise son enterrement ensemble ? Je ne veux pas que tu te sentes dépassée ou dans une ambiance morbide.

Cynthia me pose cette question d'un air compulsionnel mais triste à la fois. Parler de l'enterrement de son fils n'est autre qu'une idée qui raisonne comme un sale écho dans sa tête. C'est au-dessus de ce qu'une mère peut imaginer. Une mère n'enterre pas son fils. J'acquiesce sa demande sans vraiment y avoir réfléchi mais après coup, je me dis que ça ne peut que m'aider de ne pas me confronter seule à cette terrible épreuve.

De l'autre bout de la ville, mon père m'appelle pour se renseigner sur mon état de santé. Je fais mine de rien mais c'est mon père et aussi l'homme qui me connait le mieux sur cette planète. Je lui dis de venir me voir et s'il souhaite rester dormir à la maison, qu'il le fasse.

— Ma chérie ?

Le regard de mon père me terrifie. Il me dit à la fois que la situation est des plus déplaisantes et en même temps qu'il sera toujours là pour moi. Il me dit qu'il est déjà là pour moi. Ça ne présage rien de plus normal car s'il est là pour moi, c'est que rien ne va.

Mes sanglots naissent et mes larmes me dévisagent quand mon corps frêle se décide à tomber dans les bras de mon père. Mon énergie me trahit et ma force me tue, rien d'autre ne me gagne plus que la peine et le deuil.

— Papa, je t'en supplie, dis-moi comment on fait ?

— Mon ange, tu es bien placée pour savoir qu'il n'y a pas de règles en amour, pas de mode d'emploi non plus. Même après la mort. Les recettes miracles n'existent que dans la fiction.

— Comment tu as fait toi ? J'ai l'impression que mon être entier se tétanise et que rien ne peut me faire aller bien. Cette envie de vomir qui revient chaque heure rend la situation pesante et mon âme en peine. C'est glauque ici sans lui, ce n'est que du vide.

— Si tu ne te sens plus bien dans cette maison ma chérie, tu dois te créer ton propre cocon. Tu sais, je suis de ceux qui avaient besoin de me rattacher à la personne que j'aime alors j'ai toujours habité la même maison. Mais certains n'arrivent pas à continuer de vivre dans l'endroit qui leur rappelle le plus la personne qu'ils aimaient. Ça pourrait être ton premier pas vers un soulagement.

— Je ne sais pas… je ne sais plus ce qu'il me faut ou au contraire, ce que je ne veux surtout pas. Pour l'instant Cynthia et moi sommes à bout, on s'occupe de l'organisation de la cérémonie d'enterrement d'Esteban et des papiers aussi frustrants soient-ils.

— Tu veux que je reste vous aider ?

— Si tu veux papa, mais la compagnie n'est pas si bonne ici…

— Tu sais, je ne fais que penser à lui, à sa famille et toi de chez moi ma fille. Je pense que ça ne change pas grand-chose.

Alors que Cynthia et mon père ne cessent de téléphoner, répondre aux messages de condoléances et finir les papiers administratifs, je me sens seule en leur présence. Je me faufile sur la terrasse du salon et sors une cigarette de mon nouveau paquet. J'ai dû en finir trois en deux jours. Ce n'est pas un signe de désespoir ou une marque de faiblesse, c'est un semblant de liberté. Je m'assois sur la pierre près de la porte-fenêtre, sors mon briquet et fait vivre cette foutue clope. Le soleil se couche et renferme Paris dans une nuit des plus longues. Demain j'enterre celui qui aurait dû être mon futur mari, mais je ne suis pas le moins du monde prête à le faire. Je me demande un nombre incalculable de fois comment je vais réussir à tenir, à lui dire adieu.

— Rose ?

Mon père me surprend la main remplie et le regard sombre et las.

— Qu'est-ce que tu veux encore me dire ? Que demain sera mieux qu'hier ? Que la vie continue et que je peux encore être heureuse ? J'en ai marre des beaux discours, des grandes théories sur ce que c'est la vie. Je n'ai plus de vie !

— Je mérite vraiment cet accueil ?

— Surement pas, non. Je n'ai plus l'envie de parler, j'ai une boule au ventre presque aussi grosse qu'un ballon qui ne cesse de me faire appréhender la journée de demain. Je ne veux pas y aller. Je suis lâche mais je ne veux pas affronter la réalité, le regard peiné de toutes ces nombreuses personnes qui seront présentes pour lui…

— Tu ne peux pas te défiler, en fuyant la vérité, tu vas manquer ta chance de faire ton deuil.

— Je ne peux pas le voir mort dans son cercueil… le voir sans vie, blanc comme tous ceux qui sont morts avant lui, il est vivant !

Je me mets à verser plus de larmes que peuvent contenir dix litres d'eau en bouteilles et commence à croire que je peux commencer à en remplir davantage. Mes sanglots se font entendre, je suffoque et me rends à l'évidence.

— Je serai là ça c'est sûr mais je n'ai aucune envie d'y aller, je ne suis pas prête à le laisser partir.

— Rose, ce que tu n'es pas prête à faire c'est croire qu'il est déjà parti, parce que tu l'as déjà laissé là où il doit être à présent.

Je penche mon épaule dans les bras de mon père qui me serre si fort que je sens enfin une once de réconfort, celui qu'il me fallait. Je ne retrouve pas la chaleur qu'Esteban m'apportait, mais celle-ci fait l'affaire et me réchauffe. Mon père me laisse un tendre bisou sur le front en signe de protection et nous finissons par regarder le coucher de soleil ensemble, nos regards évasifs et l'envie d'être aimés.

Quelques petites heures se tissent et continuent de construire notre histoire quand je me bats corps et âme avec sa famille pour lui organiser la plus belle des cérémonies. J'ai gardé mon alliance à mon doigt depuis qu'il m'a quitté et ne cesse de m'imaginer organiser mon mariage plus que ses funérailles. C'est un sombre ciel bleu qui éclaire mes pensées. Ce matin au réveil, rien n'a pu me convaincre de manger. Je suis rassasiée de mon désespoir et promets à mon père qui vient me voir que je ne peux rien lui promettre. En réalité, aucune promesse ou aucun espoir ne traverse mes sombres pensées de femme en deuil. Je me prépare et constate que je suis lente, contrairement à mon habitude. Je peaufine le moindre détail de mon apparence pour être la plus belle le jour de nos adieux. Une robe noir mat et décorée de dentelles m'habille. Elle est centrée et bouffante à la fois et me va à ravir. En me regardant devant le miroir, j'enfile mon alliance et finis de boucler mes cheveux.

— Tu es prête mon ange? ...

— Physiquement oui, mentalement je ne le serai jamais.

— Il va falloir qu'on y aille.

— Je le sais, je me suis fait le film toute la nuit, je m'imaginais ce matin qu'il viendrait me réveiller pour me dire que tout ça n'est qu'une mauvaise blague. Finalement, j'ai le teint de la couleur du deuil, des yeux épuisés et un cœur lourd. Je me rends compte que c'est la réalité.

Les minutes sont longues et la matinée épuisante. Les larmes coulent à flots et ne cessent de marquer mon visage un peu plus chaque instant. J'ai l'impression de vieillir à chaque coup dur.

— Tu prends quelle voiture?

— Je vais aller avec la mère d'Esteban, viens avec nous papa.

Nous nous dirigeons vers l'Église, lieu dans lequel il m'est difficile de rester plus de quelques minutes depuis la mort de ma mère.

— Allez-y, posez toutes les fleurs ici. Mettez-les bien autour, le cercueil va arriver.

Je vois au loin John, mon père, Lucas et l'oncle d'Esteban le porter jusqu'à l'hôtel. Ce moment reste gravé dans ma mémoire, je l'imagine comme quelques heures auparavant, sous cette étoffe de bois scellée. Mes larmes remplissent mes yeux meurtris. Les souffrances s'expriment à travers mon corps tremblant, je sens que je ne vais pas tenir.

— Rose est-ce que ça va ?

— Oui ne vous inquiétez pas Cynthia, je vais bien.

Ce sont les seuls mots qui sortent de ma bouche, le silence reprend sa place en moi et ma bouche devient le verrou le plus sécurisé de cette terre. Est venu le temps de mes mots aux oreilles de tous ceux qui se présentent à la cérémonie aujourd'hui. Je tiens à parler mais j'ignore encore comment.

Une fois mon corps inerte devant le cercueil, mon âme se ressaisit. Je laisse s'échapper un grand souffle de peine et le stress se dégage de moi quand les mots me viennent naturellement. L'amour que je lui porte me fait parler instinctivement.

— Est-ce qu'on a le droit de croire qu'il existe une vie où tout de ce qu'on désire le moins au monde ne se réalise ? J'aimerais tant ouvrir à nouveau les yeux le matin en me disant que tu es là comme à ton habitude. Une jambe par-dessus la mienne, tes bras enroulés autour de mon corps fatigué, ta bouille d'ange qui crie sommeil, tes lèvres humides de la nuit, ton odeur chaleureuse du matin, une douceur chaude de ton corps matinal, un cœur tendre qui s'apprête à se réveiller pour m'aimer. Je ne réalise pas une fois posé le pied par terre que seules mes souffrances me maintiennent endormie avant que mon courage ne me garde éveillée. Je prends mon petit-déjeuner seule, je n'ai plus l'espoir de te voir apparaître dans la cuisine quelques heures après mon réveil matinal, plus aucune nuit ne ressemble à celle d'avant. Je t'attends désespérément dans le lit le soir, dans ma voiture avant de partir de chez toi, près de la douche avant que j'y rentre. Je t'attends dans mon regard avant que tu disparaisses. Ma vie est depuis peu un cauchemar, je ne veux pas entendre ces phrases bateau qui me diraient « sois courageuse, ta vie est devant toi, tu vas aller de l'avant ». Je n'en ai pas la force, je n'en ai pas l'envie. Je ne veux pas entendre ces gens me dire bon courage. Je ne veux pas les voir me regarder avec pitié. La seule chose que je veux est insaisissable, je veux te voir revenir. Mon corps te crie de m'enlever, mes mains te hurlent de me toucher, mon cœur te souffle brutalement l'idée de m'aimer encore tendrement, ma tête te persuade de continuer de croire en nous, mes pensées vont vers les tiennes, pensant que toi aussi, tu m'as encore dans les tiennes. Mais ma bouche reste inerte, dans l'impossibilité de demander une seule de mes volontés. Elle ne sait déjà qu'aucune n'est autre qu'un rêve irréalisable. Ce qui brise mon âme en mille éclats de souffrance maintenant, c'est que je me demande constamment si tu peux encore me voir, te souvenir de mon regard, de mon humble visage, si tu peux encore m'entendre, me comprendre, m'aimer. Est-ce que tu peux encore m'aimer comme je t'aime même si ton cœur ne bat plus ? Est-ce que désormais je suis profondément seule dans cette vie à deux ? Mais je ne suis pas seule à être en deuil, tu verrais le nombre de personnes présentes aujourd'hui pour toi. Elles t'aiment toutes et pensent à toi. Mon amour, je voudrais te promettre une chose. Toute ma vie je garderai l'espoir de nous avoir connus tous les deux des années encore, mais je veillerai surtout pour le restant de mes jours sur toi et ta famille. Je serai toujours là pour vous, quoi qu'il en coûte, quoi qu'il advienne de moi. Écoute-moi bien, c'est une promesse éternelle. Une dernière chose même si j'ai encore tant de choses à te dire ou de questions à inlassablement te poser. Nos deux âmes étaient faites pour se rencontrer, croire en l'autre, se chérir et s'aimer. La vie en a malheureusement décidé autrement. Mais dans mon cœur rien ne périra jamais au grand jamais mon ange. Je t'en supplie, continu de m'aimer.

Voilà quelque temps que sa mort brutale a eu lieu. Je ne suis plus la même qu'avant Esteban mais plus la même qu'avec lui non plus. En si peu de temps, la mort d'Esteban a tout ravagé sur mon passage, mes rêves, nos promesses, notre promesse d'avenir : notre mariage. Depuis son dernier souffle, je me suis véritablement entourée des meilleures personnes et dans cette étape je m'en suis rendu compte.

Mon père est beaucoup présent, lui qui a aussi perdu l'amour de sa vie. Mon cœur est animé de plusieurs sentiments différents depuis, la tristesse en demeure la plus forte. Je suis animée d'un paradoxe oppressant mais qui m'aide à me relever. Je me rends sur sa tombe, merveilleusement bien soignée que je chéris chaque jour depuis son enterrement.

— Bonjour mon amour, je viens te voir, oui encore. Peut-être suis-je envahissante, mais je crois que j'aime bien cette idée. Je voulais te dire que je me suis épanouie pour toujours grâce à toi, tu es le seul qui aura réussi à tout bouleverser. Oui, tu as chamboulé ma vie mais cette fois pour de vrai. Je n'ai pas le choix que de m'accrocher à quelque chose, à toi, à mon avenir maintenant. Je ne pourrai jamais te remercier comme je l'aimerais, mais je serai là chaque jour de ta nouvelle vie. Voilà, ça ferait deux ans aujourd'hui que nous serions ensemble, si toute notre vie n'avait pas viré au surnaturel. Mille fois merci mon ange. Oui je pleure, et je continuerai de le faire. Je n'arrive pas à t'imaginer sous terre, c'est l'un de mes pires cauchemars la nuit quand je dors. Comment ça se passe ici ? Il doit faire froid, et puis la terre menace de milliers de bêtes sordides qui doivent envahir ton corps. Mon Dieu, je t'en supplie dis-moi que ça va. Mais au fond, tout ce que je peux imaginer tu ne peux même pas le ressentir. Pleurer me libère énormément et te fait vivre et revivre profondément. Tu me manques à en mourir, tu es la prunelle de mes yeux, mon cadeau du ciel le plus cher, j'ai envie de toi tellement de fois et je meurs d'envie de te serrer dans mes bras mille fois par jour. Et parfois, une vision d'atrocité me revient quand je t'imagine sous cette pierre, si triste soit-elle, et je ne veux pas y croire. Tu vois c'est bizarre, le positif et le négatif se mêlent entre eux, je ne peux pas être complètement heureuse, et je ne peux pas être complètement malheureuse non plus. Tu étais tellement beau et maintenant? Je pense qu'il ne vaut mieux pas s'imaginer ce que tu es devenu, mais ça me déchire le cœur. Où est ton beau visage, tes mains douces, ton regard… Esteban, nos regards l'un dans l'autre, dis-moi qu'un jour on les revivra, je t'en supplie. J'ai envie de réaliser tout ce que nous avions toujours rêvé de faire ensemble, pour toi et pour que je sois fière de moi. Tu as vu ? Je n'ai pas dit pour que tu sois fière de moi, je progresse, j'ai changé mon amour. Certains moments ont un goût d'éternité comme tu disais si bien, parfois je repense à nous, dans le lit, au petit-déjeuner le matin quand je n'arrivais jamais à finir mes tartines parce que tu m'embêtais sans relâche, des souvenirs des nuits romantiques que nous avons passées ensemble ou les nombreuses machines qui finissent par se jeter les fringues dessus. Ah oui et puis toutes ces nuits où nous n'avons pas pu nous empêcher de nous enlacer dehors plutôt que dans un lit, c'était notre spécialité je crois. Je me souviens en permanence de cette nuit où tu m'as demandé en mariage. Cette nuit où tout était beau, où cette étoile filante est passée juste devant nous. Tu sais, ça m'arrive souvent d'imaginer notre mariage… Je me suis imaginée qu'il serait merveilleux. C'est dur de vaincre la mort, de se battre contre elle, elle est si solide. Ah oui et au fait, je porte ton alliance tous les jours de ma vie. Le temps passe mais les souvenirs restent, encore, et toujours. Une seule chose que je n'arrive pas à faire, oui tu m'as supplié de le faire, mais c'est bien au-dessus de tout ce que tu peux imaginer, tu n'auras pas à surmonter ça toi. Mais je ne compte pas retrouver l'amour, je ne peux pas, ou je ne sais pas comment faire. Je me sens si impuissante face à l'amour et en même temps je ne comprends pas ce qu'il m'arrive. On ne s'est jamais quitté ? On serait encore ensemble aujourd'hui si la vie n'était pas celle-ci. Est-ce que j'ai le droit ? Est-ce que j'en suis capable ? Dormir dans les bras d'un autre homme, mon Dieu, cette vision me glace le sang et me laisse ressentir une pointe vertigineuse au-devant de mon cœur. Tout ce qui me manque c'est toi, tu ne peux pas imaginer la puissance de ce manque qui s'insinue sous ma peau comme des barres de fer douloureuses. L'impuissance est le pire des sentiments aujourd'hui. La mort m'a fait réaliser que même si je te veux, je ne peux plus t'avoir et je ne peux pas m'empêcher de me dire que j'aurai dû te faire des câlins, encore plus, toujours plus.

Et je pleure pour ne pas changer. Il est encore trop tôt pour que mes pleurs résument de la joie plus que de la tristesse, elles se glissent encore dans mes failles les plus larges pour me faire sentir combien je suis seule et vulnérable. Mais je me bats contre la mort pour retrouver le bonheur. Il serait fier de moi, et moi je le suis.

— Merci de me rendre heureuse. N'oublie jamais que tu es le rayon de soleil de tous mes plus beaux jours et le gardien de mes nuits les plus sombres, tu es véritablement celui à qui j'aurais tant voulu donner ma vie, en vain.

Le silence dans le cimetière me laisse me sentir libre et légère. Le manque s'assigne à mon cœur comme quelque chose d'insurmontable. Malgré les malheurs de la vie, je me dois d'être heureuse pour lui, mais pour moi aussi. Je le connais suffisamment pour savoir tous les mots qu'il m'aurait dits si je n'étais pas heureuse et qu'il était là. Ma peine envahit désormais mon cœur sombrement ensoleillé. Je m'allonge sur sa tombe, une rose blanche à la main et fixe le ciel pour chercher son regard.

— Aime-moi s'il te plaît mon plus bel ange.

Remerciements

Mes premiers mots vont vers le cœur de mes deux parents, mes êtres les plus chers. Je pourrais vous dire mille fois merci pour un tas de choses. D'abord, merci d'avoir toujours cru en moi sans ne jamais laisser transparaître une once de crainte, d'angoisse, de peur. Vous avez toujours su me pousser au-delà de tout ce que j'aurais pu imaginer, dans chacun de mes projets, parfois un peu fous. Puis, merci d'être qui vous êtes simplement, c'est-à-dire deux êtres généreux, aimants, aimés, gâtés par notre vie de famille à quatre, respectueux, encourageants, justes, honnêtes, bienveillants, fiers. J'ai conscience d'une chose précieuse que la vie m'a apprise : deux parents sont les deux premières pièces d'un puzzle qui permettent de dire si on peut réussir à l'avancer facilement. Je veux dire par là que j'ai eu la chance d'avoir deux parents merveilleux et amoureux depuis petite, je crois que j'ai eu de la chance d'avoir mes deux parents tout court. Vous m'avez tant appris et en même temps tant donné. Je voulais vous dire une dernière fois merci, c'est un grand Merci. Si mon enfance a été troublée par des épreuves, je suis fière de pouvoir dire que ça n'a jamais été à cause de vous ou même à travers vous. Vous étiez au contraire les piliers qui m'ont toujours aidée à me relever, à me sortir saine et sauve des embûches que la vie pose sur notre chemin. Mais le plus important je crois, c'est que vous ne l'ayez pas fait à ma place, vous avez su m'apprendre à me relever, m'accompagner, m'aider dans ces phases de la vie intenses. Aujourd'hui grâce à vous je sais qu'il peut tout m'arriver, mais que je n'abandonnerai plus jamais, je vous le promets.

Je tiens du fond de mon cœur à adresser un simple merci immense à mon frère qui est le meilleur frère que je puisse particulièrement rêver avoir. Notre famille est si précieuse, tu es la prunelle de mes yeux. Je ferai taire tes larmes. Tu te souviens ? Mon amour pour toi briserait la glace, tuerait le feu, éteindrait tes larmes, estomperait tes craintes, effacerait tes douleurs et noierait tes chagrins. Mon amour pour toi est si fort mon frère que si un jour la vie me demandait de te donner la mienne, je la ferai taire et te la confierai. Merci de m'avoir encouragé à faire naître ce livre que je prends comme un fils aujourd'hui, il m'a fait grandir.

Il me semblerait indispensable de laisser quelques mots sur ce livre des traces de ma chienne disparue pour l'éternité il y a bientôt un an. Certains ont des rapports différents aux animaux, mais moi je ne peux m'empêcher de penser qu'en finalisant ce livre, je vais la rendre fière. Merci de m'avoir donné tout cet amour pour me pousser au bout de ces rêves. Les petites bêtes qui n'ont pas le pouvoir de parler mais bien le pouvoir de convaincre m'ont prouvé que ce qu'il y avait de plus important n'est pas la parole qui, parfois fait mauvais usage, mais bien le regard que les animaux savent manier à la perfection, bien plus que n'importe quel Homme.

Je dois dire mille mercis à tous mes premiers lecteurs qui sont, et je le sais, ma famille proche, ma belle-famille, mon amour, la belle-famille de mon frère et mes amis. Personnes qui ne cessent de me répéter depuis quelques mois qu'ils ont hâte de lire ces lignes, ce qui n'est pas fait pour me faire garder mon calme. J'espère infiniment que ce livre vous aura plu pour toujours.

Mille mercis à la vie.

Imprimé en France
ISBN 979-10-284-1549-5
Dépôt légal : 3e trimestre 2021